本当の小説　回想録

本当の小説　回想録

フィリップ・ソレルス
三ツ堀広一郎訳

水声社

目次

緒言

この回想録のなかに名前が出てこない場合、たいていは諸兄姉の体面を慮ってのことなのだとご理解いただきたい。

Ph・S

《正しい解剖学とは、事物を心のなかで見つめることである。》
《速く、そして巧みに。すなわち二倍巧みに。》
――グラシアン

誕生

のちのちぼくと口にするようになる人物が人間界に参入したのは、一九三六年十一月二十八日土曜日の正午、ボルドーと境を接する郊外の町の、スペインに向かう街道沿いでのことだった。ぼくとしては、この点を疑う理由はひとつもない。ともかく戸籍簿にはっきり記されている。ぼくはフィリップ・ピエール・ジェラール・ジョワイヨーという名前で届けが出されていて、オクターヴ・ジョワイヨー（四十歳）とマルセル・ジョワイヨー（旧姓モリニエ、三十歳）の息子、とある。第三子、つまりクロチルドとアンヌ＝マリー、通称アニーの二人の娘（五歳と三歳）に次いで生まれたわけだ。

地元の教会でカトリックの洗礼を受ける。西洋式の占星術では射手座、上昇宮水瓶座。中国式のやつでは火鼠。幸運を祈る。

ぼくはこれまでずっと、本当の小説を書いていないと非難されてきたが、こうしてついに本当の小説をひとつご覧に入れるわけだ。「でも書かれているのはあなたの実人生じゃないか」との声が聞こえてきそうだ。なるほどそうかもしれないが、そもそも小説と人生とに違いなんてあるのだろうか。あると言うのなら、きっと説明していただけるものとは思うが。

奇妙という以上の家族小説《ファミリー・ロマンス》。それというのも、ある二人の兄弟が、ある二人の姉妹のそれぞれと結婚し、くっつきあった二軒の家屋で暮らしているからだ。二軒は対称形をなしていて、一方の各部屋はもう一方の各部屋の正確なレプリカになっている。一方には「ぼくたち」がいて、もう一方にはモーリス、ロール、それからピエール（ぼくの「代父」で、十歳年上）がいる。つまりピエール・ジョワイヨー Pierre Joyaux というのと、フィリップ・ジョワイヨー Philippe Joyaux というのがいて、イニシャルで言えばP・Jが二人いることになるわけだ。ぼくのほうは長いことかかって、名前を略すときにはP・ジョワイヨーではなくPh・ジョワイヨーというふうに、hの文字を付けてもらえるようにはなった。違いをはっきりさせるために、イニシャルを刻んだ赤のスタンプを手に入れたりもした。けれど、たいていはソレルスと名乗っている今でもなお、署名記事やインタビュー記事でP・Sと記されたりすると、調子が狂う（P・Sは「追記」Post-Scriptum や「社会党」Parti Socialiste の略号であるだけになおさらだ）。言っておくけど、ぼくの略号は、ギリシア語のΦ、つまりもちろん男根《ファルス》を意味するΦの文字を《phi《フィ》》と表記するみたいに、あくまでPhだ。P・Jというのもありえない。これじゃ「司法警察」Police Judiciaire だ。しつこいようだが、ぼくの略号はPh・JもしくはPh・Sだ。

　それから大人たちに言っておくが、この子を気安く「フィフィ」なんて呼ばないように。そんなふうに子供扱いしたら、かならずや罰金ですぞ。当時でいう一フラン、同じ過ちを繰り返したら二フラン。貯金箱にチャリンだ。

　もっともこのジョワイヨー〔「宝石」の意〕という名前、個人的には傑作だと思うけれど、社会的には厄介なしろものでもあった。この名前のおかげで（とくに当時）、ぼくは敵意を向けられ、あらゆる種類の冷やかしの対象になった。そういえばジャン・ポーランは、フランシス・ポンジュから渡されたぼくの習作を読んでくれたが、ぼくの名前は「大作家の名前」だと思ったらしい。まあこれは皮肉だろう。マルローの時代からジョワイヨーの時代へ、というわけで〔マルロー Malraux には「苦しみ」mal、ジョワイヨー Joyaux には「歓び」joie の意味になる音が含まれる〕……。ともかく、ぼくは子供時代、学校で「ジョワイヨー」が「ノワイヨー」〔「種」の意〕や「ボワイヨー」〔「腸」の意〕に変形されるのを耳にして過ごした。それからもちろん、いかにも小市民といった感じの教師たちから、「ジョワイヨー君は真珠じゃないね」だとか、「おいジョワイヨー君、今日のきみはちゃんと輝いていないようだが」だとかいう、ぶしつけな言葉を浴びせられて閉口した。そのとき気づいたのは、これも時代の徴候と言うべきか、無条件に馬鹿にされる名前は、たいてい貴族かユダヤ人の名前だということだ。彼ら同様ぼくもうさんくさいというわけだった。今でもうさんくさいのだけれど。

この名前が重荷になっていたのには、〈ジョワイヨー兄弟〉が家庭用品を製造する大規模な工場を所有していたことも大きい。ブリキやアルミや琺瑯びき、片手鍋、皿、水差し、寸胴鍋、洗濯釜、ゴミ箱。町伝統の、三つの三日月の飾りが入った青字のラベル。赤い文字の入った吸取紙も扱っていて、ぼくはいまだにその吸取紙をもっている。しかしジョワイヨーという名前の人間がゴミ箱に囲まれているというのは、果たしてまともだろうか。というわけで、さらに嫌味な言葉を、きりもなく浴びせられることになる。とはいえ、本を出すにあたってぼくが名前を変えたのは臆病のせい、あるいは世間に対する卑屈さのせいだとは思わないでほしい。ぼくの一冊目にあたる薄手の本が、そしてほぼ時を同じくして二冊目の本（『奇妙な孤独』）が出たとき、ぼくは未成年で（当時、成年は二十一歳）、家族はこの小説が物議をかもしそうだと考えた。そこでペンネームの採用とあいなった。ソレルスというのはもともと、十五か十六の歳に、ヴァレリーのテスト氏（「愚かしさは私の得意とするところではない」〔ポール・ヴァレリー『テスト氏との一夜』の冒頭句〕というあれ）にならい、自分で考え出した想像上の人物だった。心のうちを明かさず、思惟と瞑想にふけっていることにしたのは、スタンダールに大きな影響を受けてのこと。でも直接の典拠にしたのは『オデュッセイア』に出てくるフレーズで、ここかしこと流浪の旅に明け暮れた機略縦横なる男、まずもって自由な生を望み、帰郷を願う男、というやつ。この点については、ソレルスの意味をラテン語で考えてみれば察しがつくだろう。ぼくはラテン語がよくできたほうで、辞書を見ながら自分の筆名を考えたのだった。

Sollus《ソルス》〔「完全な」の意〕と ars《アルス》〔「技巧」の意〕を足して Sollers《ソレルス》。つまり、まったくもって手際のよい、器用な、巧妙な、創意に富んだ男。

ホラティウスの用例――《lyrae sollers》、竪琴の巧みな弾き手。

キケロの用例――《sollers subtilisque descriptio partium》、身体の各部位の精巧かつ緻密な構成。《Agendi cogitandique sollertia》、行為と思考の精妙さ。

Sollus（lは二つ。「孤独な」という意味の solus と混同しないように）は、「全体に、あまねく」という意味のギリシア語 holos（「ホロコースト」holocauste の語源）と同じ。それから「全部の、手つかずの」という意味の totus とも同じ。「治癒した」または「救済された」という意味の salvus の音も聞こえてくる。ソレルス、すなわち全身これ技巧、ある技巧の総体。

言っておくが、lが二つ入った Sollers だから。複数形のxを落とすときみたいにジョワイヨー Joyaux のxを落として Joyau と書かれると不愉快になるが（「王冠の宝石」Joyaux de la couronne とからかわれたこともあった）、同じく Sollers の二つめのlが欠けていたりしても憤りを覚える。「太陽の」という意味の形容詞 solaire みたいに「ソレール」と発音されることもたまにあるけれど、これには我慢ならない。「ソレルスの手口《システム・ソレルス》」《Le système sollers》〔「太陽系（システム・ソレール）」にかけた地口〕とか、「ソレルスに新しきものなし」《Rien de nouveau sous le sollers》〔「太陽の下に新しきものなし」にかけた地口〕などというタイトルの記事はごまんと書かれているが、そういうものをここであげつらうのはやめておく。かの名医フロイト博士が、人の名前に対するこの手の攻撃が何を意味するのかを解き明かし、うまい具合に鉄槌をくだしているから。まあ途中は、かくのごとし。でも最初に、そして最後に、人は何者であるのかといえば、これはもう名前なのだ。自分に名前をつけるとなれば、そう簡単にはすませられない。

ついでとはいえ、かくも大事な名前の問題――生まれつき課される名前（見るに堪えないそのジョワイヨーを隠してください〔モリエールの戯曲『タルチュフ』第三幕におけるタルチュフの台詞「見るに堪えないその胸を隠してください」のもじり〕）と、物書きとして考案する名前の問題に話が及んでいるわけだが、フランス文学におけるペンネームの頻出ぶりは大いに注目されていいと思う。たいていはそうやって不格好な本名を隠そうとするのだ。ポクランよりモリエール、アルエよりヴォルテール、ベイルよりスタンダール、デトゥーシュよりセリーヌ、ポワリエよりグラック、クレイヤンクールよりユルスナール、ドナディウよりデュラス、クワレよりサガンのほうが格好いいというわけ。するとぼくの場合は話が逆だ。いずれにせよ、名前を二つもって両方を使いまわせるのは、幸運といえば幸運だ。他人やら、家族やら、学校やら、束縛やら、管理社会やらを逃れるのに、二重人格や三重人格なら足りるなんてことはない。ジキル博士たるジョワイヨー、ハイド氏としてのソレルス。二人の姉妹と結婚した二人の兄弟に、対称形の二軒の家屋。もともとがおかしな話に、想像力をたっぷり注ぎ込んでやる。そうやって何かが始まる。ぼくの名前はジョワイヨー、通称ソレルス。ともかく、輝かしすぎる名前をこれといった特徴のない――ただし愛読者にはこの限りにあらず――偽名で覆い隠すというのは、たちまちぼくのお気に入りになった英雄オデュッセウスに、どこか通じるところもありそうだ。そう、ご存知のとおりオデュッセウスは、肝心なときに「誰でもない《ペルソンヌ》」と名乗るすべを心得ていたのではなかったか〔ホメロス『オデュッセイア』第九歌に読まれるエピソード〕。

二人の兄弟に二人の姉妹。それに二人の叔母もいる。ぼくの父の兄の妻（つまり、ぼくの母の姉ロール）、それから二人の兄弟の妹のことだ。後者は、鳩舎つきの僧院とでもいうべき第三の家屋で暮らしている。三軒の住まいは、木々が茂っていて公園とさえ呼べそうな広い庭園に囲まれている。さらにガレージをいくつか、温室を二つ、鶏舎をひとつ加え、敷地沿いには炉やタンク、えてして危険な機械をそなえた工場を思い浮かべていただければ、日々の生活の舞台があらわれる。

ぼくの「代母」であるこの叔母は、ひとり暮らしの独身で、いわゆるオールドミスなのだが、興味深い人で、きちんとしていて、似非《えせ》信心家で、ピアノを弾いていたこともある（あのマホガニー製のピアノが、鍵盤のうえに掛かったシルクのカバーとともに、今も目に浮かぶ。やがてぼくはセロニアス・モンクの真似をしようとして、このピアノを弾きにくるようになるのだが、それにしてもあのカバーときたら！）。この叔母は名前をオデットといったが、マクシーと名乗るのを好んだ。どうしてだろう？　謎だ。わかっているのはただひとつ、彼女が自分の父と兄たちに貞節を尽くそうとしたことだ。兄たちのほうは罪深くも、とびきりの美女を二人、自分たちの私生活に引き入れたというのに。レズビアンだったのか？　なきにしもあらず。でも実際には行為に及ばず、自分の性向を表向きの信心に移し変えてしまったような。そういうのは、地方ではありがちだ。

こういうのはみんな、考えるにつけ、狂っているとしか言いようがないけど。

ともかく、これほど近親相姦めいた話はめったにあるものじゃない。

生物学的な誕生に話を戻そう。そいつは、どうやら簡単にすんだわけではなかったようだ(鉗子《かんし》が使われた)。ひとつの肉体を背負いこむ。すると細胞学的な特徴や象徴的な次元での身元の不変性も含めて、その肉体と生涯をともにしなければならなくなる。たちまちぼくには、こんな話が普通だなんて思えなくなる。今でもなお、まったくもって理解に苦しむ。即座に逃げこんだ先は病気だ。反復性の耳炎、それから乳突炎、それからひどい喘息。鼓膜のなかで心臓ががんがん鳴るので一部を切除しなくちゃならないし、息をすることが自明じゃないし、耳には何やら余計なものが聞こえてくる。呼吸ができるのはある種の奇跡のようなもので、そんな奇跡の到来を、ごく幼くして(本当に息が絶え、息を引きとる前に)待ち望んでいる。新生児には端《はな》からわかってしまう、自分は死ぬためにここにいるんだってことが。そして、できれば知りたいものだとも思う、どうして自分はこんな冒険に投げこまれてしまったのかってことを。そんなわけで、こういうことのいっさいが乗り越えられたのは、かなりあとになって、性的な武器に思いを致すようになってからだ。要するに、ぼくの子供時代はベッドと皺くちゃのシーツの大陸、発熱と譫妄《せんもう》が打ち続く大陸だ。途切れることのない庭のまぶしさが、そこに混じっている。たび重なる病気はもろもろの知覚を研ぎ澄ませ、空間のあちこちの角、時間の見えない粒を感じさせてくれる。幻覚は、花々や木々でいっぱいの内面生活へと導いてくれる。おかげで、踏み固められた道、決まりきったやり方、とりあえず課されるあれこれの義務を免れて、たったひとりで自分の道を見つけるすべを知るようになる。ぼくは学校でさんざん端役を演じた。しかも、しばしば優秀な端役だった。ラテン語、フランス語、暗誦では出来が良く、代数ではとんがり屋で、幾何では逃げ腰、物理と化学ではぞんざい、地理では眠っていて、歴史ではばっちり目覚めていた。

煉瓦の大煙突が突き出た工場に隣接する庭園、近親相姦を強く匂わせる族内婚的な大人たちの関係。開始、反対、終了。陰気な顔をした男が二人、早起きして、小さな木の扉をくぐり、機械の冷徹な世界のなかに消えてゆく。遠くからプレス機、フライス盤の音が聞こえてくる。身を売り渡している男女の工員たちの、身をすり減らす日々の労働の響き。そう、陰気な顔をした、無口な二人の雇い主。二人は若くして(十八歳から二十歳にかけて)、第一次世界大戦に従軍した。従軍先はヴェルダン、呪われた地名だ。そっちのほう、東部のほうで起きた出来事のいっさいも呪われている。伯父が(辛抱強い人だったのに)、歩兵たちが詰め込まれた塹壕の写真をぼくに見せながら、おいおいと泣き崩れるのを目のあたりにしたことがある。砲撃の最中に生き埋めになった男たち、花のように地面から突き出た刀剣。ぼくの父は砲兵で、毒ガスも浴びたが、退却のときには志願して後方にとどまり、負傷兵たちが叫びをあげるなか、砲台を次々に爆破してまわった。そうするのが当たり前だった。いちばん若くて、独身だったから。今しも、ドイツ軍の戦闘機の機銃掃射を免れるべく、ジグザグに駆けている父の姿が目に浮かぶ。父は昇級も叙勲もいっさい断って反体制を貫き通すが、結果として仕事に振り回されることになる。こうした経緯を、父はどう考えていたのか? ある雨の日、ベランダで父はこう言ったことがある――「人生ってのは、馬鹿げてるな。」

もちろん宗教とは無縁。二人の兄弟の父親は、成り金の工員だった。レオンという名のがめつい爺さんで、クレマンソーに瓜二つ。ぼくが(たしか四歳のとき)花壇を滅茶苦茶にしたとかで、こちらに杖を振りあげている姿が目に浮かぶ。そう、人生ってのは馬鹿げてる。がつがつ働いて、食うか食われるかの争いに巻きこまれ、挙げ句の果ては大量虐殺。この二人の兄弟、愛国的・好戦的イデオロギーなんかには洟もひっかけないだろう。二人は見て、知って、理解した、みんながみんな敗者だってことを。二人とも、何を考えているのか傍《はた》からはうかがい知れず、一方(伯父)はつっけんどん、もう一方(父)は逆におだやかで、寛容で、悟りすましていて、音楽好きで、オペレッタのSPレコードの収集家で、口笛が上手で、バリトン・レジェの美声の持ち主。つまり、とても陰気でありながら、とても陽気。月に一度、父は母を車(シトロエン)に乗っけて〈大劇場〉(現在はボルドーのオペラ座)に連れ出す。うんとめかしこむんだぞ、と父は母に向かって言う。ロングドレス着て、宝石つけて、ターラララっときたもんだ。父の好みの出し物? 《リゴレット》とか《帝室の菫》とか、その手のやつだ。兄弟共有のオフィスで、自分の兄が煙草をふかしながら陰気な顔をしている前で（ロンドンに本店のあるウェストミンスター銀行から毎月届く通知によれば、商売はうまくいっていない）、父はこの手の昔の喜劇に礼装で出かけていく自分の姿を思い浮かべていたはずだ。

そんなわけで、一九三六年末のこと。フランスでは人民戦線、スペインでは内戦、すなわちぼくにとっては、半開きになった鎧戸越しに、「ジョワイヨーを縛り首に！」というスト参加者の怒号が聞こえていた頃だ。連呼されるこのスローガン、いまだに耳について離れない。でも白状しなくちゃならないが、ぼくもあとになってこれはむしろ当然と思うようになった。金持ちと貧乏人がいて、貧乏人は金持ちのことが好きじゃなくて、金持ちには貧乏人のことが見えてない。よくある話だ。そうはいっても、ぼくの家族は特殊なブルジョワ、ボルドーとその周辺の地域にあっては例外的でさえあるブルジョワだ。工場、銀行、トラック、配達というのは、華やかなわけでも地道なわけでもない。プロレタリアには憎まれ（最低でも憎まれ）、プチブルには死ぬほど嫉妬され、伝統的なブルジョワには軽蔑するふりをして成功をねたまれる。だからスターリン主義者、ファシスト、保守主義者たちがこぞってこちらに対立してくることになる。合わせればずいぶんな数だ。道理で、ぼくら家族には友達がいないように見えるわけだ。こちらにだって自然と、少しばかりの道義心、それどころかコミュニストへの共感のようなものさえ湧いてくる。するとやがてはコミュニストに取り入ろうとするようになる。でも、それは間違いだ。

平等主義、博愛主義、共和主義の看板をかかげている手前、抑圧と見ればなんでも否認しようとして、フランスは階級闘争と社会的強迫観念の国になっているし、それはずっと変わらない。中流階級への画一化が進んでも、その痕跡は残っている。昔の貴族階級に対する深い罪責感も消えない。首をはねられて以来、セレブリティとして騒ぎを演じる羽目になっている貴族たち。

スペイン内戦のせいで、ボルドーに亡命者がどっと押し寄せてくる。ぼくはほんの幼いときから、バスク語やスペイン語の会話やら歌やらを耳にしている。バスク語とスペイン語の揺りかごであやされているわけだ。十四年後の、ぼくの最初の大恋愛は、これに由来するのだろう。運命のなせる業《わざ》、とでも言っておこうか。
　なるべく頻繁に病気になることで、ぼくは自分なりにストライキを敢行する。世話をされたり抱っこされたりしながら、大混乱が始まりつつあるのを、ぼくは漠然と感じていたに違いない。「ジョワイヨーを縛り首に！」そこでジョワイヨー、欠席を常習にするようになる。やがては兵役を逃れて身を隠し、姿をくらませることにもなる。縛り首になってたまるものか。
　そんなわけで、戦争だ。亡命者が、今度は北からやってくる。ベルギー人やオランダ人。彼らは一晩か二晩、あちこちのガレージに寝泊まりする。それから長靴の音としゃがれた歌声が聞こえたかと思うと、ドイツ人が街を占拠し、家屋の一階部分を接収する。この野蛮人ども、ぼくらのところに何しにきた？　この悪魔の侵略はどういうことだろう？　この騒音、この恐怖、この怒りは何ゆえなのか？

　礼儀をわきまえた（だから害は少ない）オーストリア人大佐が、応接間と書斎を占拠してしまう。まあいいだろう、上階で暮らし、屋根裏部屋にこもって混線のひどい〈ラジオ・ロンドン〉でも聴くことにしよう。「こちらロンドン。今フランス人がフランス人に向けてしゃべっています。」英語と雑音に混じって、まるでどこか別の惑星から、あるいは氷塊で難破した客船から届いてくるようなフランス語のフレーズ、「個人的メッセージ」とやらが聞こえてきて、ふと耳をそばだたせる――「ツバメが一羽来ただけでは春になりません〔「ひとつの例だけでは結論をくだせない」という意の諺〕、繰り返します、ツバメが一羽来ただけでは春になりません。」不安を誘うフレーズもある――「人参が焼けています〔「もうおしまいだ」という意の諺〕、繰り返します、人参が焼けています。」今にも列車が爆発する、きみたち焼き殺されるぞ、作戦の遂行は先延ばしになっている、一刻も早く逃げてこい、まわりに誰か裏切り者がいるはずだ、この橋を、あの弾薬庫を破壊せよ。その後何年にもわたって、森にキノコ、とくにヤマドリダケ（このキノコ、素晴らしくうまい）の採集に行くと、松葉にまじって機関銃の薬莢が見つかることになる。

　ラジオはこの時期の主要な楽器だ。某元帥の老いてぜえぜえいう声、堅苦しくてうつろな調子のヴィシー政権のプロパガンダ（あらためて聴いてみると、びっくりする）を流している。一階や外の通りからはドイツ語の吼え声が聞こえてくる。でも時おり、一階を占拠したオーストリア人はコニャックで酔っぱらいながらクラシック音楽、おそらくシューベルトを聴いている。空から降りたった戦闘機乗りが地下倉に隠れているときなどは、ひそひそ声のスペイン語、ささやき声の英語も聞こえる。そんなわけで、とても聴覚的な子供時代。当然の結果として耳炎になる。ときどき手術を受ける。しかも喘息で息苦しい。すべては混沌としていて、苦しげで、矛盾していて、しかもある意味では奥深く、驚異的だ。家族の言いつけは厳格そのもの――「いいかおまえ、学校で《元帥よ、我らここにあり！》〔ペタン元帥を首班とするヴィシー政権の公式歌〕を歌えと言われたら列を抜け出せ、歌うんじゃないぞ。」イギリス人は正しいに決まっている。ユダヤ人に烙印を押して憎悪する？　恥だ。「ロンドンはカルタゴみたいに破壊されるだろう」って？　ちゃんちゃらおかしい。気をつけろ、午前三時、サイレン、砲声、爆撃音。庭から地下倉に降りなくちゃ。

　ボルドー上空の空中戦に目がくらんだことを、今でも覚えている。夜中だったり日中だったり、爆発があって綿雲のようなものが生じたり、照明弾が発射されたり。当時のぼくの夢はパイロットか司祭になること。どっちなのかは時と場合による。司祭？　ああ、そうなのだ、あのカトリックの祭式がぼくを魅了する。音楽が、ゆるやかな動作が、花々がある。初めての聖体拝領のとき、ぼくはブロンドのかわいらしい坊やだった。白いリボンを腕に結んで信心深そうな様子をしているだけに、なおさらかわいらしい。死んだらどうして天国に行かないわけがあろうか。だって破壊と騒音のさなか、庭がしきりに天国へと誘いかけてくるんだもの。

　そしてもちろん、女たち。モリニエ一族は、ジョワイヨー一族となんら相通じるところがない。まず母方の祖父ルイ、若かりし頃は名の知れたフェンシングの選手だったのが、地主になって競走馬も持つようになった。ルイには娘が三人いて、それぞれジェルメーヌ、ロール、マルセルという。ロールとマルセルの魅力的な二人は、ぼくの身近にいる。ジョワイヨー兄弟とは恋愛ではなく縁談がまとまっての結婚だが、だからどうしたというわけじゃない。ロールのほうはやがて災厄に見舞われる（致命的な癌に冒される）が、ぼくの側では、まずまず釣り合いのとれた結婚生活が続く（ぼくの母は癌を克服する）。父は自分の妻を喜んでぼくにゆだねようとする。妻を殺したいと思ったことはないだろう。そもそも家にいないほうだし。ぼくの知るかぎり一度だけ、父が浮気に傾いたことがある。ダンケルクで戦死したフランス人将校の奥さんで、ヴァイオレットというきれいなイギリス人女性がいて、父はこの女性のために、幾度かボルドーの潜水艦基地の探知をしたことがあった。ある晩のこと、父は連行され、夜中に釈放された。この件については、父も黙して語らずだった。

ルイという人は十九世紀の典型的な家長、つまり神のごとき存在で、金目当てに結婚した妻のマリーも息苦しい思いをする。ジョワンヴィルで軍の新兵教育係をしていたことがあり、フェンシングの教師、フルーレやエペやサーブルのエース、ピストル射撃の名人で、トーナメントの覇者になったことは数知れず、競馬とカードゲーム（ブリッジ）を熱烈に愛好していた。彼が勝ち取ったトロフィーだのメダルだの小像だの、古いフェンシングの剣だのプログラムだのは、ぼくもいくらか取ってあるし、現にぼくの目の前にはいまだに金の立派な懐中時計がある。この時計、どういうわけだか八時十分のところで止まっているのだが。

晩年の衰えた姿からは、フェンシングで飛び跳ね、片足を踏み出し、飛びかかり、突きを見舞い、タッチを決めるところは想像しにくかった。言うなればガスコーニュ地方の老いたる次男坊、剣士にして破廉恥な法螺吹き、解任されて君主のいない近衛騎兵といったところか。共和主義にはほど遠かったが、教会権力を支持しているわけでもなかった。いつも反体制的なところを内に秘めていたのは、もしかするとジロンド県の人間にありがちな傾向なのかもしれない。口数は少なく、というか芝居がかった長広舌はふるわず、もってまわったものの言い方をしない人だった。末娘、つまりぼくの母には、八歳からフェンシングをやらせた。フェンシングの身ごなしは、すぐに母の言葉遣いに影響を与え、機敏さ、当意即妙の受け答え、ユーモア、確かな判断となってあらわれた。二十五歳で車の運転をおぼえた母は、ボルドー市街で自動車を走らせた女性の先駆けだった（ものめずらしさから、まわりに人だかりができたらしい）。一度大事故に遭ったのにもかかわらず、七十八歳になるまで運転を続けた。先駆的フェミニスト？　たぶんそうなのだろう。でも結局、それも正当防衛といったところがある。

ルイが何か言っても、文句をつける者は誰もいない。ルイは日の老いたる者〔聖書で「神」の意〕、引退したダルタニャン、一個の伝説なのである。毎日午後になると、「サークル」に出かけてゆく（名士たちは「サークル」のメンバーかそうでないかのどちらかだ）。戦時中は近在の所有地から来る食料をぼくたちに分けてくれた。そのときはまだ、自分の地所で種馬になる二頭の立派な競走馬を育てていた。ときどき大革命の頃にまでさかのぼって、二人の若い田舎貴族のことを話題にすることがあった。彼らは二十二歳で刑死したのだが、死刑台で「イエス・キリスト万歳」と叫んだのだという。ただそれだけの話。遠い昔の話というより、どうでもいい話だ。ところがルイは、胸に痛手を二つ抱えていた。ひとつは、お気に入りの競走馬（写真が何枚もある）がダービーに出場するためロンドンに移送されている最中に死んだこと（貨車が放火され、サラブレットは焼死）。それから、電気判定用の防具が出来たせいでフェンシングの選手の品格が下がりかねないこと。突きがあったのを申し出るのは勇敢な騎士道精神のなせる業《わざ》なのだから、その原則は維持すべし、というのがルイの言い分だった。ランプが点灯するかわりに、血の虚像が消え失せる。グロテスクじゃないかね？　ロンシャン競馬場で撮ったルイの写真が、さる競馬新聞に載っている。そばには騎手と調教師も写っているが、ルイに付き添っているすごくきれいな娘、毛皮のトック帽をかぶって微笑んでいる娘は、彼自身の娘である。これがぼくの母、結婚直前の母で、このとき十八歳。

まったくルイときたら、さぞかし付き合いづらい人物だったろう。その欠点のいくつか、またその美質のいくぶんかは、ぼくも分かち持っていると思う。ペンの力は剣にも匹敵する、と言うからにはね。

女たち

ルイの娘たちは、父親には耳を貸さず、かといって母親に憐れみを差し向けることもなかったから、気ままな態度を誰はばかることなく示しながら成長した。まことに可憐な二人の娘、頭がよくて、とても女性らしいが、男まさりなところもあり、勇気があって、はっきり物を言う。結婚生活に不足はあったけれど、忍従したということもない。二人の結びつきはとても強く、家から家に、日に五度は電話をかけあい、いろんなことを囁きあう。一方（ロール）は比較的ロマンチック、もう一方は滑稽なほうで、皮肉たっぷりの物まねの才能ときたら驚くほど。たいていの場合、言うことは正鵠を射ている。「その手は通用しないわよ」と言っているかのようなところ、苛立たしいほど女王然としたところは生来のもの、父親ゆずりのものだ。長女のジェルメーヌは街暮らしだが、下の二人からは、ひどいノイローゼだとかで疎まれている。ロールとマルセル。魅惑と夢の肌。無為に過ごすこと、朝寝をすること、婦人服の仕立屋に通うこと、教師や司祭を困らせること、食堂に皮肉を行きわたらせること、そういったことに存分に技巧を凝らす。陽気な女たちだ。夏、温室のそばの長椅子に腰かけて珈琲を啜る二人の姿が、今でも目に浮かぶ。きちんとしていて、とても上品な身づくろい（ああ、あの濃紺の地に白の水玉模様をあしらったワンピース、あの白と黒の靴）。

彼女らに愛人がいたことはあったろうか？　大いにありうる。とくに末娘のほう、つまりぼくの母には。理髪師？　医者？　どうもそのあたりだ。ロールのほうは堅苦しい役割を演じ、神秘的な光輪をまとい、軽い絶望を抱え、わざと厳格な態度を示し（がさつな夫）、ドストエフスキーを読む。マルセルは不信心で、むしろプルーストやコレットを好む。ロール、威厳の女。マルセル、気まぐれの女（繊細で優しい夫）。ロールはときどき奇妙なやり方でぼくを罰することがある。右手を出すよう言いつけ、手のひらを軽く叩くのだ。痛くはないが、屈辱的ではある。平手打ちをしないのは、いわば軍隊の否認のようなものだろう。ぶたれる子供の話は聞くが、二度か三度の例外を除き、ぼく自身はぶたれたことはなかったように思う。ぼくがわがままを言ったりすると、父は無理をして父親の役割を演じるが、それが本意からでないことは、はっきり見てとれる。ぼくが庭の奥に隠れておしまいになる。

ぼくは伯母のロールが大好きだ。第二の母といったところ。彼女はぼくを誘惑しようとする、ぼくは彼女を誘惑する。彼女が自分の息子よりもぼくのほうを気に入っているのは明らかで、おかげでぼくは彼女の息子から根深い憎しみを差し向けられることになる。母は率直な物言いをするが、伯母はほのめかしを好む。母は官能の劇場、伯母は秘められた修道院。母はぼくが伯母のほうを好きになったことを恨み、やがて伯母はとつぜん癌に罹って死ぬ。まだ美しい盛りに、聖女に姿を変えて。何も言わずに何かを言ってくれるロール。ぼくは彼女の手が好きだ。

ぼくの手練手管はこうだ。病気で長らく床に臥せっていたりすると、ぼくはロールに、ほかの誰でもなく決まってロールに、そばに座って右の前腕をさすってもらいたいんだとお願いする。そうすれば痛みが和らぐんだと言い張って。ぼくがしきりにせがむと、ロールはやって来て腰かけ、腕の内側を肘窩《ちゅうか》にかけてゆっくり、そっと愛撫してくれる。何も言わないまま、たっぷり一時間は続くことだってある。ぼくたちはお互いわかっているのか？　自分たちがどんな音楽を奏でているのかってことを。はてさて。

ぼくは母と伯母に激しく欲情した。なぜって、欲情をそそる女たちだったから。それは彼女らの逸話、否認、気詰まり、恥じらいばかりか、なかば意識的な挑発、真っ赤に染まったナルシシズム、肌着、バスローブ、ワンピース、髪、乳房、脚のせいでもあった。母の眼は一風変わっている。片方の眼は濃い栗色、もう片方は明るくて緑色に近い栗色。よそじゃ見られない眼、女神の眼、魔女の眼。ぼくはその眼を、母にくっついてできるだけ体を丸めながら間近でじっと見つめた。一度、母の口にしっかりとキスしようとしたことがあるが、母はそれを場違いだと思った。もっとも母は、そのことで笑った（おかしな笑い方だった）。ぼくが母から出てきたとき、母は三十歳。母にとってぼくは最後の子だった。

対称形の家にいるもうひとりの男の子ピエールは、ぼくの十歳年上で、ぼくにとっては従兄という以上の存在であり、しかもぼくの「代父」でもある。彼は工場を経営するよう育てられ、やがて経営することになるが、倒産させてしまう。つねにぼくをからかい、ぼくのことを「ぼくちゃん」と呼び、後年ぼくが「作家」になるのが問題になると、ぼくに対する軽蔑の念をつのらせる。手先が器用で、庭の一角に木工と鉄細工の小さなアトリエを建てた。無愛想で、学業成績は優秀だ。けれども、父親の壁を越えはしないだろう。

ロールが亡くなると（癌が行き詰まりの状況を打解してくれる）、兄弟間のバランスが一挙に崩れ去ってしまう。ぼくは二十四歳で破産（もしくは、ほぼ破産）することになる。家屋と庭は一掃され、大規模なスーパーマーケットに場所をゆずる。家屋と地所が一掃される？これは特殊な呪いだ。まさに同じ悲劇が、すでに一九四〇年代の初めにレ島で起きている。ぼくたち家族所有の家屋が、海に面したドイツ軍の迎撃防衛線の邪魔になるとして取り壊されてしまったのだ。緩慢で忍耐強い再建。でも実のところ、破壊にはいいところもある。たとえばボルドーでは、呪縛が断ち切られるのだから。もはや痕跡も残っていないほうがいい。あるいはレ島では、その場に新たな塀ができ、新たな時代が始まり、新たな喜びが生まれ、新たな自然が息づくのだから。

癌。ロールは夏の盛りに急逝する。その直前にマルセルは乳癌をわずらうが、患部を切除し、とつぜん活力をみなぎらせる。病気は新たに前のめりの身体を育てることがある。これについては、ぼくも何がしかを知っている。それは死との死闘だ。死とは自殺の勧めであり、つきまとう誘惑であり、解決と短縮の欲望、反＝欲望の欲望である。人は愚かにも死を性に結びつけ、宗教はこれを反芻する。フロイトは、この暗く翳った翼についていろいろ深いことを言った。でも実は、明るく照らされた翼のほうは、ほとんど語られていない。

ぼくは待つ、両耳が脈打つ、息が詰まる。ぼくは待ちわびている。いつの日かトンネルの出口が、ほのかな明かりが、標識が、光が見えることだろう。それは自分でもわかっているし、感じられもする。奇妙といえば奇妙、当然といえば当然のことだけれど、フランスの歴史のなかでもこの時代は、明るく開放的な面がほとんど語られない。当時のことを語る文学はたいがい陰鬱で、途方にくれ、意気消沈し、有罪感をただよわせている。ファシズムやコミュニズムの重圧下で過ごした幼年期だの思春期だの、裏切りだの闇取引の不安だの、困窮だの恥辱だの。自然の不在、リビドー・ゼロ、視界ゼロ。ある作家は、凡庸な対独協力者だった両親の台所で見たペタンの肖像に触れる。別の作家は、スターリンの視線のもとで暮らした経験を語る。また別の作家は、馬上で体験した一九四〇年の大敗北から一度も立ち直ったことがない。また別の作家だか女性作家だかは、ヴィシーからモスクワに一足飛びに移ってしまった。さらに別の作家は、闇取引にかかわっていた父親と冷淡だった母親を苦しげに回想することをいつまでもやめない。フランスではなく北アフリカかどこかにいた者たちもいる。若い作家たちも、今や、ひとつののっぺりとした歴史的風景を、重苦しい、不自由な、封鎖された、塞がれた世界を取り込んでしまったようだ。無条件に疑いの目を向けることがお決まりの演目になっていて、分断が仕組まれ、無知が罪だの恥ずべき欺瞞だのと言われて槍玉に挙げられる。あなたは有罪だ。ぼくもさんざん、こうした演目を勧められてきた。たまに受け入れるふりもしてきたが、嫌なものは嫌なので、実際にチケットは買っていない。沈黙、流謫、術策。その結果、わが同胞たるフランス人とぼくは即座に気まずい関係になったし、今なおそれは変わらない。

工場のことは、二十世紀のなかばは、こう記されていた（レターペーパーに）——

創業一八八六年
鋼板製造・金属メッキ加工の
ジョワイヨー兄弟商会
ボルドー近郊タランス、ガンベッタ大通り一二五番地この小帝国は、ガンベッタ大通りの一一七番地から一四五番地までを占めていた。ぼくの住所は一二一番地。一九六〇年代初頭には、なんの跡形もなくなっていた。結構なことだ。外国人に占領されるより取り壊されるほうがマシだ。

後年ぼくは、小説『遊び人の肖像』（一九八五）で、跡地にできたスーパーマーケットを幽霊のように訪れたときのことを語っている。

十三歳か十四歳の頃、破産もあり得ることに気づいたのだったか、地所の写真を大量に撮った。そのときの写真をときどき呆然と眺めることがある。そう、これはたしかにあの草、あのヒマラヤスギ、あのマユミ、あのテラス、あの猫、アカシアの若木の幹を爪でひっかいていたあの猫じゃないいか。それに、あのベランダ、いろんな声が聞こえてくるあのベランダじゃないいか。

地所には三棟の家屋があり、家屋のあいだを移動するには庭を通り抜ける。マクシーやロールの家に昼食に招かれたりもするが、それは少なくとも戦後になってからの話だ。というのも戦前は、田舎のルイの地所で獲れたものだけでは足りず、庭の芝生のうえで菊芋を栽培する必要さえあったほどだから。白いパンが出てきてびっくりしたのを、自分でもよく覚えている。これぞ天の恵み、真の聖体、美味なる食べ物だと思ったものだ。戦争が終わってドイツ兵が潰走してしまうと、あとには晩になるとラジオ受信機が残されたので、父とぼくは晩になるとラジオに耳を傾けるようになる。音楽。音楽の広大な大陸。そこから、しだいにモーツァルトの名が浮かび上がってくる。

イギリス人がふたたびやってくるようになり（そもそも決して立ち去ってほしくはなかったけど）、ボルドーの大聖堂でヘンデルの《メサイア》の演奏会を催す。その手伝いの返礼として、ぼくたちはイギリス領事館で開かれたメアリー王妃のレセプションに招待される。王妃いわく、「私たちは、わが愛するボルドーの街に戻うって参りました。」王妃はぼくを抱擁する。いい匂いがして、きれいに着飾っていて、おしろいをつけた素敵なおばあちゃん。ぼくは自分用のグレーのフラノスーツに半ズボンという、とても洒落たいでたち。結局イギリス人は、二十世紀の凶暴な狂人どもに対しては言うに及ばず、ジャンヌ・ダルクやナポレオンに対しても、つねに勝者なのだ（アイルランドのことは話が別だ）。黒太子〔イングランド王エドワード三世の皇太子の通称〕について――「わがギュイエンヌの土地をかくも長らく支配したウェールズ公エドワードは、その資質からしても境遇からしても、いちじるしく恵まれた方であり……」（モンテーニュ『エセー』第一頁）

気違い

工場のなかには庭の隠し戸から入ることができる。日曜日になると、ぼくは工場に行って、作業場のなかを、エナメル用の窯の前を、ドリルのあいだを、酸化剤のタンクの近くを、事務室のなかを、長々と散歩する。父が使っていた革張りの肘掛椅子に腰かけ、引き出しを開け、紙や吸取紙をくすねてくる。苦痛の大製作所だ、工場ってやつは。事故、それもひどい事故（火傷、窒息、指の切断）が、わりかし頻繁に起きる。なかはどこも暗く、悪魔祓いのつもりで、ぼくは自分の足音や声を反響させる。炉、金属、物を貫通させたり変形させたりする音、煙突をのぼってゆく煙、そんなもので充満している地下世界。工員たちのように、ここで生き、ここで暮らしをたてるのか？　ありえない。それははっきりしている。ぼくはどんな仕事もするつもりがない。実際は、今になってそのことに気づく。つまり、ぼくは一度も働いたことがないのだ。書くこと、読むこと、いわんや自分の好きなものを書いたり読んだりすること、思想やら詩やら文学やらにかかずらうこと、こういうのは、社会的・政治的な波乱にかかわる場合でも、「働く」とは言わない。その逆でさえある。だから自由なのだ。こういう経験に必要なのは、たぶん絶大な自信を抱きつづけることだろう。でも、何についての自信なのか？

　光景はここで、とてもはっきりしている。田舎でのこと、夏のことだ。ぼくは五歳で、暗紅色の絨毯のうえに座っており、傍にいた母に、もう一度、子供向けの本の一行を判読して発音するように言われている。イロハの段階というか、たどたどしい口ぶり。文字がいくつもある。母音、子音、口、息、舌、歯、声。どうやったらつながるのか、これこそが問題なのだ。すると、不意につながる。カチッと音がして、閉じていたものが開き、動き出す。まるで足を濡らさずに河を渡るように、ぼくは通り抜ける。いつのまにか音の壁の向こう側に、対岸に、広々とした場所に出ている。母が魔法の言葉を口にするのが聞こえる、「あら、字が読めるのね。」そこでぼくは立ち上がり、駆け出す。というより階段を駆け降りて、外に出て、馬や牛のいる広大な牧場を狂ったように走り抜ける。「ぼくは字が読める、字が読める」、そう繰り返し唱えながら、下方の森のなかに入る。完全な陶酔。葡萄の木も、松の木も、楢の木も、すばやく飛び去る鳥たちも、この陶酔を分かちあっているように見えるほど。

　ぼくは字が読める。別の言い方では、ひらけ、ゴマ。すると、宝を隠した洞窟の入口が開く。ぼくは完全無欠の武器を手に入れたのだ。ほかの武器はみんな幻想で、命取りで、グロテスクで、限界があって、滑稽だ。空間が整序され、時間がぼくのものになり、ぼくは神そのものになる。ぼくは、ぼくであるところのもの、やがてぼくであろうとするものになる。誕生、そう、第二の誕生だ。というより真の誕生。世界でたったひとり、この鍵をたずさえて。こいつは使うにつれて改良されてゆくことだろうが、もうすっかり出来あがっていて、実現されていて、形が整っている。

第二の光景が繰り広げられるのは、ぼくが七歳になる日だ。「物心のつく年頃」〔「七歳」の意〕という言い方が、意味はわからないけれど、どうも気にかかっている。雪が降ったあとで、欄干の縁が白い霜で覆われている。ぼくは腕時計を外して目の前に置く。そこに、「物心のつく年頃」が示されるのを待ち受けながら。もちろん、とくに何も示されない。いや、待てよ。秒針が突如として巨大化し、日差しを浴びた霜の輝きを受けて回りながら、まばゆく光を放っている。一秒一秒は、まるで心臓が鼓動を打つように、静かに響きをたてつづけている。そう、物心とは〈時間〉そのものなのだ。それは時間とぼくのあいだの大いなる秘密で、誰かに話したところで、どうせわかってはもらえまい。ぼくは気違いだ、これこそがぼくの年齢なのだ。その後、ぼくの年齢を云々する人がいったい何を言わんとしているのか、ぼくにはわかったためしがない。

姉たちは、なるほどいい子たちなのかもしれないが、うざったくて仕方がない。姉たちを通してすぐに思い知ったのは、女の子と男の子はひそかに、だが激しく反目しあっているということだ。クロチルドはぼくより五つ上で、アニーは三つ上。二人はたえずぼくを指導し、ぼくを監視し、ぼくに付き添い、ぼくに手を貸して歩くのを助けようとする。ぼくたちが入学したカトリック系の学校は、男子と女子で校舎が分かれていたが、同じ通りにあって、ほぼ向かいあっている。姉たちは下校時にかならずぼくを迎えに来て、ぼくの手を取り、いかにもおしとやかな姉さん気取りで歩こうとする。体裁ぶって、母親の真似ごとをし、ぼくの責任者のつもりでいる。この悪しき守護天使たちの監視から逃れるための唯一の手立ては、腕をもぎ放して、全速力で駆け出すことだ。ぼくは走りに走る、車や路面電車にはねられたってかまうものか、ここまでやれば姉たちもさすがにぼくを捕まえられないだろう。この喘息もちの小僧、なかなか悪知恵がはたらくのだ。さすがに末っ子、いやいや騎士、馬、戦闘機、英国空軍の戦闘機《スピットファイア》さ。地表に次々と大砲が炸裂する、そのなかを走り抜けてゆくんだ。姉たちが取り乱しながら帰宅する。告発、叱責。こんなのが一度どころか、十度も。ぼくがやめないので、しまいにはひとりで登下校してよろしいとの許しが下りる。こんなことがあってからというもの、ぼくたちの仲は冷えこんでしまう、姉たちとぼくの仲は。ぼくたちは外見がちっとも似ていない。「本当にお父さん同じなの？」などと訊かれる始末。ぼくたちは黙って顔を見合わせるだけ。もちろん、お互いのことは大好きだ。それでも一年に一度会うかどうか。姉たちは結婚し、たくさん子供をもうけた。およそ考えうるかぎりの最善の世界にあって、最高のなりゆきだ。それはそうと、子供のときに二人の姉に抗った男は、人生に対する免疫ができているものだ。

庭に面した角の寝室で、ぼくは学校から逃れるために、たいていは病気でありながら病気になることなく病気で寝ている。家具はマホガニー製だから、荘重ではあってても落ち着ける（見事なマホガニー、頬で触れるとアカシアみたいで気持ちがいい）。帝政様式の家具だ。ベッド、衣装箪笥、肘掛椅子、書棚、書き物机、引き出し付きのテーブル、濃緑色のベッドカバー、エジプトふうの金の象嵌細工、まあとにかくそういうようなもの。ぼくはスフィンクスだったり、海から逃れたモーセだったり。ベッドの正面には母からのプレゼント、というかメッセージだろうか、ヴァトーの《庭園での集い》の複製画。ぼくはランプを消す、そこでぼくは眠らなければならない。鎧戸が開けられる、そこでぼくは生きなければならない。「ジョワイヨーを縛り首に！」ぼくの頭部がおがくずのなかに転がり落ちる。でもぼくは落ち着いて自分の頭部を拾いあげ、腕に抱えて寝室にのぼってくる。誰にも気づかれてない。ぼくは気違いだから、大した問題になりっこない。

はじめは幻灯、それから映画装置。病児の注文は何かとうるさい。雑誌、新聞、本、読むものを何でも差し入れなくちゃならない（本当の読書が始まるのは、もっとあとになってから）。病児は水彩画を始めるが、まるで下手くそ。みずから学童用ノート四ページ分を使って、手書きの挿絵入り新聞をつくり、たびたび家族に売りつける。そればかりか、病児は神秘家になり、マントルピースの上に即席でしつらえた祭壇の前にみんなを呼び寄せると、ラテン語でミサを執りおこなう。拍子をとりながら、札つきの罪人や不信心者を立ち上がらせたり座らせたり。そんなことが彼を面白がらせるが、五、六回やるともう飽きてしまう。やがて幻灯や映画の見世物を有料で催したり、肘掛椅子のうしろに隠れて大判の絵本を観客に開いて見せ、アフリカについて、アジアについて、野生動物について、ボーア戦争について、サヴォルニャン・ド・ブラザ〔一八五二―一九〇五。イタリア系フランス人の探検家〕の生涯について、北極はじめ各地を航海した人たちの冒険について、ひとくさり講演したりする。要するに、彼はひとりでテレビをやっている。話の最中だってのに、観客が無礼にもおしゃべりをはじめることがある。そんなときは観客に罰金を課す。まったく暴君さながらにふるまうのだ。大人たちは、自分が現実の世界にいるとでも思ってるんだろうか？　無知蒙昧のペテン師ども、奴隷制の支持者どもめ！　罰金だ。

まあつまり、大人たちは夕食がすむと大してやることもなくなって、退屈しているのだ。外出はめったにしない。まだテレビのない時代だ。でもこの病児はテレビの先駆けだ。とくに二人の妻は、やけに嬉しそう。それというのも、何かと心配性の夫たちから――一方は夫の煙草から、もう一方は夫の抑鬱症から逃れていられるわけで。煙草？　吸うのは伯父のほう。煙草の備蓄が無尽蔵にあった伯父。ぼくはそんな伯父から〈キャメル〉をくすねてきて、小さな竹林にこっそり吸いに行ったりもするけれど、見つかってしまう（十二歳のとき）。罪のないかっぱらいがぼくのお気に入りの遊びで、この面では、ぼくは父と誼《よしみ》を通じている。父には、開けっぱなしにした衣装箪笥の引き出しに小銭を放っておく癖がある。ぼくは好きなときに（あまり好きじゃないが）、小銭を取りに行く。父は知らん顔。のちのことだが、リネン室に、ある午後なぜか父が入ってきて、ぼくがウージェニーといるのを見つけたときも（ウージェニーはぼくの膝のうえにまたがっている、誤解の余地なしだ）、父が見せた口の堅さは完璧だった。母には、ひと言だって告げ口しなかったのだから。

この部屋、毎週木曜日はお針子のロッシュさんの仕事部屋になる。ロッシュさんは小柄で無口な老嬢で、眼鏡をかけている。裁縫係だ。すると、もうひとり小柄な老嬢がやってくる。ただし眼鏡はかけていない。姉たちにピアノを教えにくるのだ。当時の規範では、姉たちは楽譜が読めて、音楽の嗜みがなくてはならない。ところがピアノのレッスン、まったくの無駄骨というやつで、姉たちにはてんで効果なし。ぼくのほうがきっと才能のある生徒に違いない。しかしぼくは庭の奥に隠れてしまう。レッスンだって？　あの辛気くさいおばさんと？　冗談じゃない。音楽は耳で覚えるものさ。やがてジャズがそのことを教えてくれる。

　鉛の兵隊人形？　戸棚のなかに掃いて捨てるほどある。スーツケースまるまるひとつ分。寝室には映画装置だって？　そのとおり。ある無声映画の傑作が、つまり《アラジンのランプ》が、ぼくにオリエント世界をまるごと開示してくれる。ほかには何で遊ぶかって？　チェスよりむしろチェッカー〔対戦相手の駒を獲りあうボードゲーム〕だ。しかも、いいかな、チェッカーともなれば、ぼくは無敵とくる。黒の駒を選ぶ、するとたちまち決着がつく。ブリッジはどうかって？　ご婦人方はよくブリッジに興じている（ルイの影響だ）。というわけで、「ブリッジ」の日があり、「お茶」の日がある（銀の食器、お菓子、ワゴンテーブル）。「お茶会」の女王はヴァイオレット、対独抵抗運動に関わりながらも、どうにか命拾いしたイギリス婦人である。ヴァイオレットはとてもきれいな人で、緑色の眼をしていて、口数が少ない。耳炎や喘息に効くからといって、ピレネー地方はリュションまで、ぼくを療養に連れて行ってくれる。人工気胸、薬剤噴霧、それに高級ホテル、晩のコンサート。治療にどんな関係があるのかはわからない。女性というのはどれだけ少年に官能をおぼえるものなのか、これは決して人の話題にのぼらない。不思議だ。

　厄介なのは夏、山に登ること。冬は逆に、シュペール＝バニェールや、ラ・モンジーや、フォン＝ロムーでスキーができるので、お祭り気分だ。それにしても、スキー板なんかに乗っかってよくぞバランスを保っていられたものだ（写真に残っているのが何よりの証拠）。何時間もぶっつづけで粉雪のうえを滑降し、何度転んだって楽しかった。考えてみれば、サッカーでは右ウィングからディフェンスを突破することもできたし、コーナーキックをきちんと蹴ることだってできたのだ。あれは耳炎と熱で喘ぐ身体と同じ身体だったのだろうか。いや、たしかに同じ身体なのだ。これは、人の一生にはいくつもの人生がありうる証拠でもある。ジキルは煙のたちこめる寝室で呼吸困難に陥っているって？　でもハイドは芝のうえでちゃんとボールを蹴っている。ジキルはひっきりなしに鼓膜に穴をあけられているって？　でもハイドは十二歳でフランスのテニス界の希望の星となり、クレーコートに立ってネットプレーで精彩を放っている。ジキルは学校の授業はみんなさぼり、遠く離れた病床で勉強するふりをしているって？　そうかもしれない。でもハイドは自転車に乗り、野原や家の庭をずっと疾走しているのだ（あそこの、小道の突き当たりでカーヴを切らなくちゃ）。ハンディキャップがあるとすれば、泳げないということだけ。耳炎のせいで、頭部を水に浸すわけにはいかないからだ。ぼくは泳ぎが下手くそだ。水中で背が立たなくなるのが怖い。ヨットをするときにも、ほとんど泳げないのをずっと隠してきた。自分の滑稽さを意識しながら、歯を食いしばって、陸に戻れるときを今か今かと待っていたものだ。体操はどうかって？　ゼロだ。ロープ、吊り輪、鞍馬、この種の拷問器具はどうかって？　悪夢だ。めまいがする。「体育」は免除、つまり教育そのものが免除というわけ。操行は？　点数は最悪、評価は「反抗的」（偽装した賛辞だ）。この種の評価でもっとも珍妙だったのは、ボルドー郊外の田舎にあった、リセ・モンテスキュー付属の男女共学校に通いはじめた頃のものだろうか。いわく、「女子を面白がらせようと窓枠にのってチンパンジーの真似をする。」

幻覚剤はまったくいらない。なにしろぼくは、さかんに妄想にふけるのだから（でも、この上なく強靭な理性は、大いなる妄想のうえに成立するものだ）。ぼくは自分が夢を見ているのを知りながら夢を見る。ぼくには夢が浸透している。ぼくは夢とおなじ生地でできている。現実なるものは、たいていはひとつの妄想、哀しいかな、集団的な妄想でしかない。庭が、すべてを知っている。かわるがわるやってくる二人の庭師がいて、名前をルネとユリシーズという。いやいや、ほんとにユリシーズなんだってば。午後になると、手押し車、バケツ、熊手、散水ホースを手に、庭を行ったり来たりして、それから物置小屋に戻ってゆく。ガレージ、屋根裏部屋、台所、地下倉といった場所でこそ、本物の人生が送られる。徐々に事態が呑みこめてくる。実は蔵書があるのだ。でも大人たちはほったらかしにしている。なんともおかしなものだ、きちんと装丁されていながら、一度として開かれぬままガラスの奥で待ちかまえている、これらの本。

何の役にも立たないピアノ、誰にも読まれない本、それからなんといっても、あの冗談みたいなミサや聖体拝領、頭のおかしな司祭、何かのついでにやるような洗礼式、結婚式、葬式。神は、もし存在するとしても、この俗世ではぜんぜん顧みられていない。でも、もしかすると、言葉や音符のなかに、個人の祈りのなかに、無為の時間のなかに、とりわけ無償の時間のなかに見つかるかもしれない。

　ぼくは自分の生涯を訪れている。生涯の各瞬間を訪れているところなのだから、まったく素晴らしい。この旅の導きになってくれているのが、「思い出せ」という文句だ。この文句を、ぼくは数えきれないほど口にした。あの道の角を、あの森を思い出せ。ウージェニーといっしょに木陰にいたあの時を思い出せ。プルーストは間違っていた。真の時間を連れ戻してくれるのは無意志的想起なんかじゃなくて、入れ子状の意志的想起なのだ。意志的によみがえらせた思い出のそばに、そのすぐ近くに、啓示が控えている。「僕は生き物になった記憶だ、だから不眠なのだ」とカフカは言った。ボルヘスは、もはや眠れなくなるほど記憶に攻めたてられている男の物語を語った。その男は、思い出さずにすむよう、住んでいる街の一角には絶対に足を踏み入れないよう用心していたというのに、それでも記憶があふれてくるのだ。こういう悪無限、こういうめまいは、『エル・アレフ』〔ボルヘスの短編集〕のテーマになっているが、喘息病みが経験すること（プルーストがよく知っていたこと）でもある。喘息病みの眼前には知覚しうるものが多くありすぎて、それで息が詰まってしまうのだ。まるで十台のピアノを同時に弾かなければならないピアニストみたいだ。この過剰な空気の方程式、いわば数学的な罠を解くなんて、とてもじゃないけど不可能だ。

　神がもし存在するとしたら？　でも、神は存在するには及ばない。そもそもが、ありてあるものなのだから〔モーセが神の名を尋ねたときに、神が「わたしはありてあるものだ」と答えたという「出エジプト記」の故事にちなむ〕。どちらの神さまかって？　そいつは意見が分かれるところだが、ぼくとしてはなんだってかまわない。ともかく、どちらさまであっても神さまになっていただければ、それで決まり。「天にましますわが父よ」、というのがぼくにはとてもお気に入り。「父の名が聖とされますように」、というのも気に入っている。だって、この世のぼくの父の名とは違う名が、すでにぼくの念頭にあるわけだから。「父の御国が来ますように」だって？　それは決して時間のなかに到来することはないだろう。神さまは時間であるのだから。「父の御心が行われますように」？　大いに結構。ぼくらの心、すなわち怨恨だとか復讐心だとかは、ぼくらが時の時へと分け入るさまたげとなるのだから。「わが日用の糧を今日もわれに与えたまえ」？　どうか無償の御力があふれて、ぼくが働かずにすみますように。「わが罪を許したまえ」？　どうか許したまえ、ぼくに対する他人の罪は、いずれもせせこましくて、些細で、愚かで、ちっぽけなように思えます。「われを誘惑に陥らせず」？　誘惑なんて、そんな盲目状態を、どうしてぼくは自分に課したりするだろう。「われを〈悪〉より救いたまえ」？　ぼくは〈悪〉なんて受け入れない。

　処女《おとめ》マリアについては、まったく問題なし。ぼくは大天使だから、すぐに彼女をきみと呼ぶようになる（これはイタリア人が得意とするところ）。「恵みあふれるきみ、きみは女のうちでも祝福され〔「アヴェ・マリア」の祈りの文句。以下はそのパロディ〕。」ぼくは「彼女の腹の果実」なのか？　「腹」(*entrailles*)という言葉がぼくを当惑させる（イタリア語では、もっと繊細に「胸」(*seno*)と言う）。それにぼくは果実じゃなくて、むしろ花でありたい（ダンテはかく語りき）。マリアはたとえ死すとも、ぼくという神の母であるからして、不死に値する。しかも、ぼくがみんなのような「罪人」であるのかどうか、これがはっきりしない。さあ、ぼくのために祈りたまえ、マリアよ、今も、わが復活の時も、世々にわたって、アーメン。

　フィレンツェにフラ・アンジェリコ（一四〇〇—一四五五）の《受胎告知》がある。天使は色鮮やかな翼をもつ夢の蝶で、処女マリアはもの思いにふけっているようで、背景の建物は信じがたいほど簡素で軽やかだ。フラ・アンジェリコ、この驚くべき修道僧は、芸術家、とりわけ画家の守護聖人である。ところが彼が福者の列に加えられたのは、やっと一九八二年になってからのこと。ここまで遅くなったのはなぜなのか？　答えを見つけなくちゃならない。でも前年（一九八一年）、ローマのサン・ピエトロ広場で法王の暗殺未遂があったっけ。

蔵書のなかに、十八世紀の古い革装の挿絵入り聖書があった（ドン・カルメ〔一六七二—一七五七。ベネディクト会の修道僧で聖書注解学者〕のだ）。物語はもっと明快に語られてもいいだろうが、砂漠のヘブライ人の暮らしを描いた挿絵はどれも素晴らしい。フランスの作家で聖書を知悉している者はそうざらにはいないが、ぼくはそのうちのひとりだろう。聖書は不可欠だ。ページを開く、すると即座に崇高さと珍妙さに触れられること請け合いだ。そんなわけで、やがてだんだんと、一方の手には聖書、もう一方の手にはギリシア古典やヴォルテールというふうになってゆく。無知が広がっているから、ぼくはそれを後悔していない。

フランスのカトリシズムは、雑多なところがおかしい。最良のものと最悪のものがごっちゃになっている。聖職者？　たいがい凡庸な人たちだ。いわば神経症の避難所、性的障害の動物園。われらが教区の司祭さまは、たぶん一種の聖人だろう。貴族の出で、損得勘定抜きで貧しき者、とくにジプシーに献身的に尽くしている。一年に一度、ぼくの両親のところに金を取りにくる。信者が拠出する教会維持費だ。遠縁のいとこにあたるとかいう人が、ときどき昼食にやってくる。在俗司祭だというのだが、おしゃべりで、上祭服《カズラ》、白祭服《アルバ》、花瓶敷き、白衣《サープリス》なんかの愛好家。女装したオカマの真似をしてぼくの母を笑わせる。そういえば、また別の聖職者もいた。マクシー叔母さんのところにお茶をしにやってくる人だ。お婆さんたちを相手にお婆さんのようにふるまい、蠟燭の匂いをただよわせている。胸にぶらさがった重たげな十字架を、お婆さんたちは物欲しげに見つめていたっけ。

本当のことをはっきり言うべきだろう、この手のブルジョワというのは無慈悲な人たちで、司祭なんて自分たちの召使い、悪しき阿片の仲介者ぐらいにしか思っていないものだ。それはそれとして、宗教といっても、もう昔みたいにはいかない。信心に凝り固まった女の人たちはまだいるが（それ相当の理由がある）、古びたカトリックの家は崩壊しつつある。一九五〇年代の初頭はまだ、観てもいい映画と観てはいけない映画のリストがボルドーの大聖堂に貼り出されていて、ちびっこ放蕩者の貴重な情報源になっていた。素朴な宗教的情熱は退屈へと変わっていった。八歳の神秘主義者たるぼくは、十二歳のときにはそうじゃなくなっていた。

用済みになったカトリシズムの大陸がふたたびぼくの興味を掻き立てるようになるのは、だいぶ経ってからの話だ。きっかけは芸術、音楽、詩、神学、イタリア。ダンテによる厳しくもまばゆい療養を経て、ぼくはカトリックの燦然たる輝きにふたたび親しむようになる。残念ながらその輝きは、お上品ぶった厚化粧と甘ったるい糖衣で覆い隠されてはいるが。ぼくの父は、道徳と同じく男たちを去勢するために調合されたこの手の薬など、どんなものであれ信じちゃいない。いやがる父をミサに引っぱって行き、魂を繕うために、というかむしろ世間体を取り繕うために、どうか「復活祭の聖体拝領」（をするふり）をしてくれと頼みこまなくちゃならない。しつこく食い下がるのは、もちろん女たち。その女たちだって信仰心が篤いわけじゃないけど、日曜日は、身づくろいしてちょっとした見世物に出かけるいい機会なのだ。もっとも残念ながら教会は殺風景なところで、魔法のステンドグラスなどひとつもないし、ゲルマント公爵夫人なんてひとりも見当たらない。プルーストのとき以来、時代は根本的に変わってしまったのだ。そのプルーストだけれど、ぼくはそのうち例の偉大な本を、いつか読み終えてしまうのを恐れながら——それほどに美しいのだ——読むことになるだろう。そのとき、すべてが決まるだろう。そう、ぼくはヴェネツィアに長く暮らすことにするぞ。

　わざわざ断るまでもないが、告解室のぼくを信用しちゃ駄目だ。格子越しにささやく言葉、司祭のせいでかえって性的な事柄に取りつかれるようになった陰険な女房連中の打ち明け話なんて、どうせ眉唾ものだ。ぼくは初めのうちこそ出鱈目をしゃべっていたが、そのうち告解室からは足が遠のいた。そもそもぼくが犯すのは「小罪」〔恩寵を失うには至らない程度の罪〕だけで、「大罪」などひとつも犯さないのだから（セックスが大罪だなんて、実にくだらない）。大人たちは何かにつけ思い違いをする。ぼくが彼岸のことで頭をいっぱいにしているとでも思ったのか、ある地元の若い司祭のところに行かされる。この司祭、性教育のつもりなのか、びっくり仰天するようなことをもごもご口にする。なんでも子供は、愛の茎みたいなものからやってくるんだとか。それでこの茎が、ママの中心にまで入り込んで自分の種を置き入れてくるらしい。ぼくは司祭を思って顔を赤らめる。馬鹿ばかしすぎる。どこまでもおめでたいこの善人面《ぜんにんづら》の連中ときたら、どこから子供が来るのかも知らないってことか。これは面白い芝居になりそうだ、もしも知識層も含めて社会の全領域にかくも無知が行きわたっているのでなければ。いやいや、冗談なんかじゃない。嘘だと思うなら、男でも女でもいい、とにかく誰かに、異性の生殖器がどうなっているか、正確に描写してくれるよう頼んでみてほしい。愕然とすること請け合いだから。しかもぼくが言っているのは、解剖学的な知見ばかりじゃない。こう言うともっとびっくりするに違いないけど、聖書の神さまが休むことなくなさっているのは、まさにこれなのですよ。かの〈造物主〉は、実は口やかましい〈生殖者〉なのである。ところがイエス・キリストとかいう御仁が、ある日、いまだに語り草になっているように、秘密をばらしてしまった。まさにそれがゆえに、正しき〈律法〉の名において、イエスは〈瀆神者〉と呼ばれることになる。ただし、その後イエスは、甘ったるい感じにつくり変えられてしまったが。大きな間違いだ。

　ボードレールがこれにひねりを加えた。至高の天の（つまり天使の）力の命ずるままに、詩人が、退屈しきった世界に現れる。すると詩人の母親は怖気をふるい呪いに満ちて、この「悪臭放つ芽」を根こぎにしてやれたらと考える〔『悪の華』巻頭の詩篇「祝福」のパロディ〕。事の次第を明らかにしておこう。この子はかわいいし、心配で仕方がないし、いい匂いもするし、食べてしまいたいくらい。でも、この子にはこの子の考えがあって、おまけに天使の見えざる庇護のもとで生きているとくる。おくるみを着せて部屋に閉じこめるものの、この子は抵抗し、だんまりを決め込む。しかも余分なものをもっている。といっても、それは魂なんかじゃなくて（もしそうなら、事はまるく収まるだろうに）、空間や時間や言葉に対する奇妙なかかわり方に関係がある。この子の性器がどうも気にかかるのだ。それはどうやら特別で、怪しげで、自足していて、収まりがつかないものらしく、よっぽど注意していないと、社会に奉仕するかわりに自分のことばっかり考えるようになってしまいそうだ。だいたい司祭や修道僧や同性愛者になるのでなければ、わけ知り顔で女たちのところに出かけて行ってお戯れだなんて、どう考えたって最悪だろう。どこの母親がそんなのを受け入れることができるだろう？

　男の子の包茎手術から母親か叔母かが出てくるのを見たことがあれば、絶対にわかる（ぼくは年下のいとこの手術でそれを確認した）。そんなとき彼女たちは、ミサのときよりもずっと神妙にしていて、神経をとがらせ、顔を赤くしているものだ。割礼でも様子は同じで、ショックをはっきり顔に表し、すっかり蒼ざめている。それは彼女らの関心を強く、あまりに強く掻き立てる。この器官は子供をつくらなければならない――それが、医学的か神学的かはさておき、この器官の唯一の口実だ。そうじゃなかったら、ソドム〔聖書によれば、住民の罪悪のためにゴモラとともに天上からの火で滅ぼされたという街で、「男色」を示唆する〕に行ってちょうだい。そうすれば、わたしたちもよっぽど安心よ。クローデルが大仰だが愉快な言い回しで「糞便の反秘跡」と呼んだものを実践してくれればいい、というわけなのだ。

　勃起、射精、スペルマが女の子にとって謎めいているのは、クリトリス、ヴァギナ、月経、胚形成といったものが男の子にとって謎めいているのと同断だ。そういうのが頭のなかで混沌と渦巻いている。だが唯一の共通点があるとすれば、これはもう間違いなく、アナルだ。こういうのはみんな、いずれおわかりのように、最後には金銭の話、つまりは死の話に行き着くだろう。そしてバルザックに、恐るべき復讐劇に、擦り切れた怨恨に、重い沈黙に、酸っぱい倦怠に、墓地に向かうのだ。墓地は月下にあり、愛は太陽から消え去っている。自分ではかならず否定するし、立派なりはしているものの、大人はみんな失敗した子供であって、その失敗を子孫に、是が非でも、社会的上昇というかたちをとってでも伝えようとする。子供時代？　阻害された楽園。いや、違うね、ぼくはそれを胸にしまっておこう。みんなの子供時代に合わせようとして、自分の子供時代を否認したり裏切ったりする理由はこれっぽっちもない。みんなの子供の頃なんて、たいてい屈従していたり、不幸だったり、偏狭だったりするものじゃないか。

　あの「守護天使」の話を文字どおり受けとめると面白いのでこう言うのだが、ぼくは守護天使の庇護のもと、花畑の真ん中を進んでゆく。気違いでいること、すなわち真の意味で理性的であること、そして決して働かないこと——そのためには、技芸や学問がたくさん必要になってくる。ただ気違いどうしなら、たまにわかりあえることもある。ぼくが念頭に浮かべているのは、老いてなお美しかったあの伯母のこと、ある遠縁の盲人の妻、ジエール県在住の公証人の妻のことだ。ぼくらの家では毎年一カ月間、その夫婦を迎え入れることになっている（家の慣例だ）。夫のほうは革張りの肘掛椅子に腰かけてさかんに煙草をふかす。奥さんのマルトは、頭がおかしいと噂されている。彼女の美しくも錯乱した顔つき、緑灰色の眼を思い出す。誰も彼女に注意を払おうとせず、みんな癩病患者みたいに彼女を避けている。けれどぼくは彼女のことが好きで、よく観察している。彼女が手の内を隠していること、追い詰められて混沌と支離滅裂の役割を演じていることをぼくは知っている。なんと奇妙な生ける幽霊、なんという亡霊、なんという力であることか。ある午後（ぼくらは二人だけ）、彼女は客間のフランス窓越しに、雨が庭に降りしきって窓ガラスに点々と散らばってゆく様子を見つめている。ぼくは彼女に近寄って、何を考えているのかと尋ねる。すると彼女はゆっくりと、分別に満ちた様子で応じてくれ、こんな尋常ならざる文句を口にする（ぼくの耳にはまだその響きが残っている）。「人間の浮沈《ヴィシシチュード》のことを考えているの。」ぼくは辞書を引きに行かざるをえなかった。*Vicissitude*（ラテン語 *vicissitudo*）——人生に影響を及ぼす、幸せだったり不幸だったりするもろもろの出来事（たいてい複数形に置かれる。les vicissitudes de la fortune〔運命の浮沈〕）。

　彼女が考えていたのはきっと、不幸な、とても不幸な出来事だったに違いない（目の見えなくなった公証人の夫とともに田舎に閉じ込められていること、離婚やら遺言やら贈与やら相続やらにまつわる些細な秘密のこと）。しかし、どこからあんな文句を拾ってきたのだろう？彼女はどんぐりまなこでぼくをじっと見据え、それから不意に、女神のような威厳をたたえた姿勢になる。だが一分後、支離滅裂なことをまたぞろしゃべりはじめる。メッセージは受け取ってもらえたかしら、新米の坊や？もちろんです、完璧に受信できました、とびきり美人の伯母さま。

「物心のつく年頃」になる直前、司祭だった年老いた伯父が亡くなった。遺体はマクシーの家の寝室に安置されている。それは夏のことで（ぼくらの家では、だいたいが夏に亡くなる）、太陽がじりじりと照りつけている。ぼくは母に付き添いを頼まれ、信じがたいほど静かな遺体安置室に足を踏み入れる。そこで母が言う、「ご覧なさい、これが死んだ人なのよ。」言わんとしているのは、なんでもないものだ、ということだ。死に関することでは、女性はたまにすごく奇妙なふるまいに及ぶことがある。まさに同じ寝室で、ぼくの父方の祖父が亡くなったときの話。祖父は死期がせまるにつれ蠟の匂いが耐えられなくなってきたというので、祖母（ある種の聖女で、チェッカーは強いほう）は、そこらじゅうをせっせと蠟で磨きはじめたのだ。つまり祖父は、聖人の芳香を放ちながら死んだ〔立派なキリスト者として死んだ〕というわけだが、これは祖母の不安と絶望からくる意地悪、致命的な愚行といったところか。数年後、この聖女がまさに同じ場所で最期を迎えようというとき、長男（モーリス）は注射器を手に、母親をどうにかして苦痛から解放しようとしていた。注射針を打とうとする瀬戸際で、たまたま弟（ぼくの父）が止めに入り、二人はつかみ合いになった。安楽死を実行しようとした素人医師のほうは、そこで泣き崩れた。

兄弟のどっちが孝行息子ということになるのか？　幕にしよう。

発見

すべての状況の鍵はセックスと本にあるらしいことが、わかりはじめる。セックスというのは、つまりこうだ。味気ない数年を過ごしたコレージュは、ぼくが生涯でただ一度だけ小児性愛の被害にあったところで、その被害というのは、ある数学の教師が、進歩したところを見せないとクラス全員の前でズボンを脱がせて尻を叩いてやるぞとぼくを脅しながら（脅しはおそらく暗号化されたメッセージだったが、教師が下層の出身だったせいで理解不可能だった）、変なふうに喘いでいたことだったのだが、そんなコレージュを終えてリセに入ったとき、ぼくはすぐにマスかき友達をひとり選び出した。そいつは同い年の生徒で、ここではジャン、いやむしろジャノと呼ぶことにしよう。ぼくら二人のうち、どっちが先に始めたのか？　どっちとも言えない。いずれにせよ、ぼくらは少なくとも二年間、つるんで遊んだわけだ。それも、きわめて楽しく遊んだ。彼は美少年だったか？　そうとも言えない。そもそも、そんなことは問題じゃなかった。頭がよかった？　とても。それに彼は教師一家の生まれで、物知りで、物分かりがよくて、宗教とは無縁で、いつも機嫌がよかった。こう言っただけで、ぼくの唯一の「同性愛」の体験がどんなだったか、きっとおわかりになるだろう（というよりむしろ、少年愛の体験と言うべきか。後年のきわめて女性的な女装家たちとの付き合いは、「同性愛」の範疇に入らない）。まあ要するに、勃起を比べただけだ。鈍重な同性の大人にはいっこうに惹かれなかったし、嫌悪を感じることさえなかった。逆に、年上の女性には大いに惹かれた。どれほど惹かれたのかについては、あとでお話しよう。とにかく、とりわけ庭でたびたび繰り返したジャノとのふざけあいは、精液が出てびっくりしてからというもの、徐々に止んでいった。男の子の精通は、女の子の月経が家族や社会のスポットライトを浴びるのに比べると、ぜんぜん話題にならない。まとめよう。ひとりぼっちで、たまに友達といっしょにマスをかき、やがて女性が相手になる。女性であって、女の子でもなければ若い娘でもない。若い娘たちときたら、何も知らないものだから、退屈で仕方ない。

蔵書は、まさに宝島だ。マクシーの家の図書室にはフランス窓があって、小さな竹藪に面している。ぼくは中国にいるのだ。雨、孤独。花柄の絨毯のうえにたたずみ、体のことを忘れ去る。無上の喜びだ。『海底二万里』、『征服者ロビュール』、『八十日間世界一周』など、ジュール・ヴェルヌの本が挿絵入りの大判で揃っている。そればかりか、『解放されたエルサレム』〔タッソ（一五四四―一五九五）の叙事詩〕、アリオスト〔一四七四―一五三三。『狂えるオルランド』で知られるルネッサンス期イタリアの叙事詩人〕、『墓の彼方の回想』〔シャトーブリアン（一七六八―一八四八）の回想録〕も。それからフェヌロンの全集（どこから来たのだろう？）にバルザックの全作品。画集もあるけど、エロチックなやつはひとつもない。逆にロールの家の図書室（二階、右手、窓を開けるとすぐにヒマラヤスギが迫ってくる）では、画家ごとの画集が大きな書棚を占めているのだが、そこにはとにかく見事な、太りじしの裸婦がいっぱいいる。たとえば、あの大寝業師ルーベンスとか。ぼくたちの家にあるのはもっと「モダン」な本で、ジロドゥー（ちんぷんかんぷん）、コレット（甘すぎ）、プルースト（啓発的）に加えて、「緑色文庫」〔アシェット社が刊行している少年向け叢書〕の小説もすべて揃っている。とくにジャック・ロンドン、それからジェームズ・オリヴァー・カーウッドの『狼犬バリ』。この本に夢中になっているときは、ぼくは北極の犬になりきっている。とくに啓示をもたらしてくれたのは、古代ギリシアについての挿絵入りの本だ。橙色と黒色の壺、舞踊、狩猟、ニンフ、サテュロス、神々、女神たち、これらすべてがまるで深い庭から出現したようだった。

ぼくは自分が夢遊病者だということに気づく。屋根のうえ、樋の端にいたりして、危うく死にかける。身体が生きるこの独立した生、というよりむしろ、ひとつの身体に含まれる多様な身体の生が、ぼくの興味を掻き立てる。ぼくは思っているよりも軽くて、独立していて、自由なのだ。ぼくは間違いなく、階段でひらりと舞い上がったことがある。それが嘘だという証拠なんて、ひとつとしてあるまい。同じように、ぼくは街路の歩道のうえに浮かんでいることがよくある。あるいは、鳥さながら木々のうえを飛翔していたり。この種の感覚には陶然となるし、幸先《さいさき》もよさそうだ。気がついてみたら、ぼくは真夜中、眠りこけた鶏舎のそばにいる。寒さを感じて、目を見開き、忍び足でベッドに戻る。別のとき、このときは決定的で、気づくとぼくは朝の三時、明かりをつけた机に向かって腰かけ、ボードレールの「人間と海」を読んでいる。目を閉じて、眠っているほうが、ずっとよく理解できる。

自由な人間よ、いつもきみは海をいとおしむだろう！
海はきみの鏡だ。きみは自分の魂を見つめる、
無限に寄せては返す波のなかに、
そしてきみの精神も、劣らず苦い深淵だ。

そしてとくにここ――

きみも海もともに陰鬱で口数が少ない。
人間よ、きみの深みの底を測った者はいない。
おお海よ、きみの内面の豊かさを知る者もいない、
さほどにきみたちは、汲々として自分の秘密を守ろうとする！

ここはあらゆるものから遠く離れたフランス南西部、早くも葡萄の取り入れの時期になっている。ぼくは子供なので、大きな搾り機のなかに裸足で入ることを許される。長くはいられない。ぐらぐらするのだ。ぼくは葡萄は好きじゃないが、ワインは大好きだ。といっても、ここで作ったやつだ。ほかにワインなんてない。料理もワインもとてもおいしくて、言うことなし。ボルドーのしきたりは知られるとおり。アントレに牡蠣とクレピネットを、冷やしたソーテルヌ〔ボルドーの白ワイン〕で。ニシンのすかんぽ添えを、軽めのサン＝テミリオン〔赤ワイン〕で。肩ロースとヤマドリタケを、マルゴー〔赤ワイン〕で。アイスクリームを、室温に戻した最初のソーテルヌで。食後の挨拶は、みなさんお昼寝をごゆっくり、もしくは、おやすみなさい。ボルドーの住人たる者、決して泥酔はしないが、いつもほろ酔い加減でいるものだ。自分の葡萄畑を眠らせてはいても、自分の出自はわかっているものだ。

偽善はなしだ。当時は「家政婦」とひとくくりにせず、女中、料理女、清掃婦などと言ったものだ。微妙な違いがあり、多様な身体がある。いつも四、五人はいる。ぼくは十二、三歳の頃、彼女たちとつきあい、彼女たちに身をまかせた。彼女たちは困惑するが、面白がりもする。それでたいていの場合、うまくいく。

　とくにテレーズ、美しき血まみれ女。彼女が兎を叩き、ひねりつぶし、壁に吊るし、ほぼ一撃で毛皮をむしり取るのを、あるいは鴨の首をぶった切る――鴨は首なしのまま花壇をひとしきり走る――のを目のあたりにしなければ、三十歳になるこのたくましくも麗しい田舎女の、衒《てら》いのない、無邪気なほど残酷な美しさはわかるまい。ぼくはしばしば台所で彼女の様子を、とくに肉を切り分けたり、肉から骨を取ったりする様子を眺める。ぼくたちは見つめあうだけで、わかりあえる。彼女は作業着の下の乳房を（見事な乳房を）さわらせてくれる。それに、口の端に軽くキスしてもくれる。はい、おしまい。「血の煮込み《サンゲット》」を食べたことがあるかって？　喉を掻き切った動物の血を、卵料理に使う青い小ぶりのホーロー皿で煮込んだやつを？　もちろん。あれはとてもうまかった。パセリを少し添えたりして。今もう一度同じものを食べろと言われたら、ちょっと無理かもしれないけど。

　それからジャニーヌがいる。おてんば娘で、欲情をそそるようなタイプじゃないが、いっしょに田舎をサイクリングする。葡萄畑沿いを走ったり、下草に埋もれた道を行ったり。それからマドレーヌとドゥニーズ。この二人は本物の女性で、ガレージの奥で、突っ立ったままのぼくの性器を愛撫してくれる。そうやって彼女たちは奇妙な快感を覚えるらしい。それからウージェニーがやってくる。でもこれは、ぼくの最初の小説『奇妙な孤独』をお読みいただかなければ。

「彼女はやってきた。雨が降っていて、ぼくの部屋の窓からは、ひしめきあって屋根をつくっている傘、彼女のスカートの裾、彼女の踝しか見えなかった。いっさいのことがただひとりの女にかかっているとも言えるので、耳をそばだて、その女のはっきりと聞きとれぬ足どり、彼女の話の句切り、会話に口をさしはさむ声を聞き分けようと努力しているとき、――そんなとき、いろいろな人の上気した声を耳にすると眩暈を感じてしまう。笑い声が聞こえた、言葉を探している気配だった。

　階段を上ってくる。今度は、もうじっとしてはいなかった。踊り場を横切っているうちに、少なくとも、部屋を出たことのもっともらしい言い訳は考えつくだろう。だが、すぐにぼくらは向かい合った。ぼくには彼女の眼しか見えなかった。その眼は皮肉をみなぎらせてぼくを捉えたので、ぼくは口ごもりながら挨拶し、頭を下げ、微笑するのがやっとだった。そのふたつの眼は相手をじっと見つめていた、たぶんそんな力が他人にあると認めることをぼくが軽蔑してきたせいだろう、ぼくはそうやって見つめられることにあまり慣れていなかった。まなざしの色を認める余裕も、その視線の源である顔を確かめるゆとりもなかった。黒い服を着た彼女は、巫女というか、何か厳しくていかめしいもののように、ほんとうに暗く謎めいていた。今でもぼくは、喪服の女を見ると、かならずあの日の彼女を思い出す、浅黒い肌をしていて陰鬱な、しかし眼には無遠慮と陽気さをいっぱいにきらめかせていた彼女を。

　夕食のとき、ぼくは公然とコンチャを観察し、彼女はぼくの視線に耐えた。彼女は戦いを拒みもしなければ挑みもしない、そして彼女の眼は探るように、しかも冷ややかにぼくの眼に据えられていて、その眼がぼくの欲望に応じているのか、それとも抗っているのか、ぼくには決定できなかった。すばらしい眼がかならずそうであるように、彼女の眼は何色と確定しがたい色をしていることに、ぼくは気がついた。栗色でもなく、緑色でもなく、ほのかな緋色を帯びているのが、まるで彼女がその色の使い方を知っているというふうだった。彼女に話しかけざるをえないことが残念でならなかった。話をすることで観察がともすればおろそかになってしまうからだ。しかし、スペイン語を満足に話せるのはぼくひとりだったし、彼女はフランス語がよくわからなかったので、ぼくは彼女のために通訳をつとめなければならなかった。だがすぐに、この言語上の共犯関係が、もうひとつの、さらに深い共犯関係をつくりだすように思えた。ある質問をされると、彼女の顔はぼくのほうに向けられ、無言で呼びかける、そんなときがぼくは好きだった。」

　恋愛だったのかといえば、それは時が経っているので、もうわからない。でも、情熱だったことは間違いない。

情熱とは、是が非でもここにいてほしいという強い望みだ。決して現れるはずではなかったのに、実際に現れると、ある意味で、時間そのものをひとり占めにしてしまう。アルベルチーヌは、『失われた時を求めて』の語り手にとって、「〈時間〉の大いなる女神」になる。神慮と言ったらいいのか、やがては人生を支配することになる途方もない偶然。ともかく、ぼくはそのとき初めて長いディープキスをし、そしてそれに続くことを知ることになる。キスの上手な者は、すべてを知る。

しかしまだ当面は、庭のなかを走りまわり、療養につとめ、脆弱さと病気とを力に変換している段階だ。自転車、サッカー、テニス。敷地内の家屋をひとめぐりする儀式があって、ぼくはこれを日に二、三十回は繰り返す。テラスを横切り、壁を乗り越え、マユミの木立のあいだを駆け抜ける。これを繰り返すのだ。息を切らせながら近道を考え出し、脱走し、逃走し、しだいに速度を上げ、必要な言葉、というか呪文を唱えて魔法の輪をあやつる。壁を越えるんだ〔「無断で抜け出すんだ」の意〕。絶対に見つかりっこない。子供向けログハウスの意味もこんなところにあるのだし、ヘブライ人のエジプト脱出も同じことだ。ヘブライの民を導いたのは火だか煙だかの柱だったが、ぼくを導く柱は目に見えないし、それが神なのか悪魔なのかも（まあ結局悪魔だろうけど）大した問題じゃない。さあここから、いやこの地球から逃げ出そう、あの大きな紫陽花の生垣もはっきり同意してくれてるし。

これとは別の、視覚的なトライアルもあって、それはこうだ――屋根裏の寝室のひとつに上がると、太陽をじっと見つめ、空から落っこちて、まるで世の終りみたいにくるくる回りはじめてくれたら、と願う。ファティマの聖母の出現譚〔第一次大戦中、ポルトガルの小さな町ファティマで起きた聖母出現。子供たちの前に聖母マリアが現れたほかに、群衆を前に太陽が狂ったように回転したという〕のように。こんな気違いじみたことをやって、よくも網膜に火傷を負わなかったものだと今でも驚くが、あれはパラノイアの自然な、輝かしい徴候だろう。パラノイアの人間には敵がいるだけじゃない。敵から莫大な核融合エネルギーを引き出そうというわけだ。ぼくはひとりきりでひとつの宗派、ひとつの宗教だ。太陽を真正面に見据える鷲、空高く飛翔するエジプト人、ピラミッドの頂点、それがぼくだ。燃え上がる円盤か、あるいはこのぼくか、どちらかはじめに折れたほうが負け。ぼくはひそかに秘儀に参入し、啓示の光を浴び、地下倉と暗くてじめじめした墓場を抜け出して、がりがりの体を克服し、大宇宙と融合する。ぼくは不死身なのさ、そうだとも。

あるいはこう——この屋根裏の寝室は神殿であり、スペースシャトルだ。いつの日か、ここに地球外の女を迎え入れることになるだろう。彼女はベッドのうえに、裸のまま身を捧げるようにして現れることになるだろう。その女こそウージェニーであり、このベッドはぼくらのベッドになるだろう。

地下倉にはいくつもの酒樽、瓶、ワイン棚、地下の土の匂いがあって、薄暗がりのなかを彼女と降りてゆく。屋根裏にはいくつものトランク、書類束、驚くほどの埃、窓に嵌めこまれた太陽があって、それから彼女の頬に、首に、口に、髪に、腕に、乳房に、腿に、そして何より彼女の笑いのうえに倒れ込む。回れ、回転木馬よ、ぼくのところに来ておくれ。「わが呼びかけに来たれ、黄金の衣をまとったミューズよ。」これはピンダロス、遠くの光の国に住まう詩人だ。

あるいは、学校の友達といっしょにあの白いボートに乗り、アルカション湾を漕いでゆく、レ・ザバティーユのほうへ、ル・ムルローのほうへ、ル・ピラのほうへ。大砂丘の沖合の砂洲まで行くと、釣り竿の針先にムール貝をくっつけて、釣りに興じる。釣れた魚は裸足のうえでぴちぴち跳ねるが、いつも釣れるわけではない。ボートの板のすき間をふさぐパテの匂いは、スキー板のワックスの匂いとともに、いまだにぼくの鼻孔を刺激しにやってくる。

松の木立に囲まれた別荘には、夢のバンガローがある。柳を編んだ長椅子、青いクッションも。隣村の海辺のアイスクリーム屋の屋号は〈愛のアイスウエハース〉。あちこちで小銭をくすね、自転車で店に駆けつけると、またもやチョコ玉をふたつ。自転車のハンドルが日差しを受けて輝いている。

ちっとも勉強しなかったのに、いったいどうやって、まずまずの成績で学業を続けていられたのだろう？　一度として落第せず、選抜試験をくぐり抜け、気がつくと財政数学の講義が終わったあとの階段教室に――いつもぼんやりうわのそらで――いたというのは、どうしたわけだろう？　はっきり言って、まったくわからない。答案用紙を埋めたには違いないが、いま目に浮かぶ答案用紙はどれも白紙のままだ。辛かったという思い出も、そういう印象も、いっさいない。ただ、こんなことにはなんの意味もないんだという確信だけはずっとあった。ぼくの家庭環境のせいで贔屓されていたんだろうって？　それはありえない。それどころか逆に、リセの先生の大半は共産党員かそのシンパで（それゆえ、この落ち着きのないブルジョワの息子に苛立っていて）、学校の友達も（女子も含めて）、ぼくに対してはいかなるシンパシーも抱いていなかった。それでも何人かは（とくにジャノは）、たしか宿題を見せてくれたはずで、ぼくはそいつを急いで書き写したものだ（写すのは得意だった）。あるいはもしかすると、共和国の学校は当時すでに完全な崩壊状態にあったのかもしれない。フランス語、ラテン語、歴史の成績は良好。でも他はどうかって？　スペイン語はとてもよくできたが、これはまあ当然だ。英語はまずまず。のちになってイタリア語。それから中国語も二年ばかり、試しにやってみた。そういえばスペイン語のお爺さん先生には、本当に感謝している。奇妙にもぼくがスペイン語を易々とあやつるのを見て（ウージェニーの特別個人授業のせいなのだけれど）、あの素晴らしきグラシアンの、自身の手になる『宮廷人』の翻訳をくれたっけ。

リセ・モンテスキューにいた頃の、一九四八年から四九年にかけての学年のぼくの成績表をあらためて見てみると、総合評価のところにはこうある――「おしゃべりで落ち着きがない。自習室で遊んだり歩きまわったりして時間を無駄にしている模様。」

〈高等商科大学〉の一次試験に通ったあと、どういうわけか〈高等商科経済学校〉の入学者選抜試験に合格し、当時は高度に気まぐれだったこの学校に、ぼくは顔を出すようになる。でも課程を修了することはなかった。授業をさぼっているうちに、端的に行かなくなったからだ。ぼくの両親がこういう進路を課してきた。従兄という以上の存在だったピエールと同じ道を歩ませ、やがては工場を共同経営させようとの目論見からだ。とんだお笑い草だが、仕送りしてくれるのだから、まあいいか。すると事態は急変、ぼくは本を出版する。
教訓――気づかれず疑われもせずに我が道を行こうとする者は、捕まらない。捕まえられたくない者は、法律を究明しない者は、法律と純粋に技術的な関係を結ぶだけにする。自分が人目につかないことがわかっている者は、人目につかない。こういう無関心な態度は、のちのち、テレビカメラが回っているときでも変わらない。

地下活動は、喜んでやっているなら、すぐに習得できる。何よりもひとりきりでいるのが好きなら、それで十分。そもそも人間の不幸のいっさいは部屋にひとりでいられないことからくる〔パスカルの有名な箴言〕のだから。つまりは、人とは逆のことをすること、だが毅然とそうすること。そうすれば、きみは人目につかないところにいられる。誰も何も――露ほども――気がつくまい。そう、きみはちゃんと逃げおおせたということだ。

よくぞヴォルテールは、一七六一年に、トロンシャンにこう書き送ることができたものだ――
「ときどき私は自分の幸せが夢ではないかと思うことがあります。自分はどういうふうにしてもっとも幸せな男になったのか、これを申し上げようとしても、なかなか言葉にできません。私は端的に事実だけを申し上げているのであって、理屈を捏ねているわけではありません。」

何をめざして、ぼくはこんなふうにしていたのか？そのときにはまだはっきりわからなかったけれど、磁力を及ぼしていたのは詩であり、詩だけだった。ボードレール、ランボー、ほかもみんな、乱読もいいところ。鳴り響くものがあると、思考のリズムがあると、ぼくも応じる。かつて読んだロートレアモンの『マルドロールの歌』と『ポエジー』の古い版を今でも持っているが、そこらじゅうに下線が引いてあり、破けている。眠りに落ちるまでずっと、何度も読み返したものだ。何度も読み返したせいでぼろぼろになった本といえば、ニーチェの『この人を見よ』もそうだ――
「彼は自分の養分になるものだけを美味と感じる。養分になる限度を越えると、彼の嗜好も、彼の食欲も消えてしまう。害になるものに対しては、よく効く薬を察知する。不利な偶然は自分の利益になるように利用する。要するに、死をもたらすものでないかぎり、何でも彼を強くするのである。彼は見たり聞いたりすることのすべてから、経験することのすべてから、自分の本性に応じた利益を引き出すことが本能的にできる。すなわち彼自身が選択の原理なのであり、多くをふるい落とすのである。彼がつきあうのが書物であろうと、人間であろうと、風景であろうと、彼はつねに自分の仲間のなかにいる。つまり彼は、自分が選択し、承認し、信頼することによって、相手に対する敬意を表すのである。どんな種類の刺激に対しても、彼はゆるやかに反応する。このゆるやかさは、長きにわたる慎重さとみずから求めた誇り高さのために、おのずと身についたものなのだ。彼は近づいてくる刺激を吟味するのであって、みずからすすんで刺激を求めるようなことはしない。彼は《不運》も《罪》も信じはしない。自分自身に対しても、他人に対しても、ちゃんと決着をつける。忘れるすべを心得ているということだ。——彼の手にかかると、なんでも彼の利益にならざるをえないほど、彼は強靭なのである。」

パリ

そもそも、ぼくがヴェルサイユにあったイエズス会運営のサント＝ジュヌヴィエーヴ校を放校になるのは、そういった本（それにシュルレアリスムとサド）のせいだ。ウージェニーとのスキャンダルが両親の知るところとなり、ぼくはその学校に流刑に処されていた。生徒の寝室には定期的に検査が入るのだが、神父さまたちが、引き出しに注意深くしまい込んであった忌まわしい本を見つけてしまう。公平を期そう。ぼくが放校処分になったのは、そのせいだけじゃない。ぼくはまったく、というかほとんど、勉強に身を入れていなかったのだ。

　下着やシャツの整理棚の番号は服に縫いこまれていて、

僕のは五番。毎朝六時三十分に、「外気浴」と呼ばれる散歩のために、公園に集まることになっている。洗面器で洗顔、水は凍ったように冷たく、シャワーは週に二回、食事はとても食べられたものじゃない。卵の粉末入りオムレツとでもいったような。礼拝堂、また礼拝堂、それに国旗掲揚（陸軍士官学校《サン・シール》、海軍兵学校《ナヴァル》、理工科学校《ポリテクニック》の受験準備のために来ている生徒がいる）。商科大学の受験準備のために来ている惨めな連中は「商人《あきんど》」とあだ名され、精神薄弱にして社会の滓だと見なされている。もっとも、そういう見方は間違いじゃない。ぼく自身、ここで自分が何をしているのか考えさえしないし、じきに終わるのを待っているだけなのだから。

深刻な時代だ。信仰心は失せ、若者は腑抜けのくせに、家族、労働、祖国、一般的な価値観に楯突くようになっている。それにもしかすると宗教も、神の存在さえもが危うい。これではたまらない。「奉仕」という力強い名前の学校新聞が書きたてるように、軍隊は危殆に瀕している。〈悪魔〉が徘徊している。ぼくの部屋で見つかった本は、ぼくがサタンの下回りである証拠だ。しかも礼拝をたびたび欠席していることが、たちまち見咎められる。いっそう由々しきことに、ぼくは一度も告解に行こうとしない。義務ではないが、行かないのはまずい。つまり神を信じていないことになる。でも、かりにイエズス会の教義が禁じられ、迫害でもされれば、逆にイエズス会士になることも辞さない――そういうひねくれ者。ぼくがこの手の珍種であることは、イエズス会の側も感づいている。「きみの性格はわれわれのところに向いているね」、ぼくの上着の襟を苛立たしげに撫でまわしながら、校長は言ったものだ。その後校長には、ひどい愚行がばれてしまうのだけれど。ぼくはある友達と、戦死者の慰霊碑に唾をかけに行ったのだ（この慰霊碑にはやがて、アルジェリア戦争の最中、そのときとは別の友達の名が刻まれることになる）。

そう、深刻な時代だ、何もかもが瓦解し、何もかもがわれわれを脅かし、何もかもが駄目になっている。フランス帝国はいたるところから浸水している。ディエンビエンフー陥落のとき（ということは、一九五四年の三月）だ、国民的弔意の表明とかで、半旗を掲げた校庭で、ひと晩じゅう気をつけの姿勢を取らされたっけ。それは始まったばかりだ、地球は地軸を変えつつある。

　古くさい話になるが、当時はまだ「新入生いじめ」があって、新入生は決まっていびられることになっている。イニシエーションの馬鹿げたパロディ。校庭を後ろ向きに歩かされ、「先輩」に敬意を示すために靴を磨かされ、使い走りをさせられ、先輩の前ではつねに気をつけの姿勢を取らされる。文句はご法度。できなければ、地べたで腕立て伏せを二十回、三十回。いちばんひどいのになると、頭巾をすっぽりかぶったままヴェルサイユの庭園を走らされる。剥き出しの脚にイラクサが当たって痛い。でっかい香料パンの一切れにマスタードを塗りたくったやつを飲みこまされたと思ったら、ヴェルサイユ宮殿の大運河に落っこちる真似をさせられる。「人は男に生まれるのではない、男になるのだ」、偽ボーヴォワール大佐が叫ぶ（くだらない冗談だが、これはイエズス会がカミュを支持してサルトルに反対する立場を打ち出したのに由来する。おかげでぼくは決定的にサルトルのシンパになる。もっとも、のちのちサルトルには異議を唱えることになるのだが）。まあ要するに、兵隊じみているわけだ。体制化したホモのファシズム、徒刑囚、便所、糞ったれの臭いがする。やがて、アルジェリアにアラブ人ども（というか、「ネズミども」〔北アフリカのアラブ人の蔑称〕）を叩きのめしに行くんだという、馬鹿面《ばかづら》さげたフランス野郎たちを、ぼくは目のあたりにした。そして連中の面《つら》を前にして反吐を吐いてやった。「ジョワイヨーを縛り首に」がすんだと思ったら、今度は「お大尽野郎ジョワイヨー」か。隠れブルジョワとか隠れ小貴族とかがそう叫ぶ。連中はじきに北アフリカの山岳地帯で殺されることになる。それ以外の連中はやがて結婚し、子供をもうけ、実業界で、いわゆる立派な地位を占めることになる。ぼくのペンネームが有名になるや、かつて同じ学び舎にいた者として講演してくれないかと頼みにきたりする。そこでぼくはひとつ教えてやる。妻のジュリア・クリステヴアが、精神分析家として、見事な神学批判の講演をやってくれるよ、と。彼らは何も理解できないが、拍手はする。証明終わり、マル。

ぼくはランプの下で禁書をむさぼるように読む。気に入ったフレーズに下線を引き、それらを暗記し、メモを記し、文章を殴り書きし、捨てては拾いあげ、また捨てる。それはともかく、ある晩のこと、礼拝堂で聖歌のコンサートが開かれる。パーセルの聖歌。ぼくはそのコンサートを、決して忘れまい。ジャズとフラメンコに次いで、クラシック音楽がぼくの人生に入り込んできたのだ。それから、ある年寄りのイエズス会士が、中国での経験を語って聞かせてくれたときのパフォーマンスも忘れがたい。この巨大な国で暮らした人の話を聞くのは、そのときがはじめてだった。そのボニション神父（この名前はでっちあげじゃない）、ぼくの作文に目をつけてくれたのはいいのだが、わざと悪い点を付けてくる。それどころか、二十点満点で二点を付けたぼくの作文を、やってはいけない例として、啞然とするクラスの生徒たちの前でわざわざ読みあげたりもする。

なかなかの役者だが、ぼくを懐柔するにはそれじゃ足りない。ボニション神父はたぶん、何かのカトリック小説の傑出した登場人物ではあるのだろう（たしかにそうなのだ）。でもぼくは、かくも悲壮なマゾヒズムを継承するためにいるわけじゃない。ボニション神父は自分の舎監部屋にぼくを呼び寄せ、少しよだれの垂れた口をゆがめながら、みずからの無の経験の奥底からぼくを見つめる。ぼくのことがお気に入りなので、そうやってぼくの歓心を買おうとする。でも無駄骨だ。守衛も含めて寄宿舎の人間は、そろいもそろって常軌を逸した童貞だ。ぼくはもっとマシなことをやらなくちゃならない。カトリック教会の童貞たち、在俗の性的弱者たち、なんたる教育の図だろう、なんたる権威の病理だろう。これはずっと変わらないのじゃないか、とぼくは思う。

木曜午後の自由時間。ぼくの行き先はヴェルサイユ庭園で、そこなら小道という小道、彫像という彫像、噴水という噴水をすべて知っている。わが家のようなもの、わが子供時代の拡大版。ぼくは歩き、腰を下ろし、また歩く。きしる砂利、樹林、林間の空地。やがてここ、トリアノン宮を再訪する日が訪れる。そのときはもうひとりじゃない。

日曜日は、朝から晩までが自由。ぼくはパリ行きの列車に乗り、サン＝ラザール駅まで行く。それでもってレストラン、娼婦の追っかけと、豪勢な暮らしをたっぷり二十二時まで楽しむ。そのときの娼婦のひとりから、はじめて性病をうつされることになる。これには弱ったが、大したことはなかった。ウージェニーは遠いところにいるから、今後はもっと下賤な楽しみも経験しておかねばなるまいと、ぼくは考えはじめている。パリの娼婦が不愉快な女たちだということではさらさらない。それどころか称賛を惜しむつもりはないし、あの小柄できびきびした素晴らしい女をなんとか探し出して、再会したいくらいだ。彼女は当時二十五歳（ぼくは十八歳）、マドレーヌ界隈で仕事をしていて、学生のぼくのために街路で客引きをしてくれるという。その前には、立派なネクタイを一本プレゼントしてくれたこともあった。ときどき、連れ込み宿の入口で尋ねられたこともある、「まさか、未成年じゃあるまいね。」

　のちにバルセロナでは、もっと深入りした。バリオ・チーノ〔バルセロナの歓楽街〕が最後の輝きを放っていた頃の、素晴らしきカタロニア娘たち、つまりは世界一の娘たち（彼女たちのお祖母さんは、ピカソが歩いて動くのを目のあたりにしたわけだ）。さあ《ヴァモス》！　元気を出せ！

　急ぎ足で「学校」に戻っても、翌日の「外気浴」には間に合わない。まあ要は、一年半をこんなふうに過ごしたわけだ。それでもって、こんばんは、ぼくをクビにしてください、ぼくもあなたがたをクビにしますからね、これで話はおしまいにしましょう、《Ad Majorem Dei Gloriam》〔「神のさらなる栄光のために」を意味するイエズス会の標語〕、ジョイスよ、ロヨラよ、グラシアンよ、世々にわたって、我を助けたまえ。

　誰もがおのれの体験を語るべきではなかろうか。作家も、詩人も、哲学者も、司祭も、闇の司祭も、政治家も、銀行家も、警察官も、軍人も、革命を説く演説家も。少しははっきり見えるように。

　きみの子供時代を、青春時代を、ぼくに語りたまえ。そうすればきみが誰であるのかを言ってみせよう。

　ついでながら言っておくと、あの凡庸なドイツ人作家ギュンター・グラスの告白には笑ってしまう。ノーベル文学賞作家グラスは十七歳のとき、息苦しい家庭から逃れるために、ナチの武装親衛隊に入隊したというのだ。たぶん忘れられてはいないだろうが、グラスは戦後の社会民主党の偉大なる良心だったわけだ。その彼が、この「汚点」を告白するに至るまで長らくだんまりを決め込んだことに、憤慨してみせる偽善的な輩もいる。しかし、真の問いを口にする者は誰もいない。つまり、こうだ。なぜグラスは、親衛隊に入隊しようなどという欲を抱いたのか？　家庭から逃れるため？　本当に？　むしろ、当時自分が抱いた欲望について何も知らずにいるためじゃないのか？　そもそも、どんな欲望だったのか？　はっきり説明していただきたい（でなけりゃ、ジョナサン・リテルの見事な小説『慈しみの女神たち』〔二〇〇六年のゴンクール賞受賞作〕を読みたまえ。あるナチ親衛隊将校の告白という体裁だ。将校は、母親殺しをきっかけにして、受身の男色行為を通じて自分の姉との近親相姦的な融合を求めるようになる。でも、この欲求の捌け口は、虐殺の悪夢以外にない）。ああ、まったくなんて悲惨なのだろう、キリスト教徒であったり、保守主義者であったり、社会主義者であったり、ファシストであったり、コミュニストであったり、社会民主主義者であったり、反動主義者であったり、進歩主義者であったりするというのは。こういう舞台装置の全体から逃れることはできないものか？　グラスよ、どうか教えていただきたい、あなたは十七歳のとき誰に欲情していたのか？　それからブルデューよ、あなたはどうです？　ピエール神父、あなたは？　スターリンよ、ムッソリーニよ、フランコよ、ペタンよ、ヒットラーよ、どうです？　ブッシュよ、ビン・ラディンよ。十七歳のときですよ。もちろん、そのときにはもういっさいの決着はついている。フロイトよ、よくぞおっしゃってくださいました。

　十七歳でナチの武装親衛隊に入隊するというのは、ぼくが同じ年齢でフランスの落下傘部隊に志願しようとしたり、拷問者になろうとしたり、というようなものだ。歴史的文脈など、実際のところ、大した問題じゃない。問題は性向、趣味というやつで、すべてはそいつにかかっている。十七歳のとき、それに勃起したって？　趣味は人それぞれだが、はっきり言ってほしいな、それって誰のこと、なんのことだい？　それが男の肛門であれば（やる側であれ、やられる側であれ）、惨めなマゾヒストになるか守銭奴になるか。どっちにしたって同じことだが。それで、だんだんと未来が見えてくる、糞みたいな未来が。

　わがスペイン女は、少なくとも、バスク地方から山岳地帯を抜けてやってきただけあって（ぼくは不法移民の秘密の抜け道を見に行ったことがある)、気後れを感じたり、偏見を気にやんだりはしない。内戦から逃げてきて、反体制派で、難を逃れるべくボルドーにやって来たときは三十歳。ぼくは十五歳。彼女はたいそう美人で、女中にしては変わったところがあって、ぼくは彼女が好きになり、彼女はぼくを好きになる。すぐにアクションが起こる。ぼくが口と舌の使い方を、女性の体内を、その強烈な甘美さを、そのふてぶてしさを知ったのは、彼女によってだ。彼女はぼくに性的な隠語も教えてくれる(ぼくはそれをフランス語に訳す)。それからバスク語のフレーズもいくつか(いったいどこの未知の惑星の言葉なのか?)。ぼくは彼女を愛しているというだけじゃない、賛嘆の念さえおぼえる。彼女の皮肉、ごまかし、健気さ、つつしみ、技量のほどといったら。ごくまれに、家族が出かけたときは、彼女はぼくといっしょに眠る。ぼくたちはどれほど楽しんだことか、どれほど快楽にふけったことか。

　のちのちパリで彼女に再会することになる。そのときのことを、ぼくは小説のなかで語っている。周縁のスペイン人たちと過ごしたときのことを。それから、彼女はいなくなる。アルゼンチンに行ったのだと思う。

　アルジェリア戦争(「戦争」の呼称は認められず、「秩序維持作戦」と言われた)が始まる頃、パリで、徴兵を猶予された偽学生として、ぼくはリュクサンブール公園のそばの、ジャン＝バール街のホテル〈ジャン＝バール〉に部屋を借りて住んでいた。一食賄い付きの下宿代は両親に出してもらっていて、父は定期的に為替を送ってくれていたが、しばしばこっそり額を上げてくれた。リュクサンブール公園は、子供の頃の庭を自然に延長したようなものだった。その後モンソー公園もそうなるだろう。マルゼルブ大通りに引っ越して住むことになる部屋が、モンソー公園の正面だからだ。たまたまこうなるのだが、こうした無償の恵みを、〈神慮〉と呼ぶことにしよう。

　ホテル〈ジャン＝バール〉には、ぼくみたいに地方から来た学生が、ほかにも三、四人暮らしていた。そのうちの二人とは、すぐに仲間づきあいが始まったが、つきあいは次の活動に限られていた。つまり、かつてのモンパルナス界隈の酒場をはしごして、お決まりのようにワインで酔っぱらうこと。こういう痴呆化の苦行が、少なくとも一年は続く。その後何かを決めるときなど、このときの経験に負うところは大きい。ワインはまずくて、出会う人間はとても褒められたものじゃなくて、通りの側溝に倒れ込むのはしょっちゅうで、便所で吐くのは当たり前。こういうことすべてが楽しかった、無益な蕩尽が、陽気な破壊が。

ひしめきあう灰色の屋根を望むぼくの部屋の様子が、今も目に浮かぶ。小型ラジオに、レコードプレーヤー。それでバッハを、次いでバッハを、さらにまたバッハを聴いたものだ。それから、数々の本も。なにしろ、このときついに始まったのだから。ぼくはしだいに多くの本を読むようになり、メモを取るようになり、自前のフレーズを探すようになる。朝、まだ半分酔っぱらった頭で、アルスナル図書館に行ってシュルレアリスムの雑誌を読む。「革命に奉仕するシュルレアリスム」誌、アンドレ・ブルトン、ルイ・アラゴン、アントナン・アルトー、ルネ・クルヴェル（『ディドロのクラヴサン』『ぼくの肉体とぼく』）、要するに、生きた散文だ。指針は二つ、セックスと節回し。音もなく、夜の大きな動きにつれて、図書館が回りはじめる。

当時のフランスは、ド・ゴールがクーデターで返り咲く直前のフランスは、どんなだったか？ 今と変わらない。空っぽだ。これぞ魔法の国。その数々の大聖堂と数々の売春宿に、その多くの城と多くの大罪人に値しなくなった国。腰が曲がった、耄碌した、卑俗になった、自殺しやすい、言ってみればしだいに社会主義化している国民。とはいえ、パリはいつだって祝祭だ。歩きながらパリの街に耳を傾けるすべを知らなくちゃならない。当時ほど、あてもなく歩きまわったことはない。映画館？ ほとんど行ってない。劇場？ なおさら行ってない。結局は本だ。プルースト、ドストエフスキー、カフカ、サド、バタイユ、スタンダール、ニーチェ。ある雨の日、ラジオで、イエズス会士がニーチェに毒を吐いているのを聞いた。たちまち哄笑がこみあげる。面白すぎる。

とりわけ、ブルトン。ややあって、ぼくはブルトンに手紙を書き、ブルトンはぼくの最初の小説を気に入ったという返事をくれる（ブルーのインクで丁寧に綴られた美しい筆跡)。のちのちブルトンには、フォンテーヌ街の自宅に二、三度会いに行くことになるけれど(温かくも格式ばった応対)、さしあたってぼくの気を惹いたのは、『シュルレアリスム宣言』、『野を開く鍵』、『狂気の愛』、それからあの信じがたい『ナジャ』だった。街路に出る、するときっと何か不思議な出来事が起こるだろう、というわけ。そして、それは本当なのだ、本当に起こることがあるのだ、ぼくには本当に起こったのだ。

一九五六年、七月のまるまる一カ月間、イギリスはケント州、マーゲートとラムズゲートの中間に位置する海辺の保養地ブロードステアーズで、ぼくを見かけたことがあるとしても、ありえない話ではない。英語が上達するようにと、両親に送りこまれたのだ。上達したのは、浜辺でイギリス娘たちとやる口移しの技のほうで、どうやら彼女たちときたら、アイスクリームを食べることと、フランス人の男の子たちと延々キスすること以外に、何もすることがなさそうなのだ。でもディープキスだけでおしまい、それより下に行くことは絶対ない。なんたる試練。アングロサクソン流のピューリタニズムには、神秘的ならざる独自の神秘が、シンプルな造りのヒステリー管がそなわっている。すべてがあけっぴろげのようで、何ひとつ許されていない。絶えず欲求不満を誘うこの奇妙な作法は、やがてニューヨークでも目のあたりにすることになる。ゲイ運動と金銭ノイローゼのあいだで身動きのとれなくなったニューヨークで普通につきあえる女といえば、ヨーロッパの女か、プエルトリコの女か、コロンビアの女だけだった(今でもそうだ)。マンハッタンではスペイン語をよくしゃべった。でも街や港は気に入った。それからロンドンも。実際、何度も再訪している。

金の出所はどこか? 父に送ってもらう為替の額が、思いのほか大きかったに違いない。とにかく、ぼくは金を持っていた。それに、マビヨンにもモンソーにも学生食堂があった。さらに、部屋も二つ。ひとつは陰気な部屋で、ラスパイユ大通りを入ってすぐのところにあって(『固定情念』の冒頭を参照のこと)、隣はガリマール書店(いつか自分の本がガリマール書店のショーウィンドウを飾るようになるなんて考えもしなかった。でも、そう、な、る、は、ず、だ、っ、た）。もうひとつは明るい部屋で、ラスパイユ大通りをもっと先に行ったところにあって、正面はアリアンス・フランセーズ〔フランス語教育機関〕。七階の廊下の突き当たりにある、いっこうに姿を見せない寡婦暮らしのお婆さんのアパルトマンの一室で、バルコニーと小さなテラスが付いている。夜中に忍び足で帰ってくることもあった。午後に褐色の髪の娘がたずねてきて、ドアに鍵をかけることもあった。それは夏のことだ。

言うまでもなく、パリには知り合いなんてひとりもいない、モンソー公園の近くに暮らす年増の伯母を除いては。でっぷり太った伯母は、がりがりに痩せた女友達と暮らしている。時代遅れのレズビアンのカップル。親切にも日曜日になると、ぼくを昼食に招いてくれる。とてもおいしいよ、ありがとう、じゃあまた。文壇の話題？　ひとつも知らない。新聞？　一度も読んだことがない。時事問題？　唯一固定観念になっているのは、どうやって兵役を逃れるかだ。何の勉強をしていることになっているかって？　そんなの関係ないね。

ラスパイユ大通りを渡るとすぐに、当時のぼくの部屋の向かいにあったアリアンス・フランセーズのこんな掲示に行き当たる。「フランシス・ポンジュの無料講義、毎週木曜十八時より。」ポンジュは、ぼくも少しばかり読んだことがあった。『物の味方』は読んでいたし、「NRF」誌のポンジュ特集号を買ったばかりで、そこには未刊だった見事な「つばめ」が掲載されていた。すると、ぼくは「NRF」を購読していたのかって？　もちろんだ、ブランショの文芸時評や、ほかにもミショーがメスカリン投与の実験を語った驚くべき話なんかが載っていたから。それで、「つばめ」。それは春のことだ。

陰気な教室には、ぼくのほかに、聴講者がかろうじて十人ばかり。聴講者を前にした風変わりな男（六十歳）は、生活費をかせぐために、思いつくまま即興で話を展開してゆく。話すとはどういうことなのか？　話をしているときには何が考えられているのか？　こうした問いが、ぼくの興味を掻き立てる。まったく聞いたこともないような具体的なやり方で、問いが立てられるのだからなおさらだ。ポンジュは『物の味方』や『やむにやまれぬ表現の欲求』から、あれこれのテクストを選んで、とても上手に朗読する。実に見事なもので、明瞭で、神経が研ぎ澄まされていて、声が朗々と響きわたる。その後もぼくは講義に出かけてゆき、やがて友達も二人連れて行って、みんなでおしゃべりしに行くようになる。「講義」というより、小さな講演と言ったほうがよかったが、最後のとき、ぼくは意を決して自分が書いたものをポンジュに見せた。ポンジュはすぐさま肯定的な反応を示し、ポーランにぼくのことを話してくれた。そうして深い友情が生まれたわけだ。

ポンジュには、パンテオンにほど近いローモン街の自宅に、最低でも週に一度は会いに行くことになる。その当時のポンジュの孤独は相当なもので、経済的な不如意は明らかだった。だが彼の態度には、ある種の誇り、晴れやかな頑固さとでもいったようなもの、何か徹底的で貴族的なものがあった。「私以外のみんなが間違っているんだ。いつかみんな気がつくさ」というような。ポンジュの自宅に着くと、デュビュッフェの絵が飾ってある狭い書斎に通され、彼の向かいに腰かける。ぼくが質問し、彼が話し、ぼくがふたたび質問する。その後ポンジュのために、ぼくはぼくで、できることをした。レ島の別荘にひと月招待したり、ソルボンヌ大学での講演のときに彼を紹介したり、ボルドー・ワインのケースを届けたり、「テル・ケル」誌（ポンジュは創刊号の巻頭を飾った）の予算からわずかばかりの給金を出させたり、当初ラジオで放送した対談を本にまとめたり。レコードプレーヤーを持って行って、いっしょにラモーを、繰り返しラモーを聴いたこともあった（ラモーは彼のお気に入りの作曲家だった）。ポンジュはその頃、ひどく孤立していた。アラゴンからは非スターリン主義の旧共産党員として嫌われ、ポーランからは（両人のごく近しい関係にもかかわらず）遠ざけられ、サルトルからは『シチュアシオンI』に収められた評判のポンジュ論以降無視されていた。作品全集やプレイヤード版の刊行にはまだ遠かった。しかし時間がすべてを変えてしまうのは、知ってのとおり。一九六八年までは、牧歌的な相思相愛。その後は、お互い――とくにぼくのほうが――相手に苛立ちをおぼえるようになった。それは政治的な理由によると見えるかもしれないが、実際のところは文学的な理由（なるほどマレルブも悪くないが、何ごとも誇張はよくない）、それから形而上学的な理由による（ルクレティウスの唯物論はいいけど、プロテスタントのピューリタニズムを基調にするのはいただけない）。悲しくも、また滑稽にも、仲たがいは、表面上は画家ブラックの評価をめぐって（性的な観点からいみじくもピカソのほうを重視したマルスラン・プレネの批評文をめぐって）生じたが、（ふたたびフロイトに挨拶を送ると）ぼくの結婚が原因でもあった（当時ポンジュは娘を再婚させようとしていた）。双方が、愚かにも侮辱しあった。ぼくの考えでは、忘れたほうがいい。

　ぼくはポンジュが大好きだったし、敬愛していた。向こうだって、ぼくのことをそう思っていただろう。彼から頂戴した本の献辞に、すごい褒め言葉が記されているけれど、ぼくはここで、それを引くつもりはない。それはいつか、文学史家がやってくれるだろう。それが彼らの仕事ですからね。

　だいぶ違うが（ぼくには違うものに出会う才能がある）、別の大きな出会いがあって、それはもちろんモーリヤックとの出会いだ。モーリヤックは、好きな小説もあるにはあるが（たとえば『テレーズ・デスケルー』、これは徹頭徹尾、匠の業以外の何ものでもない。ただタイトルは『毒』にするべきだった）、ぼくがとりわけ惹かれるのは、彼の政治倫理だ。そんなわけで、マラガール〔モーリヤック家代々の館があったボルドー近郊の村〕を若き作家が訪問する古典的儀式がまずあって、それからパリはテオフィル・ゴーチエ大通りに面した自宅か、夕食どきであればサン＝ジェルマン大通りのレストラン〈カルヴェ〉で、たびたび会うようになった。誰もが知るように、モーリヤックの話術はめくるめくものだった。その頃のぼくにとって、彼はまずプルーストと面識があった人物だった。なんでも午前二時か三時頃にプルーストの自宅に面会に行くと、偉大なる〈時〉のミミズクが、シーツにインクの染みのついたベッドに横たわっていたらしい。プルーストに対するモーリヤックの敬愛の念――「いいかね、ある日、日が昇った、するともう何もない。わたしは自分の原稿を渡したんだがね……」

　モーリヤックは「ブロック・ノート」を執筆するのに、小さなベッドに腰かけて、原稿用紙を膝のうえにのっけてじっと耳を澄ますようにする。モーリヤックは長きにわたって信じがたいほど侮辱されたわけだが、侮辱にはひらめきと痛烈な皮肉でもって応じた（要するに、ヴォルテールに似ているのだ)。とてもおどけたところがあった。意地悪だったか? いやいや、的確だったのだ。彼のしゃがれ声が、だが若々しい声がほとばしり、矢が放たれる。すると彼は、みずから笑い出してしまい、左手を口元に持っていく。隠れホモセクシャル? そんな噂もあった。あなたにそういうそぶりを見せたことはありませんかと、眼光鋭く尋ねられたこともよくある。くだらない。モーリヤックはとても知的で寛容な人だった、というだけ。根っからの善人。鋭敏な耳の持ち主で(モーツァルト)、どんなものであろうと暴力とその正当化に対しては義憤に駆られずにはいなかった。目下世にはびこる裏工作、欺瞞、偽善についてひとくさり話したあと、話題になるのはプルースト、繰り返しプルースト、ついでパスカル、シャトーブリアン、ランボー。作家というのは奇妙なものだ。ポンジュといると、ぼくはいきなりデモクリトスや、エピクロスや、ロートレアモンや、マラルメと同時代人になる。モーリヤックといると、聖アウグスティヌス、パスカルの『パンセ』、ランボーの『地獄の季節』と同じ時代を過ごしている気になる。本当の話、たったひとりの作家だけがいて、しばしばちぐはぐで矛盾することを言いつつも、幾多の名前を借りながら諸世紀を渡り歩いているのじゃないか。ありうる話だ(この仮説はプルーストが述べたものだが、同じようなことはボルヘスも述べている)。この唯一の作家が、仮面をつけたまま、時のなかを、良い時も悪い時も、進んでいくのだ。すると哲学もその全体が、文学や詩の一部門に見えてくる。ここからは、ひとつの格言を引き出すことができそうだ――「それぞれから最良のものを。」これこそ、ますます強くなってきているぼくの思いであり、信念なのだ。文学の領域では、あたかも唯一の神だけが合図を送ってきているかのように見なすこと。そのためには、たしかに、ある種の語学の才能が必要だ、鳥のさえずりにメッセージを読み取るような、言葉の錬金術の才能が。多数カラ一ツへ――これは将来出す本、タイトルが『趣味の戦争』になりそうな本のための銘句だ。要するになんでもありなんだろうって? とんでもない、篩《ふるい》にかけているさ。

ランボー(一八七一年五月十三日付書簡〔実際は五月十五日付〕)

――「このような言語は、魂から魂へと向かうでしょうし、いっさいのものを、もろもろの香り、音、色彩を要約していて、思考をつかまえ、ひきよせる思考からなっているでしょう」（強調は筆者）。

ボードレールとロートレアモン、いつも。

『内的体験』、ジョルジュ・バタイユ著。ボルドーの、とある埃の積もった書店の隅っこに置き去りにされていたのを、偶然見つけた本。

それから、もちろんサド。ひっそりと出回っていたのを、一九八二年の末、パリとニューヨークを結ぶ飛行機のなかで、アントワーヌ・ガリマールがぼくのアドバイスを受けて、ついにプレイヤード版で刊行することを決意した。聖書に使われるインディアペーパーに、〈悪魔〉の言葉が刷られたわけだ〔ガリマール社の《プレイヤード叢書》には、聖書と同じ極薄のインディアペーパーが使われている〕。そのくらいの価値はある。

そしてセリーヌ（とくに『城から城』『北』『リゴドン』『またの日の夢物語』）。そのアントワーヌ・ガリマールに頼まれて、ぼくは『NRFへの手紙』（一九九一）〔セリーヌがガリマール社とやりとりした手紙をまとめた書簡集〕に序文を書くことになるだろう。

こうした作戦行動のすべてには、「運動」というタイトルを付けることができるだろう。その大方は、人目につかない。

「ソレルス」

ぼくの書いた文章のいくつかが出回りはじめる。とくに（ポンジュ経由の）「安楽の場・序説」はポーランが大いに気に入ってくれたのだが、マルセル・アルラン〔一八九九―一九八六。作家で、一九五〇―六〇年代にジャン・ポーランとともに「NRF」誌の編集に携わった〕が「NRF」誌には掲載不可と判断した。スイユ社で新人作家のための叢書《エクリール》を監修していたジャン・ケロールが先陣を切り、ぼくの中編小説『挑戦』を――古色蒼然としていて、つまらない小説だが――刊行してくれた。ところが、そこでモーリヤックがお出ましになる。

一九五七年十二月十二日、モーリヤックが「エクスプレス」誌に連載していた「ブロック・ノート」をまるごと使って、ぼくのことを書いてくれた。タイトルは「波の一滴」（当時、映画の「新しい波《ヌーヴェル・ヴァーグ》」が話題になっていた）。その記事は、こう締めくくられていた。「この名前を記すのは、私が最初ということになるだろう。その名前を支える三十五ページ、それはわずかなものだが、しかしそれで十分だ。子供の頃、私は松の樹皮で今にも壊れてしまいそうな小舟を作り、家の牧場の下のほうを流れるユール川に浮かべたものだったが、その小舟はやがて海にまで流れ着くものと信じていた。今でも私は信じている。」

ぼくは二十一歳になったばかりだった。こういうことのいっさいが刺激的で、印象的で、とても危うかった。海、というか大海は、まだまだ遠かった。そんなものがどこかにあればの話だけれど。まあつまり、ぼくはこうして漕ぎ出したわけだ、新しい名前を身にまとい、松の樹皮でできた小舟に乗って。

「ブロック・ノート」におけるモーリヤックほど巧みに、ヴィシー政権時代からアルジェリア戦争時代にかけてのフランスの政治家階級の愚劣さと不名誉を描き出した者はいなかったろう。それから、「耄碌婆さんモスクワ」〔ソ連〕についてもそうだ。これは、ある才能豊かな若い作家があるとき言った言葉だが、この作家、のちに三十年にわたって、まさにこの耄碌婆さんに仕える耄碌した僕《しもべ》となった。彼はモーリヤックの記事の一年後、歴史の転換期にあって（スターリンが死んで、すべてが変わりつつあった）、突如として若返る。つまりアラゴンのことだが、称賛は今度はぼくの最初の小説『奇妙な孤独』に送られる。アラゴンの長大な記事は、一九五八年十一月に「レットル・フランセーズ」紙に掲載され、タイトルは「永遠の春」になっていた。これ以降、ぼくは社会や歴史とまるで無関係に生きているかのように振る舞うことに、いささか困難をおぼえるようになる。困難の解消にはそれなりの時間がかかるだろう。

アラゴンを見ておこう。当時六十一歳、かの地ではどうも事がうまく運んでいない。〈耄碌婆さんモスクワ〉が実は〈血みどろ婆さんモスクワ〉であることが、白日のもとにさらされつつある。白日のもとに？ いや、まだだ。ほとんどが耳をふさいでいただけなのに不透明さをずっと非難されてきたのが、まだすっかり明けきっていないものの、薄闇くらいにはなっている、というだけだ。いずれにせよ、アラゴンは文学への大々的な復帰を(『聖週間』で)果たそうとしている。彼は苛立つ。自分がどうしようもない袋小路に入り込んでしまったことがわかっていて、コミュニストの友人たちには、もしこんな状態が続くようであれば自分たちの支配力や特権を、それに職をも失いかねない、と警告する。ド・ゴールは一九五八年五月に権力の座についたところで、アルジェの将官たちのクーデター騒ぎを抑えに行こうとしている。その十年後、新たな〈五月〉が、フランスが陥ったこの地獄の谷(ヴィシー政権時代はもうひとつの谷だった)を揺さぶりはじめるだろう。今やチェス盤をひっくり返して、全部始めからやり直しだと宣言しなければならないのだ。そこでぼくが、ぜんぜん頼んでもいないのに、舞台に引っぱり出されたというわけ。おまけにアラゴンは、モーリヤックの手口をよく心得たうえで、全員参加の若返り競争で、そのモーリヤックを追い抜こうとしているのだ。

モーリヤックは、ぼくのことを語るにあたって、ボルドーで過ごした自身の子供時代、モーリス・バレス、スタンダール、イエズス会士を引き合いに出していた(「イエズス会士は、この美しい鳥を捕まえそこなった」)。アラゴンのほうは、ドライデンの『すべて恋ゆえに』を、アントニーとクレオパトラの恋を引くことから始め、次いで文学について狭隘な社会的見方しかできないさるコミュニスト作家をたしなめ、彼の「イデオロギーを左右」しうると考えているような同志の束縛から身を振りほどき、ぼくが「ブルジョワの若者」扱いされることに憤り、「愛」におけるまったき自由を要求し(しかるに一方で、ぼくが早くも肉体的な細部に拘泥しすぎているとも意見する。『イレーヌのコン』〔アラゴンが匿名で発表したポルノ小説〕の匿名作者の意見としては気がきいている)、ぼくの本に出てくる女性人物(コンチャに名前を変えてあるがウージェニー)をラマルチーヌのグラツィエッラに引き比べる(さすがにこればっかりは、大きく的を外している)。

アラゴンが語りたいのはもちろん、何より自分の若かりし頃のことだ。シュルレアリストだった自分の過去のこと(ぼくがシュルレアリスムに心酔しているのを見抜いたのだ)、ドリュ・ラ・ロシェルとの波乱に満ちた友情のこと（この話は『オーレリアン』にも出てくる）なのである。それから彼が、実に三十年ぶりに、しかも熱のこもった調子で引いた別の名がある。アンドレ・ブルトン、彼の二十歳の頃の情熱の対象であり、その後手ごわい敵となったブルトンの名だ。要するに、ぼくがいろんな記憶を呼び覚ましたのだ。ちょうどいいタイミングだったというわけだ。

ブルトンは、この長大な抒情詩みたいな小説を読んだのか？　そいつは明白だ。なにしろ少し経ってから、ブルトンはぼくに手紙をくれて、ぼくの本は大いに気に入った、入院中のバンジャマン・ペレにも持って行った、とあったから。しかもこれは、「モーリヤックとアラゴンという恐るべき庇護者がいたにもかかわらず」なのだ。言い換えればすなわち、ローマ法王庁とクレムリン宮殿。嵐が過ぎ去ったあとでも立派に立ちつづけているらしい二つの勢力。長期的に見れば、ぼくはこの二つの〈教会〉をめぐったあと（といってもトロツキーのほうへは行かず）、中国に行って転地療養の可能性をさぐり、その後は内面的にはますます中国人になりつつも、ローマに戻ってきた、ということになるだろう。しかし先を急ぐのはよそう。

はっきり言うと、アラゴンの書き方はひどく前のめりで、高ぶった調子のフレーズも現れる。彼はぼくを、デヴィッド・オイストラフ級のヴァイオリニストになぞらえている。ぼくが前に進み出る、髪をうしろに掻きあげる（ぼくの髪は短いのだが）、弓を動かしはじめた途端、これぞ未来の大音楽家だと知れる、と言うのだ。それにぼくは、誰よりもうまく女性のことを語るとも言う。「この本は恩寵からなる本だ。この点こそ、この本を価値あるものにしているのだ。」さらにこう――「ものを書くという宿命が、見事な草原のように彼の前にひろがっている。」

モーリヤックは挑発されて、すぐさま蒸し返す。「わたしはこのフィリップに栄光を約束したのであったが、今でもそれを取り消すつもりはない。」またこうも――「わたしは思い出す、一九一〇年のある日、復活祭の日に、バレスがわたしに書き送ってくれた言葉を。わたしは、その言葉に酔ったかのようになった。それをあらためてフィリップに捧げることにしよう。《安心してくれたまえ。自信をもっていただきたいが、あなたの将来はまったく容易で、開かれていて、確実で、輝かしい。どうか幸福な子供でいてくれたまえ。》」

まったくすごいものだが、ひどく大げさに感じられる。いわゆるぼくの将来というやつは、まったく容易で、開かれていて、確実だとはとうてい思えない。ぼくは子供のモーリヤックじゃないし、若きアラゴンでもない。ましてや若きブルトンでも、若きドリュ・ラ・ロシェルでもない。若き誰かさんじゃないのだ。ぼくは自分を「若い」とは思っていない、むしろ歳を食っていると思っている。なるほど、ぼくは感じのいい容姿をしているかもしれない。同年輩の（ひどく童貞くさい）男の子たちに比べれば、すでに豊富な性的体験だってある。が、時折ひらめきを見せることはあっても、まだ不器用にしか音楽を奏でられないことも自分でよくわかっている。水彩画、素描、木炭画はいいとして、さてこれからお手並み拝見といこうか。今のところは、ナルシシズムの最初の酔いがさめて、衝動的に逃げ出し、どこかに身を潜めたくなってくる。同化するのをなるべく避けよう、世間の吸血鬼たちの舞踏会を逃れよう、チェスでやるように、強いところをさらに強くしよう、つまりは私生活に力を注ごう。ぼくの人生でいつも変わらないのは、よく考えてみると、こんなふうに反射的に身を振りほどこうとする態度だ。この態度が、数々の思いがけない、想定外の出会いをもたらしてくれる。出会いが生まれる、予期しているわけじゃない、ほんとに不思議なものだ、その出会いがまた次の出会いを導く。といっても、女たちとの出会いですけどね。はい、以上。

アラゴンが、パレ・ロワイヤル広場のカフェ〈ラ・レジャンス〉で、ぼくに言う。「いいかい坊や、大事なのは女たちに気に入られるかどうかってことさ。」こういうわざとらしい親密口調が、ぼくはどうも好きになれない。「坊や」なんていう言い方はなおさらだ。ぼくは女たちのことはよく知ってるんだ、悪いけど。カサノヴァの言い方を借りれば、ぼくは「目による同意」を得られる。それでうまくいくのだ。それほど型にはまっていない、むしろ愉快な決まり文句もアラゴンにはあって、スノビズムの極みは自分がコミュニストだと公言することにある、というやつだ。まあ悪くない。その後、アラゴンとは何度か会ったが、いつも決まって彼は自作の詩を、しかも実に長ったらしいやつを、ぼくに読み聞かせる。いかにも十九世紀的な朗々たる声に、哀訴するようなわざとらしい朗読法。こういうのは、アポリネールの録音にも聞くことができる、「開けてください、泣きながら僕が叩くこの扉を」〔詩集『アルコール』（一九一三）所収の詩「旅人」冒頭の詩句〕とかなんとか。アラゴンはまだ美男子で、背筋もしゃんと伸びている。彼はこちらを通して自分の姿を見つめる。部屋を鏡で覆っているのと同じで、こちらも鏡のように凍りつく。ぼくも四、五回凍りついたことがある。はじめはスルディエール街で（雑多な物であふれかえった小さな薄暗いアパルトマン、同じく物であふれたフォンテーヌ街のブルトンのアパルトマンよりは質素）、それからヴァレンヌ街で（豪華なアパルトマン、お抱え運転手付き、〈党〉がいっさいの面倒を見てくれる）。ぼくは退屈する。ぼくの鼓膜は弱い。詩人アラゴンが大音声で、大詩人を気取って、アンリ・バタイユ〔一八七二―一九二二。第一次大戦前にもてはやされた劇作家・詩人〕の詩句――「ぼくはきみのドレスの広大無辺の編み目のうえを歩いた」――を讃える様子には、ぼくもさすがに寒気をおぼえる。思うに、肘掛椅子に座らされた観客が立ち上がり、外に出て、近くのカフェで一、二杯やってから一時間後に戻ってきたとしても、俳優気取りの作家さんは観客の不在に気づかなかったろう。まあでも、それくらいならよかろう。限界に達した我慢を縁から溢れ出させる一滴は、「ムーラン詣で」だろう〔「ムーラン」とは、アラゴンとエルザ・トリオレの夫妻が所有していた広壮な別荘のこと。週末や休暇中にはそこにしばしば客人が招かれた〕。やがてアラゴンはそこに、エルザとともに埋葬してもらうことになる、著書と遺体を混ぜこぜにして。招待客たちは、ひどくブルジョワ的で教会じみた崇拝の雰囲気を醸し出している。スノビズムなんてどこにもなく、いたるところ卑屈な盲従だらけ。

モーリヤック劇場は洗練されている。アラゴン劇場は俗悪だ。エルザについては、何をかいわんや。といっても、ぼくはほんのちらっと見たというにすぎない。なにしろ、アラゴンがいつ果てるともなく自作の詩をぼくに読み聞かせていると、小柄でとっつきにくそうなエルザが時おり、何かしら口実をこしらえては広い書斎に入ってくる（監視しているのだ）。なんでも彼女は、多少なりとも共産党シンパの若い詩人たちを自分の取り巻きにするのを好んでいたらしい（当時の詩の貧困ぶりといったら）。しまいには自著の一冊をぼくに贈ってくれたっけ、こんな献辞を添えて――「フィリップ・ソレルスへ、母なる愛を込めて。」こりゃあんまりだ、これだけで本は閉じますね。

声の問題。プルーストとベケットの録音は残っていないが、ジッドのしゃがれ声なら聞ける。それからモーリヤックの、しゃがれた皮肉っぽい声。アラゴンの、メロドラマ的－扇動家的な声。ブルトンの、少しもったいぶった張り出した声。アルトーの、過剰に芝居がかった激情的な声。マルローの、大仰でつぶれた声。バタイユの、とても穏やかで控え目なくらいの声。セリーヌの、ストレートな、つまりモダンな声。音楽家ジョイスの、まばゆい声。サルトルの、乾いてさっぱりした声。ボーヴォワールの、とがった不快な声。デュラスの、ヒステリックな声。バルトの、落ち着いた的確な声。フーコーの、響きのない声。ドゥルーズの、甘美で屈曲する声。デリダの、気遣いのこもった声。そしてラカン、あの偉大なる職業的喜劇役者（この点は十分に強調されていない）の、狡猾な、警戒しているような、辛辣な声。さらに加えて、ポーランの中国ふうの気取り、ジュネの激烈、コクトーの長広舌。それから流れに逆らうかのごときハイデガーの、実に奇妙で不気味な、内にこもった声。合わせれば、二十世紀の一大演目ができる。

ぼくには彼らの声が聞こえてくる。

そんなわけで、モーリヤックとアラゴンは〈失われた時〉を求めていた。モーリヤックはプルーストの極め付きの賛美者だけれど、アラゴンは（サルトルと同様）プルーストに対してはあきれるほどそっけない（「いいかね坊や、アルベルチーヌはアルベールだったのさ」だものね）。

モーリヤックとアラゴン、第一級の戦術家二人。

モーリヤックが『内面の記録』に記してくれた献辞

フイリップ・ソレルスへ

執筆と読書に明け暮れた生涯、すなはち我が書物と他人の書物に拠る生涯でした……自分はほんたうに生きてゐたのでせうか？　生きてゐる夢を見てきたのでせうか？　我らが人生はひとつの夢。夢より覚めるのは死を迎へる日なのでせう……
凡そあらゆる夢のうちでも、友情こそが最も甘美で、最も虚しく、最も自分の愛した夢といふことになりさうです。
親愛なるフイリップへ、最後にして最愛の友に捧ぐ。

フランソワ・モオリヤツク
一九五九年四月二十五日、パリにて

アラゴンのものでは、一九二〇年代に出した非売本で、彼の絶対自由主義時代の傑作『夢の波』に記してくれた献辞――

フィリップ・ソレルスへ、君の後輩の一人が書いたこの小さな本を、親愛の情を込めて、
アラゴン

この傑作の最後のフレーズはこうだ――

誰だい？　ああ、結構、無限《ランフィニ》を入れたまえ。

しかし、今でもなお、ぼくがもっとも心ときめく献辞は、アンドレ・ブルトンからのものである。『シュルレアリスム宣言』が一九六二年に再刊されたとき、ブルーインクの細かい字で記してくれた献辞――

妖精たちの恋人フィリップ・ソレルスへ、
アンドレ・ブルトン

それからしばらく経った一九六六年の夏のあいだ、ぼくは秘密の大恋愛の相手とヴェネツィアにいたのだが、ボルドーにいる母から一通の電報を受け取って驚愕した。悲しくもブルトンの死去の知らせだった。それまで母とは一度だってブルトンの話なんかしたことはなかったのに。妖精物語？　そのとおりですとも。

モーリヤックが亡くなるのは一九七〇年、ぼくの父が

亡くなってほどなくのことだ。病院に面会に行くと、モーリヤックはいまわの際にあって、不思議なほどくつろいでいて、落ち着きはらっていた。通夜では彼の自宅で一時間遺体に付き添った。ベッドの向こう側には息子のジャンがいた。モーリヤックは、浮かんでいるような感じだった。明らかに、深い信仰とともに息を引き取ったのだ。

　アラゴンが亡くなるのは、それからだいぶ経った一九八二年のこと。彼とはその後、会っていない。街角で一、二度出くわした以外には。そういうときの彼は、付き添いの若い人たちに抱えられた、挑発的であわれな操り人形だった。若い人たちは、アラゴンを大はしゃぎで人目にさらしている。

　まあそれも仕方ない。

　かつて会えたなら、ジッドに会ってみたかったかって？　この本をここまでお読みいただけたなら、否《ノン》だということはおわかりだろう。その理由も。

　サルトル？　どうやら彼は文学に関心を失ってしまったようで、やがて文学をある種の神経症と見なすようになる（『言葉』〔サルトルの自伝〕参照）。とはいえ、ぼくの初期の本のひとつ『ドラマ』に対しては、肯定的なことを口にしている。一九七二年に一度きり、世の中が騒然としているときに、彼のステュディオで二時間ほど会見したことがある。彼は執筆中の『フローベール』〔評伝『家の馬鹿息子』〕のことをひたすらしゃべりまくり、〈ボワヤール・マイス〉〔煙草の銘柄〕に次から次へと火をつけ、「カストール〔ボーヴォワールの綽名〕が来る前に」階段の踊り場までぼくを送ってくれると、こう言う。「それじゃあ次は街頭で会うことにするかね。」大事なのはフローベールなのか、それとも街頭なのか？　たぶん両方なのだろう。でも、ぼくにだってほかにすることがある。

　ブランショ？　二度会った。幽霊のよう。即座に嫌悪の雷の一撃に打たれる。思うに、向こうもそうだったろう。かつての深い尊敬の念が突如として崩れ去った。奇妙な話だ。

　ロブ゠グリエ？　冗談好きで、はっきりものを言い、感じがよくて、辛辣。しかし、しだいに映画と悪趣味なエロティシズムに傾く。それがどうもうまくいかなかったようなのだが、もはや手遅れ。

　グラック？　二、三度。堅苦しい。それでも、このひと言――「モーツァルトは好きになれませんね。」さよなら。

ミショー？　一度だけ。綿でも詰めているみたいに耳が遠い。住まいの陰気なことといったら、メスカリンも遠く及ばず。

デュラス？　カフェで幾度か愉快な会話。それでもって、彼女はミッテラン〔大統領〕に夢中になる。さよなら。

クロード・シモン？　とても温かい人柄。スペイン市民戦争に、頑なな無政府主義。ぼくは好きですね。

ポーラン？　最大級の策士。アレーヌ街の彼の自宅にて。話す前にきちんと考えているように見えるのは彼だけ。頻繁な形而上学的暗示、陰険な皮肉、禅問答さながらの合図。仕事のときにはラジオでシャンソンを聴きながら。中国の本やチェスタートンの『正統とは何か』を貸してくれたな。いつも搦め手から攻めてくるが、たまに明快なこともある。『公園』は気に入ってくれたらしく、神学でいう三位一体を描いた小説じゃないかと言う。まったく大した役者だ。非常に知的な人だが、作品は不出来。ブルーインクの美しい丸字体に、ほのめかしに満ちた手紙。みずから謎めいた人物であろうとし、秘密結社のスタイルでふるまい、権力を好む。

シオラン？　ご丁寧にもぼくを「活発な、あまりに活発な」人だと評し、しまいには自著の一冊を送ってくれた。二、三度昼食をともにする。ひっきりなしに笑うが、過剰なほどの絶望を抱えている。

サロート？　どうして親交があったのかさっぱりわからない。温和、メランコリー、メロディー。ぼくは彼女の書く本はそれほど好きじゃないが、彼女に対しては努めてそのことを隠そうとした。彼女のほうではしっかり見抜いていたが、不思議なことに、そのことでぼくを恨みはしなかったようだ。

ジュネ？　鋭いひらめきに富んだ快活さ。彼についてのぼくの考えは、『趣味の戦争』に書いたことがある（「ジュネの肉体」）。政治について退屈なことを言うようになってから、付き合いはやめてしまったが、いっしょに笑ったことは何度もあったな。

レリス？　細心そのもの、誠実。閉じた揺るぎのなさがあって、あまり愉快ではない。河岸沿いの広壮なアパルトマン、物陰にはレーモン・ルーセルがいたようだ。

クロソウスキー？　明瞭で気取った、驚くべき声。サン＝ジェルマン＝デ＝プレにて、「テル・ケル」が企画したサドについての講演。超満員。パイプをくわえたラカンが彼の目の前に陣取ったのは冷やかしのつもりか。

セリーヌ？　一度だけ、電話で、彼が亡くなるちょっと前。「わたしに会いにきなさいよ！」ぼくはタクシーに飛び乗るべきだった。

バタイユ？　ときどき、午後になると「テル・ケル」の小さな事務室に来ることがあった。椅子に座るが、ほとんどしゃべらない。近くのカフェにいっしょにいたときの、ブルトンとの実に不思議な出会い。ぼくにとっては、大いなる徴《しるし》。これまで出会った人物のなかで、ぼくがもっとも敬愛するのは、なんといってもバタイユだ。

もっと深くつきあった作家、知識人、哲学者、芸術家といった人たちについては、のちほどお話しすることにしよう。

とくに、哲学者について。だってぼくは自分が何をしているのか、それを知りたいのだから。ライプニッツ、スピノザ、フッサール、ヘーゲルといったあたりは、読むと大いに啓発される。ニーチェに対する情熱は途切れない。ハイデガーはしだいに理解が深くなっている。フロイトは、しょっちゅう（ラカンのおかげで興味は倍増した）。それから徹底的に読んだ聖書（『天国』を参照のこと）。聖アウグスティヌス、パスカル。ダンテは大いなる啓示だった。それからインドや中国のものも。それから、あらためてギリシア哲学も。マルクス？　ああそうだね、注意して読んでみたよ、試しにね。

秘教哲学者ルネ・ゲノンも。

たくさんの音楽、たくさんの絵画も。

ぼくはデビューしたてで賛辞を浴びたわけだが、批判も雨あられと降りそそいだ。この悪臭ふんぷんたる文壇の舞台に上がって、すぐにわかったことがある。侮辱にせよ、無理解にせよ、嫉妬にせよ、無関心にせよ、いずれもこちらの背中を押してくれるが、賛辞はこちらの歩みを遅らせるということだ。
ボードレールいわく、「私は、憎悪から享楽を引き出し、軽蔑のなかにあって光栄と思う、ああした幸せな性格のひとつをそなえている。愚かさに対する私の悪魔的なまでに熱心な趣味のおかげで、私は中傷のまとうさまざまな仮装のなかに特別な快楽を見いだすことができるのだ。」〔『悪の華』のための序文草稿〕
ぼくはその後、自分の幸せな性格を確かめる多くの機会に恵まれるだろう。

その当時、「文学的キャリア」という考えは、ぼくの頭をかすめもしなかった。ぼくは地下生活を続けながら、時間を蓄えている。時間への情熱的な愛が、しだいに募ってくる。嵐の気配が漂い、不幸が襲う。実家の工場が倒産し（それで、これからどうやって金を工面したらいいのか？）、兵役の義務に脅かされ（アルジェリア戦争のさなか、どうやって兵役を免れたらいいのか？）、親友がアルジェリアのオーレス山地で戦死し（ぼくはこのことについて、「レクイエム」という精彩を欠いた小文を書く。そしてその親友の影は、書きはじめたばかりの『公園』にも色濃く投影されることになるだろう）、そしてしまいに、ひどい肝炎にかかる。昏睡状態が続き、数週間にわたって眼が充血し、全身が黒ずんでくる。唯一の支えを詩に見いだし、家具が取り払われたボルドーの家屋で、日がな一日長椅子に寝そべったまま、へとへとになって回復期を過ごす。息、耳、肝臓。ぼくは肉体のすみずみを巡ったわけだ。肉体にはそれなりの言い分がある、ぼくは肉体に信頼を寄せる、ぼくは待つ。この闇の数カ月のあいだに休みなく聴いた音楽が何であったか、言っておこう。パブロ・カザルス演奏の、バッハの無伴奏チェロソナタ。これはぼくの祈りだった。ぼくは時間と空間を通して、バッハの神を信じる。バッハよ、第五の福音史家よ、死に打ち勝てし者よ、永遠なれ。

子供時代の楽園が終わる。家屋も、庭も、木々も、見事な木蓮も潰え去る。数々の愉しみをもたらしてくれたこの敷地を、最後にもう一度、胸いっぱいに吸い込む。ここはもうすぐブルドーザーがやってきて取り壊され、跡地には不吉な大型スーパーマーケットが建つのだ。ぼくたち家族はこの懲罰に値したか？　もちろん。ぼくたち家族は呪われているのか？　当たり前だ。言うまでもなく、ぼくはこの崩壊を大いなる勝利だと感じている。

パリのぼくのステュディオには当時の名残がある。帝政様式の、「エジプト・リバイバル」の書き物机――ぼくはその机のうえでこの一節を書いている――、同じく帝政様式の鏡が一枚とテーブルが二台、それにマホガニー製の書棚。家具には家具の記憶がある。

神慮

神慮の働きによって、出会いが訪れる。『奇妙な孤独』が刊行されたときだ。

　田舎にあった版元の編集者の家で昼食。彼は文学賞を視野に入れており、自分が手がけた若い書き手を紹介するべく、ゴンクール賞の選考委員をひとりと、フェミナ賞の選考委員をひとり招いていた。ぼくはこういうのが面倒でしょうがない。ところが、フェミナ賞の選考委員に心を奪われてしまう。歳は四十五になるが、とびきり美人で、笑みを絶やすことがない。ドミニック・ロランだった。彼女は一度テレビで見かけたことがあった。夜の散歩のときに立ち寄った、モンパルナスの小さな安食堂〈フライドポテト屋ロジェ〉のテレビで。そのとき目にした最初の映像は忘れられない。誰だってドミニックみたいにイヤリングを付けるのは無理だ。まさにスペインふうの付け方。もっとも彼女自身はベルギー人、というかむしろオランダ人、というかむしろポーランド系ユダヤ人、というかむしろ端的に言って、かつて存在したなかで最高の美人のひとりだった。

　彼女はぼくの隣に、ぼくの左に座っている。ぼくはほかのことにはいっさい注意が向かない。夢の体、見事な乳房、メロディーを奏でる声、喉の奥で響く笑い、ユーモア。彼女は十歳は若く見える（十歳は若いはずだ）。ひどく辛い喪から抜け出したところで――その喪のことは、彼女の最良の著書の一冊『ベッド』に描かれている――、彼女は悲しくも陽気な寡婦というわけだ。ぼくのほうでは一目惚れ、彼女のほうでは軽い衝撃（それで彼女は階段で転びそうになる）。運命の人だ、間違いない。七年前のウージェニーのときと同じ、確固たる確信。ウージェニーの綽名は、わが個人的神話においては、天使《エンジェル》。ドミニックの綽名は、即座に妖精《フエアリー》で決まり。そこにはすべてがある。内なる光も、光の放射も、官能も、肌も、宝石も。おのれに無関心な美（もちろん彼女は自分を美人だなんて思っちゃいない）が醸し出す、並はずれた慰めと安らぎの印象も。欠けているのは魔法の杖だけ。いや、目に見えない魔法の杖がある、星がある。テーブルを囲むかぼちゃどもは、空疎な言葉のゼラチンのなかに消え失せてしまった。もうすぐ彼女は馬車に乗って、笑いながら立ち去るのだろう。でもぼくは彼女を見つけ出し、再会するつもりだ。

　そして、ぼくは彼女と再会する。少しばかり強調しておかなくちゃならないが、ぼくは二十二歳で、彼女は四十五歳。いったいこれがまともだろうか？　いや、ちっとも。でも、それゆえにこそなのだ。遠く離れた、いつ果てることもない夢幻境に向けて出発だ。恋愛は隠密でしかありえない。それが恋愛の定義だ。彼女も同意してくれる。とても親切そうな顔つきは見せるが、彼女はその実、人づきあいが苦手で控え目で、べたべたした打ち明け話や余計なおしゃべりを受けつけない。誰かとの恋を打ち明ける人は誰しも嘘をついている。賭けてもいいかって？　賭けてもいい。

　車を一台レンタルして、すぐに彼女をスペインに連れて行く。目的の場所がある。バルセロナの、ランブラ・ダ・ラス・フローレス〔バルセロナの目抜き通り〕に面したホテル〈オリエンテ〉。バルセロナ、当時は決して眠らない街だった。あるいは絶えず眠っているか。いずれにしたって同じことだ。郊外で海水浴をし、モヌメンタル闘牛場で何度か闘牛を見物する。そのうち一度は、ルイス＝ミゲル・ドミンギンの妙技と崇高さに度肝を抜かす（耳としっぽ）。夕食は〈ロス・カラコレス〉〔バルセロナの老舗レストラン〕、レアル広場のそば（棕櫚の木、アーチ、煙草屋）。でも言っておくけど、毎朝市街を見下ろすモンジュイックの丘にのぼり、ほとんどぼくら二人きりの小さなカフェのテラスで、お互い離れたテーブルについて執筆にいそしんでもいたのだ。繁茂する植物、港の眺望、完全に離ればなれになって分かちあう大いなる沈黙。市街に戻り、新鮮なキュウリを食べ、サングリアを飲み、愛を交わして眠り、ふたたび愛を交わしてふたたび眠る。

　彼女には呆然となる。愉快で、とても果敢な女だ。ランブラス通りの熱い夜は馬鹿みたいに陽気で、尽きることのない人波は朝の五時頃になってようやくまばらになる。いたるところに花々があり、いたるところに花咲く女たちがいる。港のほうのカフェ〈コスモス〉には夢のような娼婦たちもいる。ドミニックも承知のうえで、ぼくはときどきそっちのほうにハメを外しに行く。彼女は目をつむって、文句も言わない。合意事項の一部なのだ。バルセロナは、ぼくにとっての人生の速修大学だ。ピカソが修業を積んだのもここ。売春街は、まるで偶然のように、「バリオ・チーノ」、すなわち中華街と呼ばれている。

　バルセロナ、バルセロナ、三年にわたって、毎夏を過ごす。大きくて値の張らないホテル、石灰の厚い白壁、涼気、眠り、目覚め、目覚めた眠り、覚めて見る夢。それでもってある日のこと、街を発つときに、事故を起こす。タイヤはパンクし、車も壊れたが、ぼくらはかすり傷ひとつ負っていない。サンルーフから溝のなかに抜け出すと、ぼくらは抱きあう。近くに村があって、そこのカフェで飲んだコニャックは、わが人生で一番うまいコニャックだ。ぼくらは愛しあっているのか？　愛しあっている。

　ドミニックは当時、ヴィリエ゠シュル゠モランの庭園付きの邸宅に住んでいた。ぼくが自分のバッグを携えて訪れると、キャラメルという名の大きなボクサー犬から、びっくりするほど熱烈な歓迎を受ける。唯一の対立点は、彼女は犬が好きで、ぼくは好きじゃないということ。地所は広大で、息が詰まりそうで、遠い。ドミニックは地所を売り、ほどなくしてパリ七区のヴェルヌイユ街にアパルトマンを見つける。ガリマール書店のすぐ近く（未来の神慮）。そのアパルトマンを、ぼくらは幸運荘と呼んでいた。もちろん、ずっと二人きり（決して十分ということはない）。音楽をさかんに聴き、執筆し、誰にも会わない。どちらかといえば変化の多いぼくの生活に何か一貫したものがあるとすれば、それはドミニックがいるということだ。

同世代

ぼくの小説の出版を「記念」して、ポン＝ロワイヤルのバーでカクテルパーティーが催された折のこと。同年配の若者たちがぼくに話しかけてくる。不遜な連中で、ぼくに突っかかってくるが、からかいあっているうちに意気投合し、いっしょに夜を過ごした。ぼくをまじえた彼らこそ、やがて大きな評判を取ることになる文芸誌「テル・ケル」の創刊メンバーだ。あの年頃で、しかもあの時代に、雑誌をつくるほかに何かやるべきことなんてあったろうか？

そんなわけで当初は、とりわけジャン＝エデルン・アリエ、ジャン＝ルネ・ユグナン、ルノー・マティニョンがいる。彼らは徒党を組んでいて、たがいに惹かれあう感情があり、抑え込まれた（かろうじて抑え込まれた）同性愛があり、嫉妬があり、多少とも狂った野心がある。いちばん狂っているのはアリエで、彼の破壊的な（自己破壊的な）不断のエネルギーのおかげで、雑誌の刊行にはすぐに社会的な広がりが生まれる。契約は単純だ。つまり、ぼくはちょうど評判を取ったところで、彼らもそれを夢見てぼくにしがみつき、出版社は若い書き手たちを取り込もうとしている――そういうわけだった。

ぼくたちはしゃべって、飲んで、長談議にふけるが、たいして意見の一致は見ない。でもそんなことは、ちっとも問題じゃない。とにかく大事なのは、〈歴史〉をこの手で担い、権力を握ること、それだけだ。連中にはヒステリックなところがあって、のちのちぼくも、いろいろと面倒を背負いこむことになる。予想できることではあったが、当初戦術的な理由があって結んだ見せかけの友誼は、たちまち憎悪へと変わっていった（とくにアリエ、マティニョンとはそうだった。いちばんロマン派的なところがあったユグナンは、ロジェ・ニミエとほぼ時を同じくして自動車事故で亡くなってしまった）。彼らに比べると、ぼくの党派の声は小さかったが、ポンジュという強い味方がいた。リュクサンブール公園でぼくはポンジュに、創刊号の巻頭言を読んで聞かせる。するとポンジュは、早くも創刊号に執筆させてほしいと言う。マニフェストのかたちをとった行動、ポーランと「ＮＲＦ」誌への、それればかりかサルトルと「レ・タン・モデルヌ」誌への挑戦状だ。

アリエ、ユグナン、マティニョン——この連中は、ぼくの見るところ、青くささをいつまでも引きずっている筋の悪い若者だ。ある種の才能はあるが、なにぶんが線が細い。彼らは「アール」という雑誌に寄稿していて、この雑誌はサルトル、カミュ、モーリヤックといった時代の花形に、要するに「左翼」に闘争を仕掛けていた。してみると、連中は「右翼」ということか？　もちろん。でも、即刻大事になってくるのはただひとつ、大胆不敵な態度を見せつけることだ。型にはまったユグナンの文学は精彩を欠いている。マティニョンはすぐれた「フローベール論」を雑誌に掲載するが、結局それ以上のものはなく、その後「フィガロ」紙で恨みつらみを並べたてるような批評家になってしまう。アリエのほうはもっと複雑で、ころころ意見を変え、虚言癖があって、どういうわけかブランショに夢中になっていて、独占欲が強くて、変わり者で、しんどくて、粘着質で、悲壮な感じがする。片目だったので（このことで、その変人ぶりにも少しは説明がつく）、民主的に運営されるべき編集委員会の他のメンバーがみんな彼の軍隊式の号令の支配下に置かれてしまい、編集実務の責任者に任じられた。連中は、大半のフランスの作家と同様、たまに興味深いことを述べはするが、哲学的にはゼロだ。かわりに、多くの心理学がある。つまり、つまらないライバル意識に多くの時間を浪費する。

アリエは何不自由のない身分にあって、ヴィクトル・ユゴー大通りの両親の居宅に住んでいる。家には金があり、壁にはジェリコーの絵が掛かっている。父親は戦時中ヴィシー政府の大使もつとめた退役将軍で、機密書類を引き出しにしまい込んでいる。一家はブルターニュに中世の城館を所有していて、将軍は秘密を隠し持っている。そして息子は、次々と狂熱に駆られるうちに寛大なところも見せ、名うての反逆者を家に招いたりもする。たとえばロブ＝グリエ（ぼくはアリエの家で知り合いになった）、クロード・シモン（将軍に、一九四〇年のフランス騎兵隊の話を聞きにやってくる）、要はミニュイ出版社の面々。アルジェリア戦争に反対する《一二一人宣言》〔一九六〇年に発表され、多くの作家・知識人が署名した〕の時代である。要するに、彼らはみんな基本的には反ド・ゴール派というわけなのだ。それは結局ぼくの思想傾向とは異なるが、この点を考えれば、はじめは（将軍経由で）アリエを絶賛していたミッテランが、のちになって彼と通俗喜劇のような悶着を起こすのもわかる。ぼくとしては、ヴィシー香水を嗅ぐだけで気分が悪くなる。ぼくの鼻はどうしたってイギリス向きだ。どうせ倉庫を揺さぶって棚をひっかきまわそうってなら、すっとぼけて極左を頼りにするだろう。いらなくなれば、こいつもまた、窓から投げ捨ててやるだろう。それなりの技量がいるし、時間もかかるだろうが。これはまあ、上っ面《つら》の話だ。本当のところは、言語の内的体験こそが、ぼくを支え、ぼくを鍛え、ぼくを深化させる。言語へのこういう情熱は、自由に選択できるものではない。否応なく課されるものだ。サルトルは間違っている。文学は神経症なんかじゃなくて、ひとつの認識の道、進むほどに魔術的になり、精度を高めていく認識の道なのだ。

「テル・ケル」の活動は楽しいし、面白いけど、ひどく時間を食う。「編集委員会」が荒れ、メンバーどうしが葛藤を演じ、深刻な軋轢が生じ、辛辣な「除名」がおこなわれる。雑誌刊行の礎となっているのは、このぼくが売れる本を出していることなのだが、それがそもそもの誤解というやつで、ぼくは期待に反してあらぬ方向にどんどん逸れてゆく。『公園』は、ぼくという作家に対する幻想を打ち砕くが（やがて何度も幻滅させることになる）、一九六一年、かろうじてメディシス賞を受賞する。もっともこれは、あくまで忠実な老モーリヤックの口添えがあってのこと。モーリヤックは、ぼくが「批評家筋からひどい扱いを受けている」と考えたのだ。

「『公園』はやや偏りを示しており、それが目立ったせいで苛立ちや怒りを呼び起こすことがあったし、またおかげで若き同志たちに有利な立場を譲ることにもなった。とはいえ、凡百のものとははっきり異なるあの味わい、あの《芳香》があることに変わりはない。それは神々の恵み、要はかつて我々が文体と呼んでいたものなのである。」

批評家筋は不満だって？　まあ仕方ない。というか、もっけの幸い。あとはぼくの過ちをもっと深めてやるだけだ。

実際のところ、『公園』で評価されなかったのは、夢想と内的体験とが一貫した筋をなしていることだ。例を挙げよう。

「ぼくはいつも何かにつまずくが、今でも同じものにひっかかる。立ち止まる、突然、通りの真ん中であっても、どこであっても。前を見ても後を見ても、自分が今どこにいるのだかわからない。ぼくはどこに紛れ込んだのか。人はどこでぼくを待っているのか。ぼくはまた歩き出す、はじめは慎重に、やがて自分を取り巻き引き止めるものとの絆がさほど感じられなくなるにしたがって、ますます足を早めて。衣服をまとい、きちんと整えられ、保護され、他からはきっぱりと切り離され、ずっときりもなく自分の独立を求めるあの下半身を、おそらく無意識に自分から切り離そうとして駆け出す単純なひとつの形……。そうしてぼくは光に彩られた生温かい夜のなかを走り抜け、この時刻には人影ひとつ見えない公園にたどり着く。そのなかの暗い小道を走り、鉄製のベンチや椅子に跳び上がり、それらをひっくり返す。ぼくはより軽く、より自由になって、木々のあいだを走りまわる。顔を仰向け、夢中になって自分の所在を気にもかけず、そのくせ自分が失うものとともに、無とともにいることができないのに苦しみながら。」

なんですって？　中国人じゃあるまいし、わけのわからないことを書くもんじゃない。あなた、この無に人が関心を寄せるとでも？

それで、ぼくは病気になる。徴兵猶予が取り消され、ぼくも兵役に行く羽目になる。まずはヴィルマン軍事病院（東駅の隣、呪われた界隈）に、健康診断を受けに。ぼくほどの既往歴があれば、なんとか切り抜けられるんじゃないかと思いながら。なにしろ喘息に反復性耳炎、それに乳突炎（聴力が一〇パーセント低下）、それに完治していない深刻な肝炎ときている。ところが当てが外れる。軍はとことん掻き集めているのだ。ぼくは雪の降りしきるなか、モンベリヤールの懲治大隊に送り込まれる。そこで、えらいことになる。

　ヴィルマンで、ドミニックと幾度か忍び逢い。ぼくはウールの粗布で織られたマリンブルーのパジャマを着て、彼女はアストラカンの毛皮のコートをまとって。唯一誰もいない場所としてぼくが目をつけた礼拝堂で。

　まるで映画をでっちあげているようだ。でも、そんなふうだったのだ。それからまた、ベンチが一脚ぽつんとあって、ぼくはそこを避難先にして、泥に両足を突っこんだまま月を見上げていたりする。そうでもしていないと、アルジェリアからどんどん押し寄せてくる負傷兵のせいでぎゅう詰めの大寝室にいることになる。しかも顔じゅう瘡蓋《かさぶた》だらけの隣の男が、こまめにぼくのうえに身をかがめ、ぼくが眠っている様子を見つめる始末。向こうでジープに乗っていて地雷に吹っ飛ばされたらしい。気が狂っているのだ。


　なんだかんだいってもアリエ将軍が、ぼくが除隊になるよう手をまわしてくれるはず。ぼくはそう信じ込んでいた。とんだ心得違いだった。のちのち知ることになるが、ぼくの軍事関係の身上書類は、最終的にはチュニジアとの物騒な国境地帯にまで行っていたのだ。蝿のようにバッタバッタと人が殺されていた、きわめて危険な地帯である。まったくご親切さま、というわけで、将軍の息子に対するぼくの疑いまじりの（だが十分にまじってない）友情も、やがて吹っ飛ぶことになるだろう。奇妙な親子だ。ソレルスの若僧の死だって？　つまり文学的野心を抱いたヴィクトル・ユゴー大通りの虚言症の青年にとっては、文芸誌がまんまと手に入るということでは？　ちょっと信じがたい話だ。そもそもぼくは、この件で信じてもらえたためしがない。ぼくの伝記のなかでも、とびきり大事なところだってのに。ぼくの友人たち、あるいはぼくに近しい人たちは、ぼくがなんだかんだいって（ブルジョワだから）幸運と特権に恵まれたのだと思っている。いったい何がそんなに不満なんですか、と。ぼくはべつに不満を口にしているわけじゃない。話をしてるだけだ。ところが誰も聞いちゃくれない。これこそ、ぼくのありのままの社会関係なのだ。ぼくはこの苦境を、本当にぎりぎりのところで抜け出すことになる。

そんなわけで、モンベリヤールに到着。ぼくの診断書は十分じゃなく、おまけに拷問に反対する請願書に署名したことがあるということで目を付けられている。さらに迂闊にも、監察官たちにこれっぽっちも信頼感を抱かせないような本を一冊、身にたずさえている。ヴィトゲンシュタインの『論理哲学論考』。ぼくは文学や詩は好きだが、（いっそう深刻なことに）哲学も好きだ。フッサールの『論理学研究』はぼくを魅了する。超越論的自我、現象学的還元は、ぼくにとっては鮮明な感覚である。哲学趣味はぼくにずっとついてまわるだろう、たまに神秘家たち（イブン・アラービー）や秘教哲学（ルネ・ゲノン）のほうに逸れることはあっても。なるほど素人であるには違いない。でも内的体験にぼくはなじんでいて、おかげでこの混沌状態にあっても、ぼくは耐えていられるわけだ。

　駐屯地は、雪に覆われ風の吹きすさぶ高原にある。気温はマイナス一〇度、ぼくは大部屋にぶっこまれる。あとは推して知るべし。パリにいるときにすでに気づいたことだが、「召集兵」は兵役免除になるのに十分な身上書類をもっていても、それを使いたがらない。「兵役免除」は恥だと思っているらしい。両親との関係でそう思う者もいれば、婚約者の目にそう映ることを気にしている者もいる。ラ・ボエシ〔一五三〇―一五六三。モンテーニュの友人にして『自発的隷従論』の著者〕を読まずとも、ここでは自発的隷従がはっきり目につく。呆れるほどの、一貫した、根深いマゾヒズム。反抗したり、脱走したりした者など、ぼくはひとりも見なかった。ところがぼくは、即座にそうしようと決意する。

　駐屯地の医務室には三九度五分以上の熱がないと入れない。ゲートルを付けるだけで我慢ならず、兵隊仲間の嘆かわしい猥談を毎晩聞かされるのにもうんざりして、ぼくはこっそりベッドから起き出して、裸足のまま、上半身も裸のまま、雪のなかを散歩することにする。しまいに熱が出てくるのを期待して。

　実際に熱が出る。インチキを嗅ぎつけたひとりの下士官が医務室にやって来てぼくに言う、軍隊じゃあ二パーセントの病死者を出していいことになってる、痛くも痒くもないぞ。ぼくはもちろん薬も食料も捨ててしまい、たちまち衰弱してきて満足する（自由を、さもなくば死を）。両親は、ぼくの消息がないので心配になる。とくに母は、いったん動き出すと断固として退かないたちだ。ぼくが救急車でベルフォールの軍事病院に搬送されると、母はタクシーで乗りつけてくる。モンベリヤール？　ベルフォール？　少なくともこの二つの街に、ぼくはもう二度と足を踏み入れることはないだろう。

さあ、消耗戦だ。ぼくは二種類のお守りを持っている。ひとつはオレンジの皮で、便所の天窓を開けてその香りを吸い込む。もうひとつは剃刀の刃で、パジャマの折り返しに隠しもっている。この状況が長引けば、ぼくはそいつを使うつもりでいる。同時にぼくは話すのをやめ、視線を床に注ぎっぱなしにする（地面のことがとてもよくわかるようになる）。こうした行動が不審がられるようになる。で、精神科だ。

話を続ける前に、よろしければ耳寄りな情報をひとつ。病院の廊下で囁かれるちょっとしたコツなのだが、脳波を乱すには、歯を食いしばって軽く歯ぎしりすればいい。それでうまくいくらしい。ある男にこう教えられたのは、パリの郊外に出かけて、とある病院の地下室で喘息の検査を受けているときだ。じゃあ、これを吸ってみてください。すると苦いアーモンドの匂いがして、たちまち激しい発作に襲われ、窒息しそうになって、痙攣する。外に出てよろよろ帰路をたどっているときに、高台からパリの街を一望する。なんともあわれなラスティニャック〔バルザックの『ゴリオ爺さん』の主人公で、ペール・ラシェーズ墓地の高台に立ってパリとの一騎打ちを誓う〕、ヴァル＝ド＝グラース〔陸軍病院〕経由で、滑稽な金網張りの小型トラックで運ばれてゆく（このときのことを語る実によく書けた文章が、短編集『中間層』に収められている。タイトルは「バックグラウンド」）。

さて、今度は精神科医だ。軍医大尉で、間抜けなお人好し。彼がぼくに質問する、ぼくは黙っている。三度目、四度目、五度目。そこで彼は、裸の男と女を描いてみなさい、と言う。けっ、馬鹿者め、話がうますぎるぞ。アダムとイヴ？　クラナッハの絵に出てくるような？　局部には葡萄の葉っぱなしで？　ぼくは懸命に描きはじめる。絵は下手くそだが、なんとか描きおおせる。はっきりそれとわかるような男と女。なにしろ性器と陰毛にはじっくり時間をかけて、違いが目立つようにしてある。

ただし男にも女にも腕がない。医者はいぶかるような様子でぼくを見つめる。でも眼光鋭く、言うべきことは言う。「何か欠けてない?」ぼくは首を横に振る。「よく見てごらん、何か忘れてないかな?」親しげな口調にぼくも思わず反応しそうになるが、なんとか黙っていられた。腕がないのは建物がひとつごっそりなくなったような感じで変に目立ったけれど、目立てば目立つほど、うまくいく。

ぼくはハンストと頑なな黙秘を続行する。そうこうするうち、両親がぼくのことをポンジュに話し、それを聞いたポンジュが今度はマルロー〔当時ド・ゴール政権下で文化相〕に伝えてくれた。おかげでぼくは新たな裁定に持ち込まれ、「急性分裂病質により恩給なしで」〈除隊〉**Réforme**を通告される(《**réforme**》〔「除隊」のほかに「改革」という意味にもなり、語頭を大文字にすると「宗教改革」を指す〕とは、なんと美しい言葉であることか。宗教的な意味じゃなくて、軍隊で使うときの意味だけれど)。

ではわたくしめ、急性分裂病質により、おいとまいたします。

あとでマルローに御礼の手紙を出すと、返事をくれるだろう、喪中葉書に信じられないような言葉を記して――「御礼を申し上げるのは私のほうです。少なくとも一度、この世界をより愚かしくないものにする機会をあなたは与えてくださったのですから。」

このおかしな地獄の季節を抜け出たとき、ぼくは二十キロ痩せていて、立っていられるのがやっと。所持品はみんな消えていて、父が街にぼくの服や靴を買いに行く羽目になる。母は、自分の父親のルイの形見だった、銀の握りの付いたステッキを持ってきてくれた(大いなるシンボル!)。奇妙な感じのパリに戻ってみたら、OAS〔アルジェリアの独立に反対する右翼の武装地下組織〕の爆弾が、毎夜、爆発している。「青い夜」と呼ばれるやつだ。目下この一節を書いている書斎を兼ねたアパルトマンに引っ越す。ポール・ロワイヤル大通り、大革命のあと産院に変えられてしまったが、かつての修道院の向かいである。礼拝堂は使われていないが、そこで一六五六年三月二十四日、〈聖茨の奇蹟〉が起きたのだった。ぼくはパスカルを読み直すひとりの夢遊病者になっている。立派な修道院は当時鉄柵で囲われておらず、夏の夜にはとても快適な場所だった。

ぼくに再会した友人たちの仰天ぶりは言うまでもない。ぼくは押し黙り、少しずつ筆を執りはじめる。ドミニックがいて、当面はぼくに何事もなさそうで、自著としては初めて納得のいく出来の『ドラマ』を書きはじめる。だが周囲はひと荒れしそうだ。

ユグナンはすでに「テル・ケル」を辞めていて、ロマン主義的小説《ロマン》『荒れた海辺』で成功を収める。ユグナンは今でも若い人たちに人気がある。結構なことだ。その後マティニョンも辞めることになるが、すでに雑誌の事務所には姿を見せなくなっている。問題はアリエで、事務局長のポストにしがみついている。いや、それはもう無理だ。陰気な話が続いたが、滑稽な話に移ろう。

版元はたしかにアリエを気に入っている。アリエの父親である将軍様に脅えてもいる。これほどの要人の息子を除名するなんて、社会的に見て難しかろうと思っているのだ。ただ編集委員会は契約上は民主主義的に運営されることになっており、投票でも多数がアリエの除名に賛成した。そこで版元は、投票者のなかから数名をスイスに派遣することに決める。スイスの父親のところに避難している息子に除名の決定をこっそり伝えてほしい、そしてもしよろしければ和解を試みてほしい、というわけだ。ぼくはこの滑稽な代表団に加わるのを断ったのだが、誰にも告げずにスイス行きの同じ車両に乗り込んだ。気詰まりなことといったらない。それがなおのことひどくなったのは、スイスの山中に到着するや将軍が威嚇のつもりかぼくをわきに呼びつけ、ぼくの除隊のことで脅しを匂わせるようなことを言ったときだ。要するに、泣けてくるほどの老いぼれ軍人が、もじもじと自分の出し物を演じてみせてくれたわけだ。ぼくは立ち上がって出てゆく。将軍は雪が降りしきるなか、ぼくを追いかけてくる（ああ、まったく）。ぼくはタクシーを呼んで、途方にくれている（実際、どうしていいかわからずにいる）仲間たちを連れて行き、みんなで帰りの列車に乗り込む。もういい加減にしてほしい。

いい加減にしてほしい？　いや、まだだ。ロブ゠グリエとジェローム・ランドン〔一九二五―二〇〇一。ヌーヴォー・ロマンを推進したミニュイ出版社の社主にして名物編集者〕が、たぶん面白がって、でも指図を受けて、調停のための最後の骨折りにやってくる。結果、ぼくらの関係は悪化する。これは（何ごとも説明がつくものだ）、ロブ＝グリエがテレビ出演したときに、ぼくの目の前で、ドイツ占領時代、ブルターニュの実家の台所にペタンの写真が飾ってあったという話をしながら、「元帥」と口に出した日まで続くことになるだろう。それでロブ＝グリエは、ランドンといっしょにミニュイ出版社からわざわざスイユ出版社にまで出向いてきて、話し合おうと言う。ふだんのぼくは控え目なほうで、投げやりなところさえあって、それどころか猫かぶりでもある。でも喧嘩を売られれば買うし、攻撃的で、横柄で、不愉快で、頑固で、無礼で、憎たらしくもなれるのだ。話し合ったところで何も変わらなかったし、変わる可能性だってほとんどない。のちのアカデミー・フランセーズ会員ロブ＝グリエについては、理解するのにしばらく時間がかかった。でも、ベケットの友人にして崇拝者、ランドンについては？　もういいだろう。

将軍？　元帥？　将官？　司令官？　精神科医の大尉？　変態看護婦？　偽善者の友人？　アルジェリア戦争？　軍事病院？　文学的嫉妬？　ええい、くそったれ。

こうした若年期のことについては、短編集『中間層』（「春の死」「ジベルニーの近くのセーヌ川支流」「ある家屋のための映像」「プッサンを読む」「レクイエム」「バックグラウンド」等）を参照願いたい。表題作の冒頭に掲げたコールリッジの銘句が、当時のぼくの精神状態をいみじくも言い表している――「自分が単なる幻影にすぎないという考えに、わたしはほとんど慣れてしまった。」

転機

この幻影、それまではぼんやりしていて夢見がちだったけれど、やがて社会の毒に触れて猛り狂うようになる。でもさしあたって『中間層』（一九六三）の語り手は、消滅の瀬戸際での幸福な体験をいくつか語っているようだ。救急車でパリの街を走り抜けたり、モネの絵画のなかに輝く流体となって入り込んでみたり、子供の頃に見た幻覚を語ってみせたり、プッサン（一九六一年にパリで開催された展覧会で発見した画家）の大判の絵画にひそかな秩序を読み取ったり、アルジェリア戦争で戦死したひとりの若い兵士の冷たくて機械的で不条理な埋葬に立ち会ったり、惨めな入院生活の最中に恍惚となったり、ある精神的・形而上学的な冒険家の肖像を描いたり。繰り返し強調されるのは、現存について、現存在の謎についてだ。「プッサンを読む」では、だからハイデガーがたびたび参照されている。とりわけ、こういう箇所──「暗さはひそかに明るさを宿している。暗さはその中に明るさをもっているのだ。」それから、こういうところも──「死の思想は、白昼に星を見るために、泉の底の暗がりに沈潜しなければならない。暗さの明澄さを保持することは、もっぱら輝くものとしてしか輝こうとしない明るさを見つけるよりも難しい。輝くことしか欲しないものは、照らし出すことをしない。」

つまり、光〔＝知性《リュミエール》〕の増大。

この薄手の本（お察しのとおり、まったく売れなかった）の銘句は、ランボーの『イリュミナシオン』から引っぱってきている──「計算を脇にやれば、天の避けがたい降下と、思い出の来訪と、リズムのひと時が、住まいと、頭と、精神の世界を占める。」〔詩篇「青春」より〕

ぼくが強調したいのは、住まい、頭、世界、この三つの単語だ。

これこそがぼくの心を占めていたものであり、いまだに占めているものなのだ。この引用句は三カ月に一度、「ランフィニ」誌の裏表紙の、ピカソ晩年の海賊の絵の下にランボーという著者名なしで掲載されているのだが、愉快なのは、これが誰のフレーズなのか、今まで誰にも尋ねられたことがないということだ。

われらが時代の囚人はなんでも知っていて、決して説明を求めない。証明終わり。

できるだけひとりになって、自分のなかに潜り込む。『公園』によって何かが、書かれつつあるフレーズの表層で動きはじめた(「ブルーブラックのインクの万年筆」)。それは、今ここでの、明るくもあり暗くもある真の現存の主体だ。ひとつの新たな身体が解き放たれ、それと同時に、まるで初めてのことであるかのように言葉が言葉自身に到来する。『ドラマ』(一九六五年に刊行される)の銘句は、ギリシア思想の黎明期にさかのぼる――「心臓をひたす血が思考なのだ」(エンペドクレス)。結末には(結末を書いていたときのことを思い出す。雨の日だったけれど、すごく嬉しかった。ヴェネツィアでのことだ)、インド思想への言及がある。インド的思考、すなわち「最後の思考をもたない思考、雑草よりも数多い、あらゆる思考のなかで最もすばしこく、最も迅速な、心臓〔＝心〕に支えられた思考。」心臓〔＝心〕という語が、ここでの中心だ。なにしろ思考を思考としての思考に連れ出し、エクリチュールをエクリチュールとしてのエクリチュールに導くことが、実際に企図されているのだから。ここでは、避けて通れなかったリアリズムや自然主義の対蹠点にいる(つまり、嫌われる要素が出揃っている)。ちなみに、のちのち書かれることになる、自由奔放な小説のタイトルは、『ゆるぎなき心』だ。

『ドラマ』(Dに、という献辞がある。すなわちドミニックのこと)は、こんなふうに始まる。

「まずは(最初の状態、複数の線、版画――演技が始まる)、目と額の内側に集まってくるのはおそらく、もっとも安定度の高い要素である。すばやく、彼は調査する。海の思い出が鎖のようにつらなって彼の右腕を通り抜ける。なかば眠った状態で彼はそれをとらえる、風にあおられた泡のようなものを。左脚は逆に、さまざまな鉱物の集合に作用されているようだ。背中の大部分は、黄昏どきの部屋部屋のイメージを、上下に積み重ねたまま保持している。立ち止まって、彼は固執するのをやめ、待ち受ける。この最初の接触はひどく豊かすぎる、晦渋だ、と彼は思う。すべてが混交し、意味を帯びている。どう始めてみたって、中立を守るのに必要な保証は得られない。彼の肉体は明らかに、無益な呼びかけによって占めつくされている。不意に驚きに襲われる――いつだって彼は考えていたのだ、望めばいつでも真の物語が自然に語られはじめるだろうと。遠くに、一見打ち捨てられているようにして、その真の物語は、不変のまま一歩一歩近づいていけるところにあるように感じられていた。今でも、彼はその物語を簡単に定義できるものと信じ込んでいる――座った姿勢、左側の屋根のうえのほうの太陽（運動の意識、星々）、足もとの大地や花々、向こうのほうに、見渡すかぎり広がる水……。失敗だ。」

二度失敗して、チェス盤（六十四のマス目）が完成する。盤上の語り手（「彼」と「僕」が交互に入れ替わる）の対戦相手は自分自身ということになる。ぼくの最良のゲームのひとつじゃないろうか。

まったく売れなかったが、バルトはこうコメントしてくれた。

「『ドラマ』はひとつの黄金時代に、意識の黄金時代、発話《パロール》の黄金時代にさかのぼる。この時代は、目覚めつつある身体の、まだ新しくて、中立的で、想起や意味作用に触れられていない身体の時代である。ここに現れているのは、完全なる身体というアダムの夢だ。近代の黎明期に、「我に身体を与えよ！」というキルケゴールの叫びによって示された身体……。完全なる身体は人称をもっていない。自己同一性なるものは、われわれが眠りながら安んじて自分の本当の生、自分の真の物語に没頭しているあいだ、そのはるか上空を舞っている猛禽のようなものである。われわれが目を覚ますと、この鳥は急降下してわれわれに襲いかかってくる。つまりは、鳥が舞い降りてきてわれわれに達する前に、機先を制して発話しなければならないのである。ソレルスのいう目覚めは、長くもあり短くもあるような、ひとつの複合的な時だ。生まれつつある目覚め、生まれるのに時間のかかる目覚めなのだ。」（「劇・詩・小説」、『作家ソレルス』所収）

　バルトはむしろこう書くべきだった――目覚めている状態の下で、われわれは自分の偽の生、自分の偽の物語を気にかけるか激しく求めるかして、つねによろめいているのだ、と。バルトは晩年、凡庸極まりない取り巻きに気を滅入らせ、だんだん仏教に近づくようになっていた。今バルトのことを考えると、ぼくは十三世紀中葉の日本の禅僧、道元に行き当たる。「不生不滅と呼ばれるものは、すなわち至高の目覚め〔大悟徹底〕のことである。」あるいは、こう――「誰もまだ聞いたことのないことを聞くというのは、すなわち今まさにこの瞬間わたしがあなたに言っていることを聞くということだ。」あるいは、こう――「われわれが真面目《しんめんもく》の境に入り込んだ途端、記号のひとつひとつ、現象のひとつひとつは、唯一無二のものとして立ち現れる。しかるに現象は捉えうるものにして、なおかつ捉えきれないものである。記号は捉えうるものにして、なおかつ捉えきれないものである。今この時においてのみ、まさに今こそ、今の一刻一刻は、すべて例外なく、時全体に混ざりあう。今ある記号や今ある現象が時になる。今ある森羅万象のいっさいが、刻一刻と継起して次から次へと今ここで現成している時となる。」
　なんということだ。

　同じ頃、ぼくにとっては大事な二つの仕事をやっている。ひとつは、スリジー＝ラ＝サルの討論会でミシェル・フーコーがいる前でやった講演「フィクションの論理」。当時フーコーはまったくの無名だったが、ぼくは『臨床医学の誕生』と『狂気の歴史』をたいへん興味深く読んでいた（実に犀利な『レーモン・ルーセル』は言うに及ばず）。この討論会でのフーコーの講演は「テル・ケル」に掲載された。もうひとつは、ジャン＝ダニエル・ポレの映画《地中海》に参加したことで、ぼくが台本を書き、モンタージュにも密接に関与している。モンタージュ、そこにすべてがある。モンタージュの観点からは、ずらしや計算ずくの反復（禁じられた楽園の果実さながら木にぶら下がっているオレンジ）をまじえたこの映画は、今や古典と目されている。深い色彩をたたえたポレの映像が、ここで素晴らしい効果をあげている。闘牛場で血を流しながら死に向かって躍動する牛、古代都市パルミラの崩壊した柱、稼働中の溶鉱炉、手術台のうえの若い女性、ギリシアのうら若い麗《うるわ》しの農婦——水際で小さな鏡を前に髪をくしけずり、ヘアピンを留め、それからかすかに風にそよぐエプロンのボタンをゆっくりと留めてゆく——、老いた漁師（もしかすると冥府の川の渡し守カロンその人）の小舟、崩れかけた掩蔽壕と有刺鉄線——何かしら破滅的な事態が生じ、それが陰でずっと進行していることを思わせる——、これらすべてが驚きをもたらし、とても美しい。《アンダルシアの犬》や《黄金時代》〔ルイス・ブニュエルのシュルレアリスム映画〕直系の映像だが、官能性が際立っている。不意に現れ、また現れるイメージ。それが立方体に見え、球体が立方体になる。それがスクリーンの平面と交差する。知的にも官能的にも、これは新しくて、新鮮で、不安で、突発的で、完全無欠だ。

映画《地中海》は一九六〇年代の初頭、ベルギーのクノック＝ル＝ズートで開催された前衛映画祭で上映され、猛烈なやじを浴びせられた（美しいものがやじられるのは美しく、そして正しい）。ただし言っておくけど、そのとき紹介された、麻薬ジャンキーのホモが騒ぎ立てるだけのアメリカ映画などとは、まるきり別物だった。山中に徐々に姿を現す青灰色の崇高なるアポロン神殿を、棺桶から出てきたフニャチンのゲイどもと比べてどうするのだろう？　永劫回帰を背景にしたヘラクレイトスか、それともウィリアム・バロウズか？　ヘラクレイトスのほうが巧みに時を渡っていくように思う。

愉快な逸話。スリジー＝ラ＝サルでぼくの講演が終わってから、出席していた「ル・モンド」紙の女性記者が、きっとぼくの話なんてぼんやりとしか聞いていなかったのだろう、大学では何を専攻していたのかと尋ねてくる。ぼくは笑って、相手がアンドレ・ブルトンでも同じ質問をしたかどうかと逆に尋ねてみる。それから車を運転してサン＝ローまで行き、ホテルに宿泊する。そこにはきれいな女の子が待っている。ぼくについての悪評が立ってしまう。言うまでもないだろうが、一方でミシェル・フーコーとその男性の恋人は、誰はばかることなく、スリジーの城館で寝室を共にすることができたのである。詩には詩の謎がある。大学の世界にも謎がある。

十年後にぼくはふたたびスリジーにやってくるだろう。

でもそのときには大騒ぎになるだろう。

崩壊した前衛、危機にある大学、順応主義的な出版界、型にはまったジャーナリズム、立ち往生した文学、要再検討の哲学、荒廃した諸制度。以上が旅の途上で目にした光景である。

今朝、ぼくは自分の書棚を見上げてみる。言うことなし、堅牢そのものだ。


時代の大事件。

スプートニクの打ち上げ、ロシアのミサイル配備に端を発するキューバ危機。

ヨハネ二十三世の死去、合衆国大統領としては初のカトリック、ケネディの暗殺（この事件は嘘で塗り固めた幕に覆われる）。

中国とロシアの決裂。

ヘミングウェイの自殺、セリーヌの死。

「テル・ケル」

「テル・ケル」は、二十歳前後の若い作家たちが企画刊行した季刊の文芸誌である。広告はいっさい載せない。サブタイトルが付くが、これは何度か変更されたすえに、「文学／哲学／芸術／科学／政治」に落ち着く。ここには序列をもうけてある。

編集委員会は版元のスイユ社から独立しているが、雑誌タイトルの所有権は、契約で版元との共有になっている。小さな事務所に、たった一台の電話。編集委員会は民主主義的に運営される。編集委員長を選出し、各号の目次、メンバーの除名や加入を投票で決める。あらゆることが、書かれた文章の出来不出来にしたがって決められる。書き手の社会的イメージではなく、まずはその著作が判定されるということだ。この最後の点は、まったく革命的で、肝心かなめの点である。これはつねに決定的でありつづけるだろう。

アリエが除名されてからというもの（彼の妄言に、彼の虚言癖に、それから上着の襟を立てて深い苦悩の色を浮かべながらぼくに向かって毎日「ぶっ殺すぞ」と凄んでみせるのに、もうつきあわずにすむのだと思うと、心底ほっとする）、スイユ社は疑いのまなざしを向けるようになってくる。会社と軋轢が生じることが増え、それがだんだん深刻になってくる。そしてついに一九八二年、絶縁する。「テル・ケル」はぼくの監修で、ガリマール社で生まれ変わることになる。タイトルは「ランフィニ」になるけれど、サブタイトルは同じだ。合わせれば二〇〇号に近い。途方もない数字だが、つまりは現実に即した対応をしてきたということ。なにしろ愉快なのは、この力業にどうやら誰も気づいちゃいないらしいってことだ。おそらく死ぬほど大変なことなのだが、死んでみたってなんにもなるまい。

これほどの号数にのぼるバックナンバーをめくってみると、数々の名が次から次へと現れる。アルトー、バタイユ、ポンジュ、ハイデガー、ヘルダーリン、ダンテ、パウンド、ボルヘス、バルト、クロソウスキー、リルケ、ミショー、サロート、ソシュール、フーコー、デリダ、ヤコブソン、ジョイス、サド、ジュネ、ニーダム、フィリップ・ロス、プレネ、ドゥニ・ロッシュ、リセット、クリステヴァ、ギュヨタ、アンリック、ミュレー、などなど。すぐれたものは七〇パーセント、たまに変てこなものや妙ちきりんなものもある。さかんに仕事をしたが、仕事をしているなんて思ったことはない。さかんに楽しんだ。

もちろん出版界は（「テル・ケル」の版元も含めて）すぐに反応し、競合する雑誌をいくつも創刊した。しかし今では、元祖に勝るものはないことを、みんな（とくに敗れ去った者ほど）認めている。しばしば真似されることはあったが、決して肩を並べられることはなかった。

綱領は単純。戦いの場を移すこと、周縁に追いやられている中心的体験に優先権を与えてやること、アカデミックな商品が内容空疎であるのを明るみに出すこと。当時は、アルトーやバタイユやポンジュの全集が出るなんてとても考えられない時代で、ひとつひとつの文章を、検閲やら、制度化した忘却やらから、もぎ離してこなくちゃならない。サドがプレイヤード版で？　ありっこない。それからバルトやフーコーがコレージュ・ド・フランス入りしたり、さらにはデリダやクリステヴァが国際的に活躍したりなんてことも、とても考えられやしない。ラカンはほとんど知られていなくて、ブルトンは秘教化されていて、セリーヌは呪われている。力をもっているのは、サルトル、カミュ、マルロー、アロン、アラゴン、モーリヤックだけれど、彼らにはほかにやることがあって、文学にも根本的思考にも本当には携わっていない。レヴィ＝ストロースは評判になっている。でも、ハイデガーは本当の意味で読まれるのを待っている状態だ。時代は社会参加《アンガジュマン》、冷戦、政治闘争、倫理思想の側にある。いつかそっちのほうを通らなくちゃならないなら、できるだけ風通しをよくしてやりたい、つまり、つっかえている場所があったら最大限にぶち壊してやりたい。

社会がぼくを捕まえにやってきて、ぼくを閉じこめてしまった以上、社会に対して否定的な挨拶をお返しするのは当然だ。もろくなった鎖の環があるとすれば（一九六八年五月が証明するだろうが）、それは大学だ。いちばんの障害になっていて取り除くべきなのは、フランス共産党である。それならこっちにおまかせあれ。

そんなわけで目的は、文学から出発して、書物をあらためて開き、絶えざる実践をともないながら、哲学、芸術、科学、政治を問うことだ。言語に対する独自のかかわりなき者は何人《なんぴと》も「テル・ケル」に入るべからず。精神分析は大歓迎、ロシア・フォルマリズムも（対して、全体主義的リアリズムは駄目）。書物をあらためて開く？「ダンテとエクリチュールの横断」（一九六五）が『ドラマ』と同じ動きに乗っかって書かれ、その後ジャクリーヌ・リセットによる『神曲』の新訳が刊行される。何を訴えているかというと、いろいろだ——シュルレアリスム批判、「ヌーヴォー・ロマン」（文芸市場をいまだに震撼させている）の戦略的支持、ジョイスへの執着、ロートレアモンの強調（これについては、マルスラン・プレネの本が画期となる）。要するに、読んだり書いたりするように生きることこそが争点なのだ（そして時代の空気は、これを一時、「構造主義」と呼ぶようになる）。どのようにそれは話すのか？　どのように神話は機能するのか？　主体はおのれの知らない何を語るのか？　主体の欲望は本当はどこにあるのか？　諸言語から見えてくるさまざまな象徴体系はどうなっているのか？　ヘブライ語、インド、中国語についての、この驚くべき無知は何ゆえなのか？

相対主義？　とんでもない。調べあげ、掘り下げるのだ。ラシーヌを別様に読む（ソルボンヌでひんしゅくを買う）、サドを地下出版の世界から引っぱりあげる（今じゃ聖書に使うインディアペーパーで〔プレイヤード版で〕読むことができる）。さらにもう一歩。そうすりゃいつかラ・フォンテーヌはアントナン・アルトーと同じくらい、ホメロスはプルーストやセリーヌと同じくらい、アイスキュロスはジョルジュ・バタイユと同じくらい、ヴィヨンはジュネと同じくらい革命的に見えてくるだろう。絵画や音楽については言わずもがな、膨大な量のアーカイヴがよみがえり、再生し、斬新なものが生まれる。ピカソがそういう道を示している。忘却のおそれが絶えずあり、理性の眠りは怪物を生み出す〔ゴヤのエッチングのタイトル〕。新たな理性が、新たな愛が必要だ（ランボー）。手近な道具を使うべし。つまり定期刊行物を監修するのだ。ささやかな道具だが、効果は大きい。伝説が広まる。「テル・ケル」はテロの中枢にして淵源であるというのだ。たしかにそうだ。社会全体が退行しているなか、今や完全にはっきりしているのは、金儲け主義による読書力の破壊に対しては、このテロリズムは正当だったということだ。かまうもんか、ヴォルテールの本をあらためて開いてみようじゃないか、もうほとんど誰も本を読まないってことが今や明らかだってなら。まわりに確かめてみたまえ、〈歴史〉が、〈記憶〉が、〈形式〉が、〈内容〉が、〈深層〉が今どうなっているか。本の世界を荒廃させて給料をもらってる連中がちゃんちゃらおかしいのは、「テル・ケル」のせいで文学の力が枯渇したなどと非難してくるからだ。つまり、ラカン言うところの「ゴミ出し出版」〔poubellication, poubelle（ゴミ箱）とpublication（出版）を合わせた地口〕ができなくなったというわけ。それにしちゃあ、捨ててもいいような商品がいまだに大きな顔をしてるじゃないか。思考は情にほだされない、知性は真摯さに味方しない、これはみんなが知るべきことだ。でもそんなものだし、そんなものだったのだし、これからもずっとそんなものなのだろう。まあとにかくそれでも、集団催眠状態をしばしば攪乱したんじゃないかな。

「テル・ケル」の運営規則？　かならず敬語を使うこと、私生活については決して尋ねたりしないこと、書いたものを見せたまえ、それだけ。おわかりでしょう？　テロリストの集団だってことが。

それでもって、秘密の生活、生きた生活、本当に自由な生活、自由な愛には特別な神がいる。《squere deum》というのが、カサノヴァのモットーにある。「神に従う」ということ。神は女神であってもいい。オデュッセウスを庇護するアテナのように、フクロウだかツバメだか、翼をもつものの形をした運命の女神。ドミニックのもっとも不思議な小説のひとつは、タイトルを『アルテミス』という。アルテミスという女神が、とくにおしとやかなわけじゃないことは確かだろう。従姉妹《いとこ》のヘカテーと同様、魔女だと考えられたこともあったらしい。でも、ぼくにとっては妖精なのだ。

彼女とはバルセロナに行く前に、忘れられない旅を何度かした。まずはボルドー。ぼくは彼女にガロンヌ川、家屋、庭を見せ、ガレージの車のなかで長いキスをしたものだ。それから夏のレ島。戦後に再建された家屋に泊まった。それからラスコー、ぼくの人生でも最大の衝撃のひとつ。母方の祖父ルイの一族の出自がそこ。それからアムステルダム。まさに彼女のホームグラウンドで、一時は二人で移住しようかという話も出た。そして一九六三年、イタリアはフィレンツェ、ヴェネツィア。

イタリアでは、一目惚れの二乗、三乗だ。まずはフィレンツェ。これはダンテのせい。ダンテについてぼくは、じっくり考えをめぐらせるようになる。スペイン、闘牛、ラスコー、ダンテ——これらの影響は、ぼくのすべての本のうちに潜んでいる。それからジャン＝ダニエル・ポレと共作した映画《地中海》のうちにも（台本だけじゃない、二人で幾晩もぶっとおしでモンタージュの作業に没頭したものだ）、またはるか後年の、ロダンの《地獄の門》にもとづく別の映画のうちにも。フィレンツェ、サンタ・クローチェの回廊、隣の教会のジョット。パッツィ家礼拝堂では、ある朝ひとりで美に浸りきったまま、未来に思いを馳せながら眠った。そして最後に訪れた白い真珠、サン・ジョヴァンニ洗礼堂の前に、ラヴェンナの墓。『神曲　天国篇』の著者が埋葬されているふりをしているところだ。

それから、ある晩ヴェネツィアに到着し、とどめの一撃。いつものように、ぼくが実際的な事柄になるとぐずぐずしているため、アルテミスがすばやく適当なホテルを見つけてくれる。ジュデッカ島の、三方に窓がある寝室からは（太陽は朝は左手、夕方は右手）、舟が絶えず行き交うのが見える。〈天国〉は実在する、ここにあるのだ、間違いなく。ぼくはすべてを思い出せる、綿密なスケジュール、執筆は日に七時間（ドミニックは三時間、それ以外の時間には散歩）。ヴェネツィアとレ島――ともに海に祝福されている。ヴェネツィアで、ぼくは自分の本当の処女作（当時の自著で読み返せる本）に、すなわち『ドラマ』に没頭する。この本はドミニックDominiqueに捧げられていて、献辞はイニシャルのDで記してある。《A. D.》〔Dに〕、つまり《Anno Domini》〔キリスト紀元〕とも読めるわけだ、暗号の愛好家には。

そんなわけで、話は決まった。ここに来る、定期的に、お忍びで、春と秋、四年にわたって。ここでは誰にも会わない、ひたすら〈時間〉のなかにいる。付け加えることは何もない。ただひとつだけ、申し訳ないけど、ぼくの本はちゃんと読むべきだ。

（ある女性ライターが見せた不満顔をぼくは思い出す。ぼくについての本を書くつもりだと言うので、まずはぼくの本を読んでみてはどうかと勧めたわけだ。その顔は、「え？　本もですか？」と言っていた。）

継続的な戦略――一方には遍満する光、他方には影。本当の光は影のなかにある。しかしきみがそれを証明することは許されないだろう。きみが自由であることを証明することになるから。

ヴェネツィアに来て間もない頃、ぼくは朝早く、口髭をはやした四十がらみのドイツ人がいることに気づいた。作家らしい雰囲気はこれっぽっちもないが、ひどく真剣な面持ちで、一心不乱に、〈フローリアン〉〔サン・マルコ広場にあるヴェネツィア最古のカフェ〕の店内のテーブルで休みなく何かを書いている。指さしてドミニックにその男のことを教えてやると、たちまちニーチェという綽名がついた。男は、ほどなくして姿を消した。

パリでの人づきあいは、ひどく活気づいてくる。バルトが『ドラマ』について、ダンテの『新生』と比較する長い評論を書いてくれる。ラカンがぼくに面会を求めてくる。彼はぼくのことを、大学で哲学を専攻している若い研究者だと思い込んで、博士論文のテーマは何かとぼくに尋ね、高等師範学校で開講している自分のセミネールに来て何かしゃべってはくれまいかと言う（もちろん断る）。バルトとラカンは、著作を「テル・ケル」と同じ版元から出していることもあって、亡くなるまでずっと、ぼくの友人にして有能な庇護者でいてくれるだろう。『エクリ』を献呈してくれたときのラカンの献辞はこうだ――「フィリップ・ソレルスへ、結局のところ、われわれはそれほど孤独ではありませんね。」いや、もちろんわれわれは孤独だ。またそれこそが刺激的なのだ。だから『ヴェネツィアを愛する辞典』の銘句として、ぼくはニーチェのこんな文句を掲げたわけだ（一九四九年に、ハイデガーがヤスパースに書き送ったのと同じ文句）――「百の深い孤独が集ってヴェネツィアの街を形作っている――これがヴェネツィアの魅力なのだ。これこそが、未来の人間たちを表すイメージなのだ。」

『幾何学の起源』〔フッサールの著書〕のフランス語訳に、フッサールをジョイスと比較する序文を付けた、ある若い哲学者がぼくを驚かせる。ジャック・デリダである。デリダとは長きにわたって親密な交際をするようになる。バルト、フーコー、ラカン、デリダ、ドゥルーズ――新しき曙光。その光に、古き世界はいまだにおののいているらしい。

『公園』は文芸評論家たちを落胆させていた。彼らはそこに、誤って「ヌーヴォー・ロマン」への加担を見ていたのだ。『ドラマ』のときには、もっとひどい。ぼくは裏切り者で、ぼくの才能は枯れていて、死んだも同然で、勝手なことばかりやっているのは明らかだ、というわけ。結構だとも。それが宣戦布告なら、ぼくはもっと先まで行ってやる。そんな思いで書いたのが、一九六八年四月に発表した『数』である。

六八年の五月事件が勃発する前の歳月には、驚くべきものがある。ぼくはあいかわらず滅茶苦茶な生活を送っているが、ある別の女性との出会いを果たす。本物の出会いにして一目惚れ。ジュリア（・クリステヴァ）のことだ。彼女は一九六六年に、文学研究のための奨学金を得てブルガリアからやって来る。二十五歳で、ハッとするほどきれい。ぼくに質問にやって来たが最後、ぼくらはもう離れられなくなる。彼女はフランスのパスポートを持っていない、身元が確かじゃない、というわけで一九六七年の八月、ぼくらは結婚する。そして彼女は今でもいる。これ以上の言い方はあるまい。注意してほしい、ジュリア・ジョワイヨーとジュリア・クリステヴァ、そしてフィリップ・ジョワイヨーとフィリップ・ソレルスがいるわけだ。二人じゃなくて、四人。それから一九七五年にダヴィッド・ジョワイヨーが生まれて、五人。

ラカンは、耳がいつも鋭いわけではないらしく、「ジュリア・ソレルス」宛てに手紙を送ってきたことがあった。ぼくはラカンに、「ジュリア・ソレルス」という人がいないことを丁重に指摘せざるをえなかった。それでもって、今ではアメリカ人の女子学生は例外なく、ぼくの名前をクリステヴァ氏だと思い込んでいる。古典的な取り違えだ。彼女は彼女、ぼくはぼく、ぼくらはぼくらだってことを認めてもらうのが、いかに難しいことか。名前を二つもつのはいい。三つだと、もっといい。

人生にはシュルレアリスム並みに奇怪なことが起こるものだ。ぼくらがこっそりパリ五区の区役所で結婚式を挙げたときのこと。結婚指輪を嵌めようとせず、しょっちゅう馬鹿笑いしそうになっているぼくらに、区長も面食らう。それからヴァイオリニストをやっているジュリアの妹と、結婚の立会人になってくれた二人とともに、河岸通りのレストラン〈ラ・ビュシュリー〉に昼食に行く。ノートル・ダム大聖堂の真向かい、シェイクスピア・アンド・カンパニー書店の隣のレストラン。ところがどうだろう、二つ向こうのテーブルに、むっつり顔の老夫婦がいるではないか。ありえない、おかしすぎる。アラゴンとエルザ・トリオレだ。虫の知らせ、呪いの視線、悪魔祓い？　この話から、コミュニストは、それからブルジョワも（同じようなものだ）、いろいろ空想するのだろう〈東〉から来た女にフランスの若手作家、とかなんとか)。でも、すまない、なんの関係もありませんから。

運命、運命、《sequere deum》〔神に従うこと〕……。ひっそり挙げた結婚式、社会的圧力はなし、背負う家族もなし、写真もなし、理想的な融和もなし、金もなし。でも、ゆるぎなき知的連帯がある。たくさんの仕事が、意見の食い違いが、遊びが、笑いが、愛がある。ぼくは男と女の歴史に(このカオスに)、新たなひと齣を加えている、愛妻家にして性懲りもない放蕩者というひと齣を。ついでに言っておくと、ぼくはこの女と結婚したが、ほかの女とはしていない。だから一度きりだ。見かけはどうあろうとも、昔から大勢には従わないところがある。苦労? 数えきれないほど。危機? これがあればこそ、男女の永遠の争いが陥る袋小路に通暁できる。調和? もちろん。趣味の対立? ときどき。ユーモア? ありあまるほど。悲劇? いっぱい。喜劇? しばしば。真剣さ? いつも。

ある晩、ぼくら二人がモンパルナス大通りを並んで歩いていたときのことを思い出す。ドランブル街の〈ローズバッド〉に行こうとしていた。長年ぼくらの根城になっているバーだ。ぼくは彼女に、シンプルにこう切り出した。「で、ぼくら、古い呪いを解かないか?」見事な問いかけ。答えはいらない。

天才的だが、はじめは(レヴィ゠ストロースとバルトが手を差し伸べてくれたのを除いて)八方塞がりだった女子学生から、世界中で名が知られ、わが国では「名誉博士」と綽名されるようになった大学教授へ。厳格な精神分析家へ。《女性の天才》〔クリステヴァがハンナ・アーレント、メラニー・クライン、コレットをめぐって書いた全三巻の評伝シリーズ〕の著述家へ。その道程はめくるめくようで、勇敢で、メロディアスで、優美である。彼女は、ぼくが出会ったなかでもっとも知的な女性だ。

ドミニック、ジュリア、すなわち生きる知恵。人間的には、よく言われるように、二人はぼくなんかよりはるかにすぐれている。それでも、ぼくにもいくらかいいところがあるには違いない。だって二人は、互いに知ることもなかったし、同じ世界に生きてきたわけでもないけれど、どうやらぼくの存在を受け入れてくれているようだから。

多少なりとも持続的で親密な関係を結んでぼくの人生を横切った他の女たちの名前は、この回想録のなかには、もちろん出さない。彼女たちの思い出を掻き乱したり、体面を汚したりするわけにはいかないから。ただ、学術的な知識に資すべく、これだけは書いておこう。ぼくが本当の意味で愛を交わした女たちからは、一度として別れ話を切り出されたためしがない。別れはたくさんあったが、それはぼくが逃げたり尻込みしたりしたせいだ。こういうのは、めずらしいんじゃないかと思う。情事を重ねながら、女たちとはたびたび心を通わせてきたわけだ。こういうことは、事実そのままというわけじゃないけど、ぼくの小説のなかで語られている。ぼくの情事のカタログをつくってみると、いろいろとわかるだろうが、そんなことを思いついた批評家や研究者がひとりもいなかったことに、ぼくはほとんど驚かない。ぼくの本について書かれた批評や学位論文はたくさん受け取るが、概してこの問題は入念に回避されている。

男と女については、反応はいつも同じ。まるでどこか別の世界か未知の大陸の話だとでもいうように（ぼくはいつも幸福な出会いを語る）、女はいないことにされているか、最小限に見積もられている。広く行きわたったタブーなのだ。しかしなんと言われようと、この話題には既成の価値観をひっくり返すところがある。ぼくの本を読んでみてほしい、読み返してみてほしい。そうすりゃ絶対わかるから。

航海

たいした金もないのに長いあいだ暮らしをたててこられたのは、わずかな遺産の残滓である後背地と、それからとくにレ島の、戦禍を免れた古い母方の地所のおかげである。ぼくはアルスの村に埋葬されることになるだろう、第二次大戦中にこの地で斃れたイギリスやオーストラリアやニュージーランドの航空兵が眠る一画のそばに。彼らは二十二、三歳であり、操縦士もしくは機関銃士である。誰も彼らの遺体を引き取りに来ていない。彼らのかたわらにいられるとすれば、ぼくとしても嬉しい。

ヴェネツィアでの春と秋を合わせれば、一年のうちだいたい四カ月は、水辺で集中的に仕事をしていることになる。睡眠と海水浴を織りまぜながら、日に七時間。仕事？　いや、仕事という言葉は、海辺の音楽的な生活にはそぐわない。これも、ぼくの本を参照してみてほしい。ぼくの本はひとりでに書かれたのだと思っていただけるとありがたい。

『数』（キリル文字で書かれたジュリアへの献辞がある）では、各段落の末尾に漢字が書いてある。当時これを書いてくれたのがフランソワ・チェン、のちのち中国出身者としてはじめてアカデミー・フランセーズ入りすることになる。『数』という本じたい複雑で難解に見えるだろうが、かてて加えて漢字を使ったことは、西洋文学においては（エズラ・パウンドが、まったく別の意図から同じようなことをしたのを除けば）、ひどく突飛な試みじゃないかと思う。一九六九年、『数』をめぐって二本の長い評論が発表された。ジュリア・クリステヴァの「定式の算出」、それからデリダの「散種」である。「散種」はデリダの本のタイトルにもなっていて、世界のあらゆる主要大学で研究対象になっている。ところが、デリダの本でさかんに話題になっている『数』のほうは、英語に翻訳されていない。つまり、存在していないに等しい。大学の世界は概して、ぼくの素行不良のせいで、一九六八年以降ぼくを死んだことにしているし、左翼が歴史の裁定を認めて右翼を大喜びさせたこともあって、ぼくは無思想の亡霊になっている。まあ、それで結構ですけどね。

ああ、六八年！　思い出話なら何時間だって続けることができるだろうけど、急いで事の次第をはっきりさせておこう。はじめ、「テル・ケル」は戦略的に、そのとき勢いのあった共産党（大統領選挙でケーキ屋デュクロ〔一八九六―一九七五。元ケーキ職人にしてフランス共産党の大立者〕が得票率二一パーセント）に接近した。あくまで共産党は、大衆運動が形をなすまでの中継点として利用するだけ——そういうはっきりした目論見があってのことだ（硬直した思想には何も期待できない）。確信犯というやつで、それなりに実を結びもしたが、これがやがて急転直下、「毛沢東主義《マオイズム》」へと発展する。ああ、毛沢東！　これについても、はっきりさせておこう。それは、古くさいソ連のがらくたを吹き飛ばすのに有効な唯一の手段だった。悪によって悪を制する手段、悪をとことんまで追い詰めてひっくり返す手段、フランス版スターリニズム系ファシストの腐敗を糾す手段だったのである。犯罪的な大混乱に陥った中国は、ここフランスでは、それ以前の歴史的段階に関与したすべての人間を激怒させるという利点があった。同時に中国の文字、文化、思想に対する、かつてなかったような関心も見て取れる。これは「テル・ケル」のバックナンバーをめくってみれば、容易に確認できる（ごりごりの、もしくはぶよぶよの党派的文章が二〇パーセント、中国の思想に関する論考が八〇パーセント）。そんなわけで、「毛沢東主義」の仮面を、しかるべき時が来て外すまでは、ずっとかぶっていたわけだ。シニシズム？　日和見主義？　道義心の欠如？　たしかにそうかもしれないが、ぼくらは（ぼくは）、兵法書『孫子』がいう「死地」に陥っていたわけで、どうしてもそこから脱出する必要があったのだ。三年間激しくもがきつづけ、その後自由に動き回れるようになった。

その後の経過からずいぶんはっきりしたように、ぼくを深いところで動かしていたのは「共産主義」ではなく、中国大陸を深く知りたいという思いだった。そしてこの点が、「革命」を宣するもろもろの勢力と相容れなかったわけだ。中国大陸はその頃、フランスでは誰の関心も引かないようだった。それゆえアルチュセールとはもちろんのこと、（避難先としてこっそり共産党に近づいていた）デリダとも、ぎすぎすした関係になった。ともかく、党と足並みを揃えた芸術や文学、つまり「社会主義リアリズム」の欺瞞には、これっぽっちも媚びを売らなかった。問題は、もっと先を見ることだったのだ（ぼくは『天国』を書きはじめる）。軍事行動――一九七四年、我々は中国に行き、そしてそこから帰還する。この中国旅行については大量のインクが流されたが、ぼくは同じインクを使っていない。

六八年五月は、小説でもほかの場所でもいつも書いてきたことだけれど、信じがたいほどの解放だった。開かれた時間、開かれた空間、輝ける夜々、あらゆる水準における転覆、燃え立つような出会い、麻痺したパリでの疲れを知らぬ大行進、肉体の誇示。たまにごりごりの政治的表現を使ってみては、ぱっと燃やしてしまうのも（たとえばテーブルの隅っこで、ぼくは無署名のビラを山ほど書いた）、愉快で、健康的な感じがしたものだ。ぼくは二年間中国語を勉強した（遅すぎるし、不十分だ。八歳か九歳で始める必要がある）。並外れた亀、毛沢東の詩をいくつか翻訳し、彼の驚くべき『矛盾論』に注釈をほどこした。と同時に、『老子』と『荘子』の新訳を構想してもいた。要するに、いまだにぼくを支えている明晰な酩酊状態にあったわけだ。その後ぼくは、自分の主な関心は、まあ二〇〇七年以降とでもしておこう、中国の辞典に自分のことが「ごく早い時期に中国に関心を寄せたフランス出身のヨーロッパ人作家」と記述されるようになることだと公言して、多くのアメリカ人に衝撃を与えた。それじゃあ、ぼくが英語圏の市場ではほぼ無きに等しいことを嘆いたりはしてないのかって？ 嘆いたりなんかしていない。そのわけをお聞かせ願えませんか、だって？ 話し出すと止まらなくなるよ。

各人各様の戦いがある。ぼくが敬服しただろうと思える唯一の自由兵が、ギー・ドゥボールだ。一九九四年のドゥボールの自殺は、ぼくを深く悲しませた。彼がぼくについて思い違いをしていて、一九七六年にぼくをコクトーになぞらえたりもしたこと（まさか）、さらにその後、ぼくを「取るに足りない」と切って捨てようとしたことは、まあ大したことじゃない。こんなのは言ってみれば、ブルトンが端《はな》から避けた、肉欲に起因する間違いのようなものだ。それはともかくドゥボールは、ぼくの書いたものを読まなかったし、ぼくが彼の擁護をちらつかせる意味が見えていなかった。してみると、〈スペクタクル批判〉の考案者でありながら、長期にわたって敵とすべきものを自分のなかに見分けられないこともあるわけだ。とはいえ肝心なのは、彼のニヒリズムであって、これればかりは争えない。つまり『スペクタクルの社会についての注解』や『称賛の辞』の尊大で、驚異的で、教養豊かな著者は、平民に紛れ込んだ貴族、体面から平民と連帯しつづけようとした貴族だったのだ。

わかっている、今の時代がたちの悪い復古の時代だってことは。安全が強化され、みじめな家族小説が復権し、欲得ずくで偏執的な非難の声がいろんなところであがる。「六八年世代」は十把ひとからげに断罪され、罪人を運ぶ荷馬車はいっぱいだ。公然たる敵同士だったのが、驚くことに同じ列車に乗っている。〈モラル裁判〉がひっきりなしに即席で開かれては、同じ告訴状が突きつけられる。あんたがたが国民を、学校を、大学を、家族を、風俗を、言葉を破壊しちまったんだ、今の後退局面と不況に責任があるのはあんたたちであって、おれたち（右派であれ、左派であれ、立場はどうであれ、とにかく穏健派）じゃありませんからね。あなた、ポン＝ロワイヤルのバーで、赤い表紙の『毛沢東語録』をふりかざしてましたね。冗談のつもりだったんでしょう？　その後あなたが「右寄り」に、それどころか「法王主義者」になったのを、この目で見ましたからね。いくらなんでもねえ？　〈総合情報局〉の索引カードのデータはあいかわらず愚にもつかないが、新手の金利生活者たるサラリーマン連中には便利なのだ。彼らは本などぜんぜん読まない。それで平気なのだ。それでもって完全にユーモアが欠けているから、陰険なことといったらない。

ぼくなりの「自己批判」をやってはくれまいかと、小切手を手にした人たちに、さんざん頼まれましてね。そいつはお断りだな、どうしろって言うんでしょうね、そういう内輪向けの懲罰は、ぼくの得意とするところじゃありませんね。

こういう若い頃の行動は、若さそのものだった。行動原理は単純である。敵側が擁護していることはみんな攻撃する。敵側が攻撃していることはみんな擁護する。このルールは変わらなかった。その名は文学という。哲学者や知識人というのもおかしな人たちだ。文学の（とくに詩の）問いの前に立たせられると、途端に取り乱す。彼らは文学に憧れている。何かが実際に起こるのは文学においてだというのがわかっている。まわりをぐるぐるめぐり、話を誇張し、せっせと書きまくる。もちろんサルトルがそうで、ボードレール、マラルメ、ジュネについて書く。フーコーは、ブランショやレーモン・ルーセルについて。ラカンは、ジョイスについて。バルトは、しまいにはプルーストやスタンダールに向かい、自分も小説を書くつもりだというようなことを言う。アルチュセールは、妻を殺害したのち自伝を執筆するようになる。デリダは、アルトーについて手早く評論を書きあげる。ドゥルーズは、文学についてもたびたび文章を書く。バディウは、作家であろうとしている（なんてこった）。――要するに、みんな熱くなる。今は、のっぺりとした野原が広がっているだけ。事実、今や哲学者も知識人も、政治とモラルについて説教を垂れるだけの存在になってしまった。

ぼくが例外扱いしたいのは、もちろん二十世紀最大の思想家ハイデガーで、彼は少なくとも、ニーチェとヘルダーリンを正当な（もっとも偉大な）地位につけたわけだ。ハイデガーに比べれば、みんな要領を得なくて、ぞんざいで、おしゃべりに見えてしまう。そのため、たいてい彼は「ナチズム」とされるもののせいで呪われている。きのうキューバのジャーナリストに会ったのだが、ぼくが「ニーチェ」の名を口に出したら、彼の国、とくにハバナのほうでは、ニーチェは「ファシスト」作家と見なされているのだと言う。教訓――今やほとんどどこもキューバである。

『数』はすでにハシッシュを吸いながら書かれているが、さらにその影響が強いのが、続く『法』と『H《アッシュ》』（このタイトルからして、そう公言している）。古き良きアフガニスタン産アッシュ〔ハシッシュ〕、黒くて、香り高くて、地下の冥界から来るやつ。吸引者の才能しだいで地獄にも、人工なんかじゃない楽園にもなり得るトリュフだ。あの小さな立方体を、ポケットナイフで掻き削っている自分が今も目に浮かぶ。そのときいた女の子（『女たち』に登場するギリシア娘、最愛の女ディアーヌ）が紙巻きたばこにしてくれて、いっしょに吸ったな。そんなわけでH《アッシュ》、ときどき少量のコカイン、それからスピード〔覚醒剤〕。その昔はコリドラーヌ〔覚醒剤の一種で、一九七一年に禁止された〕（サルトルがそれで眼をやられた）、やがてカプタゴン〔向精神薬フェネチリンの商品名〕。即座に温まり、文章を書きながらトリップすることと請け合い（こういうのはみんな『天国』のなかに読み取れる）。コロンビア産ハシッシュの効き目はすごかった。別の精神にみちびかれた別の肉体の騎行。ぼくは野生の馬なのに、手綱をしっかり握っている。もちろん、とんでもない馬鹿笑い。そしてエロチックなことに敏感になる。パートナーだったあの女は、本当のパートナーじゃなかった。逆にこの見知らぬ女が、さも慎み深そうにしていながら、謎めいた逸楽の源になっている。音楽、数、時間に変容した空間、空間になった時間。外の社会？　仕事？　政治？　ご冗談を。ぼくは書きとめる、目を見開いたままリズムに乗る。と同時に、蔵書が全部いっせいに、ぼくに向かって話しかけてくる。

『法』（一九七二）は、ぼくが書いたもののうちで、もっとも狂った本だ。ここからは、陶酔の日々の響きが聞こえてくる。言葉遊び、馬鹿げた駄洒落やひらめきに満ちた語呂合わせ、束の間の神話的ヴィジョン、諸宗教の性的挿入、暴動の怒号、改良されたスローガン、さまざまな逸脱。響きと怒りは珍妙な表現となって全体に広がり、諸世紀の新たな伝説が語られる。徹底的に読み直した聖書、ギリシア哲学、インドと中国の古典によって、その続きは激しさを増す。個人生活の強度はいや増し、歴史がぽっかりと口を開く。なんとせせこましく、不自由だったのだろう、古きフランスは！　そのフランスがどれほど激しく爆発することか！　どれほど夜は長くて明るいことか！

バルトは、コレージュ・ド・フランスにおける一九七八年五月六日の講義で、こんなことを言っている——

「インテリゲンツィアは、〈ためらい〉を問題なく容認する一方で、〈揺れ動き〉にはきわめて頑強な抵抗を見せます。たとえばジッドの〈ためらい〉は、かなり大目に見られてきました。イメージが安定したままだからです。ジッドは、こう言ってよければ、動くものの安定したイメージを生み出していたのです。ソレルスは逆に、イメージが固まるのを妨げようとするのです。結局、内容や意見の水準ではなく、イメージの水準において、すべてが演じられるのです。つまり、共同体がつねに救い出そうとするのはイメージ（どのようなイメージであれ）なのです。というのも、イメージこそが共同体の必須の糧だからで、その度合いはますます強くなっています。極度に発達した現代社会は、（かつてのように）信仰を糧とすることはなくなり、イメージを養分にしています。ソレルスのスキャンダルは、彼が〈イメージ〉に立ち向かい、どんな〈イメージ〉であれ、その形成と安定化をあらかじめ妨げようとしているように見えることから来ています。ソレルスは、考えうる最後のイメージも斥けます、つまり《おのが決定的な道を見いだす前にさまざまな方向をこころみる人》というイメージ（たゆまぬ歩みののち奥義開眼がおとずれるという高貴な神話で、《さんざん迷ったあげく私の目は開かれた》というわけです）さえも斥けるのです。そのため彼は、人が言うように《弁護しようのない人》になるのです。」

バルトとは、事故で亡くなるまでずっと親友だった。だから彼の死は、ぼくの人生でも深い心の痛手のひとつになった。ぼくらは月に一度か二度会っていた。ブラッスリー〈クーポール〉で待ち合わせたり、〈ファルスタッフ〉で夕食をともにしたり。自由な会話を楽しみ、共同で仕事をしようと計画を練ることもあった（たとえば『百科全書』を新たにつくること。この夢は、その後ぼくが『趣味の戦争』や『無限礼讃』でおおむね実現させたように思う）。彼と会うバーやレストランでは、しばしば非の打ちどころなく酔っぱらったサミュエル・ベケットとすれ違ったりもした。しかし晩年のバルトはしだいに陰気になり、自分の殻に閉じこもって、ほとんどしゃべらなくなった。ご母堂が亡くなってからというもの、そして新たな名声を得てからというもの、どうにも元気がなかった。
　ほかに頻繁に会食したのはラカン、この時期もっとも印象的だった人物である。ぼくを気に入ってくれていたんじゃないかと思う。診療を終えた彼をリール街まで迎えに行き、彼の自宅のほぼ真向かいのレストラン〈ラ・カレーシュ〉に、ロゼのシャンパンを飲みに行く。その一語一語には重みがあって、チェスにおけるように、そのつど新たな展開をはらんでいる。きわめて優秀なプレイヤーで、まったく先が読めない。

　ほかには誰だろう？　おそらくフーコーということになるだろうが、やけに苛立ちやすく、嫉妬深く、激越だ。ドゥルーズ？　あまりに調子はずれ。アルチュセール？　あまりに病気。デリダ？　次々と隠れ蓑《みの》を変えすぎ。それにしても、あの頃のパリは、なんと驚くべき街だったことか！　沸騰する言葉の一大劇場、真剣な思考の見事なカーニバル。
　いちばん面白い芝居といえば、これはもう断然、毎週火曜日十二時半から十四時までのラカンのセミネールだった。はじめは高等師範学校、次いでパリ大学法学部に場所を移したが、そりゃもう偉大なる即興劇というよりほかない。どちらの場所でも、ぼくが毎回出席しているのが確認できただろう。とくに『アンコール』にまとめられたセミネール〔一九七二―七三年〕には熱心に通い詰めた。ラカンはそのときジョイスを引き合いに出して自分の理論を説明しようとしていて、自分の本と同じくソレルスの本も「読解不能」だと断言することもあった。心遣いはありがたいが、間違っている。時が経つにつれ、むしろぼくが明快であることに、自分でも驚くようになっている。それはまた、ひどく明快であるがゆえにかえって難解にもなりうる、ということでもある。たとえば事そのものについてなど。詳細は、『女たち』および『至高存在に抗するサド』を参照のこと。フロイトがドストエフスキーを捉えそこなったように、ラカンはサドとジョイスについて不十分な理解にとどまっていた。でもまあ大したことじゃない、ロゼのシャンパンはうまかったからね。

　バルトの冷静な明晰さ、ラカンの荒れ狂うような離れ業《わざ》。そして陰に隠れてはいるが、ジョルジュ・バタイユの謎めいた、穏やかな、遠くにまで及ぶ力。バタイユは、この人こそ天才だという印象をもろに与えてくれた唯一の人物だ。心残り？　そう、デュシャンとピカソに会えなかったのは心残りだ。本当の大戦争をくぐり抜けた昔の勇士たちを、この目で見ることができたはずなのに。
　ラカンの深いため息が、いまだに耳に残っている（あれ以来、誰かがあれほど深いため息をつくのを聞いたことがない）。いわく、「まったく苦痛だね、人生ってのは。」いいえ、それはないでしょう。でもって、こう愚痴るラカン――「誰かが私にとって大切なとき、その人は私にとって邪魔なんだね。」これ、胆に銘じておくことだ。

　一九七〇年代、平常化がものすごい勢いで進展する。決定的になるのは一九八〇年代、ミッテランが政権の座につくときだろう。フーコーとバルトはコレージュ・ド・フランスに迎え入れられた。ところがラカンは、武装した機動隊員によって高等師範学校から追いたてられた。ぼくは友人たちといっしょになって校長室を占拠したが、すぐに立ち退かなければならなかった。ぼくは孤立無援になってしまったラカンについて行くことにした（彼を弁護しようとする者はひとりもおらず、「慣例を破るとこういうことになるのです」とレヴィ＝ストロースが手紙に書いてきたのに彼は打ちひしがれていた）。方々に電話をかけているラカンが今でも目に浮かぶ。だが記事一本書かせてもらえないのだった。ああ、性的無意識に合わせて踊ろうとしていらっしゃった？　陰謀家！　扇動者！　厄介なソクラテス！　聴衆といってもどこの馬の骨とも知れない連中でしょう？　本物の学生なんていやしない、乱痴気騒ぎでもしようって奴らだ、それにちと女が多すぎやしませんか……。お弟子さんたちのことは知ってますよ、「マオイスト」でしょう、すると連中は、大学が秩序を取り戻すのを邪魔しかねないというわけだ、なにしろ今は共産党が大学の中枢にいるわけで。そうだ、過激派を見張っておくのにちょうどいいところが、ヴァンセンヌ〔パリ東部の町で、六八年の五月革命の余波で設置されたパリ第八大学があった〕ですよ。こうした権力再奪取作戦の味方だったのが、アルチュセールとデリダだ。自分たちの教室と影響力を取り戻すことができてご満悦なのだ。そのときアルチュセールはもうだいぶおかしくなっていて、あなたの病状では電気ショック療法は効かないでしょうといくら言っても聞く耳もたず。その後どうなったかはご存知のとおり。デリダは一方で、巧みに逃げ出した。彼はラカンのことが嫌いなのだ。しかも共産党が治安を維持することに何の不都合も感じていない。かくのごとき事情で、ラカンとぼくはフランソワーズ・ジルー〔一九一六―二〇〇三。女性ジャーナリスト・政治家〕に招かれ、「エクスプレス」誌の社屋の食堂で会うことになった。ジルー女史はラカンにやさしかった(良き長椅子の思い出)。ラカンは雑誌に自分の記事を載せてもらうことになる。

毛沢東熱は三年間ぼくに取り憑き、そのあいだ話題を提供しつづける。フランス共産党の破壊工作だと言われもしたが、もちろんぼくが党員だったことはない。一九七四年には北京に行く。ラカンは同行すると約束してくれていたのに来なかった(でもバルトが同行してくれた、旅行中ずっと退屈していたけれど)。戻るとすぐに考証に移り、そしてニューヨークに出発。

つまりはこうだ。第一の波は毛沢東。第二の波は、ソルジェニーツィンとソ連の反体制派にようやく耳が傾けられるようになったこと。第三の波は、ヨハネ・パウロ二世が思いがけず法王に選出され、ポーランドで反体制運動が起こったこと。第四の波は、ベルリンの壁崩壊。ぼくはそのあいだずっと『天国』を書いている。この本が『パリュード』〔アンドレ・ジッドの小説(一八九五)〕とほとんど関係ないってことは、お認めいただけよう。

右翼は不満だ。左翼もまた。大学はなおさら。まさか教授なしでやれるっていうんですか! 教授なしでものを考えるなんて! でも想像できるだろうか、モンテーニュが、パスカルが、ヴォルテールが、シャトーブリアンが、スタンダールが、バルザックが、ユゴーが、フローベールが、ボードレールが、ロートレアモンが、ランボーが、マラルメが、クローデルが、プルーストが、ブルトンが、アルトーが、博士論文を書いているところなんて? なるほどセリーヌの博士論文があるにはあるが、あれは医学の論文だ。もっとも文学的には見事な論文だけれど。というわけで、将来フランスでは、ものを書くための免許、ものを考えるための免許を申請しなければいけなくなるかもしれない。恐るべき未来だ。いわく、いいですか、作家はものを考えるためじゃなくて、物語を語るためにいるわけですよ。作家は社会を活写してくれなくちゃね、で、ひとつ常識にかなった描写をお願いしますよ。しかも作家たるもの、憂鬱で、苦悩していて、鬱々としていて、絶望していて、陰々滅々としていて、性的欲求不満を抱えておれば、なおよろしい。哲学者のほうは民主主義者であるべし、人民に奉仕すべし、したがって、道徳の講義をすべし。秩序、不機嫌、むなしい騒動、むなしさ。

政見放送

——あなたは旧体制《アンシアン・レジーム》に寛大になれますか？
——今となっては無意味な表現ですね。歴史全体を隈なく見直すべきでしょう。
——フランス革命については？
——ジロンド派ですね。
——恐怖政治については？
——まったく認められません。
——マルクスは？
——大いに。
——フロイトは？
——さらに。

――ニーチェは？

――情熱的に。

――ハイデガーは？

――もちろん。

――レーニンは？

――興味深いですよ。

――スターリンは？

――反吐が出る。

――ヒトラーは？

――虫唾が走る。

――ムッソリーニ、フランコ、ペタンは？

――嫌いだ。

――英国女王は？

――まあね。

――ド・ゴールは？

――いいんじゃないですか。

――ミッテランは？

――信用できない。

――ケネディは？

――偉大なるアメリカの消滅。

――毛沢東は？


――はっきり言いますよ。極悪非道だ。でも、すぐれた詩人にして書家、優秀な戦略家です。

――聖書は？

――すみずみまで読みました。

――古代ギリシア哲学は？

――際限なく。

――インドは？

――自発的に。

――中国は？

――たえず。

――ヨハネ・パウロ二世は？

――偉大なる法王です、ただ、お願いですから、性にまつわる質問は避けましょう。

――イスラム教は？

――神秘思想以外は駄目だな。

――今の時代は？

――捨てています。

行動

一九七二年にスリジーで開催された討論会「アルトー／バタイユ」に参加した人たちは、いまだ健在で完全に呆けてなければ、あの狂乱の日と夜の圧倒的なまでの陽気さを、きっと覚えているはずだ。討論会は挑発的に、「文化革命に向けて」と銘打たれていた。多大なエネルギーと、才能と、興奮。討論会の記録が刊行されたが、肝心な点は別のところにある。つまり酒に、麻薬に、バッカスの巫女さながら乱酔した女の子たちに、ジッドの壁、ハイデガーの影の糾弾に。こんなのは以前には考えられなかったし、以後も考えられない（抑圧が始まりつつあった）。記念すべき反乱。参加者たちはそこで、何年もかけて集められるような力と創意を一週間で蕩尽したのだ。その若さを笑うべきだ。しかし軽蔑するのは浅はかだ。否定的な体験を突き詰めなかった者に、あとから何かを肯定する権利などありはしない。フランスという国では、騒擾はどうせすぐに体制側に引き戻されてしまう。だからぼくは今でもずっと、説教なんかより反抗のほうが好ましいと思っている。

「説教なんかより」と書いたばかりで言うのもなんだが、マイスター・エックハルトの説教だけは別だ。エックハルトの説教集は、もうだいぶ前からぼくを離れたことがない。一九七〇年に父が亡くなって、重苦しくて辛気くさいカトリック式の埋葬がさっさと進められるのを目のあたりにしたぼくは、先陣を切って墓穴の縁の盛土のうえに上がり、呆然と立ちすくむ家族を前にして、エックハルトの一節を読みあげた。その後この件にかんして家族にとやかく言われたことはない。ぼくとしては、あの口数が少なくて、鷹揚で、音楽好きで、はにかみ屋だった父のために、これくらいはやらなくちゃいけないと思ったのだ。間違いなく、今までのぼくがしたなかで最大級に奇妙な振る舞いだ。

その説教の題は、こうだ――「魂のなかには、父と子と聖霊のペルソナとしてある神のまなざしでさえ入り込めない城がある」

以下がその一節（場面を想像してほしい）――


「わたしがすでに言ったとおり、魂のなかには時間にも肉にも結ばれていないひとつの力がある。その力は精神から流れ出て、精神のうちにとどまり、どこまでも精神的なものである。この力によってこそ、神は完全に見いだされる。神はみずからの内にあるいっさいの喜びといっさいの誉れとをもって、美しく花開き、青々と繁るのである。この喜びは深く、はかり知れないほど大きいので、何人《なんびと》たりとも言葉によっては言い尽くすことができないだろう。というのも、この力によって永遠なる父がその永遠なる子を絶え間なく生みつづけるからである。それゆえこの力にあずかって子が生まれ、またこの力は、父の唯一なる力のもとで父が子を生むかぎりにおいて自分自身を生むのである。かりに、ある人がひとつの王国の全体とこの地上の富のすべてを所有しているとしよう。そして、この人がこれらを神への純粋な愛ゆえに捨て去って、地上で暮らしたことのあるなかで最も貧しい人になったとしよう。そのあとで、神がいかなる人も耐えたことのないほどの苦しみをこの人に与え、この人は死に至るまでそのすべてに苦しみ抜くのだとしよう。そこで神が、ほんの一瞬であれ、この精神的な力のうちに自身の姿を一度だけ垣間見せるならば、この人はこれまでのすべての苦しみもすべての貧しさもいまだ少なすぎると思うほどの大きな喜びを感じるであろう。さらには、かりに神がそのあとでこの人に天国を与えないとしても、彼が今までに耐え忍んできたすべての苦しみに比して、彼の受け取った報酬はあまりにも大きいと言えるであろう。というのも、神は永遠の現在のうちにあるとともに、この力のうちにあるからである。」


異端の人エックハルトが言わんとすることはおわかりだろう。つまり神は「なぜという理由もなく」花開く、というのだ。創造し天啓をもたらす無として。あわれな死者よ、そうと知ることも想像してみることもなかったろうが、あなたはつねに自由で、理由がなかったようだ。

そして今や墓地と、弔鐘なき深い静寂。埋葬のときの盛土、会衆、棺、墓穴が今でも目に浮かぶ。永遠の現在の力。これぞ名言なり。

父と子――開かれた問いだ。ぼくの父は不可知論者だった。人間の諸活動（暴力、戦争、労働、商取引、生殖）についての徹底的な疑念を、ぼくは父から譲り受けた。母は父よりは思慮深くて、ユーモアのまじった反教権的な態度でもって信仰（カトリック）をもっているふりをした。ぼくは息子が生まれたとき、聖書の詩篇を念頭に置いてダヴィッドという名前をつけた（この件では、馬鹿げた悪口をさんざん言われた）のだが、そこで問いが生じたわけだ。息子には受け継がせるべきか否か？それで、何を受け継がせればいいのか？　ひとつの記憶を断ち切らなければならないのか？　いかなる権利をもって？　ジュリアは、精神分析学のちゃんとした裏付けがあってのことだが、無神論者であることをはっきり公言している。ぼくは違う。じゃあ信者なのかって？　いや、耳を傾けているだけだ。

それで、ぼくは息子に洗礼を受けさせたうえで、パリのあちこちの教会に連れて行き、お祈りや典礼の説明をすることにした。強く心に響いたのは、ノートル＝ダム大聖堂とその大蠟燭の森、実に奇妙なサン＝ジェルマン＝ロクセロワ教会、秘められたポール＝ロワイヤル修道院、逸品ヴァル＝ド＝グラース教会だったようだ。息子はまったくの子供ながら、「父と子と聖霊の御名において」、とつぶやいたものだ。晩にはいっしょになって「主の祈り」を早口のひそひそ声で暗誦することもよくあった。みんなと同じように（というか、ぼくと同じように）、息子は「最初の聖体拝領」をやり、「盛式初聖体」をやった。隠れたる神、物言わぬ神が、天の高みからぼくらを守ってくれている。その息吹を吸うこともできるし、手で触れられもする。修道会はなし、ひとつの道があるだけだ。

結局、あなたはいつも超越的なもの、神秘神学、詩、思想、性愛、エロティシズム、アイロニー、革命をまぜこぜにしてきたわけですね？　もちろんです、まさにそういうものですからね、革命ってのは。

間メディア

現代では、こんなシーンが繰り広げられる。

ラジオ放送局の男が、なにやら急ぎの様子で、ぼくに蔵書を見せてほしいと言う。「ひゃあ、作家さんの書斎に、こんなにたくさん本があるのは見たことないなあ！」と彼。「放送は何分くらい？」「八分です。」

さあ、参りましょう。では古典から。ホメロス、アイスキュロス、ソフォクレス、エウリピデス、プラトン、アリストテレス。それから、そっち、下のほうはピンダロス、トゥキディデス、ヴェルギリウス、聖書、これはまあ当然ですね……。「サドとバタイユが並んでますね」と男が顔をほてらせながら言う。そうですね、サン＝シモン、ボシュエ、パスカル、ボードレール、ロートレアモン、ランボー、アルトー、ニーチェも……。時間が押している。「現代作家は？」「すぐに整理しちゃいますね。」バルザック、スタンダール、プルースト、ジョイス、カフカ、セリーヌも……。「はい、結構です、それから美術書は？」「何分くらい残ってる？」「三分です。」ええと、中国絵画、イタリア絵画、マネ、セザンヌ、ピカソ……。「ラ・フォンテーヌとは、これまたどうしてです？」「リズムが完璧なのだね」と、ぼく。かろうじてラ・フォンテーヌの詩句を二行ばかり暗誦してやるくらいの時間しかない。男は録音を止め、逃げるように立ち去る、「ありがとうございました」とだけ言い残して。

別の男いわく、「レコードのコレクションは？」「放送は何分くらい？」「十分です。」パーセル、モンテヴェルディ、バッハ、ヘンデル、ハイドン、モーツァルト、これを十分間で？　どうぞどうぞ。「ロックは何も？」ないな。でも、アームストロング、ビリー・ホリデー、エラ・フィッツジェラルド、デューク・エリントン、カウント・ベイシー、チャーリー・パーカー、セロニアス・モンク、こういうのなら、だいたい揃ってるけど……。え、二分で？　和音をひとつだけでも？　じゃあ、いきますよ！「またお会いしましょう！　どうもありがとうございましたあ！」

テレビ。おしゃべりが始まる、司会役の男が壁の時計を見つめる。男はすぐに話を中断する、自分がちゃんと映っていないのじゃないか、番組の進行ができていないと思われるのじゃないかと、不安でたまらないのだ。こちらはカメラに収められてはいても、どうせカットされてしまうだろう。生放送であれば、顔は映らないだろう。文句を言ったって仕方がない。こういうゲームなのだ。ぼくには面白い。

どうもみんな、メディアを大げさに考えすぎではないか。メディアのほうに行くとか行かないとか、メディアを嫌悪するとか、夢見るとか、軽蔑しているふりをするとか、ひっきりなしに視聴するとか、ジャーナリズムによってであれなんであれ、写真によってであれなんであれ、偶像と化すとか、自分を偶像であると思い込むとか。

この件でぼくが言われたことで、おかしくてたまらなかったやつを二つ。飛行機で、キャビンアテンダントいわく、「お客様、お名前を教えていただけますか？　友達から教養があるって思われたいの。」でもとくに（誓って本当の話だけれど）、ある男に一度言われたこと――「きのうテレビであなたを見かけたのは、本当に私でしょうか？」

ときには励ましてもらうことも必要だ。そういう機会は不意にやってくる。たとえば今朝、本を片づけていたら、ポンジュが『大作品集』全三巻を出したときに『堅琴』なる巻に記してくれた古い献辞がたまたま目に入る。一九六二年一月七日、パリにて、とある。くだんの本については、こう語られている——

「フィリップ・ソレルスへ、貴君がこの本を手にして炸裂させてくれますように、そしてひょっとすると何十年後かに、昔堅気の《シラブル職人》のなにがしかを思い出してくれますように。当初からの貴君の信奉者にして友人——フランシス・ポンジュより。」

そう、ぼくは感動する。では本題。

一九七〇年代は、わが盟友たちの大半にとって、それからぼくにとっても（違う意味でだが）、鉛の歳月、ある種の地獄の季節だった。鉛を黄金に変えるというのは、それなりにちゃんとした仕事だ。何のことかというと、『天国』の仕事のこと。これは一九七四年から八一年にかけて、「テル・ケル」に三カ月ごとに連載される。句読点はなし。耳を澄ませ、息をひそめ、毎朝、毎晩、眠っているときも、目覚めているときも、歩いているときも、黙っているときも、泳いでいるときも。

見かけのうえではほかのことをしているようでも、実際のところ、ぼくは『天国』を書く以外のことはしていない。雑誌、会合、イデオロギー論争もしくは政治論争、結託、反目、文芸ジャーナリズムからいっせいに向けられた敵意、不和、除名——こういうのはみんな、回り舞台の書き割りにすぎない。当時仕事に、というかむしろ遊戯にふけった数々の机が目に浮かぶ。とくにヴェネツィアでのことが浮かんでくるのは、空気、水、街、舟がぼくを励ましてくれたという感覚が強烈にあるからだ。

それからレ島で、塩気と潮汐に囲まれた青い孤独のなかで執筆していたときのこと。ニューヨークのハドソン川に近い、からからの陽光が差し込んでくる十六階のアパルトマンで、バッハとスカルラッティを、グレン・グールドとスコット・ロスを、繰り返し聴きながら執筆していたときのこと。そしてパリで、人間社会の空騒ぎによってかすめ取られた時間からかすめ取った時間に執筆していたときのこと。

盗まれた手紙《レットル》〔E・A・ポーの短編小説のタイトル〕ならぬ盗み取った字句《レットル》は空飛ぶ字句となり、鳥たちがその遊び相手になる。木々、花々、河岸、航跡がフレーズを開いてくれる。ぼくの腕、ぼくの手首、ぼくの指の助けになってくれる。ぼくを前に進ませてくれるものにぼくは味方するが、邪魔してくるものには反対する。日常のこまごまとした決断、態度表明、人づきあい、いろいろな逸脱があって、紙面に戻っていく。戻っていく？　いや、紙面にこそ、いついかなるときもぼくの生活を導いてもらっている。次に到来すべきフレーズこそが、ぼくを先導する。ときどき、自分の声が聞こえなくなることはあるが、やがてハーモニーが響いてきて、続けていける。平均律クラヴィーアに救われる。老バッハ、この新たなる大福音史家の手にかかると、すべては明瞭で、明確で、深くて、激しくて、急転して、滑るようで、清潔になる。白はいっそう白くて、壁には耳があって、小石が聞いていて、死者たちは生きている。ぼくは中国に難を逃れ、マンハッタンでは人目に触れず、レ島では浜子、ヴェネツィアでは水夫になる。パリでは白昼堂々と絶えざる挑発行為に身を隠しつつ、活動的な脱走兵になる。開かれていて、滔々と流れるようで、笑っているようで、忘れっぽいようで——そして、完全に心はよそにあるようで。

言い換えればすなわち、ぼくは見かけのうえでは姿を見せている。パリの適切な使用法というのがあって、それは選ばれた遠方で暮らしながらも、そんな遠方から、行動のために戻ってくるというものだ。「テル・ケル」と「ランフィニ」の誌面は、とりわけヴェネツィアで構想された。ぼくがそう言っても、わが盟友プレネは否定しないだろう。プレネ自身の手帳を見ればわかることだし、ぼくの手帳や過去のノートを全部、年ごとに調べあげてくれたってかまわない。メモ程度のものが、一頁全体へと発展する。ほんのちょっとした下書きが、進行中の小説についての小説のなかの小さな小説へと発展する。

蔵書が、いつになくしゃべりたがってるって？　じゃあお聞きしましょう。聖書、ギリシア古典、ダンテ、多くの歴史（とくにその裏面）、多くのサンスクリット、多くの中国文学。狂ってるって？　おそらく。でも、きわめて理性的な狂気だ。それは、新たな理性を欲している。哲学者たち、詩人たち、神秘思想家たち、形而上学全体をスキャンせよ（謹厳なるフロイト博士の臨床講義も忘れずに）。やっぱり神がいないと、この問題を解明できない。調子のいいときのぼくは、その神の個人秘書になる。

真の時間はそこにある、不断にして聖なる時間は。それ以外は、戦争の時間だ。なにしろぼくは、過去の未来像を立て直すことにして、一時は毛沢東主義《マオイズム》の狂熱を選んだのだから。でもそれは、「文化大革命」の惨禍を是認するということではまったくない。ヴィシー派のトーテムならびに共産党の影響力に、最大級の打撃を与えてやるためだ。まあたしかに、少しばかりのプロパガンダと、竹のように硬直した政治的言説をもてあそびはする。でも本当のところは、中国に、その思想、文字、芸術、身体に、つねに関心を寄せているということなのだ。それはありえない、政治と文化、この二つの選択肢は両立不可能じゃないか、と諸君はおっしゃる。シモン・レイス〔一九三五―二〇一四。ベルギーの著名な中国学者・作家〕に批判を浴びせられたのも至極当然、と。そうなのだろう。でもぼくにとっては、あたうかぎり「中国人」になることが先決問題だった。ぼくはそのことに、おおむね成功したんじゃないかと思う。どうかぼくの言うことを信じてもらいたいのだが、一九七四年の春、北京で、上海で、南京で、ぼくの目と耳が吸い寄せられたのは、建物、人体、風景であって、当地の公教要理なんかじゃなかった。周囲の独裁政治にはまるきり無関心な旅行者の態度、審美家の態度だって？　はっきり言わせてもらう、ぼくはそうは思わない。感動はとても深かった。しかもその感動は、今なお消えていない。

上海では、さんざん歩いたものだ。明け方、河岸沿いに、何百人もの中国人男女のかたわらを。彼らは血行を促進する体操に興じながら、まるで夢で見るように、ゆるゆると体を動かしていた。そのときの完全な静寂といったら。北京では自転車を乗りまわした。まだ「高い鼻」が、あからさまではないものの、強い好奇心を掻き立てていた時代で、赤信号で停まると、火星人さながらそんな好奇心の的になるので、信号が青に変わった途端、天に祝福されたような気持ちになる。忘れられないのは龍門石窟、すなわち南京の近くにある、今は廃墟になっているあの小さな道教の寺院の衝撃だ。それから洛水の、ほっそりとした、かぐろい流れ。そこからは、表意文字のもとになった文様を甲羅に刻んだ亀が現れたのだという。変形や変容に向かう文字言語《エクリチュール》、これこそぼくのテーマだ。ぼくにはこれ以外のテーマはない。　三十年以上たってもなお、ぼくは「毛沢東主義者《マオイスト》」だったと言われ、意地悪く非難されている。勝手に非難すればいい。この件については、ぼくはもう百回も説明した。でも明らかに無駄であるらしい。賢人マルセル・デュシャンの言うとおり。放っておけってことだ。

　ジャン・レヴィ〔一九四八年生まれ。中国学者〕が、自身の手になる『荘子』の訳書を送ってくれる。「趣味の戦争の武器としてお役に立てれば光栄です」、とのこと。そして「敬意と友情をこめて」署名を入れてくれている。多謝。シモン・レイスも、キャンベラから著訳書をたくさん送ってくれるが、同じ調子。さらには、ギリシアの神々を揺さぶりすぎたがためにアメリカに流された、あの驚異的なマルセル・ドゥティエンヌ〔一九三五年生まれ。古典学者。古代ギリシア研究で知られ、一九九八年からアメリカのジョンズ・ホプキンス大学教授を務めた〕が本を送ってくれるときも、同じ調子だ。こういう合図を送ってくれるだけで、ぼくには十分。時と場合によっては、ぼくがフランスで浴びせられている罵詈雑言を忘れさせてくれる（沈静化する気がする、またぶりかえすけど）。

　レヴィの訳書を適当に開いてみる。

「名声の持ち主にはなるな。策謀を蓄える倉にはなるな。仕事の責任者や知恵の主人としてふるまうな。無限の果てまで行き、不可視のなかに遊べ。天から授かったものを用い、そこに利益を求めるな。虚心を旨とせよ。至人の心は鏡のごときものである。鏡は誰も送らず、誰も迎えない。鏡は姿を映じ、しかもこれを引き止めない。かくしてあらゆる物に応じ、しかもこれを傷つけない。」〔荘子内篇・第七・応帝王篇〕

わが「外国時代」を画したもろもろの出来事を、あらためて記しておこう。一九七四年に中国、一九七五年に息子のダヴィッドの誕生（大いなる歓び、ぼくの人生でもっとも大きな歓びのひとつ）、一九七六年にニューヨーク着、そのときニューヨークの街に一目惚れしてしまう。その流動性に、その絶えざる発展ぶりに、その橋に、そのエレベーターに、その港に、その気候に。以降、ニューヨークを頻繁に訪れるようになる。とくに画家のデ・クーニングに会うために。週末はしばしばロングアイランドで過ごし、何時間も歩きまわり、晩は〈スイート・ベイジル〉に出かけたりする。〈スイート・ベイジル〉では、間違いなく一流の黒人ジャズミュージシャンたちのすごい演奏を聴きながら食事ができる。ぼくはニューヨーク大学に、ちょこっと顔を出すことになっている。大学では、「ヌーヴォー・ロマン」だとか「フレンチ・セオリー」だとか呼ばれる災厄が進行しているのがわかってくる。たとえば、なかなか感じのいい男子学生や女子学生が、デリダの「脱構築」とか「差延」（そう、「差異」différence じゃなくて「差延」différance）とかの話題をぼくに振ってくるのだ。そうでなけりゃ、ラカンの「小さな対象ａ」について支離滅裂に語るとか。明らかに、モリエールの名前もろくすっぽ知らないってのに。「ゲイ&レズビアン・スタディーズ」が始まっているが、ぼくの住まいがあるグリニッジ・ヴィレッジのゲイの王国は、やがてエイズの流行で壊滅状態になる。それからフェミニズム、ああ、フェミニズム！　十年後、コロンビア大学で講演したとき、ぼくがフラゴナールの複製画を投影すると、怒号が巻き起こった。まるでぼくがポルノ画像を見せたかのような勢い。実際のところ、何がそんなに嫌だったのだろう？　水浴する女たちの裸体？　違うね、美そのものだ。

アメリカ的世界は、大規模な空間性（数々のツインタワー）においては見事なものだが、小規模な（住民たちの）次元では世知辛い。広さ、広がり、統御された技術と同時に、抑圧、謹厳、暴力、神経症が見られるのだ。アメリカ流ピューリタニズムは（性的なものを露出する傾向も含めて）、ひとつの恐るべき宗教現象である。露出は抑制であって、何をしでかすかわからないバロック的カトリックこそ悪魔だというわけだ。今度ルーヴル美術館の絵画が何億ユーロかでアブダビ〔アラブ首長国連邦を構成する首長国〕に貸し出されるようになるが、ある種の宗教画は（キリスト昇天や聖母被昇天の図は言うに及ばず、磔刑図や復活図も）は貸与禁止だし、女性の裸体画に関しては厳しい禁止措置が取られる。急進的イスラム教は、プロテスタントの狂気にひそかに通じている。今この時代、世界でもっとも反体制的な画家は誰かといえば、ティツィアーノということになる。きりもなく聖母マリアとヴィーナスとをいっしょくたに描きつづけた、ヴィネツィアのおぞましき享楽主義者ティツィアーノ。

アメリカ女？　ほとんどはつきあいきれない。お金、愚痴、家族小説、偽《にせ》精神分析の悪影響。幸いにして、ニューヨークにはラテン系や中国系の女がいるし、ヨーロッパの女だって少なくない。ぼくは当時ほどにスペイン語をしゃべったことはない。詳細については、『女たち』を参照のこと。ぼくが『天国』と並行して書きはじめた本だ。

中国は西洋的な超大国への道を歩んでいるのか？　そうかもしれない。ただ中国人には、小さなものを微細なところに至るまで愛でる知恵がある。何千年にもわたって風雪に耐えてきた処世術。白人女の嘆き節の時代は終わりだ。これからは中国女の繊細な冷たさの時代がやってくるだろう。八世紀の、唐代の踊り子たちの亡霊が、レストランやバーに取り憑いている。十万の子供たちが、男の子たち女の子たちが、花のように咲き乱れる。ある種の洗練された横暴さが勝ちを占める。こうしたものが、われら崩壊した地域の人間たちの、古い田舎のポピュリズムを一変させてくれるだろう。

子供のときボルドーにあった中国の美しい壺の数々が目に浮かんでくる。そんな壺のなかに、ぼくの体は難なく入ってしまえたものだ。天国だった。今でもなおそうだ。ぼくが今使っている万年筆（軽い小ぶりのパーカー）は、迷信からわざわざヴェネツィアで買ったブルーのインクを入れてあるが、ぼくにとっては毛筆なのだ。およそすべてのあわれな保守派どもよ、無知蒙昧の徒よ、お母さんにしがみついたあわれな男女どもよ、ぼくは偉大なる石濤〔一六四二―一七〇七。清の時代の画人〕とともに、諸君にお答えしよう――連綿たる書、生きた空虚、陰の気、陽の気、巻物、鳥、竹林、牡丹、睡蓮、岸壁、河、山。ぼくは八歳だ。坊やが泣いてるぞ。ぼくを呼ぶ声がする。ぼくは見つからない。ぼくは木立のなかにずっと隠れている。

一九七八年の秋、ぼくがニューヨーク大学の「フレンチ&イタリアン・スタディーズ」の学科長室にいたときのこと。それにしてもフランスとイタリアをひとくくりにして同じ学科にしてしまうというのは、なんとも滑稽だとずっと思ってきたが、実際のところは、まったく正当なのである。でも、それならどうしてスペインも入れないのか？　そのときの学科長はまったくのフランスびいきだった。フランスびいきというのは、ミニュイ社が刊行する本のことなら何でも知っているという意味だとご理解いただきたい。ほかの版元から出ているやつのことは、まったくどうでもいいようだ。それが普通なのだ。

学科長の目の前で、ぼくはパリにいるジュリアに電話をかけた。するとジュリアは、なんだか妙なことが起きたのよ、と言う。なんでもポーランド人が、ローマ法王に選出されたのだとか。ぼくは即座に、その論理的かつ超政治的な帰結を見て取る。ぼくはアメリカ人学科長のほうに向き直り、ニュースを伝える。そのときの彼の反応は、決して忘れはしないだろう。「それが何か《ソー・ホワット》？」そう、まさにそうなのだ、それが何か《ソー・ホワット》？　その後彼が意見を変えることはなかったと思う。それが何か？　ソー・ホワット？　そんなわけで学科長、おそらくはCIAの、つまり各種情報機関総体の立派な通信員なのだが、実に浅薄な世界観の持ち主であるわけだ。彼だけじゃないけど。

その晩、CBSのテレビ放送で、新たにローマ法王に選出されたカロル・ユゼフ・ヴォイティワの姿を見る。颯爽としていて、英語がうまい。四五五年ぶりの非イタリア人法王だ。ロシアが引き金を引いてポーランドが大変なことになるのは、難なく予想できる。この話を、ぼくは注意深く追っていくことにする。どれほど否定されても、ぼくの考えでは、これは中露の断絶と並んで二十世紀後半を画す最重要事件なのだ。一九八一年五月、ヨハネ・パウロ二世がローマのサン・ピエトロ広場で襲撃される。トルコ人の殺し屋には、KGBがブルガリア当局を通じて指示を与えていたのだとか。この前代未聞の暗殺未遂事件には不透明なところがある。が、時代の最大の徴候だ。これについては、一九九三年に刊行されたぼくの小説『秘密』をご覧いただきたい。ちなみにこの本は、ローマ法王庁がわざわざ保管してくれている。それも当然だ。

　ソー・ホワット？

　じゃあ、あなたは「毛沢東主義者《マオイスト》」をやめて「法王主義者」になったのですか？　ええ、たしかに。しかも決然と。よろしければ、基本的な戦略を教えましょう。敵方が攻撃するもの（毛沢東、法王）はみな擁護する、そして敵方が擁護するもの（旧ソ連の癌《がん》と、それが転移したもの）はみな攻撃するんです。中国はもうロシアの植民地じゃない。ということは、もうアメリカの植民地じゃない？　そのようだ。法王が死んだ？　法王万歳。

　わざわざ断るまでもないだろうが、ぼくはかねてより、中国における人権を徹底的に擁護しているし、堕胎、コンドーム、同性愛、その他現代の強迫観念になっているものにも、ぜんぜん反対じゃない。逆に、聖職者が妻帯しないことについては、すぐれた措置を講じたものだと思う。別の言い方をすれば、罪には諾《ウイ》、敬虔な一夫一婦制には否《ノン》だ。

　ここでぜひ書き留めておかなくちゃならないが、ぼくの世代および後続世代の人間にとって、ソルジェニーツィンが『収容所群島』をひっさげて登場したときの衝撃はいかばかりだったか。それは（シャラーモフ〔一九〇七―一九八二。ソ連時代の作家で、収容所体験を物語化した連作短編などで知られる〕と並んで）決定的な証言だったのであり、数人の例外的な狂信者を除いては、コミュニストたちの大嘘から梯子を外してしまった出来事だったのだ。その影響力は、フランスで「新しい哲学者《ヌーヴォー・フィロゾフ》」と呼称されるようになった人たちを生み出した。ぼくはすぐに彼らの味方についた。続いて激しい紛糾が生じ、そこからベルナール＝アンリ・レヴィなる人物が台頭してくる。すぐれた戦略家で、憎まれ役としては申し分ない。以来彼とは、政治的見解において根本的な食い違いがあると感じたことはまったくない。ただ、彼はいまだにアメリカに期待しすぎじゃないかと思う。彼の『フランス・イデオロギー』は、いろんなタブーを取り除いてみせた貴重な本で、今でも十分にアクチュアリティがある。彼を擁護する人間はそんなにいなかったし、ぼくを別にすれば、この国で彼ほど痛罵を浴びせられてきた人もいないのではないか。こっちが心配になってくるほどだ。だってぼくは、この分野じゃどうしてもトップの座を譲りたくないですからね。ひょっとすると罵詈雑言はやむかもしれない。でも、ぼくの身上書は実に申し分ないですぞ。

　ぼくがヴェネツィアにいたとき、法王襲撃事件の三日前のことだったが、フランスでは抜け目のないミッテランが政権の座につく。大統領候補として、ぼくは特にミッテランを支持していたわけではない。そもそも支持できる候補者なんていなかった。パポン裁判があったのはいい〔戦後パリ警視総監や国民議会議員などを歴任したモーリス・パポンが、第二次大戦中にユダヤ人を強制収容所に送った過去を暴かれ、「人道に対する罪」に問われた。起訴されたのはミッテランが大統領に在任中の一九八三年だが、裁判開始が決定されたのは一九九六年になってから〕。しかしルネ・ブスケ〔一九四二年のユダヤ人一斉検挙を指揮したフランス警察の責任者。戦後五十年近くにわたって訴追されることなく政府の要職につき、ミッテランとも親しかった。一九九三年に精神病歴のある男に自宅前で銃殺された〕だって、パポン以上とは言わないが、同じくらいには胸のむかつく男だ。ブスケは折よく暗殺された。パポンのほうは、裁判にかけられて刑も確定したが、死ぬときもレジオン・ドヌール勲章を掲げていた。ヴィシーを、もっとヴィシーを、いつまでもヴィシーを、というわけ。ド・ゴール政権下であってさえそうだったのだ。そして頭に毒がまわった連中は、モスクワを、もっとモスクワを、いつまでもモスクワを、ときている。

　そこでぼくはイスラエルに旅立つ。かの地を再訪し、わが聖書の事跡をこの目で確かめ、『天国』のビデオ映像を撮ってくれたことのある友人ジャン゠ポール・ファルジエと共同で反゠テレビ的映像を制作する。クムラン、エルサレム、エリコでは、型破りの撮影をおこなうだろう。嘆きの壁の前で、ぼくはジョイスの『フィネガンズ・ウェイク』の数節を大音声で読みあげる。オリーブ山のてっぺんではエゼキエル書の断片を、人里離れた小さなカトリックの礼拝堂の聖なる祭壇では『天国』を読みあげる。場所、定式。あっという間にできあがり。砂漠で、新たな時代に向けて、見えざるキリスト復活をひそかに呼びかけたというわけだ。

不思議なことに、一九八〇年代初頭は有名な物故者たちで満ち満ちている。バルト、サルトル、ラカン、ボーヴォワール、フーコー、もっとあとではドゥルーズ……。まるで悪い天使がいて、時の知識人層をごっそり根こぎにしてしまったみたいだ。バルトとラカンの死去が「テル・ケル」の終わりを告げている——版元にはそう感じられたらしい。版元としては、その頃にはもう、いわば国家のなかに小さな国家がある状態を良く思っていなかったし、おまけに『女たち』の原稿を読んで恐れをなしていた。そうなるともう、「テル・ケル」は引っ越すしかない、小型トラックに文書や蔵書を積み込んで。引っ越し先はすぐ近く、通りの突き当たり、つまりガリマール社だ。

ぼくは一九六八年頃からアントワーヌ・ガリマールと知り合いで、何度かいっしょに夜遊びをしたこともあった。父親のクロード・ガリマールはもともと疑い深い人で、おかげでアントワーヌも、しばらく子会社に出向させられていた。新雑誌のタイトルは「ランフィニ」、これは叢書のタイトルにもなる。ぼくの小説『女たち』は、一九八三年の初めに《ブランシュ叢書》〔ガリマール社の代表的な叢書〕から刊行された。ベストセラーになる。賭けに勝ったわけだ。

一九八二年の末のことだったが、『女たち』の原稿を助手席に乗っけて、パリへと車を走らせていたときのことを思い出す。世評についてはてんで自信がもてなかったけれど、作品そのものには自信満々だった。教訓——きみが書いたページを信頼せよ、現実はあとからついてくる。事が迅速に運んだのはアントワーヌのおかげだ

（彼が何をしたのか知る由もないが）。「文壇」は当時、ぼくが太っちょで、アル中で、非常識なフランソワーズ・ヴェルニー〔数々の出版社を渡り歩いた名物女性編集者で、当時はガリマール社に移籍したばかりだった〕のお抱え作家になったのだと考えた。それは誤解です。

　幸いにして、前の版元が「テル・ケル」というタイトルを手放そうとしなかった。「ランフィニ」のほうがずっといいので、これはもっけの幸い。そんなわけで盟友プレネも、ぼくといっしょに「NRF」の牙城にやって来る。近年には雑誌も百号を数えるに至り、《ランフィニ叢書》から出て評判をとった本もいくつかある。ところが「文壇」というやつは、こっちが何の相談もしなかったのがお気に召さないようだ。いつものことながら驚くのは、まるでこっちが何もしなかったかのような顔をしていることだ。

　いいさ、わかってるよ、消えてくれって言うんだろ、でも急がなくってもいいよね?

　このくだりを書きながら、パスカルのこんな考え方に行き当たる――

「モンテーニュは活力や気骨は歳とともに衰えると言うが、私は自分のなかに反抗心があるのを感じていて、そのせいでモンテーニュの説に同意することができずにいる。できるなら、そうであってほしくないのだ。私は、私自身が妬ましい。二十歳のときのあの私は、もう私ではない。」

　ぼくはこう書き換えてみたい――二十歳のときのあのぼくは、もうぼくではない（写真のうえでは）、だがかつてないほどぼくである（考え方のうえでは）。およそいちばん難しいのは何かと言えば、本当に生まれることであり、持続し、消え去り、戻ってくることなのだ。戻ってくるために書く、戻ってくることに賭けるのだ。

『女たち』は、登場人物もその描写も満載の小説だが、現場で十年以上にわたって綴ってきた無数の覚え書きによる記憶の集成でもある。男女間の争いについて、その袋小路について、その危機について、だがまたその凪《なぎ》や晴れ間について、これほどに詳しく、多様に、辛辣に、軽やかに語った本をぼくは知らない。ここには、二十世紀後半の転換点となり時代の徴候となった事象が、その秘められた細部に至るまで具体的に描かれている。そこからは元素の周期表のようなものを抽出することができる。つまり陰性の女体（そしてなぜそうなるのか）と、陽性の女体（いかにしてそうなるのか）。

奇妙なことに、本が出版されたとき、大方の批評家は男性の登場人物とその「モデル」にばかり注目した。実際「モデル」になっているのはバルト、アルチュセール、ラカン、誰それなどと、見分けがつくわけだ。ところが女性の登場人物については、ひと言も、あるいはほとんど言及されることがない。女性が肯定的に描かれている場合に至っては、完全な無視だ。言い換えれば、男女のあいだでは「うまくいく」恋愛など存在しないし、存在しえなかったし、これからも存在することなどありえないということらしい。かりに存在したとしても、語っちゃいけないらしい、とくに数々の障害を乗り越えて成就したというような、暗い光に照らされている場合には。男女間の憎しみはすさまじいということか？　そのとおり。で、まさにそれゆえにこそ、「幸福な出会い」がかくも貴重なのである。そんな出会いは稀だって？　だったらなおさら貴重だし、実にめでたいことじゃないか。もっとも、そんなに稀でもないけど。

その後カサノヴァについてのぼくの本が出たときに、学界のさる有力者に言われたことが、いまだにぼくの耳に残っている。「よろしいですか、カサノヴァは話を全部でっちあげたんです。あの手のことを成し遂げた場合、ふつうは人に話したりはしませんからね。」まさにアングルが描いたブルジョワそのものの風情。カサノヴァはいつも的確かつ正確に語ったのではありませんかとぼくが返すと、この御仁、手で宙を払った。自分が何の話をしているのかはわかっている、「あの手のこと」に関する自分の経験は絶対であって、それに照らせばカサノヴァは大法螺吹きだ、とおっしゃりたいのだ。それでも、いつかご自身の回想録を出版なさってはいかがでしょうかと進言してみたところ、満更でもなさそうだった。「脚あげ遊び〔「性交」の婉曲表現〕」（妙な表現だ）だの、「色ごと」（ひどく気づまり）だのと、遠慮なく口に出す者もいなかったわけじゃない。つまり問題は「あれ」そのものじゃなくて、その言い方だということだ。そんなことだろうとは思ってたけど。

「性」なるものは妄想の領域にあって、そこに光は——フロイトの力をもってしても——わずかしか差してこない。おめでたい無知のせいなのか、俗悪なポルノ画像の氾濫のせいなのか、性に関する人びとの想像力の貧しさときたら、いつも否定はされるが、やはりあきれるほどのものだ。『女たち』は真面目な調査報告であって、この点ではこれを乗り越えるものはいまだに出てきていないと思う。歴史上、これを書くのに例外的に開かれた一時期があったのだ。この方面じゃ扉はすぐに閉じてしまう。で、実際に閉じてしまった。

この本が出たとき、映画の格好の題材になると考えたプロデューサーや映画監督がいた。そのうちの何人かと会ってみて、わかったことがある。本の内容を、ひとりの死んだ男の回想に書き換えなければならないのだという。女の大陸を渡ってゆく「ポジディヴな主人公」を描くなんてまず不可能だし、女という大陸も、ご存知のとおり永遠に謎めいた暗黒大陸でありつづけなければならないらしい。なんともおかしな考えだ。ロマンチックかつ子供じみている。映画は出来そこないの商品にしかならないと思い、ぼくはすぐにおしゃべりを打ち切った。

その後、さる出版社の人間が、レストランのテーブルに小切手帳をのっけていわく、「さて、今度は『男たち』を書いていただけませんかね。」ぼくは珈琲をもう一杯注文した。

ちゃんとした耳でよく聴けば、『女たち』は、続く『遊び人の肖像』や『ゆるぎなき心』と同じく「哲学小説」(フランスの伝統)であり、それどころか冷静かつ抒情的なリアリズムの手法で書かれた形而上学小説でさえあることがわかるだろう。そこでは哲学者たちが私生活の枠内で示され、女たちがヒステリーと打算において、さらには自由な無償性においても示されている。無償性などこの世にあるのかって? まさにカサノヴァの答え――「快楽が存在するなら、そして生きているあいだしか快楽を享受できないなら、人生は幸福だということになる。」

ここで信心家の男女はむっとしてみせ、社会妄想患者や社会病患者は浅薄だと叫び、スペクタクル産業は身動きできなくなるか、あるいは何がなんでもこの発言を歪曲しようとし、サタンは不満げだ。なにしろ快楽は破滅をもたらすもので、人生は不幸でなくちゃいけないんだってさ。

『女たち』を書き終えたのは一九八二年の秋、ヴェネツィアでのことだった。執筆は難なく進み、夜はいつもやさしかった。ぼくの部屋の真向かいの、かなり遠いがこちらからよく見えるところで、若くてきれいな褐色の髪の女が、晩の遅い時刻に、ソファーに寝そべって本を読んでいた。彼女はぼくが書いているものを読んでいる最中なんだと思ったりしたものだ。そして実のところ、それは本当だった。

のちのちポケット版が出たとき、表紙にはピカソの《アヴィニョンの娘たち》をあしらってもらった。本のなかでもけっこう話題になっていたからだ。それを見た当時の担当者は言ったものだ、「誰がこのひどいしろものを選んだんだ?」この逸話は多くのことを語って余りある。

へえ、『女たち』には中国人の女が出てくるんですか? クラヴサン奏者の女も? 語り手は結婚していて妻を愛しているんですって? それなのに、いろんな関係を結ぶ? よく旅をするんですって? とんでもない数の狂った男女に出会う? ローマではヨハネ・パウロ二世と密談したりもする? こういうのみんな出てきます、さらにほかにもたくさんね。

ぼくは要点をつかんだところだったので、これにこだわるつもりだった。そこで『遊び人の肖像』を書いたが、意図したことは二つある。裏返しの階級闘争(ボルドーでブルジョワとして過ごした子供時代の弁明)をおこなうこと、それと小説のなかではソフィーと呼ばれている若い女性のエロチックな手紙を公開すること。手紙はぜんぶ本物なのだが、この点は誰ひとりとして(とくに性愛学の自称専門家たちは)信じようとしなかった。そう、その手紙はリアルなのだ。そしてそこに描き出されている遊戯は、極秘で、たしかにおこなわれたのだ。

地下活動の適切な用法について。ぼくの本はどれもそのことしか語っていない。子供時代は、決まって地下活動になる。監視や調教がずっと続くことに早めに気づきさえすれば、そうなる。子供にはある種の裏生活というものがあって、大事なのは、それを護持し、拡大し、延長し、よみがえらせることだ。「緑の楽園」〔ボードレールの詩篇「悲しみにくれてさまよう女」の詩句〕がその名であり、どんな地獄の季節だってその楽園を消し去り、磨滅させ、破壊することはできない。ロートレアモンの言うとおりだ——ぼくは自分が生まれたということ以外の恩寵を知らない、公正な精神の持ち主はこの恩寵を完全なものだと思う、誤謬は苦痛に満ちた伝説である、人間は自分の書く本のなかに不幸をつくり出すべきではない、十九世紀と二十世紀があげている詩的な呻《うめ》き声はいずれも詭弁にすぎない、ぼくは自分の精神と虚無との矛盾を知ることしかめざしていない、天分は心情の能力を保証する、偉大な思想は理性に由来する、等々〔以上はすべてロートレアモン（イジドール・デュカス）の『ポエジーⅠ』および『ポエジーⅡ』からの引用〕。ぼくが自分の時間を執筆に費やしていることは、ぼくの近親の者たちには黙っていてくれたまえ、彼らはぼくのことを出版人か、ジャーナリストか、二流の知識人か、テレビ番組の司会者だとでも思っているのだから。〈多数の類似したアイデンティティ〉（Identités Rapprochées Multiples）の頭文字をとってぼくがＩＲＭと名づけたものを、ごく早い時期から操るすべを知らなくちゃならない。ひとつの語では定義できない、たったひとつの価値あるアイデンティティを守り抜くために。

そんなわけで、子供時代のテクニックはこう——的はずれな返事をする、大人たちを眠らせる、大人たちが出て行くのをうかがう、家を、庭を、素晴らしい沈黙を独り占めにする。病気はいつもこっちの味方で、病気を口実に学校をサボり、みんなから離れたところにいる。社会はきみをあっちだかこっちだかに送り込み、働かせ、きみから収益をあげようとしているって？　うまいこと切り抜けたまえ、自分のため以外に働いたりしちゃ絶対だめだ。きみは言葉の力能に精通しているって？　それは決して手放すなかれ、きみの物語ときみの運命はページのうえにある。現実はあとからついてくるだろう。事実そうなのだ。きみは批判されている？　酷評されている？　じゃあ分量を増やすことだ。ぼくを標的にした攻撃的、軽蔑的、あるいは復讐的な論評記事を集めて、ここでお見せするつもりはない。そういうのは時が経つにつれて粘着的な効力を発揮するが、滑稽にも見えてくる。ぼくはどれだけひどい扱いを受けてきたことか。それはコンピュータが教えてくれるだろう。検索すればいろんな名前、媒体、利害関係、年代がわかるはず。ぼくは何も言わないけど。

ぼくのほぼすべての小説は同じことを語っている。語り手は二重の、あるいは三重の生活を送っていて、彼の生活はまるで小説のようで、彼は自分自身のために秘密諜報員として仕事をすることになり、知るべきでないことを知り、ありそうもない出会いを引き寄せることができるらしく、快楽の、思考の、無償性の反＝結社を創設もしくは運営するが、これはすぐに時代遅れになるか解散になる（『ゆるぎなき心』）。同時代の社会を描き出すときにはきわめて批判的だが、つねに皮肉がこもっており、決して黙示録的ではない（あるいは、黙示録は途方もなく滑稽だということだ）。悪魔は間抜けで、偏執狂で、潔癖症で、信心深い。悪魔の知性と有害性はとんでもなく過大評価されている。悪魔の罪業と殺戮の数々は実におぞましいものだが、煙さながら跡形もなく消えてしまう。悪魔の無知は巨大で、悪趣味が恐るべき無邪気さで発揮されるが、結局はいかなる結果ももたらさない。

「思考は水晶に劣らず明晰である。何かの宗教が、さまざまな虚偽を思考のうえに築きあげ、しばしのあいだこれを攪乱することは、長続きするこれらの結果について言うなら、ありうるかもしれない。長続きのしないあれらの結果について言うなら、とある首都の入口で八人の人間を殺害したりすることが、思考を攪乱するだろう——それは間違いない——悪が破壊されるに至るまでは。思考は間もなくその澄明さを取り戻す。」（ロートレアモン『ポエジー』）

あるいはこう——「悪は、ある点にまで達すると、自分の喉をかき切ろうとする。」（ジョゼフ・ド・メストル）

同じことをドラマチックに、そう、聖パウロふうに言ってみることもできる。無知、醜悪、虚偽、恐怖が満ちるところには、知、美、真実、平穏も溢《あふ》れている、と。

あるいはまた、冗談めかして言ってみることもできるだろう。次にご覧に入れる戯《ざ》れ歌が言わんとするのは、男女間の熾烈な争いは晴れ間がのぞいたときに乗り越えられるということなのだが、自分ではなかなかの出来ばえじゃないかと思っている。

ぼくたちは、オンタリオ湖で舟を漕ぐ、

あいつはぼくを、ぼくはあいつを嫌ってる、
でもぼくたちは、叫びをあげていっしょにいった、
いいセックスは、嫌いどうし《ア・コントラリオ》にかぎります。

あるいはまた――

やわ肌のエロスの胸の谷間には、
あな恐ろしや《エラス》、
骨が一本《アンノス》見えました、
これぞタナトス。

この四行詩は、マルセル・デュシャンへのいっぷう変わったオマージュ〔デュシャンの変名ローズ・セラヴィ Rrose Sélavy への目配せ。この名は音韻上の類似から « Éros, c'est la vie »（「エロスこそが人生だ」）という文を喚起する〕ではあるが、ある作家が、憂鬱な考えやたちの悪い冗談が浮かんでくる晩に書きつけたものだと考えてもいいだろう。ある作家とは、もちろんベルナノス。

『失われた時を求めて』のアルベルチーヌは、語り手の激しい独占欲を掻き立ててやまない女だ（語り手の本当の性器は胆嚢なのかと思えてくるほどだ）が、この女は、語り手にとって「〈時間〉の大いなる女神」なのだとプルーストは述べている。経験というものは、たしかに〈時間〉にかかわっている。『遊び人の肖像』のソフィーは、新しいエロチックな時間を考え出す。『ゆるぎなき心』に出てくる「赤い手帳」には、どういうときが大きな日になり小さな日になるのか、その計算方法が示されている。大きな週と小さな週、大きな月と小さな月、大きな年と小さな年。〈時間〉は自身のために生きており、自身のパートナーを選んだり、助けたり、撥ねつけたりし、閉じたり開いたりし、嫉妬、苦悩、死においては収縮し、恩寵と和合のときには際限なく拡張する。

ぼくと同郷のモンテーニュが、館の塔にあった書斎の梁《はり》やら根太《ねだ》やらに刻んだ数々の名句を、ぼくは十二歳のときに初めて目のあたりにして呆然となったものだが、そのなかにギリシア語で記された次のような文句がある。「結婚生活では涙より笑いが多くあるなどと、私は決して言わないだろう。」さて、二十一世紀の初頭にあって、結婚生活についても陽性の男女関係についても、ぼくはまさしく逆のことを言いたい。つまり、笑っていることのほうが圧倒的に多くて、泣き言を言っているときは稀

なのだ。女たちといっしょにいるって？　笑わせるにかぎる。「ミューズたちは腰を揺さぶられているときしか笑わない」と、厚かましくもドクター・セリーヌは言ってのけたが、この点についてセリーヌほど的確なことを述べる作家もめったにいない。じゃあ、ピカソと「泣く女」（ドラ・マール〔ピカソの愛人で、女性像《泣く女》のモデル〕）はどうなのかって？　もちろん、間近で接しながら、よく見てるってことだ。だって日の差す官能の場面もたくさん描かれてるわけだから。受容、受諾、快活、色彩を捉えてきちんと描き出すには、袋小路、拒否、拒絶、憎しみを知っていなくちゃならない。逆もまたしかり。でもまた、逆の逆も。

以上が一九八〇年代のぼくの伝記であり、ぼくの小説だ。ぼくの小説のようなぼくの伝記であり、ぼくの伝記のようなぼくの小説だ。すなわち『女たち』、『遊び人の肖像』、『ゆるぎなき心』、『フォリー・フランセーズ』、『黄金の百合』、『ヴェネツィアの祝祭』。ちなみに『フォリー・フランセーズ』（一九八八）はアントワーヌ・ガリマールに捧げられている。当時アントワーヌみずから出版社ガリマールの指揮をとるようになったものの、将来はまったくおぼつかない状態だった。私生活でも仕事でも、彼がいろいろ悩みを抱えているのは明らかだった。そういうのが人と人を近づける。ぼくの友人が抱えている悩みは、ぼくの悩みだ。

今しがたタイトルを引いた本はどれもこれもほとんど、批評家筋の評判は悪かった。それなのに一瞬たりともめげなかったのはどうしてなのかといまだに思う。評価されてもされなくても無視してかかることに決めていたし、不愉快な思いをさせるのも、これまた愉快なことだった。流れに逆らっていた？　もちろん。今ならきっとこう尋ねられるだろう、「で、売れ行きは？」悪くない、それほどには。というかむしろ良い、と言ってもいい。おまけに、本を出せば確実にそれなりの部数は捌《さば》ける。だから今でも聞く耳をもっている人間は、そこらじゅうにいるってことだ。

翻訳はどうかって？　これに関しちゃ、はっきり言って行き詰まっている。例外は日本だ、ニッポン万歳！「あなたは外国では（つまり英語圏では、ということ）知られていませんね。」ええい、だからそれがどうした？やり方は心得ている。つまり外国に出かけて行って、講演をやって、被植民地人の英米語を話して、退屈きわまりないシンポジウムに参加して、「みんないっしょになって」、もっともらしいことをしゃべり散らして、人間味のあるところを見せればいいわけだ。ぼくは『女たち』を出したとき、ニューヨークにひとりだけ、だが断固たる支持者を得た。フィリップ・ロスだ。それだけで、ぼくにはもう十分すぎるほどだ。

そもそも、フランスでも事情は変わらない。でも、まじめにやれだの、郷土の真実に立ち返れだの、地方の香りを出せだのと言われるなか、そこそこ持ちこたえている。要するに、愛読者がちらほらいて、記憶や本が受け継がれている。例によって、混乱をきわめた時代にあっては、書物こそが未来なのだ。新たな読者は、いま二十五歳から三十五歳にかけてといったところ。『天国』や『女たち』と時を同じくして生まれたわけだ。彼らは、自分が存在することを邪魔しない誰かが存在することに、難癖をつけたりはしない。四十五歳、五十歳、六十歳の人になると、そうはいかないようで、ぼくは明らかに邪魔者扱いされている。そんなわけで、冒険に惹かれている二十五歳の諸君には、長寿をお祈りしよう！　気をつけたまえ、詩や哲学に無知でいることに、アルコールに、麻薬に、セックスに、金銭に！　どんな困難から、しばしば年配者たちが自滅や自殺に至ったのか、じっくりお考えあれ！　恐るべき均質化のさなかにあって、諸君の幸運をお祈りする！　どうか忘れないで、フレーズがまずあり、コミュニケーションはその次だってことを。

包括的定式——目的の不在は手段を正当化するべきだ。

実際のところは、若い世代だって知っているはずなのだ、そう遠くはない昔、飛行機も含むあらゆる場所で煙草が吸えて、セックスにはコンドームが付きものじゃなくて、経口避妊薬が力を発揮していて、エイズという言葉が知られていなかったことを。空港その他の場所での所持品の検査はほとんどなかったし、わずかな金で十分に、しかもいい暮らしができたし、新聞やラジオやテレビはほぼ完全に無視することができたし、コマーシャルや政治的プロパガンダを頭に詰め込まれることもなかったし、文学の落伍者が手を染める文芸批評には何の価値もなかったし、友情は存在していたし、愛は可能であったし、レールから外れてもそれなりに立場を築くことができたし、国境は穴だらけで監視カメラなどなかったし、警察の仕事ぶりはひどかったし、腐敗したブルジョワは隠れていたし、哲学者や思想家は愉快なほど気違いだったし、女たちは性的欲望の対象になりたがっていたし、テロリズムはまだはっきり姿を見せていなかったし、原理主義であれ何であれイスラム教が問題になることは少しもなかったし、共産主義が瀕死状態にあることは寿ぐべきことであったし、極右勢力が墓場から出てくるのではないかと少しでも心配しようものなら笑止千万に見えただろうし、本は商品として扱われるようになってきてはいたが、それはどうしようもなく俗悪なことだと考えられていた。

何を嘆くべきか？　何も。別の時代には別の戦いがある。

ニューヨークのさるコレクターが派遣してきたアメリカ人青年が、ぼくの本に関心を抱いているとのこと。とはいえフランス語はできないから、ぼくの本は読んでいない。ぼくの手書き原稿を見たがり、その分量と流麗な書体に驚き、ぼくがコンピュータを使わないと知って唖然としている。献辞が記された本はあるかとぼくに尋ねるので、ぼくは八冊だか十冊だかを見せてやるが、ブルトン、アラゴン、ミショー、レリスといった人の本にはてんで興味を示さず、ラカンとデリダの本に少しだけ目を輝かせる。だが彼が本当に訊きたいのは、ミシェル・フーコーに関することだ。ぼくはフーコーと知り合いだったか？　もちろんですとも。フーコーの手紙はあるか？　どこかにあるはずだな。フーコー、フーコー、頭のなかにはそれしかないみたいだ。アメリカの知的・性的な教会にあっては、フーコーこそがトップに君臨しているのだ。

まいったな、どうすりゃいいのだろう？　そのとき、本棚にフーコーの本が一冊あるのに気づく。『言葉と物』、これが出たのは一九六六年だったはずだ（するとぼくは三十代にさしかかろうとしていたわけだ）。どうか献辞が記されていますように！　本を開いてみて、ほっとする。

「言葉を物の重さから解き放ち、言葉をその存在に立ち返らせるすべを知ったPh・Sへ、M・F」

このアメリカ人――稀覯本探しを商売にするまではず

っと大学にいたという——、衝撃を受けている。ぼくをじっと見つめ、フーコーにまつわるものでもっと個人的なものはないかと尋ねてくる。残念ながらありません、わたしにとってははるか昔のことなのでね。それでもとにかく、ぼくはニューヨークへのちょっとした通行手形を手に入れたようだ。それも実にハイデガー的な、このフーコーの献辞のおかげなのである。

　そのフーコー、かつてラカンのセミネールで、最前列に席を取ったぼくの目の前を通って、ぼくの隣に座ったことがある。そのときのラカンの講義は、フーコーの向こうを張って、ベラスケスの《ラス・メニーナス》を解釈しようとするものだった。文学や美術の精神分析的アプローチの通例で、ラカンの話は錯綜していたが、面白かった。ああ、それにしてもラカンといえば、当時の並みいる思想家たちにとって——バルト、デリダ、アルチユセール、ドゥルーズといった面々ばかりかフーコーにとっても——、一身に気がかり、嫉妬、恨みの対象になっていた。ラカンは何を考えているのか？　ラカンはどんなことを言っているのか？　いったい誰がラカンの座を脅かし、追い越すことができるのか？　そういえば、精神分析家たるラカンの『エクリ』を受け取ったさいの、ハイデガーの辛辣なひと言が思い浮かぶ——「精神科医には誰か精神科医が必要なようですね。」でも、ハイデガーがアメリカで流行してるって話は聞いたことない。

　それはそうと、英語圏の世界ではよく知られた、あるスターがいる。くだんのアメリカ人も尊敬しているようだったが、さすがにその人の手紙や献本はないかとぼくに尋ねようとはしなかった。つまり、ジュリア・クリステヴァのことだ。ぼくの妻であることに間違いはないが、英語で書かれた彼女の紹介記事を見ると、どうやらぼくらは離婚させられているようだ。これじゃ、ぼくの本がいくら翻訳されないといっても、ぼくの知名度もおぼつかないわけだ。いつのことだったか、アメリカ人の女子学生が、住所を間違えてぼくのステュディオの呼鈴を鳴らしたことがある。彼女——「クリステヴァさんでいらっしゃいますか？」で、ぼく——「そうですけど《オフ・コース》。」

　同じ話を蒸し返すことになるが、ラカンの滑稽で徴候的な間違いをもう一度書いておきたい。既成の価値観を破壊するようでいながら、戦前のブルジョワ然としたところのあったラカンらしい間違いだ。ぼくたちが友達づきあいを始めたばかりの頃、ラカンはぼくの仕事場に「ジュリア・ソレルス」宛ての手紙を送ってきたことがあった。ぼくは間違いを指摘してやった。フィリップ・ジョワイヨーやフィリップ・ソレルス、ジュリア・クリステヴァやジュリア・ジョワイヨーはいるけど、ジュリア・ソレルスという人はいませんよ。指摘が気に障ったのか、ラカンはぶつぶつ言っていた。耳の悪さから来る見落としの話が、ほかにもある。ラカンは晩年、ジョイスについて熱心に思索するようになったが、自身のファーストネームであるジャックが、英語では『ユリシーズ』の作者のファーストネームであるジェームズに当たることを意識していなかったらしい。そんな彼の無意識をぼくに転移し、冗談まじりにぼくの戸籍上の姓の最初の三文字がＪＯＹであると教えてやったら、彼は黙りこんでしまった。それから少しして、いっしょにヴェネツィアに行こうと誘ってきた。この旅は、もちろん実現することはなかったのだけれど。

イメージ

五十歳になるまで、ぼくはずっと、カサノヴァ言うところの「目による同意」を得てきた。容姿端麗であれば、人にも受け入れられやすい。われわれは結局、イメージが効力をもつ動物社会のなかで暮らしている。そうやって受け入れられれば、いろいろ便利なこともあるし、チャンスも出てくる。容姿に恵まれていることを弁解しなくちゃいけないのだろうか？　社会的出自に恵まれたことを弁解するみたいに（「だってあなたは、銀の匙を口にくわえて生まれてきたわけですからね」）。まさか、こういう似非《えせ》キリスト教的で社会主義的な古い態度がまかり通ることはないだろう。今日、少しは教養もあった支配階級は（そして幸いにも、多くの偏見と馬鹿げた考えは）すっかり消滅している。厄介なのは、技術と金融が支配する社会のなかで雑居生活を送らざるをえないことだ（ニーチェが「上には平民、下にも平民」という言い方で予言した社会）。

雑居──「不快もしくは不愉快な隣人関係のなかに置かれた人の状況。」

たとえば、ある音楽家のことを想像してみていただきたい。音楽を嫌っていて、話すときにも絶えず騒音をたてている人たちのあいだで、彼が暮らす羽目になったとしよう。そういうときは、二重になった特別な神経系統を獲得する必要がある。人はいずれ騒音にも雑音にも無作法にも慣れてしまうからだ。ところが音楽家たる者、神経を集中させ、実験的な自己分裂を深めていく必要があるのだ。

隠遁という解決策があって、これは好意的な目で見られるし、奨励もされる。少しばかりノウハウがあれば、すぐに神聖視されるようになり、偽善的な敬意を捧げられ、偉大なる不在者として崇め奉られて巡礼者を定期的に迎え入れるようになる。こうした姿勢（これだって姿勢のひとつだ）をとるのは、たいていは不恰好もしくは窮屈な体の持ち主で、かねてより、権勢を拡大するには姿を消すしかなくなっているということなのだ。偽の神々は姿を隠すと言うが、だからといって真の神々が街のあちこちに姿を現すわけでもあるまい。故郷で尊敬されたければ、なるべく姿を見せないのが得策というわけだ。そういうのが性に合わないって言うなら、仕方ないけど。

それでもって、きみは話題の人になり、写真が出て、きみの本のいくつかが「ベストセラーリスト」に入り、テレビやラジオに出演し、新聞や雑誌に書く機会も与えられた。さて、どうする？　逃げる？　このまま続ける？　使い捨てにされる？　ありのままの自分を見せる？　答え──毎朝早く、ペンを手に、原稿用紙に向かいたまえ。

〈システム〉は容赦ない。するときみは、宗教者にならって「偉大なる黙者」となり、生前から賛辞を捧げられるか（ブランショ、ベケット、グラック、シオラン、ミショーなど)、もしくは世間に身をさらすリスクを冒して、何も書かないかわりにイメージの世界で生きるかだ。〈スペクタクル〉で大事なのはイメージ、いつだってイメージなので、著作じゃない。

妙な二者択一だ。つまり偶像《イメージ》に受肉しない条件で著作が神聖視されるのか(すると、これは聖書が形を変えたものということになる)、もしくは姿を見せることが非真正の、腐敗の、売春の、さらには聖物売買のしるしでしかありえない以上、著作が消えていくのか。この二者択一については誰もが同意して、自分なりの立場に立っている。モラルが行きわたって、こんなふうに決まったのだ。

きみが実際に確かめる番だ。でも近寄りがたい似非導《えせどう》者《しゃ》として、あるいは「前衛」として、周縁に追いやられるのがどうしても嫌だときみは思う。そういうのはきみの性に合わないのだ。きみは話が上手だし、どんな状況でも自分の外見をうまく利用することができる。きみは進んで実験してみることにする。身をさらしたかと思えば身を引き、あらためて身をさらしてみる。とぎれとぎれに顔を出す。消えては、また現れる。すると〈システム〉がきみに目をつけ、見せかけのアイデンティティ(「教養人」「放蕩者」「挑発者」など)をでっちあげてくれる。〈システム〉は、何か抵抗してくるものがあるのを感じながらも、〈システム〉の基準にしたがってきみを作りあげ、〈システム〉の都合のいいようにきみをアレンジする。なにしろ〈システム〉の調子がひどく狂うことなどありえないのだ。〈システム〉はこんなふうに考えようとする、きみは譲歩し、屈服し、呑み込まれ、溺れるだろう、と。ところが、きみはとことん孤独に沈潜したことのある身だから、きみには免疫ができている。〈システム〉に対しては、誤りを正してやろうなんて思わないように。たんに、ときどき不在にすることで、不安を掻き立ててやればいい。でもって、きみのイメージを、ときどき餌としてくれてやること。

かくしてきみは、「タレント文化人」などと呼ばれるようになる。「盛り上げ役」と言われ、にわか哲学者、能弁な政治評論家を演じてみせる、要は「ソレルス」になる。きみは自分の写ったどんな写真にも掲載許可を出す。写真というものをやたらと重んじるあまり、自分の写真はことごとく断ってしまう輩（ドゥボール）とは違う。きみはどこまでも奇妙なカトリック信仰の持ち主で、プロテスタンティズムとその偏執的なカマトトぶりからすれば破廉恥漢ということになる。きみには信念があるので、型にはまった見方をされてもてんで気に留めず、どこ吹く風と受け流す。イメージの下には言葉が、顔というヴェールの下には何か奇妙な教義が隠れている。〈システム〉は、きみが何かを隠していることは知っている、でも何を？　そこで〈システム〉は、あるちょっとしたことに、はたと気がつく。きみはカメラに向かって話してはいるが、カメラを向けている人たちに向かっては、決して（あるいは、ほとんど）話すことがないのだ。まるで孤独な誰か、他所にいる誰か、あとからやって来る誰かのためにだけしゃべっているようだ。きみは早朝にやって来て、晩のごく遅い時間に狙いをつける。奇妙な話だけれど、きみがたちまち誼《よしみ》を通じることになるのは、技術スタッフの男女たち、カメラマンやカメラウーマン、録音技師、メイク係、編集担当者といった人たちだ。司会者は、きみの話をたいして理解しちゃいない。それは彼らとても同じこと。居眠りしそうになっては不意に拍手をさせられるスタジオの観覧者は言うに及ばずだ。でもマイクだけは、ばっちり目覚めていて、きみの味方になってくれる。みんな耳をふさぎ、通じるはずの話も通じないこのご時世、一本のマイクほど人間的なものもない。要するに、信頼せよ、ということだ。技術はきみの味方になってくれるから。

何百万ものぼんやり頭の視聴者のうち数千人の、もしかすると百人ばかりの、いや三人か四人の愛読者に向けて、きみが話せる時間はごくわずか、三分、せいぜい十二分といったところ。きみは雄弁家で、ほかの時代であれば、説教壇の高みから大音声で語りかけるボシュエのように、説教、追悼の辞、聖人礼讃の演説を即興でやってのけもしただろう。ボシュエ自身も述べているように、彼が宮廷のお歴々の眼前で棺のふたを開けているところをご覧あれ。眼下に控えた王、王の愛妾たち、王妃、不信心の徒、罪人、放蕩者、人殺しがみんな、彼の話を聞かされるというわけだ。なんたる饗宴。

さあ、フランス語に敬意を表して、ボシュエを少しお読みいただこう。

「はじめに知性が、確かな学識が、真理が、堅固さが、堅忍不抜の善が、規則が、秩序があり、その後にこれらすべてのものの堕落がある。ひと言で述べるならば、完全なるものがまずあり、その後に欠けたものができる。どんな乱調の前にも、それ自体でおのが規則であるひとつのもの、自身から離脱することがありえず、それゆえ過ちを犯すことも衰えることもないひとつのものがなければならない。これこそがつまり完全な存在である。すなわち神である。完全で幸福な本質である。これ以外のことは測り知れぬのであって、われわれは神がどこまで完全で幸福であるのかも知りえず、神がどの程度まで測り知れぬ存在であるのかも知りえない。」(『秘儀についての聖体奉挙』)

きみの本は消えても、きみはいる。この点についてはこと確信を持ちたまえ。だって〈システム〉は、いったん忘れはしても、しつこくきみを招くだろうから。とはいえ、きみは平然と原稿用紙に向かいつづけているべきだ。あたかも〈スペクタクル〉の全体が大がかりな冗談でしかないといった態度で(そしてそれは、冗談以外の何ものでもない)。きみの話し方は流暢で、鮮やかで、癪に障るところがある(訥弁のほうが好まれるだろうけど、仕方ない)。五つ六つの考えを同時にしゃべっていけないこともあるまい。きみは突拍子もない脱線を始め、気のきいた冗談を口にし、あらゆる種類の引用をふんだんにちりばめる。その際、いきなり調子はずれの声を出したりして、話があらかじめ仕組んであったと思われないようにしたい。右派の連中は、きみのなかに自分の姿を認めたりはしない。左派だってそう。すべてうまくいく。

この期に及んでも、こじつけめいた非難をどれだけ浴びせられることか。現代思想と革命運動を裏切っただとか、アカデミー入りすればいいのだとか(どうして断るのかね、まさに栄誉じゃないか)。きみは退嬰の極みにあって、それはきみの本が、わざわざ開いてみるまでもなく証明するところだとか。きみは無茶苦茶なことを書き殴り、書けば書いたでやっつけ仕事、要は社交にうつつを抜かす雑文書きで、破滅への道をまっしぐらだとか。きみを批判する連中が何も読んでないのをきみは確かめる。いつもながら、証拠はいくらだって挙げられる。連中は本物のファンなんだな、結構なことだ。そこできみは本を書いて出版し、対談やインタビューを次々にこなし、記事や写真があちこちに掲載される。ただし、〈罠〉には自分の仕掛けた罠に嵌まってもらいましょう。かくしてきみは、ダンテの『神曲』の先端的な側面ばかりか、聖書についても、ホメロス、モンテーニュ、シェイクスピア、パスカル、サド、ランボー、ヘルダーリン、ニーチェ、ハイデガーについても——さらにはヴェネチィア暮らしについても、ボルドーワインについても、セザンヌ、ピカソ、モンテヴェルディ、モーツァルトについても、滔々と語ってみせる。つまり、どんな状況であっても、イメージと音がいっぱい。きみのやり方は過剰だ。それこそがきみの欠点だと思われているのだが。

まあつまり、きみはこんなふうに言っているようだ、彼ら彼女らは、自分がやがて消えていくのを感じて、急いで目立とうとしているけど（歌謡曲、映画）、ぼくのほうは、いつまでも消えてなくならないからね（うずたかく積まれた本）。きみは自分の『全集』がいずれ出ることについて強い確信がある。だったら、むしろ気にも留めていないふりをすることだ（でも、〈システム〉はお見通しだ）。ときどき、きみもなんとなく言ってみたりはする、『全集』なら二〇四七年には出るんじゃないかとか、三〇〇七年には中国の人たちに熟読されているんじゃないかとか。だって結局、死んでからのことは、きみのあずかり知らぬところですからね。

というわけで、きみは当代のテレビ界のスターたちの番組に、しばしば出演してきた。もちろん、ゲストがきみひとりだけってことはまずない。きみはたいてい番組の最後に登場し、笑みを浮かべて順番を待つ。果てしないおしゃべりに耳を傾け、決して抗議はしない。愚にもつかない出演者いじめが盛り上がるのにまかせ、じっと待ち、話を滑りこませる。司会者は、きみのことが書かれた最新の記事を別にすれば、きみの書いたものなんかこれっぽっちも読んじゃいない。ジャーナリストというのは、ご存知のように、たいていはほかのジャーナリストが言っていることを復唱するだけだ。お決まりの文句をきみは知っていて、それには別の決まり文句で答えてやる。こうやって何時間かスタジオで過ごしてから、タクシーで次のスタジオへ。おかげでセーヌ川の河岸通りの様子は、昼でも夜でも、すっかり覚えてしまう。きみは家に帰って眠り、そして翌日目覚めると、見た夢を書きとめる。朝の六時。朝食は手早く済ませる。オレンジジュース、ヨーグルト、半熟卵（五分）。それから珈琲、浴室。その後ペンをとり、きみは本当の意味で言葉に耳を傾けはじめる。紙、インク、するとすべてがふたたび素晴らしく陽気で、真実で、生き生きとしてくる。どんなプラタナスだって、どんなマロニエだって、きみに賛同してくれる。もっと詳しいことは、『夜の手帳』、『寅年』、『ステュディオ』をご覧いただきたい。

絶え間ないイメージの洪水のなかにあって、きみは自分の反＝アーカイヴをつくりあげる。信頼できる相棒（ジャン＝ポール・ファルジエ、ロレーヌ・ラリネック、ゲオルギ・ガラボフとソフィー・チャン、ジャン＝ユーグ・ラルシエ）による録画や録音、CD、DVD。長い対談が本になったもの（フランス・デ・エス、ブノワ・シャントル、ヴァンサン・ロワ、フランソワ・メロニ、ヤニック・エネル）。こういうのが積み重なり、ノートや手帳の類も加えると、きみの日誌になる。きみの姿はいたるところで見られる。外国でも、パリでも、地方でも。それも夏の朝だったりするのだから驚きだ。これらの映像、これらのＤＶＤのなかのきみは、〈システム〉に登場するときのきみとはずいぶん違う。それもそのはず、きみはようやく息をして、しゃべらせてもらえるんだから。

三十年以上前からのフランス文壇を映画にすれば、ある意味で古典的な西部劇ができるかもしれない。ときどき新しい俳優が加わりはするが、出演者は毎度おなじみの顔ぶれだ。ハンサム役、善人役、異国の勇者役がル・クレジオ。そして悪役は、ぼく。ぼくがジタバタするのもむなしく、ル・クレジオは堂々と落ち着きはらい、最後は決まって馬にまたがり、背筋をぴんと立てて夕陽に向かって立ち去ってゆく。一方でぼくは、絶対に自分のものにならないドル札を手に握りしめたまま、墓場で死んでしまう。モディアノの役どころはもっと曖昧だ。彼は銀行にいて、口ごもりながらしゃべる。子供の頃ひどく辛い目に遭ったようだが、この西部の小さな罪深き街の住人たちには、大いに好かれている。好かれてはいるが、ポスターの写真がご婦人方の寝室を飾るル・クレジオほどに、熱烈に愛されているわけじゃない。悪役がぼくだってことは、お忘れなきよう。ぼくは泥棒だったり、詐欺師だったり、テロリストだったり、躊躇なく引き金を引く殺し屋だったり、放蕩者だったり、乱暴者だったり。ぼくには有力な後ろ盾があり、配下の男女がいて、恐怖を振りまき、何ひとつ信じちゃいない。いつか自分の過ちの報いを受けることになるだろう。

ほかに誰だろう？　碩学キニャール師だ。数年来、切り詰めたラテン語でもって死者たちのためのお勤めをこなし、墓場で次々に埋葬の儀式を執りおこなっている。映画では、キニャール師の〈教会〉でぼくと師が会話する場面が、ぼくが一般に思われているような粗暴な乱暴者じゃないことを明白に証明してくれるはずだ。だがまさにそこで、ぼくの罪は重くなる。師とぼくは語りあっている、ギリシア語で、ラテン語で、ヘブライ語で、中世風の語り口で、そして時おりはフランス語で。悔い改めれば、ぼくの罪も許されるのだろうけど、どうにも駄目だ、またぞろ堕落の道をひた走り、酒場にまっしぐら。かつて女将をやっていたマルグリット・デュラスの肖像に見守られ、機知で人気の娘っ子たち（カトリーヌ・ミエ、クリスティーヌ・アンゴ、ヴィルジニー・デパント〔いずれも現代の女性人気作家〕）のなかにまじって酒場の不良どもと再会を果たす。たとえばポーカーではひどく腕の立つ、くわえ煙草のミシェル・ウエルベックとか、シカゴの街を震えあがらせた、恐るべき新参者ジョナサン・リテルとか。

年配の方たちは、ひょろっとしたジェローム・ランドン師のことを覚えておられるだろう。謹厳なベケット牧師がいつも付き添っていたものだ。実に厳格で憂鬱な時代で、楽しみといえば、旅回りのソフトポルノ芸人カトリーヌとアランのロブ＝グリエ夫妻の出し物があるくらいのものだった。その後、才能はあるが軽薄な書き手も何人か現れた。たとえばフレデリック・ベグベデール。真新しいピストルを持っていたせいで、「新ピカ」と綽名された奴だ。あるいはパトリック・ベッソン。油田の支配する当世にあって、真正にして感傷的な唯一のコミュニスト。ほかにマルク＝エドゥアール・ナブ〔一九五八年生まれ。作家で、イスラム原理主義の支持者として知られる〕とか、ステファヌ・ザグダンスキー〔一九六三年生まれ。作家・現代美術家。ユダヤ人の家庭に生まれ、タルムードやユダヤ思想による評論活動によっても知られる〕とか。この二人、兄弟ながら敵同士で、大通りでの決闘は噂の的になったっけ。ナブはある種のイスラム原理主義の呪いをつぶやき、ザグダンスキーのほうはタルムードのアラベスクを繰り出してみせたものだ。優秀な保安官フィリップ・ミュレー〔一九四五―二〇〇六。作家・批評家。七〇―八〇年代はソレルスと近い立場にあったが、二〇〇〇年代は「反動」と評されることもあった〕のことも忘れちゃいけない。非行少年だったのが、治安維持の仕事にたずさわるようになった。射撃の腕前は確かだったが、だんだん悲観的になって絶望感にとらわれてしまった。だがまさにこのために、信心深いご婦人方のお気に入りにもなったわけだ。そういえば忘れちゃいけないが、現地の様子を実況中継するテレビ番組もたくさん流された。ベルナール・ピヴォー、ティエリー・アルディッソンをはじめとする名司会者たちが、パリからこのテキサスの僻地にまで、わざわざ足を運んできたものだ。

端役についてはコメントを差し控えよう。多くは見込みのある者たちだが、西部劇のドラマが新しく作り変えられるたびに交替し、次回もまた役をもらえるかどうかがおぼつかない。季節が変わるたびに次々と入れ替わっては街じゅうをのぼせあがらせる説教家たち（シナリオでは「知識人」）についても、特にコメントするつもりはない。彼らは〈悪〉に対して声高に〈善〉を擁護して敬意を集め、地方新聞が聖人伝よろしく紙面をまるごと割いたりする。でも悪役はいつだって、このぼくだ。「おたずね者」として、やがては懲罰を課される身だが、いわゆる「呪われた作家」というわけじゃない。すなわち悲劇を生き、伝説となることで救われる作家じゃない。なにしろぼくは不満をこぼしたりはしない、それはつまり、ぼくの言うことに魂がこもっていない証拠だというわけだ。まあそれでも、ありがたいことに、プロデューサーにはぼくの役どころは不可欠と判断されている。ぼくの解雇を求める嘆願書がいくら出回ったところで無駄。報復を目的とする新聞雑誌の記事やら、激越な中傷文やら、伯爵領の紳士たちが書かせた誹謗文書やらといったものは、何の効き目もありゃしない。ぼくが、使いものになる悪役としては最高の役者であることに変わりはなく、ぼくの出ない映画は、それだけつまらないものになるだろうから。

ぼくがメディアで曲芸を演じたりしなくても、何かしら大事なものは残り、継承されていったか？　率直に言うと、今のような混沌とした時代にあっては、それはありえないと思う。

自慢してるのかって？

「名誉のために物を書く人たちはうまく書いたという名誉を欲する。それを読む人たちはそれを読んだという名誉を欲する。これを書いている私は、そんな欲求を抱いていることを自慢に思う。これを読むであろう人たちも、同じく自慢に思うだろう。」（ロートレアモン『ポエジー』）

とにかく、ざっと見ておこう。「テル・ケル」と「ランフィニ」の業績であることに疑いを容れないのは（いつもぼくの業績と言うのもなんだからこう言ってみたが、ぼくの業績と言ったほうが正確だろう）、

サド、アルトー、バタイユ、ポンジュ、セリーヌの全集の刊行を実現させたこと（セリーヌについては、あの途方もない書簡集がまだ《プレイヤード叢書》から出ていないが）、

ダンテの現代的で正確な翻訳（ジャクリーヌ・リセによる）を刊行したこと、ジョイス、プルースト、クローデル、エズラ・パウンド（ドゥニ・ロッシュによる）、それからロートレアモンとランボー（マルスラン・プレネによる）の新たな読解に向けて展望を開いたこと、

中国の思想と文化への道をたゆまず切り開いてきたこと、

ハイデガーの思想を一貫して擁護してきたこと、

ヴァトー、フラゴナール、セザンヌ、ピカソ、マティス（これもプレネによる）、デ・クーニング、ベーコン、トゥオンブリの新たな評価を確立させたこと、

十八世紀（サン＝シモンからヴォルテールにかけて、カサノヴァからモーツァルトにかけて）の哲学的、文学的、政治的な価値を強調したこと、

もちろんフロイトの価値も（クリステヴァによる）、

ピエール・ギュヨタ、ジャン＝ジャック・シュル、フレデリック・ベルテ、ジャック・アンリック、フィリップ・フォレストなど未来の書き手たちを発掘もしくは再発掘したこと、

そして未来の自分自身、すなわちフランソワ・メロニやヤニック・エネルの「危険ライン」誌と緊密な協力関

係、友情を育んできたこと。

　こんなふうに休みなくゲリラ戦を仕掛けなくても、出版、体制、大学、文芸批評の人たちがすべてを理解し、すべてをやってくれただろう、そうおっしゃるのですか？

　まさか。

　ぼくがわざわざ彼らの本の刊行を請け負わなくても、ぼくの本はちゃんと出版されただろう、と？

　さあどうだか。


　ぼくの昔の版元にいた人たちの名前を忘れていられるのは心楽しいのだけれど、ＮＲＦでいっしょに仕事をした、もしくはいまだに仕事をしている人たちの名前を挙げないのは罰当たりというものだろう。

　まずはもちろん、アントワーヌ・ガリマール。彼とはたくさん仕事をしてきたし、今でもそうだ。真摯な姿勢を底に秘めつつも、よく笑いあう。それからイヴォン・ジラール。《フォリオ叢書》および《イマジネール叢書》の責任者だ。教養豊かで、ぼくとは執務室が隣どうしということもあって親しいつきあいがある。それから控え目な美女パスカル・リシャール〔ガリマール社の広報担当〕。ぼくが相手を激昂させてしまうことにいつも驚いているが、そんなときも落ち着いて対応してくれる。そしてテレーザ・クレミジ。手の甲で宙を払うヴェネツィアふうのしぐさで、フランソワーズ・ヴェルニーのもっさりして垢ぬけない存在を忘れさせてくれた。十五年ものあいだ、文学界の中央銀行を華やかな立ち居振る舞いで活気づけてきた。フランス的な陰鬱さとはずいぶん違う、イタリア的な魅惑と活気に彩られた十五年。


　このあたりの話をしている以上、ここでわが盟友マルスラン・プレネにも挨拶しておかなくちゃならない。といっても、数えきれないほど世話になっているので、感謝の言葉などとても言い尽くせるものじゃないけど。雑誌（「テル・ケル」、次いで「ランフィニ」）の編集部で過ごした午後、内容に関する話しあい、目次や図版の確定、ありとあらゆることが話題にのぼる雑談、共通の読書、励ましあい。こうした普段の会合を続けて録音しておけば（一時間はランボーの話、もう一時間はヘルダーリンの話、さらにもう一時間はジョルジョーネか、ピエロ・デラ・フランチェスカか、セザンヌか、ピカソの話）、とんでもない小説になりそうだ。「小説的クロニクル」の副題を付けたプレネの「シチュアシオン」〔「ランフィニ」誌の連載記事〕、もしくは彼の見事な小著『処世術』を読めば、その一端を垣間見ることができる。現在、プレネほど不当に無視されている書き手はいない。むべなるかな（つまり、強烈な嫉妬）。まあそれもわかる。なにしろプレネは非社交的で、一匹狼で、それに要求水準もきわめて高い。彼の言うことを聞いていたら、ぼくらの雑誌には実際に印刷された文章の十分の一も掲載できなかっただろう。まあとにかく、ぼくなんかよりはるかに厳しい。こういう美質の持ち主には、なかなかお目にかかれるものじゃない。ぼくたちの関係は貸し借りのある関係じゃないと思う。ひとつの信念を分かち持っているということだ。

友情は財産だ。

「ひとりの人間の人生を考察する者は、そこに人類の歴史を見出すことだろう。何ものもそれを悪しきものにすることはできなかった。」（ロートレアモン）

それが彼だったから、それがぼくだったから、やむをえない事情があったから、それよりいいことは何もなかったし、いまだにないから。

文芸共和国にあってこのぼくが途轍もない「権力」を行使しているというような、歪んだ情報が出回ることがあるが、そういうのには目をつむる（文芸共和国と言ったが、ぼくはむしろ絶対君主制の支持者だ）。数多ある記事を信じるなら、ぼくはどうやら一切合財をあやつる有力者、「業界のボス」、オピニオンリーダーにして文学賞レースの黒幕（選考委員の誰にも会うことがないってのに）、いずれにせよ、甚大な影響力をふるうエージェントということになるらしい。ちゃんちゃらおかしな噂だ。本当のことになってくれれば願ったりかなったりなのだけれど。「ル・モンド」紙の週刊書評版を牛耳っているんじゃないかとの非難もあったようだ。たんに毎月、ごく普通の記事を掲載していただけなのに。ほかの記事といっしょに、『趣味の戦争』や『無限礼讃』に再録したやつだ。ジョジアーヌ・サヴィニョー〔「ル・モンド」紙の週刊書評版の編集長を長年務めた女性ジャーナリスト〕は、ぼくの本を気に入ってくれる親しい友人だったし、今でもそうだが、だからなんだというのだろう？　なんであれ、ぼくはこの権威ある書評紙の編集方針に口出ししたことなどいっさいないし、そもそも新聞社に足を踏み入れたのも、パーティーか何かでちょこっと一杯やりに行ったときの一度きりだ。だというのに、くだらない連中がサヴィニョーに対して胸がむかつくような罵言を浴びせるのをどうすることもできなかった。罵詈雑言、嫉妬に満ちた文句、屑みたいなものを。わが友人や親類が、ぼくのせいで目の敵《かたき》にされたり被害に遭ったりしているのに、ぼくのことを毛嫌いするようになっていないのは、何かの恩寵というほかない。結局のところ、ぼくはそんな恩寵に値するに違いない。

それで、冷静になってもう一度言うと、ぼくには隠すべきことなど何もないし、みずから責めを負うべきことも、弁解すべきことも、恥ずべきことも何もない。後悔も、悔悟の念も、卑屈になるべき理由もいっさいない。ぼくについては、ぼくの書くものについては、どうぞご随意に判断していただきたい。ヴォルテールの次の一節に出てくる名前と役職とを、現在のものに置き換えてみてほしい。

「世人はまったく愚かなものである。だから私のように立派な城館を建てて、そこで芝居に興じたりご馳走を楽しんだりするほうが、エルヴェシウスのようにパリにいて、高等法院で裁判をする連中やソルボンヌの小屋に住む徒輩から追われる身となる（être levraudé）よりも、よほどましだと思う。世人を今以上に理性的にすることも、高等法院の衒学的態度をあらためることも、神学者たちの滑稽ぶりを減殺することも、とうてい自分の手に負えるものではなかったから、私は彼らから遠く離れて幸福な暮らしを続けよう。」

この段落にある「追われる身となる」（levrauder）という動詞はなかなかいい。これはもともと「兎のように追われる」（chassé comme un lièvre）という意味だと思う。それはともかく、指摘しておくべきは、エルヴェシウスの『精神論』が一七五九年二月六日、高等法院によって焚書に指定されたことだ。しかもそのとき、ヴォルテールの『自然宗教』も同時に焚書に指定されている。そのときの判決によって、『百科全書』の配給も止められた。今はどんなにか幸せな時代だろう！〈精神〉が火にくべられたりはしないのだから。けれど商品のなかで溺れている。もはや〈精神〉は、水のなかを泳ぐ魚《ポワソン》に変わるよりほかない。いやむしろ、瀑布のなかを流れる毒液《ポワゾン》か。〈精神〉の禁書目録があれば、すべてが変わる。もう言ったことだが、勝利をおさめるには多数でありさえすればいい、すなわち十二人の使徒たちになりさえすれば。

「要するに、あなたはご自分に満足していらっしゃるのですね？」

「とんでもない。ただ、これまでの仕事、いま続けている仕事に満足しているだけです。」

ピカソは「失われた時」や「見出された時」ではなく、「見出すべき時」を話題にしたけれど、ぼくはそれが気に入っている。ピカソはこんなことも言った——「かつてわたしがやったことはみんな、現在のためにやったことだ。いつまでも現在にとどまりつづけてほしいと思ってやったことだ……」それから、こんなことも——「古代ギリシア人や古代エジプト人の芸術、それから後代の偉大な画家たちの芸術は、過去の芸術なんかじゃない。もしかすると昔の人たちの芸術は、今こそ、かつてなかったほど生きているんじゃないか。」（強調は筆者）

それから、こんなことも——「若さは年齢じゃ決まらない……。今は、何世紀も前に死んだ芸術家よりも年寄りくさい若者だっている。」

つまりは、〈永遠なる現在〉だ。

それから、こんなことも——「ジャン・レイマリー〔一九一九—二〇〇六。現代美術の普及に尽力した美術史家で、大学で教鞭も執った〕があるときピカソに、学生たちが芸術とエロティシズムにどんな違いがあるのか知りたがっていると言った。するとピカソは、ごく真面目に答えた。いや、違いなんてない。」

それから、こんなことも——「芸術は決して純潔なものじゃない。何も知らない純真無垢な人間には芸術は禁止にすべきだ。心の準備ができていない人間には、決して芸術に触れさせるべきじゃない。そう、芸術は危険なものなんだ。というか、純潔なものだったら、それは芸術じゃない。」

（なんですって、あのセザンヌの林檎は、純潔じゃないとおっしゃるのですか？）

〈神〉、〈セックス〉、〈芸術〉は、なんと言われようと、民主主義的ないしは共同体的な評価になじまない。もしそうであれば、狂信、昏迷、恨みつらみ、妄言、セクト、悪趣味、鬱、暴力になるほかない。

　流行りの雑誌をひとつ開いてみて、女性向けの文芸記事にざっと目を通してみる。たいがいアメリカの小説が話題になっている。そこでいつも繰り返されているのは、こんなことだ。つまり、「わたしたちの生活は荒廃している」だとか、「情欲は必然的に致命的である」だとか、「女らしさに呪縛され、他者との性的関係の呪いに取り憑かれた女性たちの生」が描かれているだとか。要するに――これから何週間も、何カ月も、何年間も同じことが繰り返されるのだろうけど――「精神的な危険はセックスに付きもの《（ママ）》」らしい。

　はいはい、おっしゃるとおり。だったらやめたらよろしい。といっても原理主義や似非《えせ》福音主義の宗教団体に入ったりはしないように。もっとも、こういう言葉は、この手の教団が言っていることのようですがね。〈セックス〉なき〈芸術〉は〈芸術〉にあらず。しかるに〈芸術〉なき〈セックス〉も〈セックス〉にあらず。で、〈神〉はこのすべてのなかにおられる、と?

　そこを通り抜けていかれるのです。

沈潜

　ふと気づくのだが、現代史のいかにも大事件らしい出来事が起きたとき、ぼくはパリにいなかったのだ。一九七四年、ジスカール・デスタンが大統領に選ばれたときは北京にいた。一九七九年、テヘランのアメリカ大使館が髭面のイスラム教徒たちに占拠された（まったく別の映画が始まった）ときはニューヨーク。一九八一年五月、ミッテランが共和国大統領の座について栄光の頂点に達し、その直後ローマでヨハネ・パウロ二世が襲撃されたときにはヴェネツィアだった。ぼくは謝るべきだろうか？　このヨハネ・パウロ二世暗殺未遂事件こそ、距離を置いて見れば、時代の主要な、意味深い徴候であったように思われる。ぼくが悪しき市民であるのは認めよう、でもそんなの、大したことじゃないでしょう?

一九八九年、フランス革命二百周年が大々的に祝われたことにぼくは少し苛立って、『至高存在に抗するサド』を書きあげた。ぼくはそれを、逮捕前日にサド侯爵が書いた未刊の手紙として、匿名で刊行した。おかしくてたまらないのは、老練なサド学者たちにも、サド本人の手紙として受け入れられたことだ(この小著は、「時間のなかのサド」と題するエッセイを序文として付して、一九九六年にガリマール社からぼくの名前で再刊された)。ぼくはこの皮肉なエピソードに、とても愛着をもっている。それからぜひ言っておきたいのは、サドがプレイヤード版で刊行されたことに、このぼくも関わりがあるということだ。アントワーヌ・ガリマールが、一九八二年の末にぼくといっしょにニューヨークに出かけたときに決めたことなのだから。ここでもまた、はるか先の未来が、誰が正しかったのかを判定してくれるだろう。知恵遅れの、頭の弱い人たちがまだいて、サドは単調で退屈だ、偏執的な濫書狂だ、などとのたまうが、そんなのはどうだっていい。サドの途方もない小説が印刷されて(できれば、オリジナルの挿画入りで)この世に流布することが必要なのであって、またそれで十分なのだ。インディアペーパー〔聖書に使われる薄紙〕を使ったプレイヤード版の三巻本は、ついに刊行を決定した者にとっては自慢の種だ。そんなわけで、監視体制に残された道は、もはや読解力を抹殺することくらいなのだ。そしてご存知のとおり、この抹殺計画は着々と進行しつつある。出版が差し止められたり延期されたりした本が日の目を見るのは、それを読み解ける者がほぼ皆無に等しくなったときなのである。

カサノヴァについても同じことが言える。『わが生涯の物語』の、フランス語による真正オリジナル版が広範な読者の目に触れるようになるまでには、一九九三年まで待たなければならなかった。そもそも真の文学史を確立しようとするなら、検閲の歴史のみならず、認知や出版の遅れの歴史をも考慮に入れてしかるべきだろう。誰が、何を、いつ、どうやって、本当の意味で読めるようになったのか? 誰が、諸言語のあいだを、現在から過去に、過去から現在に、自由に移動することができるのか？　時とともに、これほど火急の問題はほかにないんじゃないかとぼくは思うようになっている。

一九八〇年代の末、九〇年代の初頭は、難局、不運、喪。自分の本がなかなか売れなかったこともちろんあるけれど、とにかく母が一九九一年八月に亡くなったことは大きい。母の死は、またそれがいかに奇妙な体験であったかは、『秘密』（一九九三）のなかで語った。思い出すのは、母の苦痛を早く終わらせてほしいと頼んだときの、若い医師のこんな忠告だ――「訊かれていないことには決して答えないこと。」危篤の人に相対するさいの、偉大な教訓。それに、死に際に握った手が、すべてを言い表している。といっても、握ったのはぼくの手じゃない、姉のアニーの手だ。そのとき母はこう漏らした。「死ぬのは辛いよ。」ぼくに対しては沈黙。大きくて深い、語りかけるような沈黙。

ぼくの家族はみんな、決まって夏に亡くなる。ボルドーの墓地の墓碑を見るとわかる。ジョワイヨー家の墓に残されていた最後のスペースは、わが愛しのママン――というか、陽気で、とても滑らかな肌をしたわが愛しの娘――のためのスペースだったが、棺は少し無理して入れなければならなかった。姉のアニーが大声でお祈りを唱えはじめたが、その声はかすれてしまった。

ぼくが最後に母を抱きしめたのは納棺のときだった。母の穏やかで、冷たくて、毅然とした美しさが、ぼくの胸を打った。

『秘密』は、一九八一年五月十三日にローマで起きたヨハネ・パウロ二世襲撃事件の舞台裏に多くのページを割いており、ぼくのお気に入りの本のひとつになっている。ぼくはそのなかで、作中ではジェフと呼ばれる小さな男の子の生活のことも語っている。晩になると、ぼくはレ島では、海辺に生えた野生の林檎の木の下で《サクランボの実る頃》を歌って聞かせ、おしゃべりをする。この林檎の木は長いあいだ、嵐にも、波しぶきにも、塩気にも、酷暑にも、なんにでも持ちこたえてきた。そしてついに、甚大な被害をもたらした一九九九年の猛烈な嵐のあと、立派なカサマツのような姿をしたまま立ち枯れてしまった。ぼくはいま、堅牢なアカシアの若木（アカシア、ここでは聖なる木）と、成長いちじるしい松の新木を目の前にしている。そこには母の幻影、というか母の輝ける分身がいて、もう一度白木のベンチに腰を下ろす。ヘルダーリンは、こういうことを詩に歌った。

海は、記憶を奪い、かつ与える。
愛は、倦むことのない眼をひたと据える。
しかし詩人だけが、後に残るものを樹立する。
〔「回想」の最終三行〕

そんなわけで、『秘密』の話。この話はまた、ロダンの彫刻《地獄の門》を題材にしてロレーヌ・ラリネックとともに撮った映画にもかかわってくる。この映画は、亡き母へのぼくのレクイエムなのだ（モーツァルトの《レクイエム》が聞こえてきて、ロダンの彫刻が浮かび上がる）。複雑に入り組んで壮麗をきわめるこの傑作彫刻、偉大なるチンパンジー〈考える人〉を戴いたこの傑作彫刻のなかに、誰かが入るのは初めてだったのではないか。映画のなかでももっとも驚くべき瞬間があるとすれば、それはやっぱり関係資料から見つかったロダンの写真が映されるときだ。ロダンが、闇の世界から抜け出てきたチェンバロを弾くワンダ・ランドフスカを見つめている。ムードンで演奏されるスカルラッティ、歓喜、草、ダンス、二人の天才、いやはや、なんという自由な美があることか、エロチックなデッサンにも、激しく捩《よじ》れたり歪んだりしている人体にも。ダンテへのなんという途方もないオマージュ、手、視覚、耳を通したオマージュ、なんという邂逅であることか！　この映画が明るみに出す前は、〈考える人〉が何を考えているのか、ちゃんとは知られていなかった。それがはっきりしたわけだ。死よりも強靭な、思考と性愛。

十歳のとき、庭の奥で、自分がここにいるという単純な事実（自分が自分であるということじゃない）、空間という際限なき限定のうちにいるという単純な事実に、ぼくは目がくらむような思いになる。二十歳のときは、自殺への強い誘惑。二分前になって、ドミニックとの出会いに救われる。三十歳で、同じ誘惑がぶり返し、おしまいにしたいと強く念じているところへきて、ジュリアとの出会いに救われる。四十歳は、どん底。息子の体調が思わしくなく、『天国』は不可能で、ニューヨークでは抜き差しならず、フランスでは鉛の歳月。五十歳では、「戦え」――これだけを自分に言い聞かせる。六十歳で総括がおぼろげに見え、七十歳になると沖合が見えてくる、ニーチェ由来のこんな護符とともに――「好運、広くてゆるやかな階段」

ぼくにどんな罪があるのかはわかっている。罪がないという罪だ。もっと正確に言えば、どんな脅しにも、どんな罪責感の押しつけにも屈しなかったという罪。フランスのブルジョワジーはほぼ消滅してしまったが、その大半の家には、どこか後ろ暗い過去（ヴィシー、アルジェリアなど）を秘めた戸棚があって、そのことを彼らに思い出させるのはたやすい。しかし、言うなれば向こうを張る戸棚もやばい（スターリン）。つまり、後ろめたさを感じていない「ブルジョワ青年」なるものは、（マルクスが看破したように）階級闘争という特殊な法則に従っているこの古い国にあっては、希少種なのだ。人びとは「性《セクシュアリテ》」（レーモン・クノー流に「セシュアリテ」と書いてみたいのだが）をさかんに取り沙汰する、取り沙汰しすぎるくらいだ。ところがそんなのは、たいてい階級闘争が偽装したものにすぎないことを、どうしてもわかろうとしない。パートナーの同意があっても、この種の問題をひっかきまわすと、厳しく咎められる。きみには罪がある。どんな？　無償性という罪だ。

教訓――信仰が力をなくし、社会契約は破棄され、負債は錯覚だったとしてチャラになり、誰もが誰に対しても負うところがまったくない、ついにそうなったときにこそ、相互的な享楽があったのだと言える。繰り返そう、笑いが、ある種の笑いが、無償で生きる者のサインである。そんなわけで、世界中で称えよう、やさしい女たちを、彼女たちの笑いを、彼女たちの気まぐれを、彼女たちの気ままさを。

「性《セクシュアリテ》」（まことにもって現代の強迫観念と言うべきものだ）に寄り道しているところなので、ぜひ言っておきたいが、パスカル・キニャールのような立派な作家が「性と恐れ」〔キニャールの著書のタイトル〕を、それどころか「性的な闇」を云々するとき、ぼくは驚きを禁じえない。キニャールによれば、「人間の魂」はみずからの「性的起源」を思い出すことで、「三つの闇」とあらためて対峙することになるのだという。まずは「子宮の闇」。次に、生まれてからの「地上の闇」。最後に、死んだあとの「地獄の闇」。なんて多くの闇があるのだろう！　なんて多くのわれわれが！　多くの子宮が！　地獄が！
「われわれは、こうした闇の懐から生まれてくる」とキニャールは書く。それから、「人類はこの闇の懐を持ち運ぶのだ、みずからが繁殖して、夢見て、苦しんだ闇の懐を」とも。
　やっぱりこういう命題は、懐中電灯で照らしながら読み直そう。

　とにかく、ここで気づくのは、ある種の懐（ある種の洞穴？）のために、音と言葉が、それからもちろん音楽が消え失せているということだ。その種の懐に、われわれ人類は——夜の闇に呑み込まれていくように——、永遠に呑み込まれていってしまうらしい。言うまでもなく、洞窟だか地下墓所だかを思わせる、こうした地下的ヴィジョンをぼくは共有しない。だって結局は、そこ（あ、「子宮の闇」！）から抜け出すことが問題なのだから。必要なら、グノーシス派のこんな文句に訴えかけてもいい——「私は永遠の夜のなかの目覚めの声である。」目覚めよ《ウェイク》！　目覚めよ《ウェイク》！　言葉《ワード》よ、われらを救いたまえ！　ぼくは「われわれ」という言葉はなるべく書かないようにしている。ぼくは「人類」に関心がない。現実世界と天国の光のほうが、ぼくには輝かしい。闇の力が、あるいは〈夜の女王〉が異を唱え、光を断ち切るなら、それはそれで仕方がない。恐れと生物学的な闇、とは言えるかもしれないが、「性的な」闇というのはいただけない。性に関する困惑や神経症というのなら話は別だ。それならよくあるケースだから。でも、それがなんだというのだろう。

『フォリー・フランセーズ』（一九八八）をあらためて開いてみて、この父と娘の近親相姦の物語（モリエールと同じケース、おそらくモリエールの決定的な喜劇性はこれで説明がつく）が、ある特異な記憶で幕を開けるのを、ぼくは確かめる。これぞまさにフランス的な記憶だ。マネの《フォリー・ベルジェールのバー》が、その夢幻的で狂的な紋章である。
性的な闇のなかにいるマネ、というのは想像しにくい。

「闇の懐」なるものは、言うなれば、映画そのものだ。あまりに映画的すぎて、音楽も、アクセントも、言葉も、十分に感じられない。小説をひもとく現代人は、映画を見たがる。だから筋、といってもたいがい憂鬱であるか暴力的であるかだが、筋の進行を遅らせる余談に行き当たると、すぐに本を閉じてしまう。ところが文学、人生、詩というものは、当然ながら映画にするのが不可能だ。それは絵画が、今までイメージであったためしがなく、これからもイメージではありえないのと同断だ。もっとも、それゆえにこそ、文学や人生や詩の消滅は着々と進んでいるわけだけれど。

現代の作家たちを見たまえ。みな映画を欲し、映画に飛びつき、書きながらすでに映画のことを考えている。自分の小説で映画を作ろうとして、〈スペクタクル〉の巨大な歯車のなかに入り込もうとする。映画には、もはや無償性はないのに。予算が決まってるんだから。

フォークナーやフィッツジェラルドがハリウッドで自分の作品を刈り込み、単純化し、書き直すことを強いられて、悲嘆にくれたことが思い出される。映画に心を奪われる作家は、まさにそのことによって、おのが言葉の映像喚起力の欠如を自白しているようなものだ。言葉だけが大切で、なおかつ正確だというのに。繰り広げられていくにつれて、五感のすべてを混ぜ合わせるのだから。

ミシェル・ウエルベックに初めて会ったのは、おふざけでぼくを登場させる場面のある『素粒子』が刊行されたあとだったが（のちにウエルベックは、小説の映画化にあたって、ぼくを本人役で出演させたがっていた）、そのときの彼の最初の質問は、蔵書を収める書棚がぼくにあるかどうかというものだった。ああ、もちろん。雑然としているかもしれないけど、というか時代ごとじゃなくて、ぼくなりの秩序はあるけどね。蔵書、もちろんだ。書物たちが、あらゆる方向に向かってしじゅう呟いているのが、ぼくには聞こえてくるようだ。現実と書物、同じ生地で織られたもの。ＳＦは？　ないな。ロックミュージックは？　ないね。そこでウエルベック、若い娘が写った写真を何枚か見せてくれたのだが、こちらに特別な感情は起こらなかった。それから、われわれの話は彼のお気に入りの思想家オーギュスト・コントのほうに逸れていった。ウエルベックの妄言は、なるほど興味深かったが、ロートレアモンが出てきて、彼の意見はすっかり裏返ってしまった。ここでぼくら二人は、白ワイン浸けになっていたことも手伝って、束の間の合意に至った。おそらくはこのことがあって、ウエルベックは小説『プラットフォーム』に次のような結構な献辞を記してくれた――「Ph・Sに、セックスに、女たちに、すべてに、M・H」『素粒子』はとてもいい本で、ある文学賞を獲得したが、それにはぼくの力も若干あずかっている。賞の主催者はかんかんに怒ったけど。

さて、『ある島の可能性』〔ウエルベックの小説（二〇〇五）〕になると、見事な小説ではあるけれど、セックスと女性の描き方がしだいに暗くなってくる。というかとにかく、犬の恋愛を描いてもこれほどじゃあるまいと思うくらい説得力に欠ける。これでもかというくらいのSF仕立て、陰鬱な平原、おまけにグロテスクな宗教団体とくる（その描写には寸分の隙もないのだが）。要するに、オーギュスト・コント、ショーペンハウアーを押し立てたあと、今度はわけもわからずニーチェを攻撃するわけだ（ついでに言うと、ぼくは『神聖なる生』のなかで、この攻撃に応戦している）。で、その次は何？　映画、映画、まやかし、契約書が行き交う巨大スーパーマーケットの、まやかしのカネ。

映画と文学のあいだに生じる数々の不幸な波乱のうちで、もっとも示唆的な失敗例は、やはりロブ゠グリエの例だ。「ヌーヴォー・ロマン」の初期にあって、ロブ゠グリエは、あらゆる映像《イメージ》に逆らって文章を書く（『嫉妬』）。退屈だが興味深い禁欲だ。それから彼は、内に抱えたエロチックな妄想を映画化しようとするが、これがまた俗悪《キッチュ》なのだ。かような悪趣味の発露のおかげで、しっかりアカデミー・フランセーズ会員に選出されたのはいいが。

文学、人生、詩は、スペクタクルじゃない。もっとも、今やありとあらゆる力の働きによって、スペクタクルになろうとしているのかもしれない。おかげできみも、受動性と忘却のなかに呑み込まれようとしているのかもしれない。だが逆に、偉大な記憶を働かせる時が来ているように、ぼくには思える。

偉大な記憶、これは当世風じゃないが、古色蒼然というわけでもない。それはハイデガーが〈時間〉の遊動空間と呼ぶものへと開かれているのだ。


つい今しがた、ぼくは『天国Ⅰ』の批評校訂版の原稿を受け取ったところだ。ある無名の青年によって、何年もかけておこなわれた、ずばぬけて緻密で、明晰で、興味をそそってやまない仕事。全体にわたって二五一五もの詳細な注が付されているが、そのうちの多くは聖書からの出典箇所を明らかにするものだ。思わず息を飲むようなこの原稿に向かう現今の出版人の顔を、ぼくはひとつとして思い描くことができない。

「十八世紀」

十八世紀は、たんにひとつの時代であるというだけでなく、フランス語が思う存分呼吸できるような、ひとつの精神の場でもある。ある種の大気療法の場？　奇想の、諸矛盾の統合の、尽きせぬ多様性の場？　そのすべてなのであり、だからぼくも、十八世紀周遊へといざなわれたわけだ。

一九九四年のこと、ぼくは大部のマニフェスト『趣味の戦争』を刊行する。これを第一巻とし、二巻目にあたる『無限礼讃』が刊行されることになるのは二〇〇一年。三巻目の『完全な教え』は、いま編んでいる最中だ。

ぼくが十八世紀に集中療法に出かけることに決めたの

は、しかもそのチャンスが訪れたのは、プロン社のジャン＝クロード・シモエンの、いつも変わらぬ厚意のおかげである。最初はヴィヴァン・ドゥノン（一七四七―一八二五）の評伝『ルーヴルの騎手』。次いでカサノヴァの本（『素晴らしきカサノヴァ』、一九九八）。それからモーツァルトの本（『神秘のモーツァルト』、二〇〇一）。この晴れやかなシリーズに、二〇〇四年の『ヴェネツィアを愛する辞典』を加えてもいい。

十八世紀とその周辺で過ごした十年。生者よりもはるかに生き生きした幽霊たちに満ち満ちていた十年。幸福と認識の十年。子供時代に、とりわけその光と自由に再会した十年。その十年のあいだに、ぼくは多くのことを学んだ。『明日はない』の著者〔ヴィヴァン・ドゥノン〕の驚くべき冒険。その秘められた活動。ヴェネツィアの貴婦人であった愛人への愛。みなに先駆けてエジプトに投げられた犀利な視線。ルーヴル美術館の建立を目的とする、ナポレオンに対する奇妙な地下工作。みずからの死を招き寄せた勇気と趣味。ヴィヴァン・ドゥノンは、ヴォルテール河岸の邸宅で、みずから巷《ちまた》から救い出してきたヴァトーの《ジル》を前にして亡くなっている。それからフランスの作家カサノヴァと、彼の途方もない千一夜物語。そこからは幸福な近親相姦への彼の情熱が透けて見えるが、この点は十分に注目されてこなかった（それも当然だが）。それからモーツァルト。これこそ、あらゆる事件のうちでもっとも意味深長な事件だ。なにしろ音楽が出現し、裁くのだから。このあいだ、励ましの言葉をもらうことがあったろうか？　まったくなかった。要するに、ぼくにとっては革命を推し進めた十年、だんだんと無知蒙昧のデカダンスに、大勢順応主義に浸り、みずから進んで退行しつつある国で、革命を推し進めた十年だった。つまりひとつの賭けであって、ぼくはこの賭けから降りるつもりは毛頭ない。不謹慎の美のためだ。『神秘のモーツァルト』が刊行されたのは、ニューヨークで起きた九・一一のテロのさなかだった。九・一一、全世界が新たにテロリスト歴を採用するようになった日。タワーが崩れ、人体が虚空に踊っているあいだ、どんな怪物がモーツァルトを聴いているというのだろう？　ぼくだ。

こうした本の執筆は、ヨーロッパのあちこちに旅をする機会にもなった。ドイツ、オーストリア、チェコ、ベルリン、プラハ、ザルツブルク、ウィーン。ヨーロッパ？　ぼくはいまだに驚きを禁じ得ないでいるのだが、フランスの作家たちは、この大陸のことを決して語ろうとしない。どうやら、ヨーロッパが経てきた悲劇的な歴史のせいで尻込みしてしまうらしいのだが、たぶんそれ以上に、ヨーロッパの壮麗な現実に気後れするのではないか。彼らはヨーロッパに住む異邦人、つまりカンタル県やらコレーズ県やらから抜け出せず、田舎で畑を耕している愚直なフランス人であるか、もしくは米国や近東のほうに惹きつけられるかなのだ。スペインやイタリア、ライン川やポー川やドナウ川の岸辺に、フランス人作家の姿はまず見られない。イギリスやアイルランドやオランダにも。スウェーデンやデンマークは言わずもがな。年代の問題――われらフランス人は、まだしばらくは、一九四〇年から四五年にかけての時期に、あるいはアルジェリア戦争の時期に留まろうってのか。すなわち窮屈な思いを、罪悪感を抱きつづけたままでいようってのか。素晴らしきヨーロッパよ！　犯罪の洪水は、汝を破壊することも、蝕むこともできなかった。

テュービンゲンは二度訪れたことがある。雪の降りしきるなか、ヘルダーリンの塔をめざして登っていったときのことを思い出す。塔に着くとすぐさま、ヘルダーリンが使っていた円形の寝室（寄せ木張りの床には花瓶）の窓を開け、彼が詩に歌った自然と川、つまりネッカー川を見つめたものだ。それから電車に乗って、ライン川がビンゲンで大きく湾曲するあたりで、ヘルダーリンの詩「ライン」を読んでいたときのこと。大河のごとき詩の喚起力を思い出す。また別のとき、ぼくはコンスタンツ湖畔にいて、あたりが白一色に染まるなか、蜜蜂がジャムの壺のまわりを飛びまわっていたときのこと。プラハには、まったく驚かされた。カフカとロシア占領の影が差す呪われた街は、イタリア的な色彩に彩られた都市なのだ。一七八七年の《ドン・ジョヴァンニ》初演時のように（モーツァルト指揮によるこの祝祭にふらりとやってきたのがカサノヴァだった）、いたるところでミサやコンサートがおこなわれている。城は？　驚異だ。破壊された教会は？　再生している（ベルリンのユダヤ教会堂もそうだが）。カトリックのヨーロッパがあちこちで合図を送ってくる。それに気づこうとしないなら、ひどい盲目だということだ。いつだってロマン主義的先入見が、ロマン主義的ポーズが、視覚を、明々白々たる事実を、聴く耳をぼやけさせる。この憂鬱な教義のうえに、コマーシャリズムによる荒廃が根をおろし、伸び広がってゆく。不思議な催眠効果があるわけだ。でもハイドンのソナタをほんの少しでも聴けば、そんなものは即座に吹き飛んでしまう。それで駄目なら、老バッハをかき鳴らすカナダ人グールドを聴きたまえ。それでなけりゃ、喉のヴィヴァルディでもって荒廃の気を一掃するチェチーリア・バルトリを。

それからヴェネツィア、またもやヴェネツィア、いつまでだってヴェネツィア。ぼくの根城は中心部から離れた一角にある。ヴェネツィアについては、百遍も二百遍も、同じような決まり文句を聞かされてきた。いわく、崩壊の予感、美術館のような街、舞台装置のような街、墓地のような街、観光客の街、死を定められた、呪われた街。いつも首をかしげてしまうのだが、この種の不断のプロパガンダは、何を根拠におこなわれているのだろう。この聖なる街の海の力は、四十年間ずっと、客船の往来とともに、ぼくの眼下に繰り広げられてきたというのに。まあよかろう、すべてはおしまいになり、もはや残るものとてなく、歴史は終わっており、われわれは呪われていて、まさに世も末だとしよう。それでもなんとか生き残って仕事に励むとしようじゃないか。ぼくは河岸を変え、哄笑を押し隠しに行くだけだ。

例を挙げる。毎年のように、現代美術のヴェネツィア・ビエンナーレが開催されている。どこぞの大新聞は、「悲劇のしるしを帯びたヴィネツィア」なる見出しを掲げて、この催しを紹介してみせる。このたびのビエンナーレは、「陰鬱であったり悲劇的であったりする現代の暗さを反映している」のだという。オランダ館では、留置場を模した書き割りのなかに簡易ベッドが置かれていて、逮捕や家宅捜査の様子を映したビデオ映像が流れている。その先の日本館や韓国館では、当然ながらヒロシマが喚起され、肥大した骸骨が雑然と展示されている。ドイツ館では、案の定と言うべきか、入館者の頭上を走る瘤と、そして虚ろな表情の仮面。カナダ館では、剝製の動物と黒いキノコが自然の破壊を怒りとともに喚起する。アイスランド館では、一隻の小舟が砕けたガラスの浜辺に乗り上げている。セルビア館では、ナイフの刃の形をした、恐怖に捧げられたモニュメント。そして戦争の映像が映し出されるモニター画面の展示室。映像は、おぞましい迫害や血塗られた革命を喚起しながら、過去と現在はそっくりで、ともに救いようがないことを証明してみせる。ここで、入館者はアスピリンを二錠飲んでいいことになっており、背中を軽く叩いてもらうこともできる。

まだ続く。フランス館では、女性アーティストが自身の母親の死の光景をくだくだしく展示している。アーセナル館の順路は、戦闘機のうえに掲げられたキリストの磔刑像で始まり、空爆下のベイルートの写真と点滴のチューブにつながれた傷だらけのマネキン人形を経て、モダンな銃の一覧へと続いていく。さらにその先では、破壊されたベオグラードの建物の前で少年がひとりサッカーに興じているが、よく見るとボールは人間の頭蓋骨。ペギー・グッゲンハイム美術館では、致命的にも、何枚もの病的なデッサン、数々の拷問器具を目にすることになる。こんなのを見れば、息苦しさに、いや吐き気に襲われるに違いない。最後に、展覧会の中心、とどめ、最高峰として、さるヴェネツィア総督のデスマスク、彫刻された頭蓋骨、解剖図、腐敗した人体をあらわす木彫りの彫刻。

展覧会を取材した記者連中の結論がすごい。「今年は、いつになく、ヴェネツィアは喪の都市になっている」だって。いやはや、記者がとても快適なご商売なのは慶賀の至り。

きっとぼくは、自分の生活について何も書いてこなかったことに慣れなくちゃいけませんね。

ヨーロッパじゅうで生活しているのかって？　もちろん、しょっちゅうだ。ロンドンには、英仏海峡トンネルを通る高速列車ユーロスターのおかげで、毎年。ハイドパークにほど近いホテルに宿泊し、ぐっすり眠って体力を取り戻し、公園を歩きまわっては鴨や鵞鳥の美しさを堪能する。幽霊都市ベルリンは、ヴァトーの《シテール島への船出》の一枚があって救われているが、ぼくが思い出すのは、フランス人墓地でヘーゲルの墓を覆ったキヅタの葉を一枚、深い感動とともに摘んだこと。バンガローのあるイギリス風の美しい街ハンブルクは、かつてヒットラーが姿を見せようとはしなかったところだ。ケルンでは、福者ドゥンス・スコトゥス（その名が祝福されんことを！）の巨大で醜悪な石棺の近くに、大蠟燭の火を灯しに行った。ストックホルムにはロダンの《考える人》のレプリカがあって、上のほうから港を見下ろしている。コペンハーゲンでは、拘留されたセリーヌの足跡を追って死刑囚たちの街区を、次いで亡命中のセリーヌが住んでいた小さな家を訪れた。その家はバルト海を望む断崖のうえにあって、眼下には、霧がたちこめるなか一羽の白鳥が波間をただよっていた。で、向こうのほう、正面は、ヘルシンゲル。アムステルダムではサイクリングをして、本を一冊書き終えた。電撃的で麻薬的な都市チューリッヒには、ジョイスとダダイストがまだいて、人目に触れぬまま活動を続けている。そしてジュネーヴ、せっかくだからホテル・リッチモンドのバーに挨拶を送っておこう。そこでは、黒のいでたちの熟女たちがチャンスをうかがっている。

それからブリュッセル。天才マルタ・アルゲリッチとおしゃべりをして過ごしたあの夜の思い出（なんですって？　アルゲリッチ演奏によるバッハの《イギリス組曲》の録音をお持ちでない？　あなた、救いようがないな）。そしてなんと言っても、細い〈キャベツ畑通り〉の思い出。今や消滅してしまったが、その通りには『地獄の季節』（一フラン）の版元〈世界活版印刷同盟〉の本社があって、ランボーが数部だけ受け取りに来たものの、残部はそこで四〇年間も埃をかぶっていたのだ。ウィーンでは猛烈な嵐に見舞われ、プラハでは驚くほど目覚めていた。リスボンでは、繁茂する濃緑色の植物を見に。またもやバルセロナでは、シッチェス〔バルセロナ県内にある地中海沿岸のリゾート地〕の往時の海岸を思い、レアル広場のそばにあるレストラン〈ロス・カラコレス〉で大エビの鉄板焼き《ガンバ・ア・ラ・プランチャ》の夕食。マドリードでは、プラド美術館、ピカソ、そしてふたたびプラド美術館、ピカソ、そしてもう一度《ラス・メニーナス》〔ベラスケスの油彩画〕、それから滅びた信仰の掩蔽壕エル・エスコリアル修道院、そしてスペイン内戦の地トレド、エル・グレコ、ふたたびエル・グレコ。そしてサン・セバスティアン、わが人生でもっとも大切な三人の女性をともなって出かけた街だ（そこでは水銀色の水で海水浴をすることができる）。

もっともヨーロッパ的なフランスの街はどこかって？ まずはもちろんボルドー。二世紀にわたって黒塗りの厳しい懲罰を課されたあとで、街は今、ブロンド色に生まれ変わっている最中だ。それからストラスブール。ボルドーから見ると対角線のもう一方の端にある、風雪から守られた奇妙な都市。この街では、自分がフランス東部にいることを忘れてしまう。でもどうしたって南西部のほうに押し戻される（断じて、南東部でも地中海でもない）。マラケシュでもタンジェでも、ぼくの姿は見られないだろう。むしろレ島だ。

ぼくはますます自分がヨーロッパ人だと感じるようになっている。フランス人であるがゆえにヨーロッパ人であると感じるのだ。つまりぼくは、昔からのフランス人でも未来のヨーロッパ人でもあろうとしないわが同国人たちのなかにあって、超希少種なのだ。同様にして、ぼくが「同時代人」に分類される可能性もごくわずか。もっとも、ぼくのこうした特異性を譲り渡すつもりもないけど。

しばしば日本やカナダやブラジルやインドから、講演、シンポジウム、朗読会、ブックフェア、要は空疎なグローバル化が進む文化的催事の空騒ぎへの誘いを受ける。少し迷うが、主催者が食い下がってくる手前、行くという返事をしてしまうことがままある。そうしてから、もううんざり、やっぱりやめにする。空港に来てから、最後の最後になって、行先を変えるのだ。どこに？ イタリア、またもやイタリア、いつだって、かつてなかったほどイタリア。百回人生を送っても、イタリアの楽園をちゃんと知るのに十分ではあるまい。イタリアに決めるのはぼくじゃない、ぼくの体がぼくを引っぱっていくのだ。

ぼくはイタリア語が読めるし、きちんと話すことだってできる。スペイン語も読めるし、流暢に話す（ニューヨークではこれが大いに役立った）。英語はまずまずだが、ふつうの反音楽的ヤンキー語（素晴らしい男性歌手や女性歌手のことではない）が、どうしてもわからない。音節を飲み込んで鼻にかかった声を出す、あの騒々しい話し方をされると、わからないのだ。わめきちらしては笑いに興じているアメリカのブルジョワ女が十人揃っているとしよう。こいつはぼくにとって、地獄のかなり正確な定義ということになる。中国語は二年やった（これじゃぜんぜん足りない、九歳から始めなくちゃ無理だ）。ヘブライ語はもっと本格的にやればよかったと思うし、アラビア語にはもっと触れたかったし、サンスクリットにもはまってみたかった。とくにサンスクリットは、定期的にぼくに合図を送って寄越す。後悔しているのは、ギリシア語を十分勉強しなかったことだが、ラテン語はよくできたほうだ。ドイツ語？　バッハやモーツアルトのやつならいい（ワーグナーは絶対に駄目）。で、最終的には（フランスの作家になりたいと望んでいた人だが）、ニーチェだ。

　では、こういうなかでフランス語は？　「王者の言語」とセリーヌは言ったが、セリーヌ自身はそのために骨身を削っていた。それがいつも報われたわけではないが、笑いの力がこもっていた（『Y教授との対話』を読みたまえ、破壊力にかけてはモリエールやヴォルテールにも匹敵する傑作喜劇だ）。「王者の言語、そのまわりはわけのわからない言葉だらけだ。」ぼくにはどうにもならない。フランス語はぼくに住みつき、ぼくに先んじ、ぼくに耳を傾け、ぼくにささやきかける。フランス語はぼくに満足しているかって？　おそらく。

　トレーニング。毎朝、十三巻におよぶプレイヤード版ヴォルテール書簡集のうちから一巻をあてずっぽうに選び、そのなかの一通を読むこと。それがぼくのジョギングだ。たとえば六時三十分、日が昇る、一四七〇三番の手紙。

「フェルネー、一七七六年八月十六日、
ドゥニ・ディドロへ

　健全な哲学はアルハンゲリスク〔ロシア北西部の都市〕からカディス〔スペイン西部の港湾都市〕まで版図を広げていますが、わが敵どもはつねに天の露、地の油、僧冠、金庫、法剣、ごろつきどもを味方につけています。私たちがやり得たのは、自分たちは正しいのだとヨーロッパじゅうの誠実な人びとに言わせること、おそらく習俗を少しく柔和、誠実にすることだけでした。とはいえ、ラ・バール騎士の血は今なおくすぶっています。たしかにプロシア王は、食人種どもによって下された忌まわしい判決に巻きこまれたラ・バール騎士の不運な友に、技師および大尉の地位を与えました。しかし判決は生き残っており、裁判官たちは健在です。恐ろしいのは、哲学者《フィロゾフ》たちが団結していないのに、迫害者たちはずっと団結しているであろう、ということです。宮廷には二人の賢者〔チュルゴとマルゼルブ〕がいましたが、その二人を私たちから奪い去る秘訣が見つかってしまったのです。彼らは自分たちの足場をもっていませんでした。私たちの足場は隠棲地です。私はこの避難所に二十年前からいます。聞いたところでは、パリであなた方は、あなた方を知るにふさわしい知性の人としか交流をもたないそうですが、それが狂信者や詐欺師の猛威から逃れる唯一の手段なのです。

どうか長生きして、私がその耳に噛みついただけの怪物に、致命的打撃を加えてくださいますように！　もしあなたがロシアに戻るようなことがありましたら、どうか私の墓に立ち寄ってください。

V.」

思い出されるのは、セリーヌが、自分はフランス語を「ヴォルテール化」したのだと好んで言っていたことだ。フランス語を再ヴォルテール化してみよう。たとえばこう——「私はテレビがためになると信じるのはお断りだ。」ヴォルテールは言ったものだ——「筆記具を手に持たずに本を読む者は、眠っているのだ。」

でも、とくにこんなの——

「長年にわたって、実に多くのいろんな気違いどものために、わたしは息子、農奴、おべっか使い、英雄、役人、道化役者、裏切り者、魂、リスなどの役を果たさなければなりませんでした。自分の思い出だけで、癲狂院をいっぱいにすることだってできそうなくらいです。あまりに多くの性懲りもない白痴、イカれた偏執狂、気むずかし屋の類人猿を相手に、わたしは思想や努力や情熱を注ぎ込んできたわけで、普通のサルならどんなやつだってとっくに自殺に追いやられているでしょう。」

それから、こういうのも——

「わたしはいろんな憎悪の的になっていますが、そのなかでもフランスのほとんどすべての物書きが向けてくる憎悪を、わたしはいまだに当てにしなければならないのです。老いも若きも物書きの連中はとてつもなく妬み深くて、わたしがフランス文学の世界に突如として、華々しく登場したことを決して赦してなどいないのです。」

　二十世紀については、結論は出ている。プルースト（感覚の氾濫）、セリーヌだ。「わたしは時間をダイヤモンドより貴重な素材と見なす。」

　加えて老クローデルも――

「プロテスタントの痙攣。」

「のちのちわが生涯の物語が書かれることになれば、人間というものがちっとも変わっていないことがわかるでしょう。それに、才気あるフランスの作家たちの前にいつも立ち塞がってきた陰湿な憎悪の念が、私を取り巻いていたことも。」

「アカデミー〔・フランセーズ〕は跪《ひざまず》いて、私がアカデミーと姦淫に耽《ふけ》る栄を授けるよう希《こいねが》っていますが、私はまるきり動じません。しかも私は、自分の椅子を私に譲る栄誉を勝ち取ろうと争う十二人の老人、八十歳にもなる老人たちが死んでいくのを、冷ややかに眺めているつもりです。」

「私がずっと大事にしてきたこと、当代についての私のアナーキスト的な考え方の基本になっていることがひとつあって、それは個人こそがすべてのものに、個人を取り巻くすべてのもののなかで優先するのだということです。生きた人間は神に似せて造られており、なにがしかの抽象観念に、なにがしかの社会思想に従うべきだという考えを、決して受け入れるつもりはありません。社会は個人のために存在しているのであって、個人は社会のためにあるのではない……。個人単体は貧しい存在であり、たやすく敗北する存在です。だから個人は、おのが能力を発展させるために、恵まれた環境を必要とするのです。社会はもっぱら個人のためにのみ存在する、その逆ではありません。これは私がすでに当時から抱いていた考えであり、この考えは、今やいっそう強固になっています。」

「十八世紀」2

好奇心旺盛な未来の若き冒険家たちのために、パリにいるときのぼくの時間割をはっきりさせておく必要があるかもしれない。

六時、起床、身づくろい、朝食、ラジオニュース。

七時三十分、外でふたたび珈琲、ミネラルウォーター、新聞を読む（メモ取り）。

八時三十分、執筆。

十四時、わずかばかりの昼食。

十五時三十分、ガリマール社、「ランフィニ」。

十九時十五分、ウィスキー、おしゃべり。

二十時三十分、わずかばかりの夕食（ボルドーワイン）。

二十一時三十分、テレビザッピング、ニュース（メモ取り）、といってもしばしば、有益なドキュメンタリー番組（戦争について、滅びた文明について）。

二十二時三十分、読書、もしくは翌日の執筆に向けて準備。

二十三時三十分―零時、十分ばかり音楽（バッハ）を聴いたあと、即座に眠りに落ちる。

例外、仕事の打ち合わせを兼ねた昼食（十三時三十分）。「外で」夕食を取るのは年に四、五回あるかないか。映画にも演劇にも行かず、コンサートは一度行けばいいほう。

その他の活動、「ジュルナル・デュ・ディマンシュ」紙に「月例日記」、かつては「ル・モンド」紙に、今は「ヌーヴェル・オプセルヴァトゥール」誌に月一回の論説記事（最近の話題はグラシアン、ヴォルテール、ビュフォン、モンテーニュ、ジョゼフ・ド・メストル、石濤）。

加えて夏場はテニス、水泳、それからとくに午睡《シエスタ》、神聖なる午睡《シエスタ》。

「十八世紀」という分類は、滑稽な誤解を招きやすい。

きみは「自由思想家＝放蕩者《リベルタン》」だと見なされる、つまり広告に氾濫する性的な事柄ならどんなことにでも一家言もっていると見なされるのだ。もちろん女たちのことを、またもや女たちのことを、いつだって女たちのことを、現代の強迫観念たる商品（香水、モード、宝石、最高の自分探し）を通じて語ることができる、というわけだ。きみはアドバイスを授けることができ、逸話を語ることができ、それなりの趣味、持色、嗜好をもっている。エロチックな文学の専門家、にわか精神分析家、恋愛通。そんな役目は十中八九お断りだが、たまには思いきってはらはらする見世物を提供することもある。実際のところ、きみは何を期待されているのか？　超然たる態度、皮肉、不信心、売名欲の欠如、誰も足を踏み入れることのできない私生活から発するオーラ。なんの努力もいらない。そういうのは、おのずから表れるのだから。

もう一度言うが、ぼくがホメロスやアイスキュロスやエウリピデスやピンダロス、あるいは聖書や荘子にはまっているなんてこと、雑誌やテレビには黙っておくように。連中はぼくが道楽者で、放蕩者で、強欲者で、広告マンだと思い込んでるんだから。きみはカサノヴァの生涯を、あるいは『危険な関係』の秘められた筋立てを、百遍も語って聞かせなくちゃならない。でもサドを俎上に載せちゃいけない。いけない、というか、あまり度を越すのはね。たまに、きみは聖アウグスティヌスやダンテや法王たちのほうに話を逸らす。すると信心家たちが色めきたって、きみが自分たちと同じような「信者」なのかどうかを知ろうとして、きみを追いかけまわす。宗教ということなら、きみにも意見はあるけど、あらゆる宗教のうちでもっとも悪魔的な宗教、つまりカトリックのことしかしゃべらない。ラジオの〈ノートル・ダム放送〉で、何時間でもしゃべりつづけることだってできそうだ。でも、きみにはほかにやるべきことがある。きみは、なんだかんだで忙しい。作家だから？　おやおや、今じゃきみ以外の誰もが作家なんだぞ。そこできみは、自分はニーチェとハイデガーを尊敬しており、流行の哲学者や政治評論家なんぞは軽蔑している、そんなことを漏らして、場の空気を一挙に冷ます。天使が通る〔「沈黙が訪れる」の意〕、きみも天使とともにその場を通り過ぎ、自分の原稿を書きつづける。

ところで「十八世紀」というと、時とともに無知が広がっているせいか、もっぱらセックスだけを喚起する言葉になってしまった。そこには「優しさ」、「親密さ」、「友情」、「結託」、「礼儀」といった言葉で理解できるような、深い含意だってあるというのに。男女間の戦争があるのは明白で、避けがたく、太古から変わりはないけれど、それが束の間の平和に場を譲ることだってある。声を大にして言うが、女性との好ましい状況というのがあるのだ。女たちはぼくの人生を照らしてくれたし、今でも照らしてくれている。争いがあるのはわかっている。さかんに争ってもいる。片時も油断がならない。でも楽しんだり、黙りこんだり、いっしょに仕事をしたりすることもある。意見が食い違うのはいいことだし、異議を唱えることだってそう。言葉を、瞬間を、経験を磨けるのだから。他者とは問いであり、なおかつ答えでもある。そうやって仲が発展し、誤解も解ける。身体はいっそう敏感になる。からかいあって、笑いあう。

前に話題に出した「目による同意」を得られることは、幸運といえば幸運だが、不都合にもなる。性的自由は、性への隷従にも（病理にさえ）なりうるのだ。しかし、その自由に意識的になれば、見分ける力を得られるようになる。神学では、霊を見分ける力と言うが、身体を見分ける力、セックスを見分ける力というのもある。そうした力があればこそ、自由な時間も得られるというものだ。ぼくの場合、年の頃は五十五から六十にかけてを過ぎたあたりから、生物学的な解脱がおのずと、やすやすと、自然と訪れたように思う。もちろん、それが早いに越したことはないのだが、四十年にもわたっていろいろとアヴァンチュールを経験してこそ、この件に関する、ある種の絶対知のようなものが実感できることもある。歳を取ってから目覚めるリビドーほど辛いものもない。そうしたリビドーは、波立ち、みずからを嘲り、権勢欲や社交欲や金銭欲へと変換されるか、もしくは欲求不満の辛酸と苦渋を嘗めるかだ。老いらくの恋も、なんだか痛ましい。老いてなお求める男、もしくは女というのは、医学的な問題にすぎない。

ごく若くして始めること、多くを与えること、うまく饗宴から離れること、それからとりわけ、いっさい否認しないこと。

戦争および男女間の戦争については、プルーストが『見出された時』のなかで面白い指摘をしている。
「たとえ戦術は科学だとしきりに繰り返す人がいても、ちっとも戦争の理解には役立ちません。だって戦争は戦略とは違いますから。敵がこちらの作戦を知らないのは、われわれが愛している女性のめざすものを知らないのと同じだし、ことによるとわれわれ自身が作戦を知らないのかもしれません。」

してみるとプルーストは、この方面では、絶対知に至っていなかったわけだ。彼のしつこい嫉妬癖がその証拠だ。

たしかにプルーストは中国の兵法書を知ることはなかったが、中国の兵法はどんな恋愛戦術にだって当てはまる。

もちろん戦争は戦略なのである。偉大なる孫子がそれをどんなふうに称えているか、とくとご覧あれ――
「うまく奇法を使う者は天地のように窮まりなく、大河の水のように尽きることがない。それは、消えてはまた現れる日と月であり、無限に円を描くがごとく終わってはまた始まる季節の巡りである。基音は五つあるのみ、原色は五つあるのみ、基本となる味は五つあるのみだが、耳も眼も舌も、それら五つの無限の組み合わせを窮めることはできない。同様にして、戦略は正法と奇法の二つの力に還元されるにしても、その二つはいかにも多様な組み合わせを生み出すがゆえに、人はその組み合わせを窮めることができない。正法と奇法がたがいを生み出すさまは、円い輪に始まりも終わりもないようなものである。誰にそれが窮められようか。」

政界の役者たち

〈歴史〉はつねに凡庸な連中が掌握してきた。そういった連中も公式の歴史では大きな存在だが、それはどうだか。二十世紀に話を限ってみても、あわれな誇大妄想狂ヒットラーを別にすれば、庶民派の神学生〔正教会の神学校で教育を受けた〕スターリンほどちっぽけな奴もいない。ムッソリーニ、フランコ、ペタンの耄碌ぶりときたら痛ましいほどで、チャーチルとド・ゴールはなんとか達者にやったと言えば言える。スターリンを親しみをこめて「アンクル・ジョー」と呼んでいたルーズベルトには閉口するしかない。ほかには途轍もない大罪人にして世界的危機の頂点に立った毛沢東がいる。正、反、合。スターリン、ヒットラー、毛沢東。〈悪〉の権化として、彼ら以上のものもあるまい。だが時代は過ぎ、政治が機能するのにこの種のスターはいらなくなっている。今や誰だって、ほとんど何でもできてしまう。そして船は行く《エ・ラ・ナーヴェ・ヴァ》。

これまでに出会った政界の山師たちのうちで唯一ぼくの注意を引いたのは、フランソワ・ミッテランだ。凡庸といえばミッテランだってそうだが、狡知に長《た》けていた。二十世紀のフランスを考えるとき、ミッテランに注目すれば事足りる気もする。それくらい典型的な男なのだ。表、裏、白、黒、というかむしろグレー。この「社会党の」大統領がたびたび喚起していた色がグレーで、人間の真実はつねにはっきりしない色のなかを揺れ動いているものなのだという。真、偽、偽の混じった真、真の混じった偽、謎めいたところのない不可解な謎、というのがミッテランの公然たる特徴だった。ぼくの小説『ステュディオ』のなかに、彼は「ミイラ」という名で登場する。要するに、エジプトふうのオマージュを捧げたわけだ。パンテオンでの大統領就任式典の際には不思議とまぶたをぱちぱちさせていたものだが、時が経つにつれて、また勇敢に病に立ち向かうにつれて、見かけは生ける死者、というかむしろ死後の生者のようになっていった。一九九五年に死去したが、本当に死んでいるのか？「私は霊の力を信じる」と、ついには漏らしたミッテランだった。「あなたがたのもとを離れることはない。」まったく神秘家めいた、驚くべき言葉だ。交霊術を実践しているときのユゴーの呼びかけにふさわしい。こいつは言うまでもなく、「こちらロンドン、フランス人がフランス人に語りかけています」と張りあう。

　こちら彼岸の世界、フランソワ・ミッテランはここにおります。

　ミッテランのことは好きになれなかったが、こちらの関心を引いた。凡庸な政治家が支配的になっているのを見るにつけ、この凡庸だが一筋縄ではいかない男は、いまだにぼくの関心を引くのだ。実際に会ったのは三度だけ。一度目は『女たち』が刊行されたあと、向こうの求めに応じて。エリゼ宮に昼食に招かれたのだが、今日における最大級の策士であるＢＨＬ〔ベルナール＝アンリ・レヴィ〕もいっしょだった。誰にもまして権力の猿芝居を知悉している男だ。ぼくの大部の小説がベストセラーになっていて、大統領は、作者がいったいどんな奴なのか間近から見たがっていたわけだ。大統領はぼくを注視する羽目になった。ぼくがほとんどひと言もしゃべらなかったので、ぼくの沈黙の理由を推し量ろうとしていたのだ。

　ミッテランは見事なおしゃべりを披露し、ＢＨＬも見事に応え、ジャック・アタリは黙って鼻先を料理に埋め、ぼくは居眠りしそうになっていた。

　二度目は、ユニヴェルシテ街十七番地にあったコレットとクロードのガリマール夫妻宅での昼食会の折。ガリマール？　大統領はラスパイユ大通りにあるガリマール書店の常連客で、ときどき稀覯本を眺めにやってきて、気が向けばそうした稀覯本を何冊か買い求めたりすることもあったのだ。文人肌の大統領？　彼自身はそんなふうに見られたがっていた。趣味は常套の域を出ることはなかったが（シャルドンヌ等々）。とにかくミッテランにとっては、「ガリマール」はずっと権威ある名だったのではないか。その名はおそらく、若かりし頃の文学的野心（不出来な詩、小市民的な抒情）に結びついている。きっと「新フランス評論」誌に、とりわけドリュ・ラ・ロシェルが編集長をしていた頃の「新フランス評論」に感銘を受けたことがあったのだろう。

いずれせよ、この二度目の会食は愉快だった。ぼくの出席を求めてきたのはミッテランだ。一九八八年のことで、彼は気分よく再選を果たしたばかり。で、ぼくの小説『ゆるぎなき心』をぱらぱらとめくってみたわけだ。話のあらかたがヴェネツィアで繰り広げられ、カサノヴァ的な雰囲気をよみがえらせている小説だ。大統領はいかにも嬉しそうな様子でぼくに向かって突進してくると、「ああ、恐るべきソレルスさん」などと言いながらソファーのほうにぼくを引っぱって行き、ぴたりと身を寄せる格好で腰を下ろす。それからぼくの左腕を取って出し抜けにこう言った、「健康には注意してくださいよ。」彼の真意を理解するのに二秒ほどかかった。本物の放蕩者《リベルタン》は今ではエイズの蔓延にともなって命を危険にさらしている、そう彼は考えているのだ。コンドームでもくれるのだろうか。いや、ヴェネツィアやカサノヴァの発見をぼくに語って聞かせるのだ。ぼくは思わず、「ようこそぼくらのところへ」と言いかけたが、ぼく自身は仲間をもたない孤独な愛好家にすぎないので、それは思いとどまり、彼の歴史的センスを褒め称えた。

大統領は、この話題を誰にともなく続けた。その場に居合わせたシュルレアリスムの詩人でノーベル賞作家のオクタビオ・パスが、不満げな様子で、カサノヴァについては賛成しかねる、と述べた。パスによれば、シュルレアリストたちはカサノヴァがあまり好きではなかったのだという。深みにも、悲劇的な感覚にも欠けていますからね。それを聞いた大統領は苛立ち、自身に向けられた反論を手で払いのけるようなしぐさをすると、ぼくのほうを向いて断言する。いやそれどころか、かくのごとき欲望の追求、欲望の瞬間の激しい追求には、底知れぬ深みがあるのでね。でしょう？

大統領のおっしゃるとおり。詩人のカマトトぶりに異が唱えられるのは健全だとぼくは思うし（異を唱えられて見るからに気を悪くしたパスに、大統領はもう話しかけないだろう）、やはり《ドン・ジョヴァンニ》に投票する。例外的に、共和国は良い方向に向かっているようだ。放蕩者《リベルタン》ミッテラン？　そんなふうに言われたし、自分でも放蕩者を気取っていた。どうやら、その証拠も豊富にあるらしい。珈琲の時間になって、先ほどと同じソファーに腰掛けていると、カサノヴァの実存的悲劇性を躍起になって擁護しながら、ミッテランが右手をぼくの左太腿に何度も押しつけてくるのに気づく。ミッテランは、今度はレ島（『ゆるぎなき心』のもうひとつの舞台）のほうに話題を逸らす。その話になると目が輝くのがこっちにもわかる。まるでぼくが夜もすがらの祝宴を催しているかのような口ぶりだ。茂みのなかにニンフたちが潜んでいて、木々のあいだから楽の音が漏れてくるというような。もしかして招待状をご所望とか？　やれやれ、それはご勘弁願いたい。ミッテランは何かしら気づいたようだ。失礼、ちょっとひとりにならなくちゃいけないのでね。この大統領、昔日の善良なるカトリック教徒をしのばせる。プロテスタント的なところはこれっぽっちもない。ふと、どういうわけか、週末いっしょにヴェネツィアに行こうじゃないかと言い出したラカンのことをぼくは思い出す。向こうで、無意識が聴取できるかと思ったのかもしれないが。政治の話？　まったく出なかった。地政学？　中東について、ミッテランから長いため息が漏れる。あらゆる狂信が沸き起こっている地域、でしょう？　気をつけたまえ、その話は厄介だぞ。大統領が聖書にもコーランにも肩入れしていないのは、はっきりしている。じゃあ、ヴェネツィアに肩入れしてるとか？　もちろん。

　最後にミッテランに会ったのは一九九三年、ぼくがレジオン・ドヌール勲章を授与されたときだ。ぼくは黙って頂戴することにした。ミッテランみずからぼくに勲章を授けてくれるのが、なんだかおかしかった。続いて祝福の言葉があった。ミッテランは病気でだいぶ苦しそうだったが、すべて暗記していた（われわれは少なくとも十人はいた。スタンダール研究家のデル・リットがぼくの隣だった）。顔は蠟のように黄ばみ、今まで見たことがなかったくらいミイラじみていたが、ものすごい集中力だ。唯一の間違いは、ぼくの「フェミナ賞受賞作」に言及したことくらい。もちろんぼくは一度もそんな賞をもらったことがない。ミッテランはぼくにメダルをかけ、わずかに濡れた唇で左の頬に接吻すると、ぼくにささやきかける。「嬉しかったですか？」もちろんですとも！　フェミナ賞はもらえなかったが（当然だけど）、フランス共和国から軍人として「フェミナ賞」の勲章を授けられるのは、ぼくとしてもやぶさかではない。ド・ゴールは伝説のなかへと立ち去ったが、ミッテランはまだここに、パンテオンの頂にいる。ぼくの言うことが信じられないとおっしゃるなら、あなたの目で確かめに行ってこられよ。ぼくも霊の力を信じる。だが、文字の力のほうをもっと信じる。霊はしばしばさまよい、文字は生かす〔『聖書』の「コリント人への第二の手紙」の言葉「文字は殺し、霊は生かす」のもじり〕。
聖なるミッテラン、彼こそフランスそのものだ。

ミッテランはぼくを誘惑しようとしていた。でも、うまくいかなかった。そのミッテランに対するアリエの妄執じみた奇行を、このぼくが後押ししていることは、ミッテラン自身もよく知るところだった。奇行というのは、しばしば吐き気を催させるほどのもので、当時最新のアナーキスト系日刊紙のひとつだった「国際的白痴」紙（アーカイヴを調べて、「シャルリー・エブド」紙〔過激な風刺を売り物にする週刊紙〕の大人しさと比べてみたまえ。違いがおわかりになるだろう）を舞台に繰り広げられていた。アリエの奇行には少しばかり楽しませてもらったが、やがてこちらもうんざりしてしまい、結局ぼくらは決裂した。この男、しばしば愉快ではあったけれど、しだいに呆《ぼ》けたことを抜かすようになっていったのだ。ここで、奇妙な診断をひとつ。影の帝王ミッテランは、おのが宮廷に、相応の道化者を、内輪の敵対分子たる道化役者を置いたのだ。その後のことは周知のとおり。「盗聴」事件、マザリーヌ〔ミッテランの隠し子だったが、一九八四年に実の娘として認知された〕など。ローカルな悪趣味の極み。あわれなアリエは、ぼくに対する憎しみをいっそうつのらせていったが、彼が英雄と仰いだ人物が亡くなって一年後、奇妙な状況で死んだ。彼ら二人の、互いに対する思いは、あまりに深すぎたのだ。

フランスという国では、左派でなければ、とりもなおさず右派ということになってしまう。右派でも左派でもなく、中道でもなく、また極左にも（いわんや極右にも）登録されていないとなると、もはや幽霊市民、虚構の人造人間でしかなくなってしまう。はっきり言おう、左派はぼくには耐えがたく、右派は退屈だ。幸いにして、わが人生には「毛沢東主義者《マオイスト》」だった過去がある。人がぼくに、うんざりしながらも、ときどき繰り返すエピソードだ。基本的には、そしてそれは間違っていないが、ぼくは騒ぎを逃れるべく、ローマ法王庁にもぐり込んだことになっているようだ。そこでは実際、すべてがただ秩序と美、豪奢、落ち着き、そしてぼくには（しっ！外に聞こえるぞ！）、逸楽なのだ〔ボードレールの詩篇「旅への誘い」のパロディー〕。霊の力がぼくを取り巻いている、ぼくはあなたがたのもとを離れて後悔しないだろう。

政治は、フランスではずいぶん過大視されているわけだが、最後にひと言。ミッテランは大統領を十四年、シラクは十二年務めた。合わせれば二十六年間、旧套墨守の不動の時代が続いたことになる。もっとも、このあいだに通信技術は（爆発的に）発達したけど。ぼくは、いま二十六歳の若者になりたいとは思わない。けれど、最近五十二歳で選出された剛腕の新大統領〔ニコラ・サルコジ〕が、少なくとも初めの段階では、右派も左派もエネルギッシュに取り込むことで足のしびれを取ろうとしていることは、ぼくにも納得がゆく。ともかく今では、地球規模で、商売は商売ということになっている。いい加減にしてほしい。

形而上学

はなはだしく崩壊の進んだ今の社会にもそれなりのしきたりがあり、ぼくにもぼくなりのしきたりがある。「現代アート」としてそこらじゅうで展示されているものや、「現代文学」としてひっきりなしに出版されているものを見るにつけ、なにゆえ自分は精神病院で暮らさなければならないのかと思ったりもする。でも歩道を変え、広々とした場所を歩き、適当な蔵書を持ちさえすれば、ものの一分で、この蔓延する醜悪を逃れられる。「憂鬱と悲嘆はすでに疑惑の始まりである。疑惑は絶望の始まりであり、絶望は邪悪さの諸段階の残酷な始まりである。」（ロートレアモン『ポエジー』）

さあ、音楽を〔同『ポエジー』の詩句〕。

本物の現代アート？　本物の現代文学？　ではご覧に入れよう。まさに今、青空を背景に、灰白色の光沢を放つ雲が、左から右に、ゆっくり流れていく。ここパリのまっただなかにあるぼくの住居の、薔薇と蔦《つた》に覆われた中庭には、静寂が支配している。こいつはタダだ。どこでもいいからイタリアの教会に足を踏み入れてミサを聴く。こいつもタダ。ある日ジェイムズ・ジョイスは、どうしてカトリックからプロテスタントに改宗しないのかと尋ねられたことがあった。答えていわく、「首尾一貫した不合理を捨てて、支離滅裂な不合理につく理由などひとつもないからね。」まったくだ。

形而上学的な事柄について率直なところを言うと、ぼくはどうしたってカトリック教会に惹かれる。使徒伝来のローマ教会。影と光に彩られたその歴史がぼくを魅了する。何キロメートルにもわたって地下に保管された古文書、屋根裏の聖人たち、地下室の外交官たち、いたるところにいる密告者、慈善、病院、養老院、殉教者。もちろん貧困にはつねに寄り添い、しかも身体上の不如意にはどんなものであっても落ち着いて耳を傾けてきた。それでいながら、富と奢侈をひけらかす。要するに、どでかい矛盾の塊。この首尾一貫した不合理が、ぼくは好きだ。ひと言で言えば、法王の謀殺計画はごめんだってこと。

フリーメーソンにはこのうえなく強い共感を覚えており、ぼくはその体質を理想化しがちだ。はっきり言うと、フリーメーソンが社会でどんな役割を果たしていようと知ったことではないが、かわりに内部で教えられていることには大いに関心がある。ローマのサン・ルイジ・デイ・フランチェージ教会で、ドミニコ会の修道士たちを前に、ぼくはジョイスのカトリシズムについてしゃべったことがあるが、フリーメーソンの支部会《ロッジ》でもダンテやカサノヴァやモーツァルトについてひとくさり話をしたことがある。そのとき思わず口走ってしまったのは、結局、「前掛《エプロン》けをかけないフリーメーソンもいる」〔フリーメーソンの会員が階級に応じた前掛けをかけることにちなんだ言い回し〕、ということだ。入会すればって？　それもいいが、暇がない。それと同じことで、ぼくは掟をきっちり守るようなカトリック教会の「信徒」ではまったくない。性に関するカトリック教会の忠告などはみんな、ぼくに言わせりゃ途方もないユーモアの証だ。

しょっちゅう参照している聖書やギリシア古典のほかに惹かれるのは、インドのもの（ヴェーダーンタ、ウパニシャッド）、そして中国のもの（荘子）。まずもって文学だろうって？　たしかに。でもマラルメが言ったように、「すべてを除いたうえで」のことだ。文学はぼくにとって、わが形而上学的選択がまとう生きた形式なのだ（ただし「聖職」などとはなんの関係もない）。もしぼくが画家だったら、それは絵画だったろうし、音楽家だったら音楽だったろう。文学について語りあえる人がほとんどいないじゃないかって？　仕方ない。


ぼくは同時代の事件（ジャーナリズム）にはけっこう関心をもつ。しかし、悲惨な事件であっても、なかなか真面目には考えられない。われわれは犯罪だらけの世界に暮らしており、犯罪に目を向けるよう促される。ぼくはそんなものに目を向けない。何が起ころうと、言葉があるときにぼくに開けてくる真実と自由は疑うわけにいかない。ぼくは生きる、読む、書く、聴く。

ついこのあいだ、ボードレールの有名な写真が売りに出された。ベルギーの写真家ネーが、晩年のボードレールを写したやつで、《葉巻を手にしたボードレール》と呼ばれている（どうか買い主は葉巻を削除しないでほしい。展覧会などではサルトルやマルローが手にした煙草が消されるご時世である）。ボードレールはこちらを見つめている。じっと、するどく、黒い服を着て、感情を高ぶらせているかのように。まさに破滅を自覚し、破滅に瀕した異邦人だ。


そもそも『パリの憂鬱』の最初の詩篇はタイトルを「異邦人」という（カミュの『異邦人』とはなんの関係もない）。この詩篇が顧みられることはあまりにも少ないので、ここでご覧いただくことにしよう。一種の対話編だ。


――きみのもっとも愛する者は誰だ、さあ、謎の人よ、きみの父親か、母親か、姉妹かそれとも兄弟か？

――私には父も、母も、姉妹も、兄弟もない。

――友だちは？

――あなたの用いるその言葉の意味を、今日この日まで私は知らずにいる。

——きみの祖国か？

——それがどんな緯度のもとに位置するものやら、私は知らない。

——では美女か？

——女神であり不死のものであるなら、よろこんで愛しもしようが。

——黄金か？

——それを憎むこと、あなたがたが神を憎むにもひとしい。

——なんだと！　それではいったい何を愛するのだ、世にも変わった異邦人よ？

——私は雲を愛する……、ほら、あそこを……あそこを……過ぎてゆく雲……すばらしい雲を！


今日でも、これ以上に時流に反するのは難しいのでは？

無償であること、値が付けられないこと。これこそが社会偏執者、社会崇拝者、社会病患者にとって——生きていくには「みんないっしょ」であるべきだといまだに信じているがゆえに、どこか荒んだ調子でひっきりなしに説教を垂れている連中にとって、癪の種《たね》なのだ。今後もずっとそうだろう。ニーチェはいみじくも「キリスト教道徳」と呼んでいる。つまりルサンチマン、ピューリタニズム、復讐心、無償であることへの嫌悪。そんなわけで、ぼくは馬鹿者どもからいくたびも「フレゴリ」〔変装を得意としたイタリアの喜劇俳優レオポルド・フレゴリ〕呼ばわりされてきた。連中にしたって、皺くちゃの顔をした活動家か、哲学徒に変装した修道女といったところなのだが。ぼくが飄々と変節するのを指弾しているつもりなのだろう。こういうことがあるといつも思い出すのが、滑稽さにかけてはまったく見事なセリーヌの一節だ。芸術家のなりそこないたちが、組織の集まりで盛り上がってくると、断然気に食わない画家「フラグナール」を激しく攻撃しはじめる。

この「フラグナール」（もちろんフラゴナールのこと）、彼らを憤激させるものすべての象徴というわけだ。魅惑的な水浴の女たち、ぶらんこの幸運なめぐりあわせ〔いずれもフラゴナールの油彩画《水浴の女たち》《ぶらんこ》を暗示〕。十八世紀の無償性そのものだ。十八世紀こそ、苦痛を崇める泣きっ面《ツラ》のインテリどもの敵なのだ。連中はセザンヌの青、中国の青、深い空気の青、休息の青、享楽の青を思いきり憎んでいる。虚偽だ、錯覚だ、と社会信者は考える。こんな茂みなんて、こんな祝祭なんて、こんな草上の昼食なんて、こんなくそいまいましいぶらんこなんて、みんな嘘いつわりじゃないか！　あんな太腿、あんな乳房は、見えないようにどこかに隠しておいてくれ！　ヴァトーも、マネも、モネも、セザンヌも、ドガも、ロダンも、ピカソも、マティスも、フラグナールも、くたばっちまえ！　子供時代も、自然も、遊戯も、女たちも、くそくらえってんだ！無償なものなんてありゃしない！　美しいものなんてありゃしないさ！

ある晩のこと、グラースにあるフラゴナールの館に宿泊したことがある。奇妙な玄関。壁には大革命とフリーメーソンのシンボルが描かれ、上の階に行くにつれて自然の楽園に向かって上昇していく仕掛け。フラゴナールの用心深さときたら。当時のみんないっしょ派の警察が館に踏み込んできても、ここの居住者はちゃんと国民的宗教を奉っているのだなと思わせるようになっている。階下では立派な新体制、上階の寝室ではかつてないほど新奇で官能的な旧体制というわけ。その晩ぼくに付き添ってくれた若い女性は、舞台裏の仕掛けをきっと覚えているはずだ。でも今日であれば、〈異端審問〉を逃れるためにフラゴナールはどうするだろう？　階下には人道主義的なパネルといったところか。世界中の残虐行為を非難し、拡大する混血、ゲイ・プライド、地球規模の民主化、コンテンポラリーアート、視聴者参加型テレビ番組、ヴァーチャルリアリティ、リアリズム写真などを称えるパネル。上の階にはフランス銀行から戻ってきた《サン＝クルーの祭り》〔フラゴナールの油彩画で、現在はパリのフランス銀行が所蔵〕。現在フランス銀行に飾られている唯一の、だが崇高な絵画。結局もとの場所に戻ってくるわけだ。

いやはや、今やフランス国歌《ラ・マルセイエーズ》の歌詞を書き換えて、皮肉っぽい、葬送行進曲ふうのものにしたっていい。

聞こえるか、戦場《キャンペーン》の
すさまじい敵兵《マフィア》の咆哮が
奴らが我らのもとに押し寄せて
我らの子と妻は溺れてしまう
涙を流せ、市民らよ！　なんてね。

おたずね者

今の時代に、〈異端審問〉ですって？　ご冗談を。いやいや、よろしいですか、反動的な粛清欲が激しく渦巻いているのが、すぐおわかりになるはずだ。昔の作家や思想家はみんな、大罪を犯したせいで集団の記憶から抹消されかねませんぞ。

以下がそのプログラム。

ジッド、小児性愛のノーベル賞受賞者。マルクス、周知の人類破壊者。ニーチェ、ブロンドの口ひげを生やしたけだもの。フロイト、性欲に目がくらんだ反モーセ。ハイデガー、ギリシア語をしゃべるジェノサイド執行者。セリーヌ、すさまじい怒鳴り声の卑劣漢。ジュネ、テロリストとつるんでいるホモ。ヘンリー・ミラー、耄碌した女性差別主義者。ジョルジュ・バタイユ、ファシスト的傾向のある恍惚のポルノ作家。アントナン・アルトー、反社会的な狂人。クローデル、カトリックの大悪党。サルトル、抑圧的政治体制の追従者。アラゴン、似非《えせ》異性愛者にしてKGBの賛美者。エズラ・パウンド、祖国の裏切り者にしてムッソリーニ支持の中国人。ヘミングウェイ、動物殺しのマッチョ。フォークナー、黒人をこき使うアル中。ナボコフ、移り気なロリコン貴族。ヴォルテール、理性の醜い微笑、聖書とコーランの中傷者にして潜在的な全体主義者。サド、萌芽的なナチ。ドストエフスキー、癲癇のナショナリスト。フローベール、大衆憎悪の年配独身男。ボードレール、レスボス島を夢見る梅毒患者。プルースト、性的倒錯の同化ユダヤ人。ドリュ・ラ・ロシェル、ダンディーなヒットラー主義者。ポール・モラン、対独協力の大使にして同性愛を嫌悪する反ユダヤ主義者。シェイクスピア、ヴェニスの反ユダヤ主義者。そして最後にバルザック、王権と教会に熱狂する反動家。まあ、こんなところか。

誰か忘れてたりしませんよね。このリストを補完しておいてほしいんですけど。

じゃあ、ぼくみずから補完しておきましょう。

ロートレアモン、てんで理解不能な『ポエジー』の著者。ランボー、詩人の使命に背いた難解きわまる『イリュミナシオン』の著者。ジャリ、珍妙なるユビュおやじに体現された人類の敵。ブルトン、厳格な異端審問官。モーリヤック、ホモ的性向を抑圧したカトリックの偽善者。ジョイス、ちんぷんかんぷんの極み。ドゥボール、社会の破壊屋。スウィフト、この地上にかつて出現したアナーキストのなかでも指折りの危険人物。ポー、悪魔的な知性。ジョゼフ・ド・メストル、絶対的な反革命家。グラシアン、イエズス会の毒。メルヴィル、怪物的な白鯨。リヒテンベルク、恐るべきユーモア作家。ヘルダーリン、塔にこもったナチの先駆者。カフカ、痛ましき破局の予言者。ベケット、痩せさらばえた絶望の人。セヴィニエ、社交界の雑文書き。モリエール、根っからの反人間主義者。パスカル、幻覚にとらわれた賭け事師。ボシュエ、聖人を称えるキリスト教原理主義者。サン゠シモン、狂った貴族。ルソー、子供を捨てた気むずかし屋。ヴィヨン、スラングを駆使するごろつき。レーモン・ルーセル、文にいかれた男。ラ・ロシュフコー、モラルなきモラリスト。スタンダール、ナルシスティックなミラノの人。シャトーブリアン、墓の彼方の反動子爵、などなど。続けてくれ。

「隠者」

社会はきみに何を求めているのか？　絶えざる自己否定だ。自己否定のうえに立って、先を続けたまえ。

聖域化〔「中立化」とも訳せる〕という言葉は、宗教用語ではなく軍事用語だ。ぼくは自分の私生活と活動の場を聖域化、すなわち中立化することにだいぶ時間を費やしてきた。「テル・ケル」や「ランフィニ」は、この意味での「中立地帯」（出版認可を出す場）になってきた。後世の歴史家が先入見なしに調べてくれれば、この点は認めざるをえないだろう。控え目に言っても、出版の実権を握っていただけに、中立化する必要があったのだと思う。あまり深入りせず、あまり離れすぎもしないこと。

これぞ白居易（八二九）が「中間の隠棲」と呼ぶものだ。

> 大隠は町に住み、小隠は山に住む。
> 山は寂しすぎ、町はうるさすぎる。
> 中隠となって分司東都という名ばかりの官にいるのがよい。
> 出仕のようでもあり隠棲のようでもある、忙しくもなく暇でもない。
> 心も体も労することはなく、衣食に不自由もない。
> 人の一生というもの、二つの道をともに全うするのは難しい。
> 貧賤の身には飢えや寒さの苦労がともない、貴顕の身には心労がつきまとう。
> ただこの中隠の人だけが、幸多く安泰な身になれる。
> 卑賤と栄達、富裕と貧困、まさしくこの四つの中間に位置すること。

フランス最大の出版社にある、狭いが居心地のいい執務室で過ごす午後。広告をいっさい掲載しない季刊誌。季刊誌と同じ名を冠する叢書から年に六点か七点刊行される良書。出版社の君主と雑誌の共同制作者との友人づきあい。ステュディオ。ある島の、大海原に向かって完全に視界のひらけた場所。自分の活動や仕事で行使できる大きな自由。精力的な新人たちが厳しさを示しながらも払ってくれる敬意。常なる女性の助け。さらにほかにもいろいろ。これ以上何を望むことがあろう？

白居易は、彼のいる〈天〉から、それに多くの中国の詩人たちも、ぼくに同意してくれる。「道の道とすべきは常の道にあらず。名の名とすべきは常の名にあらず。」〔老子〕

なんだかんだ言って辛いことがひとつだけあって、自分の本が商品になって売り出されるときだ。ラカンは「ゴミ出し出版」〔前出。九八頁の割注参照〕と呼んでいた。執筆は心休まるが、出版は骨が折れる。出版には人形使いの才能が必要だ。もっとも自分が当の人形なのだが。

デビューしたての作家がマスメディアのちっぽけな記事にさえ気を揉むのはよくわかる。多少なりとも自分のイメージ（今日ではつまり、自分の実像）が認知されるよう強く望むものなのだ。デビューの頃の酔い心地にはそれなりの魅力もある。だが職業作家として繰り返しメディアに対応させられると、苦難の道を歩んでいるようにも感じられてくる。そういうのを平気でやりすごす必要がある。どこかに呼ばれ、呼ばれたところに足を運び、ほぼ同じことをしゃべる。記者連中も慌ただしくて、みんなそろって略式の人物ファイルで事をすませようとする。タクシーのなかで、スタジオのなかで生きている感じ。またぞろタクシーでスタジオへ。こんなことしなくたって、版元も大目に見てくれるんじゃないかって？ 群れから離れて生きることもできる、と？ そういうキャラクターで通っている人には可能だろう。でも、ぼくはそうじゃない。ことあるごとに説明し、弁明しなくちゃならない。だってぼくは「挑発者」で、秩序の攪乱者ってことになってるから。

いい機会なので、いつも変わらぬメディアのやり口をもう一度確認しておきたい。まだ書かれたことはないが、二つの大事な歴史を考えてみる必要がある。検閲の歴史

〈検閲は絶対に避けるべし。だから馬鹿げたロマン派気取りはやめたほうがいい〉、それから盲目の歴史だ（監視塔に面と向かいながら、その目をごまかすことは可能だ）。ここで言う検閲とは、堂々と手ぬかりなく実施されるようなやつではなくて、今の時代によくある陰険な、無意識的な、罪のなさそうな、捉えがたい、しかしそれだけに決定的な検閲のことだ。盲目のほうは、いくつかの主題、それもいつも同じ主題と骨がらみになっているだけに、対処するのが難しい。人類の歩みは蛇行しつつも二つの大きな流れに従っているかのようだ。ますます多くを知ろうという流れ（科学、技術、情報）。それと同時に、まったくの無知でいようとする、あるいはできるだけ無知でいようとする流れ（神、性、金銭、文学、死）。

無知への情熱は、あなどりがたい。検閲の通史があれば、〈歴史〉の見方も変わってくるに違いない。盲目の通史もあればいい。ならば無知への情熱をなくすことができるかというと、それは不可能だ（このテーマに関しては、ナボコフの知的小説『セバスチャン・ナイトの真実の生涯』がある）。だから、こういうことはみんな適当に受け流すことだ。不平を言わない《ネバー・コンプレイン》、言い訳をしない《ネバー・エクスプレイン》。

本は売れるのか？　少し？　かなり？　あまり？　ピラミッド式に積み上がってゆくこの手の質問の高みから、フランクフルト・ブックフェアに代表されるゴミ出し出版界の冷たい目がこちらを見下ろしている（「フランクフルトは最高ですよ。なにしろビジネスチャンスですからね」と、有頂天のエージェントはぼくに言ったものである）。まあ落ち着いて。それなりにまともな本、残ってしかるべき本なら、紙の無駄使いにもひとしいような大量の駄本に覆われながらも、おのずと残っていくだろう。実を言えば、驚くなかれ、本というのは、ひとりでに読まれるものなのだ。本はその原子的組成によって、内部から輻射線を放ちつづける。読者はもちろん歓迎だけれど、不要といえば不要なのだ。

そんなわけで、タクシー、鉄道、飛行機、地方巡業、写真撮影（どれだけの時間を無駄にしていることやら）、そして人形芝居。ぼくとしては、振る舞い方もわかっているし、そういうことに多大な時間を捧げてもきた。これからもそうするだろう。そもそも楽しくないわけじゃない。まごつくこともあるけど、くつろげることだってある。人前に出てしゃべる。隣でインタビューを受けている男たち女たちが、ひたすら自分のことばかり考えて馬鹿なことを抜かす。そういうのはにこにこしてやりすごし、こっちは真の愛読者に合図を送る。もとより見知らぬ愛読者に。そうすることで本が売れてくれればいいし、いつも多少は売れる。どうせ誤解は避けられないから、あえて誤解されるようにする。なにしろ「確実に売れる」ような作家じゃない。怪しげな噂が立っているせいだ（でもそれは自分のせいでしょうが）。

繰り返すけど、きみにはきみのやり方がある。カメラやマイクに語りかけるのだ。まるでカメラやマイクが事情に通じているとでもいうみたいに。そしてある意味では、そこにいる人間たちより、カメラやマイクのほうが事情に通じているのだ。技術はきみの味方であって、敵じゃない。きみはまたタクシーに乗って、寝に行く。親しげな空虚がきみに戻ってくる。原稿用紙がきみを待ち受けている。原稿用紙だけがリアルなのだ。このひと言を書きつけながら、誰にも納得してもらえないのはわかっている。ひとつの言葉で納得する人間なんて誰もいない。何か物語を聞かせてよ、言葉なんてどうだっていいから！　でもねえ、動いてるのは言葉なんだよ。それしかないでしょう。

話のついでに、山ほどある馬鹿げた質問に答えておこうか。たとえば、あなた自身は「七つの大罪」にどう関わっていますか、とか。

――物欲は？
――金ならすべて使ってしまいますね。
――憤怒は？
――聖なる怒りが好きです。
――妬みは？
――自分を妬むことがあります。
――貪欲については？
――文学、絵画、音楽を除けば、ありません。
――色欲は？
――これはある。でもここで誰かの名前を挙げるつもりはないね。
――高慢は？
――これもある、ありますよ！

——怠惰は？

——これは、ないな。

あるいは、古典ともいうべき「マルセル・プルーストの質問表」。ぼくの回答は次のとおり。

1 自分の性格の主要な特徴は？ 性格
2 男性の資質で評価するのは？ 性格
3 女性の資質で評価するのは？ 性格
4 友人で一番に評価するものは？ 性格
5 自分の主要な欠点は？ 性格
6 お気に入りの仕事は？ 無為
7 幸福の理想は？ 無為
8 どういうことが自分の最大の不幸になると思うか？ 自分以外の人になること
9 どういう人になりたいか？ 自分のような人
10 どんなところで暮らしてみたいか？ 今いるところ
11 好きな色は？ 青
12 好きな花は？ 牡丹
13 好きな鳥は？ カモメ
14 お気に入りの散文作家は？ 荘子、ロートレアモン、ニーチェ、セリーヌ
15 お気に入りの詩人は？ ホメロス、ダンテ、シェイクスピア、ヘルダーリン、ランボー
16 小説のヒーローで好きなのは？ スティーヴン・ディーダラス（『ユリシーズ』、ジョイス作）
17 お気に入りの作曲家は？ モンテヴェルディ、ヴィヴァルディ、バッハ、ハイドン、モーツァルト
18 お気に入りの画家は？ ティエポロ、フラゴナール、マネ、セザンヌ、ピカソ
19 実生活におけるヒーローは？ ヒーローはなし
20 実生活におけるヒロインは？ ヒロインはなし
21 何よりも嫌いなのは？ 意地悪、俗悪、愚鈍
22 軽蔑する歴史上の人物は？ スターリン、ヒットラー
23 もっとも感心する軍事行動は？ 連合軍のノルマンディー上陸作戦
24 もっとも感心する改革は？ 死刑廃止
25 手に入れたい才能は？ 弓術の才能
26 どのように死にたいか？ 死にたくない

27　現在の精神状態は？　集中している

28　どんな過ちに対して一番寛容になれるか？　自分の過ち

29　あなたのモットーは？　Nihil obstat〔「無害証明」の意で、ローマカトリック教会の検閲官が教義に反していないことを認める印刷出版許可のこと〕

ここで「無為」というのは、中国的な意味で言っている。「道は常に無為にして而も為さざるは無し。」〔『老子』〕お気に入りの仕事は何かとの質問に、もし「書くこと」と答えていれば、それがつらい労働であるという誤った印象をもたらしかねないだろう。

『ステュディオ』は、ぼくが一九九五年から九六年にかけて書いた小説だ（刊行は一九九七年）。それはこんなふうに始まる。

「ぼくがこんなに一人きりだったのはめずらしい。でもそれも悪くない。この頃ますますそう思うようになった。」

途中こんな一節が出てくる。

「実際、誰もが捉われている強迫観念があって、それはどんなものであれ〈原因〉があるのだという強迫観念だ。神であれ、家族であれ、社会であれ、宇宙であれ、生物学的であれ、倫理的であれ、経済的であれ。なんらかの原因が上に張り出して、その他のすべてを説明してくれるはず、普遍が特殊を包括するはず、というわけだ。ところがそこで、きみは何か名状しがたいものを感じる。何かの仕掛け、表現、後光、見かけ、しぐさ、におい、軟骨、毛、ほとんど触知できないけれど気になって仕方がないもの。それが〈原因〉に対する疑念を呼び起こす。美しいとか醜いとかの問題ではない。もっとも、このことに関しては、むしろとても美しいとむしろとても醜いは同じことになるのだが。身体が訴えかけるものは、本当は身体の問題ではない。問題は、身体と化すきみの無意識のやり方、きみが不在のときにも及ぶきみの存在感なのだ。きみの細胞分裂の仕方、血液の流れ方、染色体の形成の仕方、呼吸の仕方、消化の仕方、共鳴の仕方、聴き方、眠り方、笑い方、後退の仕方、前進の仕方、首の振り方、見つめ方、話し方、書き方、身動きしたり動かなかったりする仕方、夢を見る仕方なのだ。きみが眠っているときこそ、とくに疑わしい。あたかも、きみが生まれてきたのはいくつもの人生を生きるためとでもいうようだ。ランボーは言う、『各々の存在には、いくつものほかの人生が備わっていると、ぼくは思っていた。この男性は、自分が何をしているのかわかっていない。彼は天使なのだ。あの家族は、一腹で生まれた犬の群れだ。大勢の人を前にして、ぼくは彼らのいくつもあるほかの人生のひとつの、そのまた一瞬と大声でおしゃべりした。こうやって、ぼくは一匹の豚を愛したのだ。』〔「錯乱II　言葉の錬金術」、『地獄の季節』〕

いくつものほかの人生、そうなのだ、別の時、別の場所における人生というだけでなく、ここで、すぐ、この場で、この時に送られている、いくつもの異なった独特の人生、それらは目録に書き込まれ、層をなし、気密性で、調和している。ぼくもこうして牝馬を、牝犬を、牝の鯉を、牝兎を、牝豚を愛したのだ。音楽、それだ。自分のなかにオーケストラをもっているようなものだ。おなじくランボーは言う、『ぼくは自分の思考の開花に立ち会っています。それを見つめ、聴くのです。ぼくが弓をひと弾きする、すると交響曲が奥深くで鳴りはじめるか、一挙に舞台のうえに躍り出てくるのです。』〔一八七一年五月十五日付ポール・ドメニー宛書簡、いわゆる「見者の手紙」〕

ランボーは、ヘルダーリンやロートレアモンと同様に、ある日ピアノを弾きはじめた。一八七五年のことだ。ピアノを弾きながらヴァンサンはたまに何を感じたりするのか、ぼくは彼に尋ねてみなければならない。ヴァンサンは答えることができるだろうか。無理だ。

ほかの人たちは、きみのなかにあるこうした差異をちゃんと感じ取っている。きみ自身がはっきり意識するより前に、気づいているのだ。彼らの非難、彼らの不機嫌、彼らのとげとげしさにきみは驚く、でもそれがきみに道を示しているのだ。一方でまた、きみがいま何を望んでいるのか、何をしているのかについて、彼らは間違いもする。それを確かめると驚くほどだが、それは必然的でもある。要するに、彼らを最高度に苛立たせているのは、きみの基調なのだ。だがこの調子はきみより前にあり、きみよりも遠くから到来し、きみを通り抜け、きみを創造し、きみを生み、きみにひとつの主体と複数の対象を、ひとつの生を、ひとつの死を、ひとつの世界を与えるものなのだ。きみはそれにかかわりあいはないし、きみの姿を見分けることもできない。だからいつか、気づかれないからといって、嘆いたりなどしないように。」

作家たちの肖像

　何かの話のついでに、ぼくは現在の一部のフランス人作家を、彼らの無気力や諦念を、批判したことがあった。彼らは下層階級の出身であることを自分の取り柄として吹聴したり、昔の小学校の教師たちを敬愛したりする。ぼくはそういう彼らの、第三共和制期の地方に似つかわしいような息切れしている感じが、どうも好きになれない。ここで質問。彼らはこれまで海を、大海を見たことがあるのだろうか。一度でも船に乗ったことがあるのだろうか。たぶんない。だから田舎で畑を耕しているような感じが出てしまうし、ひどいマザーシックに陥ることにもなる。いちばんマシな場合でも、永遠の下級フローベールといったところで、どうもそこから抜け出せそうにない。

　そこからアメリカ文学をいつでも過大評価してしまうところまでは、ほんの一歩だ。実際に文芸市場は、すぐにそこまで行った。でもまあ、ヘミングウェイ、フォークナー、フィッツジェラルドといった先人たちに遡るのでなければ、それにソール・ベロー、そしてフィリップ・ロスを除けば、ここ三十年で何か新しいものはあるのだろうか。大したものはない、派手な宣伝がしょっちゅう繰り広げられているのに。優秀なエージェントたちも気がついている、結局これらはみんななんだったのか……。そもそもフィリップ・ロスが成功の手がかりをつかんだのはフランスでのことだったが、そのフランスでも、最初の頃はひどい扱いを受けた（大仰なナルシシズム、反ユダヤ主義のユダヤ人とかなんとか）。『背信の日々』が刊行された際に〔フランス語訳の刊行は一九八九年〕、ぼくはテレビで彼のことをしゃべったが、そのとき彼の本はガリマール社で六千部が刷られているだけだった。それ以降は、部数のことは言われなくなった。

　二十年前は、ミラン・クンデラのほうがはるかに評判が高かった。それでもフィリップ・ロスのほうがすぐれていることは明らかだった。たとえば『シャイロック作戦』は偉大な小説だ。そこでは冒頭からこのぼくが奇妙な人物として登場する。自分のそっくりさんに電話をかける語り手の代役という設定で。ロスは本当に素晴らしい。書きすぎじゃないかと思うくらい、次から次へとよく書くが、『ポートノイの不満』、『乳房になった男』、『解剖学講義』、『背信の日々』、『父の遺産』は、驚くほど生気にあふれた作品だ。彼はフランス語がひと言もしゃべれないし、ぼくはぼくで片言のヤンキー語をしゃべるだけなので、顔の表情や笑いでおたがいを理解してきた。ロスがパリで、あの上品できちんとしたクレア・ブルーム〔女優で、一時期ロスと結婚していた〕といっしょにいるのが目に浮かぶ。あれこれささやきあい、なんでもからかいの種《たね》にする。なんの気兼ねもいらない、美しき宵。彼は今では修道士なみの生活を送っている。たゆまず執筆に取り組んで、次から次へと小説を出してはどんどん稼いでいる。ほかのアメリカの作家に比べても、彼の書く作品はいつもずば抜けて面白い。というか、しばしば大がかりな法螺話なのだが、それはいいことにしよう。

　とにかく、存命中の作家でぼくが会ったことのある人を全部思い出してみても、ロスは間違いなく一番へだたりがなく、滑稽で、起爆力があって、善良で、意地悪で、知的な作家だ。出身地のニュージャージー州ニューアークを出て頂点に昇り詰めるまで、長い道のりをたどった。はじめは放蕩、次いで禁欲。放蕩に身を投じていた頃のほうが、禁欲的な生活を送るようになってからより興味深い（成功が訪れたのは、彼がおとなしくなってからだ）。悲劇や病気も乗り越えてきた。はがねのように強靭な意志、何事にも動じないユーモア。とどのつまり、聖人だ。ぼくの『女たち』がアメリカで刊行されたときには、とても優しい言葉をかけてくれた（向こうじゃ何の反響もなかった。むべなるかな）。ぼくは現存する唯一のフランスの作家だとさえ言ってくれた。聞き分ける耳をもっているとは、このことだろう。もう会ったりはしなくなったが、それはそれで仕方がない。

　クンデラとのつきあいは、もっと変化が激しかった。

当初の関係は実に良好、「ランフィニ」に彼の文章を掲載したし、仕事上のつきあいを超えた友達づきあいも楽しかった。フランス語に関してぼくがアドバイスをしたこともあったし、彼の最良の作品『不滅』には心から賛嘆の念が湧いた。それから、それから……。まあいいことにしよう。ぼくは彼が好きなのだ。奥さんのヴェラには黙っていてほしい、ぼくがヴェラのことも好きなんだってこと。彼女はそんなこと信じないだろうけど。

本当のことを言わなければならないとしたら、小説をめぐる彼の考察に、ぼくはついていけたためしがないのだ。またもや小説、いつだって小説とくる。たしかに小説は、〈近代〉とともに誕生したのだろう。だが近代とともに終焉を迎えつつある。クンデラはヘルマン・ブロッホやゴンブローヴィッチを褒めるけど、どうも違うんじゃないかと思う。プルーストやセリーヌのほうが決定的じゃないか（問題は果たして小説だろうか）。中欧？　もちろんムージルはいる。カフカだっている。でもカフカの形而上学的体験は、クンデラの小説観のなかに場所を持つことはない。

偉大な小説はあったし、今でもたまにいい小説はある。でも強固な（経済的）イデオロギーにもかかわらず、問題はもう小説にはない。世界中から小説家を呼び集めて会議をやったところで、聞くことができるのは、ありきたりの社会学的言辞だけだろう。往時の社会的リアリズムそのままの。みずからの特異性を、みずからの経験の還元不可能な野蛮さを、声高に訴えようとする者など、ひとりだっていやしないだろう（ウエルベックとリテルは別だが、この二人は集まりには加わらない）。またしても「みんないっしょに」というわけだ。なんたる退屈。ロスもクンデラも、これからますます老け込むだろうし、それは彼らも承知だ。あいかわらずロスは誇張しているし、クンデラは弁解している。でも、そういうのは仕方がないのだろう。ぼくだって誇張しているじゃないか、とおっしゃる？　時が経てばわかる。

本当のことを言えって？　クンデラはフランス語で書くようになった。あとは黙っておこうか。

そして今、数々の思い出が突風のようによみがえる。

ボルヘスが、夏、半袖シャツを着て、ガリマール社の数ある執務室の一室にいたときのことを思い出す。エクトール・ビアンシオッティといっしょに、自分のプレイヤード版全集の出版に向けて準備をしていた。ぼくが執務室のドアを開けると、彼は盲いた目を上げた。とりこになったエクトールにじっと見守られながら、何かをスペイン語で朗々と吟じているところだった。そしてまたボルヘスが、ホテル〈ボザール〉の狭い寝室で、ブエノスアイレスにいたフランス人娼婦たち、最高の娼婦たちのことを、ぼくの耳もとで語って聞かせてくれたときのことも。マリア・コダマは、ぼくら共通の友人だった日本人女性に会ったのを覚えているだろうか。覚えているかもしれない。

カルヴィーノが、パリの女友達の居宅にいたときのことを思い出す。肘掛椅子にぐったり寝そべって、ほとんど何もしゃべらない。くつろいだ格好の、やさしいパタフィジシャン。

ある日の午後、自宅にいた深遠なるミショーを思い出す。白皙の、というか血の気の失せた顔をして、綿でも詰めているみたいに耳が遠かった。

モラヴィアが、ローマで自慢げにゲイボーイの写真を見せてくれたときのことを思い出す。その場に居合わせた女性のひとりから、「骨董老人」扱いされていたっけ。

ウンベルト・エーコが、ニューヨークの中国人ストリップ・クラブにいたときのことを思い出す。そんな場所で、ぼくらはごく自然に、ジョイスやトマス・アクィナスのことをしゃべった。エーコがアメリカの大学に定期的に巡業に出かけるようになる前のことで、教師や学生に向かって、笑い話を、けったいなヤンキー語で語って聞かせていた。聞いてるほうは夢中になり、たちまち手玉にとられるのだった。

かなり昔のことだけれど、ポーランの崇敬の対象だった老ウンガレッティのことを思い出す。ムッソリーニのことを話そうとするので、合図を送って黙らせなければならなかったが、でも彼は、《m'illumino d'immenso》（途方もなく、照らされて）〔短詩「朝」の全詩句〕と書いた詩人だ。それで十分ってことだ。

カブレラ＝インファンテが、ベルギーで催されたフェスティバルにいたときのことを思い出す。彼の車のなかは、いたるところキューバなのだが、グローブボックスにはピストルが一丁しのばせてあった。

それからバルガス＝リョサと、その見事な歯並びも思い出す。大陸間を行き来する頑健なビジネスマン、カルロス・フエンテスのことも。

わが友人ジャン＝ジャック・シュルが、思いがけずゴンクール賞を受賞した晩のことを思い出す〔自身のパートナーで女優・歌手のイングリット・カフェーンの半生を描いた作品で二〇〇〇年にゴンクール賞を受賞〕。イングリット・カフェーンは、それまで見たことがないくらい得意満面だった。

アムステルダムで、ノーテボームに会ったときのことを思い出す。スペインについては、ぼくらの話はよく合った。

酔っぱらったウエルベックといっしょに、パリのスペイン系のバーで女の子たちと踊っている自分を思い出す。バーの名前は忘れたけど。

老齢の淑女となったドミニック・オーリーが、ガリマール社の査読委員会で査読票を読み上げてから、黄昏が満ちてくるなか、ゆっくり眠りに落ちていったときのことを思い出す。

パリ、ワシントン、あるいはニューヨークで開催されたジュリアの講演会を思い出す。精神を集中させながらの話しぶりは見事。大勢の聴衆、完璧な英語。

ガリマールの社屋の廊下で、通りがかりのル・クレジオにしばしば出くわしたのを思い出す。驚いたことに、つい今しがた、彼の第一作『調書』に、一九六三年にさかのぼる献辞を見つけた――「フィリップ・ソレルスへ、称賛の念と共感をこめて」（たしかに、ル・クレジオはまだ有名じゃなかった）。

パトリック・モディアノといっしょにいて、いつも愛想のいい彼を大いに笑わせている（彼は笑うのが好きなのだ）自分を思い出す。カクテルパーティーでのことで、ぼくらはソファーに腰かけ、その場に居合わせた招待客たちの、あっけにとられたような視線を浴びていた（「この二人が仲よくやってるとは、どういうわけだ？ パトリックを守ってやらなくちゃな、ちょっと心配だぞ」）。

ハイファで、A・B・イェホシュアといっしょにいる自分を思い出す。がっしりした男で、ハイファは素晴らしい街だった。

ガリマール社の同じフロアに執務室を構えるわが友人にして、複雑かつ控え目な男パスカル・キニャールといっしょにいる自分を思い出す。ぼくはなんとか彼にわからせようとしている、老舗出版社の執務室は手放さないほうが賢明だということを。それから、映画に何かを期待しちゃ駄目だということも。

それから、ときどき夕方になるとアントワーヌの執務室でウィスキーを一杯やることも思い出す。くつろぎの時間、広い庭に降りてくる闇。優雅なガストン・ガリマールの写真、帆船の模型、戸棚のなかには綴じた原稿の束。そのひとつは、ぼくの原稿だろうと思う。

ロスもクンデラも、ル・クレジオもモディアノも、プレイヤード叢書に収められるはずだ。でも、ぼくはどうかというと、それほど確かじゃない。死ぬのを待とう。そうすればぼくの評判も少しずつ高まって、評価も定まるだろう。たいていは目立たないかたちではあるけれど、やるべきことをやったと自分でも思うのは、サド、バタイユ、ポンジュに対して（プレイヤード叢書）、それからアルトーとドゥボールに対して（クワルト叢書）である。クロード・シモンもプレイヤード叢書入りしたが、それは彼の最晩年の歓びのひとつになった。シモンとはずっと友人だった。サルスで、薪《たきぎ》の火で彼が手ずから焼いてくれた美味なる豚ロースの味わいは、いまだにぼくの口のなかに残っている。クロード・シモンは偏見というものをまったくもっていない人で、コンラッドに劣らずセリーヌも素晴らしいと、ぼくは聴衆の前で彼に言わせたことがある。それから、大いなるバルセロナの思い出をしばしば語り合ったことも。彼はぼくが生まれた年に、向こうで無政府主義の活動に参加している。その二十年後、ぼくは同じ街で放蕩に浸りきった。

さらにまた、とある小さなイタリア料理店で、しばしばナタリー・サロートと昼食をともにしたことも思い出す。豊かな旋律に魅惑される時間。彼女が、どうしてもぼくに献辞を書くのだと言い張ったことがあった。それは、サロートの署名が入ったプレイヤード版の数少ない一冊だ。

ほかに誰だろう？　マルグリット・デュラス？　もちろん忘れちゃいない、かつて「テル・ケル」の時代に、〈プレ・オ・クレール〉で飲んだときのことを。でもぼくはすぐに、彼女の言葉を聴き取るのに困難をおぼえるようになった。ぎこちなく、吠えるようなしゃべり方をするせいだ。デュラス、あるいは太い声の権威。「ガリマールじゃ、どこの執務室なのよ？　あんたの前任者は誰？」「わかりません。ひょっとしたらカミュかも。」それから、ミッテランにまつわるあれこれ……。

それから大審問官ブランショ。二度会ったことがある。

たちまち走ったマイナス電流。それから温厚な苦悩の人デ・フォレ。娘の溺死に打ちひしがれていた。それから、いつも神経質な馬鹿笑いをするシオラン。それから、瞠目すべき通行人サミュエル・ベケット。ポール＝ロワイヤル大通りを、バスケットシューズを履いて、柔らかな足取りで歩いていた。煉獄の崖っぷちを歩くみたいに。それから、ヴェネツィアにいたエズラ・パウンド。波止場に面したぼくの部屋の窓のすぐ下に座って、自分の両手をずっと見つめていた（そのとき同時に、一艘のタグボートがジュデッカ島を背景にして渡っていった。パルデュス号、わが夢のタグボート）。

ガリマール社のカクテルパーティーといえば、昔は大きなイベントだった。ぼくが一番面白かったのは、「テル・ケル」の事務室からジョルジュ・バタイユをともなってきたときだ。バタイユを目のあたりにして、招待客はみな固まってしまったようだ。悪魔がやってきた、というわけ。誰ひとりバタイユに話しかけようとしなかった気がする。バタイユの沈黙はあまりに深かったので、彼の息づかいを耳にできたのは鳥だけだったに違いない。たしかに彼は息をしていたが、それももう長くは続かない。火刑に処された男が亡霊となって現れたようで、胸を衝く。

生きている者たちよりも生きている、これら死者たちをご覧あれ。プルーストがまわりくどい手紙を送る。セリーヌが原稿を渡しにくる。ロジェ・ニミエが十七番地〔ガリマール社の社主の自宅〕での夕食会のときに興奮して、太っちょのカイヨワ夫人をくすぐろうと追いかけまわす。サルトルが『弁証法的理性批判』を脇に抱えたままロビーでノーベル賞の知らせを待ち受けている。受賞を拒否しようというのだ。これはいまだに語り草だ。シモーヌ・ド・ボーヴォワールが近くにいる。党が手配した運転手を待たせているアラゴンが、疾風のように立ち去る。マルローが電話をかける。カミュが徹夜をする。ジオノが自宅にいる。モンテルランが界隈をよたよたと歩いてから、自分の頭を拳銃で撃ち抜く。ジュネが現金をもらいにくる。ジュアンドーは神聖不可侵だ。入ってくる者もあれば、出て行く者もある。彼らはしばしば修復不能なくらいの仲たがいをする。しかし彼らはみな、望むと望まざるとにかかわらず、ガリマールの看板を背負っている。世界広しといえども、こういう出版社はほかにない。

ジッドとクローデルの争い。アラゴンとマルロー（ブルトンは言わずもがな）の、サルトルとカミュの争い。いずれも、おおごとになる。誰にとっても壁に耳ありという状態だから、気が抜けない。ガリマール社は「中央銀行」だとぼくは言ったが、たしかに、そんなようなものなのだ。あるいは、もうすぐ建造百周年を迎えようとする大型客船のようなもの〔ガリマール社の創立は一九一一年〕。ガリマールは、ジッドや地方のプロテスタントには申し訳ないけど、いわばローマ教会なのだから仕方がない。ローマの外では、救済はついに訪れないのだ。

バルト、ラカン、ドゥルーズは、最初に本を出してくれた版元に、だいたいのところは留まった。越境したのはフーコーだけ。彼のようなチャンスは、レヴィナスにも、デリダにも、ブルデューにも訪れなかった。ガリマールというローマ教会を別にすれば、フーコーの記憶は、今いたるところで、とくにアメリカで権勢を拡大している同性愛教会が頼りなのかもしれない。ともかく、かつて「テル・ケル」をやっていたときの目標ははっきりしていたと思う。いつかガリマールで、ということじゃなかったろうか。奥の奥には〈時間〉がある、それだけがある！

こう言うだけで、苛立つ人がいそうだ。もちろんフランスにはすぐれた出版社がほかにもあるし、国際的な規模のところもある（だんだん減ってはいるが）。継続がますます希少価値になっているこのご時世にあって、長く続けているうちに注目されることもある。それでも、みんな知っているが、ぼくの言ってることは本当だ。文学の法王庁の真の地下牢はガリマールにある、ほかのどこにもない。

プレイヤード叢書が至聖所だというわけではない。まだフロイトが収められていないし（おや、なぜだ?）、ニーチェも欠けている（企画が緒についたばかり）。二巻に及ぶはずのセリーヌの途方もない書簡集さえない。それから、バタイユの評論集も（小説集が入るまでに四十年もかかった)。フィッツジェラルドも。カサノヴァの著作集はいいかげん古びているし、老荘思想集も作り直す必要がある。根底にある野心からいってプレイヤード叢書に肩を並べられるのは、ブカン叢書〔ロベール・ラフォン社〕だけだ(カサノヴァ、ニーチェ、ジョゼフ・ド・メストルも収められている)。しかし、クワルト叢書〔ガリマール社〕も負けてはいない。プルースト、アルトー、ドゥボール、大部の本が何冊も並ぶ。どうしたら全集や著作集が編まれるようになるのか? まっとうな問いだ。そんなものにもう価値はない、とおっしゃる? いや、今こそ価値があるんです。大洋に面したぼくの蔵書を眺めてみる。長きにわたって持ちこたえている者たち。生きるべき、いくつもの生。レコードコレクションも同じような規模だ。午前、午後、夕方、夜、旅。

ポケット版

アントワーヌ・ガリマールとイヴォン・ジラールの温情で、ぼくがフォリオ叢書〔ガリマール社のポケット版叢書〕から出す本の表紙には、自分で好きな絵をあしらっていいことになっている。ここでも言わせてもらえれば、フォリオ叢書は、数あるポケット版叢書のうちでも最良の、絶対に最良の叢書だ。中身は単行本と同じだけれど、この叢書に収められると別の本になる。若い読者向けで、活字などが別の体裁になり、印象も別になる。

『女たち』の表紙には、ピカソの《アヴィニョンの娘たち》。『ゆるぎなき心』には、マネが描いた薔薇。『フォリー・フランセーズ』には、アングルの《グランド・オダリスク》の部分。『秘密』には、ピエロ・デラ・フランチェスカの《キリストの鞭打ち》の部分。『例外の理論』には、フラゴナールの作品から切り取ってきた肖像画。『趣味の戦争』には、ティツィアーノが描いた、赤ら顔で宙を飛ぶバッカス。『無限礼讃』には、ピカソが描いた海賊の顔。『固定情念』には、ピカソの裸体画（またピカソだ）。『恋人たちの星』には、ヴァトーの《ピエロ》の部分。『夜の手帳』には、最晩年のピカソが描いた《若い画家》（いつもピカソだ）。『神聖なる生』には、ティツィアーノの見事な肖像画。やがて枢機卿となる少年ラヌッチョ・ファルネーゼを描いたやつ。

　これらの表紙の絵は端的に美しく、どれも時流に逆らう（つまり未来の潮流に乗る）ものばかりだ。いずれも自分自身を物語り、確信に満ちている。ぼくのお気に入りは、たぶん『ステュディオ』の表紙かもしれない。融通無碍で深い瞑想に誘う石濤の絵があしらってある。そこでは中国的な「微細」の世界に入ることになる――

「微細なものとは、非在を離れて存在に入ろうとするもののことである。そこには規格《ノルム》はあるが、まだ形《フォルム》がない。」

　あるいは、こう言ってもいい――

「愚者には出来上がったものすら見えないが、賢者はまだ芽生えていないものを見分けられる。」

　絵は「崖下の月光」と題されている。断崖絶壁のふもとに、水色の屋根を頂いた二軒の小さな家屋があって、うっすらと靄がかかるなか、まるで白昼を思わせるような月明かりに照らされている。一方の家屋からは、画人その人とおぼしき人物の姿が、わずかに覗かれる。画面左の、筆で描かれた雨が見事だ。この傑作は、今でも北京の故宮博物院で観ることができる。

小説のなかの小説

ぼくは作品のタイトルには注意を払う。タイトルは、いつも書く前に決まる（本文はあとから出てくるのだ）。だが冒頭には銘句もあって、それだけで小説のなかの小さな小説になる。あるいは、暗示的な形而上学小論に。フランスの伝統といえば哲学小説だが、はっきり言うと、今やほとんどの作家が大してものを考えていない（考えていないことを自慢したりもする）。

というわけで、『女たち』にはフォークナー――

「男に生まれ、若かりし頃からずっと独り身だった者……。彼は自分のタイプライターを持っていて、それを使うすべを心得ている。」

『遊び人の肖像』（フォリオ版の表紙はコレッジョ作とされる《若者の肖像》）には孫子――

「堂々と攻撃せよ、そしてひそかに勝者であれ……。白日と暗黒、明白なものと隠されたもの、兵法はすべてそこにある。」

『ゆるぎなき心』にはローレンス・スターン――

「ここに書かれた文字のひとつひとつから、私は、人生がどれほどの速さで私のペンのあとを追うかを知る。」

『フォリー・フランセーズ』にはプルースト――

「あの歳月の比類なく美しいビロード、ちょうど古い公園にある何の変哲もない水道管が苔に覆われ、エメラルドの鞘《さや》で包まれているのにも似て。」

『黄金の百合』（フォリオ版の表紙はティツィアーノの《聖なる愛と俗なる愛》の部分）にはピンダロス――

「ここ、至福の人々の島には、大洋から吹き渡る微風がさわやかさをもたらし、黄金の百合輝く……」

『ヴェネツィアの祝祭』（フォリオ版の表紙はマネの《ヴェネツィア》）にはスピノザ――

「きわめて多くの活動に有能な身体を持つ者は、その最大部分が永遠であるような精神を持つ。」

『秘密』にはルーミー――

「ここまで来たら、もうあれこれ考えるまい。理性はここではもう力を失う。大海の岸辺まで辿り着いたら立ち止まるほかはないのだ。もっとも、それすらもはや自力でできることではないのだが。」

『ステュディオ』にはランボー――

「ぼくは、幸福の魔術的研究をなしとげた、誰も幸福から逃れることなんてできはしないいんだ。」

『固定情念』には錬金術師リモジョン・ド・サン＝ディディエが一七一〇年にアムステルダムで記した文句――

「われわれの仕事は砂漠のなかの道のようなものだ。砂上に散らばる足跡より、むしろ北極星によって進路を決めなければならない。無限に近い数の人間が残した足跡は渾然一体となっており、さまざまな小道はほぼいずれも恐ろしい荒野へと通じている。したがって、天の加護のあった賢者のみが見分けることのできた真の道から踏み迷わないのは、ほぼ不可能にひとしい。」

『恋人たちの星』にはホメロス『オデュッセイア』の第十三歌――

「その言葉とともに、アテナが靄を散らすと大地が現れた。」

『神聖なる生』にはニーチェ――

「北方の、氷の、死のかなたには――私たちの生が、私たちの幸福がある……。私たちは幸福を発見した、私たちは道を知っている、私たちは数千年も迷い抜いた迷路からの出口を見つけ出した。」

冒頭

そんなわけで、いろんな銘句がある。でも、冒頭と結末もある。冒頭では第一文がおのずから出てきて、続く文章の調子を決めにやってくる必要がある。ぼくの場合、しばらく待つこともある。するとある日、ところかまわず、唐突に、フレーズが浮かぶ。あるいは二つ三つの文がひとつらなりになって、文章の基調、傾向、方向を示してくれる。夢が空間を開いてくれることもある。冒頭のフレーズは決して変更しない、もう船の行先は決まっているからだ。

結末、あるいは結びも、おのずと決まってくる。本は終わるときには終わる。自分でもびっくりすることがままあるほどで、本の長短は関係ない（短いものは、長くないものとはかぎらない）。輪を一周して、初めに戻ったのだ。次の管弦楽を待つことにしよう。あとは出版するのみ、結果オーライだ。お気に召したのなら、ありがたい。お気に召さなければ、仕方ない。そういうものなので、ぼくがどうにかできる余地はあまりない。

——でも、書いてるのはあなたじゃないですか？

——ぼくだけじゃない。誰かほかの人が、ぼくのなかで、ぼくを通して書いてるわけで。

——誰なんです？

——ぼくの手だね、いずれにしても。

すべては手によって、手を通して、手のためになされる。紙とインクがなくなれば、ぼくも消える。インクがなくなると思うだけで、ぼくは陰気になりそうだ。中国の画人や書家に尋ねてみたまえ、紙も筆も墨もなかったらどうなるか。

ぼくにも自分の筆がある。吸入式の万年筆で、定期的にブルーのインクを補充する。あの素晴らしき石濤は、三百年も昔に、目に見えるもののすべては「一筆描き」から出てくるのだと述べたが、ぼくも「一筆書き」を当てにしている。それがあらゆるフレーズに先行してあり、見えるというより聞こえてくるのだ。それが隠れたところから、こっそりと合図を送ってきたら、もうすべてがあるということだ。あとは流れにまかせるのみ。

　自動的にいくわけではもちろんない。考えなければならない。ヘンリー・ジェイムスは「フィクションの聖なる流体」(sacred fluid of fiction)と言った。誇張は禁物だが、まさにそれだ。

　研究者は(こんにちは!)、いつかぼくの原稿(小説、エッセイ、ノート、手帳)を綿密に調べあげることがあれば、さぞかし驚くだろう。なんと、あれほど人目に立って、上っ面ばかりで、論敵が多くて、「メディア好き」のソレルスが、長年にわたって、このブルーインクの原稿をすべて手で書いてたって? この目の詰んだ、軽やかな、流れるような、止むことのない、小さな字体で? やつはいかれてたってわけか? いつ寝てたんだ? どうやって時間を見つけてた? めったに削除のない、風に波立つ水面のようなこの紙面は、どうやってできたのか?

　コンピュータは手の動きを阻止し、真の聴取の邪魔をする。語彙を、つまりは五感の働きを貧しくして、中身のない大量生産に服従する。それに対して手わざは、輸血が逆流するようなもので、陰性だったり胆汁質だったり憂鬱だったりしてインクのように黒ずんだ血を、インクという陽性の血に、ブルーの血に変える。何かが流れ出す、だが抱きとめられたままでいる。それは呼吸している。

　またもや中国の格言ふうに——

「空っぽの肩が満たされると、空っぽの肘に作用する。空っぽの肘が満たされると、空っぽの前腕に作用する。空っぽの前腕が満たされると、空っぽの指先に作用する。」

《Se prendre en main》〔「自分を手に取る」、つまり「自立する」を意味する成句〕とはよく言ったものだ。精神とは手なのである。

紙、インク、ペン、木の書き物机や軋むテーブル(そう、死者たちはみなそこにいる)。ゆるやかな呼吸、両肩、腕、肘、手首、指。ぼくの手帳には、日付や、仕方なく逃げこんだ無駄話などに加えて、「手を取り戻した」という記述が何度読まれることか。ぼくは自分が書いた字を見るだけで、自分の体調が正確にわかる。心電図やレントゲン、検診などより、よっぽど頼りになる。必要なだけ眠れたら、手は文字と言葉のなかに宿って、声となり暗号となってゆく。白、青、するとどうだろう、するするすると、すらすらと走り出す。

　手はいま紙のうえを走っている、〈クレールフォンテーヌ〉のノートのうえを、ビロード紙のうえを。手は飛び立とうとしていつも阻まれるが、疲れを知らないのでまたぞろ飛び立とうとする、花々の、大河の、湖の、潮の、きらめきの、静謐の、物質の開口部の幻影をちらつかせながら。微粒子が紙のうえに定着するのか？　紙から出てくるのか？　実際のところ、紙と空気のあいだの、紙とインクとの長きにわたる友好関係においては、いったい何が生じているのか？　水と塩のようなこの関係においては？　中国の人は端的に言ってのける、こうして「不易なものの更新」がおのずからおこなわれているのだと。ともかく、今はむしろ水のうえを行くように、順風に帆を上げ、船首を回し、波のうえを跳ねることができる。航跡を残していくのだ。ぼくは帆を濡らさずに書く。

　以下が冒頭の例――

「はるか昔から……　思うに誰かが言ってみてもよかった……　ぼくは探す、観察する、耳を傾ける、本を開く、読む、読み返す……　違う……　どうも違うな……　誰も話題になんかしていない……　ともかく大っぴらには……　それとない言葉、もやもや、雲、当てこすり……あの頃からずっとだ……　どれくらい？　二千年？　六千年？　記録が存在して以来この方……　それにしても誰かが口にしてみてもよかったんじゃないか、真実を、身もふたもない真実、やりきれない真実を……」（『女たち』）

「そうなんだ、ぼくはまだ駆けずり回っている、ほんと……　正真正銘、覚めて見る悪夢だ……　おまけに赤いフリジア帽をかぶった一団が、ぼくを追いかけてくる……　色は緑かもしれない……　栗色かもしれない……鷺鳥のうんこ色かもしれない……　あるいは紫……　あるいは灰色……　お好きなように……　ふもとのチベット……　猿、ハイエナ、ラマ、おうむ、コブラ……　押し黙ったまま、身をよじり、直立する……　超磁気を帯びている……　毒蛇……　蛸みたい……　男女とりまぜた、一群の魔法使い……　一連の波動と震動……」(『遊び人の肖像』)

「まだ生きている?……　そう……　変だな……　ぼくがこんなところにいるはずはないのに……　部屋を満たす音楽の波……　音楽がぼくを思い出している、ぼくを通り抜けながら音楽のほうがぼくに聴き入っている……」(『ゆるぎなき心』)

「それは春のことで、ぼくは退屈していた。マダムが戻ってくるなんて考えてもいなかった。十八年前に情事がすぐに終わって以来、ぼくは彼女のことをマダムと呼んでいる。マダムはぼくのことを少し愛していた、ぼくもマダムを少し愛していた。彼女は妊娠した。《子供は産みたいの》と、彼女は言った。――《わかった、でも揉め事はなしだぜ》と、ぼく。――《もちろん》と、マダム。彼女は女の子を産んだ。《フランスっていう名前にするわ、あなたが嫌じゃなければ》と、彼女。当時ぼくは反体制派だった。この名前は完全にぼくの信念に対する挑戦であり、否認だった。《幸運を祈るよ》と、ぼく。マダムは姿を消した。」(『フォリー・フランセーズ』)

「最初の夢――ぼくは外に出て、草の上にひざまずいている、嵐が荒れ狂い、潮は満ち、空も水面も落ち着かない灰色と緑。ぼくは掘りつづけ、指を擦りむき、血がにじみ出す。家のなかから彼女が叫ぶ、《シモン!　何か着て!　そのままじゃだめ!　ひどい風邪をひくわよ!　何か着て!　着なきゃだめよ!》彼女の声は突風に運び去られ、ぼくにはほとんど聞こえない、去年埋めたあの包みをぼくは絶対に見つけ出さなければならない、青いプラスチックで二重に包んだのをはっきりおぼえている、たしかここだった、月桂樹の右側、あまり深くはないはずだ、その場所を推し当てられる人は誰もいなかった……」(『黄金の百合』)

「いつものように、ここで、六月十日頃、議論は尽くした、空がまわる、水平線は永遠の暖かい霧に覆われる、正真正銘の夕暮れの劇場に足を踏み入れる。嵐が来そうだ、だが力ずくで抑えられ、圧縮され、包囲されている。別の歩き方をし、別の眠り方をする、目は別の目で、呼吸は深まり、物音は鮮明な深度を見つけ出す。この小さな惑星には、要衝ごとに、その面白味がある。」(『ヴェネツィアの祝祭』)

「わが望みはかなった。雨と倦怠の午後、孤独、沈黙、目の前には見渡すかぎり広がる空間、草、水、鳥たち。準備は整った、今や頭脳と手とは一致して、直接に翻訳しあう。とにかく前進しよう、ひたすら灰色ばかりが続こうとも、ぼくにとってはきらめく色彩のなかを行くのと同じこと。ただそこに存在し、明瞭率直でゆるぎなくあればいい。信頼すべきなのだろうか、今まさにやってくるちょっとした文章を、肌を、笑いを、愛撫、鼓膜、隠された意図、懇願、羽根、吐息、鼓動、味わいを? さあ、夢想家よ、音楽だ。」(『秘密』)

「ぼくがこんなに一人きりだったのはめずらしい。でもそれも悪くない。この頃ますますそう思うようになった。きのう、ぼくは町をあちこち走り回ったあと、河岸で車を停め、川べりの寒さのなかを一時間歩いて、二つの大きな公園を駆け足で往復した。それから午後遅い時間にベッドまで戻ると、そのままますぐに眠り込んだ。ぼくは、たしかに、好きなときに好きなところで寝てしまう。」(『ステュディオ』)

「その月、十一月か十二月のことだったが、ぼくは本気でおしまいにするつもりでいた。ベティーの拳銃がぼくの右側にあって、ぼくはときどきそれを見つめていたものだ。引き出しのなかのあの黒い染みを忘れることはあるまい、濡れそぼった中庭に向かって開いた窓も、家具の揃っていない狭い寝室も、耄碌した肥満の貸主のことも。その貸主は一日おきにやってきては、ぼくが外出時に明かりを消すのをまた忘れたといって、僕の耳もとでどやしつけるのだった。」(『固定情念』)

「行こうか?
――行こう。
モードは質問しない。彼女は準備ができている。スイッチを切り、ドアを閉め、鍵をかけ、車に乗り、姿をくらます。国境を越え、雨と日の光を浴び、家を開ける。ひと息ついて、今は、ひと息ついて。聞き耳をたてて、見つめて、感じて、触って、飲んで、息をして。どこに行くかはあとでわかるさ。あとで言うよ。」(『恋人たちの星』)

「風、相変わらずの風だ、一週間前からずっと、上のほうから吹き下ろす激しい北風。ぼくらは下のほうにいる、あいだに、沖合に。ぼくらは立ち往生している、待ちわびている。何百回となく経験しても、そのつど初めてのことのようだ、麻痺状態、倦怠、ちょっとしたしぐさ。ぼくらは起きあがる、歩く、呼吸する、しゃべる、だが実際はなかを這っているだけだ。狼狽、疲労、停滞した時間、針。過去の魔法は解け、現在は無力で、未来は不条理だ。ぼくらは横になり、目覚めたままでいる、ぼくらは食べ、度を越して飲み、ふらつき、立ったまま眠る。ぼくらは病気にかかっているわけじゃない、病気そのものなのだ。欲望は湧かず、色彩は消え、休息は訪れず、本当の言葉は浮かばない。」(『神聖なる生』)

ご覧のとおり、これら冒頭部はたいてい雰囲気が暗い。語り手はどこかしら行き詰まっている感じがする。できれば、存在することの病から、そのむかつくような感覚から、やがては癒えなければならない、というかのようだ。これらすべての小説が語っているのは、とどのつまり、出口なしの状態に出口を、逃げ道を見つけ、有利な情勢へと通じる機会をどうやって得るかということだ。障害がいくつか立ちはだかっている。語り手はそれらを迂回しようとする。いずれ味方が現れて助けになってくれる。たいてい女性だ。どうもうまくいっていなかったのが、うまくいくようになる。この種のことならすでに経験したことがある、それを語り手は思い出す。

そんなわけで語り手は、何かを待ち受け、受け入れる状態に身を置く。いくつか出会いがあって、回復期に入り、しだいに調子が上向く。身に起きた冒険は、執筆中の本と一体になる。真実の生、現実に生きられる生とは、本のことだ。それとは別の生、社会生活というのは、いつだって厄介な地獄に決まっている。

小説を一冊書きあげるのに、ふつう二、三年はかかる。書き終えるとしばらくはどんよりした抑鬱状態に陥っている。日常生活は絶えず意気沮喪させ、根本的な迷妄を生む。〈歴史〉の総体は、どうにかして目覚めるべき悪夢だ。そんなわけで復唱しておこう、病とひどい不条理があって、そこから抜け出ようとする企てがある。

教訓――現実は死をもたらし、フィクションは救いをもたらす。フィクションを通してこそ、リアルなものと真実が見つかる。もっとも、そう思われているのとは違って、フィクション（「聖なる流体」）は「虚構」ではない。フィクションは真実の時空間を創造するのだ。そこには真実があるのだ。

女たちはフィクションのいちばんの味方だ。まったくのおあつらえ向きで、フィクションのなかではごく自然にその力を発揮する。女たちを、耐え忍んできた重さから解き放ち、いつもの不満の外に引き出してやるだけで十分だ。表面では婚姻生活を維持したまま、ということはつまり夫に内緒で不倫をはたらく女は、一種の恩寵だ。子供がいれば、なおいい。自分の金を使ってくれるのであれば、申し分ない。

まったく背徳的な（といっても、この件に道徳はまるで関係がない）状況の陰で夫は（家族の話と同じく決して話題にのぼらないが）、人間の条件の真面目さを引き受けているに違いない。自分の妻の母親役を演じ、性的な行き詰まりのせいで不機嫌になっているはずだ。これはまあ仕方ない。それにひきかえ、秘密を抱えた妻のほうはユーモアたっぷりだ。

いわゆる「レズビアン」は、当然のことながら、男っぽくない男に惹かれる。そういう男はゲイの友人たちとは違う。ゲイの友人たちからは、拒絶もしくは同一化（どうせ同じことだ）の作用で、彼ら本来の自由や詩情をあまり感じ取れなくなっている。こんなふうに自分の小説に登場する女たちを、カタログのように並べてみせるつもりはない。ただ、『神聖なる生』についてだけ。あそこに出てくるリュディとネリーは、なかなかうまく描けていると自分では思う。

こういう小説観は現代の人たちにどう受けとめられてるかって？　ここではニーチェが必要なことを言ってい

る——

「きみは多くの者に、きみについての判断を見直すよう迫った。彼らはそのことできみを厳しく咎めている。きみは彼らのなかに立ち混じったものの、きみ自身の道を行った。そのことを彼らは決して許しはしないだろう。」

　文芸評論については、たいていの場合、リヒテンベルクふうの言い方をすることができる——

「本と人の頭とがぶつかって、うつろな音が出たら、それはいつも本のせいとはかぎらない。」

銃士

　ひとたび陸に戻ると、昼間はガスコーニュ人銃士の衣装を身にまとう。これは剣士だったぼくの祖父、ルイへの敬意のしるしだ。しかも、パリでぼくが活動拠点にしている界隈は、アレクサンドル・デュマ〔一八〇二—一八七〇。ガスコーニュ地方出身の青年貴族ダルタニャンの活躍を描いた『三銃士』の作者〕によれば、往時の三銃士がいたところなのである。つまりバック通り、ボーヌ通り、ヴェルヌイユ通りが交差しているあたり。何かしら問題があれば、ぼくはトレヴィル〔『三銃士』でルイ十三世治下の近衛銃士隊長〕に面会に行く。「殺伐とした世にあって、向こう見ずの蛮勇と、それ以上にめずらしい僥倖」で知られる人だ。トレヴィル？　「たぐいまれな策謀の才によって一流の策士になりながらも、あくまで廉潔だった。」

　ルイ十三世が真夜中に声を上げる場面がぼくは好きだ。

「私を起こすだと？　私が眠ると思うのですか？　眠るものかね、私は。ときどき夢を見る、それだけだよ。」

これに続く王の長広舌にはいつも笑ってしまう――

「困ったことをするね。あなた方四人で、たった二日のあいだに枢機卿殿の護衛士を七人まで倒してしまったりして。あんまり、やり過ぎですよ。少し手加減なさい。これでは枢機卿も三週間以内に護衛士をすっかり入れ替えねばなるまいし、私のほうは禁令を徹底的に厳守させなければならん。ひとりくらいのことなら、まあ大目に見よう。しかし二日に七人とは、あんまりだよ。まったくやり過ぎだ。」


　言うまでもなく、四人のうちでぼくのお気に入りはアラミスだ。この男、まるきり正体不明だけれど（フロンド派〔反国王派〕であるのははっきりしている）、やがて――そんなに驚くようなことじゃないが――イエズス会の管区長になる。

「アラミスは、居間と食堂と寝室からできた、ごくささやかなところに住んでいた。寝室は、ほかの部屋と同じように階下にあって小ぶりで小綺麗な庭に面している。緑の木陰でおおわれて、近隣から見通されぬようになっていた。」

　寝室が面しているというこの小さな庭が、ぼくは気に入っている。「近隣から見通されぬようになっている」のは、最低限の用心だと思える。考えてみれば、今までぼくは近隣の人とつきあったためしがない。それが女性であれば、なおさらだ。しかし、隣人とは何だろうか？

　あの「みんないっしょ」問題に関して、ニーチェは（またニーチェだ）、〈スペクタクル〉の時代を先取りするかたちで、きわめて正確なことを述べている――

「劇場において人は民衆、畜群、女、パリサイ人、野次馬、保護者、白痴、ワーグナー主義者になる。そこでは個人的良心は大多数者の水準化の魔力に屈服する。そこでは隣人が支配する。そこでこそ人は隣人になる。」〔ニーチェ対ワーグナー〕

　隣人づきあいとは、だから過去・現在・未来の催眠的全体主義の学校なのである。

若かった頃の三、四年、あなたは極左と積極的に隣人づきあいをしたじゃないか、との声が聞こえてきそうだ。力を浪費する必要があったのだと思う。

ぼくは虚無と交わったことがあるし、死とはいくたびも寝た。辛くなってくるだろうから、詳しいことは差し控える。ともかく、ぼくは無個性の「隣人」とつきあったことは一度もない。ピカソは晩年、銃士をたくさん描いている。今日にあって枢機卿の護衛士にあたるのは、共和国にほとんど関心を示さない人たち、とくにグローバル金融資本家たちだ。彼らとはうまくやりたまえ。ルイ十三世にあたるのが見つからないって？　ぼくの知ったことじゃないな。まあ法王に謁見したまえ。

はっきりさせておこう。ぼくは復古的なことはいっさい望んでいないし、特定の信仰も、信仰一般もすすめてはいない。衰退や退廃はある。けっこうだ、なんとか持ちこたえようじゃないか。ただ、ぼくの唯一の望みは、すぐれた者たちが偉大なものを尊重することだ。偉大なものが彼らに霊感を与え、彼らを刺しつらぬき、彼らを駆り立てることだ。そして彼らがそれを越えようとすることだ。失敗は大した問題じゃない。本当の失敗は、何もしようとはしないことだ。

偉大なものに小便をひっかけるのは軽蔑すべきことだ。たとえば若年のサルトルが、シャトーブリアンの墓に小便をひっかけたみたいに。カトリックの小娘ボーヴォワールをびっくりさせるための子供っぽいいたずらだと言えば、たしかにそのとおり。でもやっぱり、行き過ぎた反抗的態度《プロテスタンティズム》というものだろう。だが、同じことは、岩に押しつぶされた聖母マリアや、Tバックのベネディクト十六世にも精液の涙を流す聖母マリアや、Tバックのベネディクト十六世にも

言える。ふざけてムハンマドの風刺画を描いてみるがいい、どうなるかは目に見えている。だが、同じことが法王についてなされても、腑抜けた嘲笑を招き寄せるだけだ。ならば思い切ってやってもらおうじゃないか。巻き髪のラビがコーラン原理主義者にオカマを掘られている絵を描いてみたまえ、そしてあらゆる点から見て反体制的なこの作品を、ミラノの最先端のギャラリーに展示してみたまえ。話題になること間違いなし！　でも、その後どうなるか、ぜひぼくに聞かせてくれ。

もっとも、興味深いのはそういうことではなく、今では誰ひとり、いかなる「アーティスト」も、この種のことを思いつかないことだ。

　ぼくが「性的妄想障害」と呼んだような性的不全感こそが、われらが平板な時代の支配的な特徴になっており、その必然的な結果として、深刻な抑鬱状態を招き寄せている。暴力、自己破壊、腐敗が一方にあり、他方で同じ店に、晴れやかな顔つきの複製の商品が並んでいる。

　偉大な絵画（ティツィアーノ、セザンヌ、ピカソ、ベーコン）は、五感を巻き込んでの生のレッスンであるとぼくは信じてきたし、いまだにそう信じている。そうした絵画を語れるということは、本当の意味で絵を見ている証拠、絵を聞いて、呼吸して、触知している証拠だ。ぼくは自然のなかに入っていくように一枚の絵のなかに入り込むし、一枚の絵のなかに入るように自然のなかに入り込む。音楽でも同じだ。バッハのパルティータが、ハイドンのソナタが、モンテヴェルディの合唱曲が語っていることが、ぼくには見える。思うにヴェネツィアでは、街を覆い隠そうとする観光都市もしくは「文化都市」の殻の下で、こうした戯れが——見ること、描くこと、呼吸すること、聞くことのあいだの絶えざる戯れが演じられている（だからぼくは、迷信からとはいえ、わざわざヴェネツィアでインクを買い求めたりするわけだ）。画家、作曲家、作家は銃士である。ときには思想家も（めったにないけど。でもニーチェ以上の銃士がいるだろうか）。ペン、筆、鍵盤、剣——実質は同じだ。いつでも戦いがある。みなはひとりのために、ひとりはみなのために。

《戦いと愛のマドリガーレ》〔モンテヴェルディ作曲〕。戦いと愛。我愛す、ゆえに我あり。

ジョゼフ・ド・メストルがどこかで言っているが、信仰とは愛によって信じることだ。そして愛は理屈をこねたりしない。

「ミラノの人」スタンダールの墓碑銘は、イタリア語でこうだ——「生きた、書いた、愛した。」

　いつの時代にも、こういう〈愛の神の信徒たち〉がいる。もっとも謎めいた教団だ。

神曲

　話は二十世紀末にさかのぼる。時代がそこに至ったことに誰もが驚いていたところへ、大規模な嵐がフランスを通過した。一九九九年のことだ。一九四〇年代初頭にドイツ軍に取り壊され、その後建て直されたレ島の家屋が、強風で甚大な被害に見舞われた。庭も無事にはすまされなかった。樹齢百年のヒマラヤスギも、夏場の日差しからぼくを守ってくれたカサマツも、みんななぎ倒されてしまった。そこで如実に思い出さざるをえなかったのが、かつて同じレ島の海辺の家が、そしてボルドーの生家が、庭もろとも取り壊されたときのことだ。夢がそのたびに場所を、色彩を、時代を再現してくれることになったのだった。

　レ島では、冬のあいだ下ろしておく鉄製のシャッターにもかかわらず、居間が滅茶苦茶になっていた。暴風雨は庭を通り抜けながら、サーベルさながらすべてをなぎ払っていったため、右を見ても左を見ても、何もなかった。しかし、かつて砲弾の嵐が通ったあとでは、文字どおり何も残っていなかったものだ。


　それは友人のブノワ・シャントルの申し出によって、おそらくぼくの最良の本の一冊と言っていい『神曲』に取りかかっているときだった。ダンテを出発点とする本だ。

　ダンテは昔から強迫観念のようなものになっていて、長らく愛読しているし、その響きがわかるようにイタリア語に親しんでもきた。一九六〇年代初頭にイタリアにはじめて旅行して、フィエレンツェやラヴェンナ（ダンテの墓がある）を訪れたさいにも、あちこちにダンテの痕跡を探し求めたものだ。あらゆる時代を通じて、これほどにぼくを捉え、惹きつけ、繰り返し魅惑する作家（もっとも作家以上のものだが）はいなかったと言っていい。そのためか、自分はダンテの加護のもとに、というかダンテの恩寵に浴しながら生きているんじゃないかと想像してみたくなるほどだ。ダンテについて最初に書いたのは、「ダンテとエクリチュールの横断」というエッセイで、一九六五年のこと。同じ年に出した『ドラマ』にも、ダンテの影が感じ取れる。ダンテの影といえば、もちろん『天国』でのほうがはるかに顕著だが、それは別のかたちを取っている。句読点なしで、途切れることなく続く息吹というかたちを。

学者的な関心の寄せ方だろうって？　とんでもない。切迫した、直接的な内的体験だ。七世紀の時を隔てて（西暦一三〇〇年にさかのぼる）、きみ自身のひりひりするような現在を、誰かが語りかけてくるのだ。それは実に明瞭で毅然とした声であり、詩の頂であり、驚くべき小説だ。

ぼくがイタリア生まれだったら、ダンテへの関心は、なんだかんだ言って当たり前に見えただろう。もっとも、ダンテについて真に創造的な仕事をしたイタリア人などひとりもいないけど。しかしフランスでは、無知と無言があるのみ。教会ではひと言もないし、公立の学校でも大学でもまったく言及されない。するとこう考えてみるべきだ、子供時代の強い信仰心があってこそ、世の検閲と数々の壁の向こうに耳を澄ませることができるのだと。地獄？　あるに決まってる、それしか目に入らない。煉獄？　明白だ。天国？　実在する。神さま？　当然だ。地獄に落ちた者、煉獄で試練に遭う者、福者、聖者、聖女、聖母、三位一体、太陽その他の星辰を動かす愛？　つねに感じられる、はっきりと、ときにはするどく。『神曲』を読む前に、ぼくはその世界を生きたのだ。すでに言ったように、ぼくは気違いだった。すなわち、ぼくにしてみれば理性の絶頂にあった。新たな理性、新たな愛。強調したいのは、これが喜劇であることだ〔『神曲』の原題 *La Divina Commedia* を直訳すれば「神聖喜劇」になる〕。これこそが問題の核心なのだ。ベアトリーチェのような永遠の女性だけを崇め奉ることなどありえない。たしかに幾度か経験を重ねると、唯一の愛に収斂しはするが、それはむしろ「神」への愛なのだ。ダンテ以降、女性的なるものにはいろんなことが起きたから、ぼくはダンテに修正を頼まれ、そのとおりにした。

ぼくもかつて〈道〉を見失ったことがあったが、暗い森のなかを行きながら、たったひとりで戻ってきた。つまり〈道〉はあったということだ。そもそも〈道〉はつねにあるということだ。

偏狭で苦痛を賛美する現代のカトリック信仰が、ぼくは端《はな》からさっぱり理解できなかった。カトリックにあっては、すべてが高揚と歓喜に向かっていくはずだと思えて仕方がなかった。《*Introïbo ad altare Dei, ad Deum qui laetificat juventutem meam.*》ジョイスが『ユリシーズ』の冒頭で、パロディーを隠れ蓑《みの》にして（蒙昧の時代には必要なことだ）、ミサの初めに唱える祈りをラテン語で引っぱっているのは偶然ではない。「われ神の祭壇に行かん、わが若さをよろこぶ神に行かん。」ぼくの若さ（年齢ではなく、若々しい内面の生気）を喜び祝うというこの神は、僕《しもべ》たちがいいかげんにしか仕えていないが、ぼくには自然と最善の神に思えた。恍惚の聖人になって空中に浮揚しているなど、十歳とか十二歳の頃は、なんでもないことだと思っていた。ミサ、典礼、ステンドグラス、祭服、花飾り、音楽は、ごく当たり前のものに見えていた。悪魔が徘徊してるって？　かまうもんか、こっちの意のままにしてやるさ、それに守護天使だってぼくを守ってくれてるし。悪魔なんて、わけないさ。

聖餐式、聖体のパン、天に差し上げる聖体器、肉体になるパン、血になる葡萄酒、要するに実体変化は、ごく普通のことだ。だって肉が言葉になり、言葉は肉になるのだから。言葉は受肉する、受肉した言葉が語りかける。聖体の秘跡の崇拝、心のなかで唱える祈り、祈りにともなう沈黙、聖体顕示台、香、蠟燭、ささやき、オルガン、聖歌、すべてがぼくの心のもっとも深くに響いてきたし、いまだに（少なくともイタリアにいるときは）ぼくを感動させる。初聖体、堅信式、盛式初聖体といった儀礼を、ぼくは熱心に、嬉々として通過した。信心に凝り固まってるって？　冗談じゃない。ぼくは信仰を少しも否認しない。信仰を愚弄したり激しく否認したりするのは笑止千万だといつも思ってきた。そういうのは似非《えせ》信心《しんじん》といっしょで、精神科か祈禱師に診てもらうべきだ。おお、神よ、やつらは欲求不満で頭がいかれちまったんです、古くなって体もどうにかなった悲惨な連中なんです！　ぼくは神経症的な信心は嫌いだが、理性と（間違って）呼ばれている眠りやつんぼ状態も嫌いだ。人はみな神に呼びかけられているのではないか、神に、もしくは神々に、ともかく神的なものに、さらには聖なるものに。あなたは信者じゃないって？　じゃあ関係ないな、でもぼくの邪魔はしないでくれ。

　自分の青春時代（反抗期）を決して否認しないこと。自分の子供時代（魔術的時期）はなおさらだ。子供時代の、つまり光り輝く信仰、しかも秘められた豊かな自然にあずかるところ大である信仰。もやもやしているのは人間だけだ。どうしてなのか？　すぐにわかるだろう。なにゆえ人間の心のなかはうまくいかないのか、いずれ見てみることにしよう。

　神とは愛《アムール》である。もっともそこには、予見不可能な無限の複雑さはもちろん、相当のユーモア《ユムール》を、しばしばブラックユーモア《ユムール・ノワール》を加えなければならないが。よく言われるのとは違って、神へと至る道はとても行きやすい。これはアビラの聖テレザが見て取ったとおり――「地獄とは愛のない場所である。」ぼくにもぼくなりの闇と地獄のヴィジョンがある。底なしの深淵、息が詰まる牢獄、方向とコミュニケーションの喪失、あてどない歩行と奔走、ダナイデスの樽、落下する岩、露天の墓地、徒刑囚のおぞましい声。この手のレコードや映画なら、あなたもよくご存知だ。毎朝早く、眠りながら視聴しているはず。悪夢を見るのは目覚めの奇跡を感じるためだ。朝の光を、現実の物音が聞かせる陽気な音楽を感じるためだ。

　法王ベネディクト十六世が、カトリックの集まりで少しばかりラテン語を復活させているのは、まったくもって正しい。よく言われるように「原理主義的」な態度では全然ない。そうではなく、聖アウグスティヌスからモンテヴェルディ、モーツァルトに至るまで、ラテン語で書かれ、ラテン語で歌われたもののすべてへの敬意のしるしなのだ。膨大な量の書物や音楽を、それがラテン語なのを知らずに、どうやって理解しようというのか？　歌詞もわからずにミサ曲を聴いたりするだろうか？　《Incarnatus》と言われてもピンとこない？　《Miserere》とか《Gloria》とか言われても？　《Et in saecula saeclorum》も駄目？　そいつは残念。

「何もわかっていない者は、半可通よりもよくわかっている」と、ジョゼフ・ド・メストルは挑発的なことを述べているが、これはすぐにでも裏付けられる。ぼくのところの管理人のおかみさんはポルトガル出身でカトリック教徒だが、彼女がぼくの知り合いや近親者や友達なんかより、よっぽどぼくのことをわかってくれるのも、たぶんそのためだ。

「天国篇」が、恐ろしいほど無視されたままであるのには愕然とする。ダンテは、なんといっても地獄を、これでもかというくらいに描き出した存在というわけに違いない。もっともダンテについては、詩人たちは実にそっけない。クローデルはすぐさまダンテを追い払ってしまうし、まともに読んだこともない。サン゠ジョン・ペルスは読んだふりをしているだけ。ブルトン、アラゴン、アルトー、シャール、ポンジュ、ミショーなんかになると、まったく出てこない。ユゴーはダンテを自任しているが、ひどい思い違いだ。「破壊はわがベアトリーチェになった」とマラルメは述べているが、誤解もはなはだしい。ベケットには出てくる（いつも地獄、少しだけ煉獄も）。ドゥボールにも出てくる（ただし、いつも地獄、なにしろわれわれは闇のなかで堂々巡りをしながら火に焼かれているわけだから）。

七世紀の時（秘教的な掩蔽期間）を隔てて、ダンテは世に蔓延するニヒリズムをかつてないほどくっきりと浮かび上がらせてくれる。この点は、ぼく自身の経験の内側から、少しずつ見えてきたことだ。

いったい何が、われわれからダンテの姿を隠しているのか？　ユゴーという似非《えせ》大聖堂をはじめとする、ほぼいっさいのものだ。地獄の季節はだいぶ長らく続いていて、終わろうとする気配はみじんもない。心ならずも背中を押され、飛び降りてしまった場合は別だ。ぼく自身はそうなったし、今でもそうだ。

文芸評論家や大学の哲学研究者、いわんや当代の「詩人」を自任するような人には言わないでほしい、ぼくの『天国』（第一巻は一九八一年、第二巻は一九八六年）は二十世紀のもっとも偉大な詩だなんてことは。彼らは下手な冗談だと思って、鼻で笑うだろうから。

ドゥボールの映画のタイトル《In grium imus nocte et consumimur igni》（《われわれは闇のなかで堂々巡りをしながら火に焼かれている》）は、ラテン語の回文になっている、つまり左から読んでも右から読んでも同じだ。調子はダンテふうだが、地獄篇のダンテだ。ダンテの天国に住まう者は、逆にこう言うだろう（ラテン語ではなく、イタリア語で）――われわれは白昼に高みを飛翔しながら、不死鳥のように火で生気を取り戻している。ヴェルギリウスのラテン語からダンテのイタリア語までには、十三世紀の時が経っている。イタリア語からフランス語までは、七世紀だ。

ぼくの『神曲』は、そんなわけで二〇〇〇年に刊行され、その年の十月にぼくは、ローマのヨハネ・パウロ二世に献呈しに行った。そのときの写真があって、こちこちのインテリ連中に大スキャンダルを巻き起こした。本の献呈式は、公衆が見守るなか、サン・ピエトロ広場でおこなわれた。七年前に法王襲撃事件をめぐる本（『秘密』）をお送りした旨を申し上げたところ、なんと法王はうなずいて、思いがけずこちらに腕を伸ばしてきた。そしてぼくの目をまっすぐ見つめながら、右手をぼくの左肩にしばらく当てていた。まなざしが緑色のレーザー光線よろしく突き刺さってくるだけに、奇妙という以上に、さながら軍人の儀式かと思われた。手を肩に置いたまま、ひと言も言葉はなく、耳を聾するような沈黙がずっと続いた。そうして遊撃手たるぼくの行いを祝福され、もろもろのぼくの罪をお赦しになったのだ（神のみぞ知るところだが）。これは写真に残された。その後、献呈した本を激賞する手紙が届いた。聖母マリアの加護あれかし、との祈りが添えられたいた。殺されて復活した身にとっては、身に余る光栄だ。

ダンテは、当時の法王たちに対して遠慮がなかった。幾人かを地獄に叩き込んでさえいる。一九二一年、この西洋の記念碑的詩人が没後六百周年を迎えたさいに、ベネディクト十五世は実に感動的なオマージュを捧げている。ベネディクト十五世は過小評価されている法王だ。もちろん平和主義者であって、ドイツ人とフランス人がかように（第一次大戦におけるように）殺し合いを続けるなら、ヨーロッパはついには惨憺たる破局を迎えることになるだろうと強い調子で警告した。すると、ドイツとフランスの両陣営から悪しざまにののしられた。ドイツ人にしてみれば「裏切り者」、フランス人にしてみると「くそドイツ人法王」というわけだ。徹底的な研究の必要を訴えながらベネディクト十五世がダンテに盛大なオマージュを捧げた十二年後、地獄のヒットラーが権力の座につく。地獄のスターリンの確信犯的な手を借りて。結果、ポーランドが消えてしまう。一九七八年にポーランド出身の法王がすぐさまＫＧＢの標的になったのは、おそらくそのためだ。

その前に、法王ピウス十二世が「ナチズム」の嫌疑（『神の代理人』〔ドイツの劇作家ホーホフートによる戯曲で、第二次大戦中のピウス十二世の行動を批判した〕など）をかけられてさんざん批判されたし、いまだに批判は続いているけれど、これはフルシチョフが署名してソ連当局が仕組んだプロパガンダだったことが、だんだん明らかになってくるはずだ。「カトリック教会の信用を失墜させる」ことを目的とするプロパガンダだが、ソ連の邪魔になっていたのはロシア正教会ではなく、ローマのほうのカトリック教会だったというわけ。ヨハネ・パウロ二世の後継者であるベネディクト十六世も、ドイツ出身であってみれば、多少なりとも「ヒットラー主義者」ということになってしまうはずだ。そういえばベネディクト十六世だって、説教でダンテを、しかも（ついに！）「天国篇」の最終歌の冒頭を引いている。どうですか、この擬古趣味！　おまけにモーツァルトがお気に入りの作曲家で、そのピアノソナタを弾くのが趣味だと言ってのける。この新法王、どう考えたって、やることなすことすべて間違いだらけ。イスラム教に挑戦状を叩きつけるわ、言葉のはしばしにラテン語を織りまぜるわ、わがローマ教会こそ唯一正統の（プロテスタントと正教徒を率いる）教会だと公言してみせるわで。これじゃさすがに常連客も辟易して、会社も破産するだろう。性に関してもいっさい解放はなし。この人、つまり頭がおかしいのだ。要求には順応しなさい、ええい、ちがう《ノン》、そうじゃない《ナイン》、ちがいます《ニエット》よ、まったく石頭なんだから。

とはいえ、ぼくのささやかな意見を言わせてもらえば、ダンテとモーツァルトとは、本当に頼もしいかぎり。あちこちの教会からすっかり人がいなくなってるって？　それが何か？　おかげで〈神の御言葉〉がよく聞こえるようになると思うけど。

こんなこと言うと、信心深い読者、宗教嫌い、「ヒューマニスト」の気分を害するって？　かまうものか。ヨハネ・パウロ二世は、ぼくの性生活をあれこれ尋ねるのはよろしくないと判断した。わざわざぼくの本を開き（あるいは側近に開かせ）、当然のことながら、ぼく自身と同じで、すぐれた本だと考えた。法王謁見を取りもってくれたのは友人のブノワ・シャントルである。彼はぼくを追い詰め、勇気づけてくれる。そしてフランス教会の良きフランス人として、抵抗する。シャルル・ペギーを敢然と擁護するのだ。もっともぼくは、ペギーの称える勤勉なるイヴ像にはうんざりだけど。それからシモーヌ・ヴェイユも擁護する。ぼくにしてみれば、ヴェイユの詩はひどく時代がかっている。それに比べるとダンテの詩は、いついかなるときも輝かしく、やけに新鮮で、生々しい。シャントルの十八番はパスカルだが、ここでぼくらの意見は一致を見る。ただしぼくは、無限の空間の音楽が好きだ〔「無限の空間の永遠の沈黙が私を恐怖させる」というパスカルの有名な言葉のもじり〕。

　七世紀を経るあいだに、いったい五感《サンス》はどこに行ってしまったのか。どうも機能不全を起こしているようだ。というかむしろ、とあるビアホールに友人たちと足を踏み入れたときのボードレールの言葉を借りれば、「どうも破壊の匂いがする。」

ダンテの『神曲』がそのリズムによって、歴史的なものから神秘的なものに至るまでの四つの意味《サンス》＝感覚を重ねあわせていることは、あらためて指摘するまでもない。だが、こんなことを言うと、読者がついてきてくれない。読者のところに戻るとしよう。

　そんなわけで、ぼくの『神曲』はひっそりと天国に行くことになった。どんな反応があったかって？　なんの反応もなし、というかほとんど反応なし。でもこの本と、モーツァルトについての本〔『神秘のモーツァルト』〕は、『秘密』や『ヴェネツィアを愛する辞典』とともに、ローマ教会に保管されている。保管場所として、これ以上にふさわしいところがあるだろうか。ないんじゃないか。

　ヨハネ・パウロ二世と写った写真の評判は芳しくなかった。さんざんだ。酷評や辛辣な意見、怒りや喧嘩腰の批判さえあった。きわめてシュルレアリスト的な、またどれほどかシチュアシオニスト的なこのシーンは、慶賀されるどころか、逆に人びとの当惑、困惑、顔面蒼白を引き起こし、唇をぎゅっと結ばせたのだ。それから本はどうだったのかって？　どの本？　本なんてあったかしら？　どこに？　ほら、そこ、右側にいる枢機卿がうやうやしく手に持ってる。本？　ダンテについての？　ダンテがどうかしたの？

　この作戦行動の全体は、「新・盗まれた手紙」というタイトルを付けることができるかもしれない。警察はすべてを見ているつもりでいながら、実は見ていないという。

　あわれなヨハネ・パウロ二世、一九七八年、ニューヨークにいるときにCBSのテレビニュースで見たときにはあれほど颯爽としていたのに、二〇〇〇年にはいかにもやつれていて……。ご多分に漏れず、ぼくも悲しみにくれながら葬儀の実況中継を見ていたが、「すぐに列聖を！」と書かれた横断幕を群衆が掲げていた。何も知らないくせに！　自分たちが喝采すれば「すぐに」聖人にできるとでも思っているのか！　ヨハネ・パウロ二世の列福〔列聖の前段階〕の蓋然性は高い、列聖も、結局奇跡は必要だが、ありうる話だ。となると、その暁には、ぼくは聖人に激励されたということになる。カトリック教会には、天使的博士とか精妙博士とか呼ばれる人たちがいるが〔前者はトマス・アクィナスの、後者はドゥンス・スコトゥスの綽名〕、ぼくには「罪人博士《ドクトル・イン・ペカトー》」の称号を要求したい。この称号がいっさいの広報なしに、つまり「秘密裡に《イン・ペットー》」与えられることは言うまでもない。

　親しい友人のひとりは憤慨していた。彼いわく、「やれやれ、誰の前であっても膝を折るもんじゃないって、お父さんから教わらなかったのか。」ぼくは答えてやった、うちの父がこの話にどう絡んでくるのか、よくわからないな。ぼくの個人的意見はどうあれ、これはとにかく儀礼の問題にすぎない。ぼくはイギリス女王の肩を叩くことはしない。同じ道理で、法王の首根っこをつかまえ、「おい、じじい、元気か」と怒鳴りながら、計算ずくの贈り物を渡すことも考えられない。もしそんなことをしていれば、ぼくは左派の新聞の一面を飾ったかもしれないけど。

　ローマではフランス大使が、何も相談がなかったとかで、いい顔をしなかった。ダンテの専門家だという女性も不満気だったし、共産党系の新聞記者は怒り狂っていて、「エクスプレス」誌の特派員は皮肉を言い、ロッジP2〔イタリアに拠点を置いていたフリーメーソンの団体〕もしくはその残党は落胆の色を隠さず、文化評議会議長も務める枢機卿は事前に何も知らされていなかったために気を悪くしていた——要するに、みんなの受けは悪かった。パリではもっとひどい。誰もが僕にふくれ面《ツラ》をしてみせた。例外は、本の読み方を知っていてユーモアのセンスを失っていない数人の友人だけだ。

あの怪しげなフランス人作家は、いったいどこを通ってローマまで行ったんでしょうね？　いやなに、屋根を伝ってね。

こういうのはみんな、たわいない逸話ということですむだろう。ただし、この種の状況にあって確認できることがある——全般にわたって分断を推し進めようとする根深い欲望、身分や地位を固定しておこうとする意志、領土や禁猟区（どんなにちっぽけでも）の管理統制、迷宮のような税関、どこかしら象徴的な意味を有する税金、つまり言ってしまえば、無償性の中心にある〈教会〉の商人たち。

ほぼみなの一致した反応——毛沢東だと思ってたら、こんどは法王か！　いいかい、いい加減にしろ！

すでに述べたとおり、毛沢東についてはまったく後悔していないし、罪責感も罪の意識もいっさいない。一過性の狂熱、中国への抑えがたい情熱があったということ。それに、ぼくは毛沢東その人の規律を自分に適用してきた。ひとつ過ちを犯したら、その過ちを深めるべし、深めなければ正すこともできない、というのがそれ。ぼくは過ちを正した。それはぼくの内側にあるものだった。『神曲』についてなら、話はもっと簡単だ。そもそも、こういう本を法王以外の誰に贈ったらいいのか？　だってそこには、法王の役割が書かれているんだから。

ぼくは『天国』の冒頭で、ダンテをグロテスクに脚色したフランスのテレビ番組をからかっている。『ゆるぎなき心』では、日本のテレビ局が検討しているある企画にかかわって、ひとつ難問を考えてみた。つまり、カトリック文明を現代のひとりのアジア人女性にどうやって説明したらいいのか、という難問（これは将来的な問題でもある）。地獄についてなら、そんなに問題はない。ユダヤ教徒であろうと、イスラム教徒であろうと、仏教徒であろうと、地獄はどこも同じ地獄だからだ。しかし天国とか、母なる処女《おとめ》がその子の娘で天上の薔薇にいるなんてことは？　ひどく込み入っている。しかもヘブライ語にさかのぼってからギリシア語、ラテン語、イタリア語を通過しなければならず、英語でしゃべったものに日本語の字幕がつくことになっている。小説のなかではこの企画は頓挫するが、中国語版でなら実際にやってみたい。そして番組は、伝説的なイエズス会士マテオ・リッチに捧げることにしよう。北京にあるマテオ・リッチの墓は手入れが行き届いている。賢明の徳だ。

ある朝、ぼくのところで呼鈴が鳴った。配達係の男がいて、二十キロ（かそれ以上）にもなる荷物を運んできてへとへとになっている。中身は数巻にわたる大部の中国語－フランス語辞典『リッチ』だった。この辞書は世界的な壮挙である。ぼくならこれを読むだけで人生を十度過ごせそうだ。イエズス会からの贈り物だった。多謝。

番組のアイディアは次のとおり。始まりのシーンは、ニューヨークのとある建物の屋根のうえ。テレビアンテナが暗い密林のようにぎっしり立ち並んでいる。ナレーターはそこにいるのだが、格好は汚らしく、髪はぼさぼさ、おまけにどうしてこんな辺鄙な場所にやってきたのか思い出せない。そのときイスラム過激派のテロリストが、彼のいるタワーに飛行機を三機突っ込ませる。タワーは爆発し、崩壊する。奇跡的に助かったナレーターは、うろたえながら瓦礫のあいだをふらふらとさまよい歩く。そのとき突然ダンテが彼の目の前に現れる。顔はほっそりしていて張りつめているとはいえ、輝きがある（ジョットの手になる肖像画を参考にすること）。そして七世紀間ずっと沈黙していたせいで初めはよく聞き取れない声で語りかけてくる。その後は地獄、煉獄、天国と続くが、いずれも特殊効果を用いる。ただしテキストにはあくまで忠実であること。これはすごく面白くなる。誰かこのシナリオに出資してくれないかな。

番組の銘句として（もっとも、プロダクション側の検閲が入らないか心配だ）、ハイデガーの文句――

「言語は存在の言語になるだろう、雲が空の雲であるように。」

ダンテなのかヴォルテールなのか？　カサノヴァなのかハイデガーなのか？

ヴォルテールの偉大な専門家であった親愛なる老ルネ・ポモーが、ある雨の日、郊外の小さな自宅でぼくにこう言ったのを思い出す。「結局あなたは特殊なタイプのヴォルテール主義者なんだな。」まったくおっしゃるとおり。ぼくは何ごとにつけても「特殊なタイプ」だ。

どこにも回収できないものとは何だろうか？　矛盾、ただそれだけだ。

ビッグ・バン

ビッグ・バンが生じたのは、一三七億年前のことらしい。われわれの住まう銀河系や惑星がその余波でできたのは、ごく最近のことなのだ。太陽の光がわれわれのところに届いてくるのには八分かかる。宇宙はおそらく離散的である、すなわち非連続の空間から形成されている。複数のループのようなもので成り立っているわけだが、これは複数の別々の繊維で織られた一枚の布を考えるとわかりやすい。そんなわけで、われわれは宇宙大の忘却のなかで動きまわっていることになる。なにしろ、こうしたビックリ・ビッグ・バンに思いを致すと、「以前」や「以後」などというものが、途端にわからなくなってくる。ビックリ・ブラザーがわれわれのうえに張り出している。それから、肉眼で見える物質は、物質それ自体の氷山の一角にすぎない。光を吸収しながら活動する闇の領分のほうがはるかに大きいのだ。なんだかえらいことになっている。しかも物質はおそらく、震える微小な紐がいくつも連なって出来ている（きわめて中国的な考えだ）。かような条件のもとで回想録を書きつづけることは、完全に小説的な試みであることをお認めいただけよう。

ぼくが最後にアメリカに出かけたのは、一九九九年のこと。向こうで教えていたジュリアの力添えがあって、ワシントンにあるイエズス会系のジョージタウン大学が、親切にもぼくを迎え入れてくれたのだ。当地のアイルランド系イエズス会士たちと会食したときは、すぐに話題がジョイスに及んだ。なんと、ジョイスについては彼らにもそれなりの見解があったのだ。ワインはまずまずだった。キャンパスの創立記念日を祝っているところで、スピーチ、音楽、歌、ダンスが続く。庭の一隅には、驚くべきことに、聖母マリア像がある。パリのまっただなかにイースター島の巨像があるようなもので、この土地では異様な感じがする。たくましい植生、並び立つ巨木のおかげで、ぼくはワシントンが好きになった。神の息吹は、神の望むところにかかるのだ。たとえばジェリコーに、南京に、ヴェネツィアに、ローマに。ぼくは二〇〇〇年の初頭に刊行された『固定情念』の仕上げにかかっていた。小説は、パリのカフェ〈マルリー〉のシーンで終わる。語り手は、そこに翡翠の指輪を二つ、つまり白いのと緑色のを持ってきて、女性の主要登場人物ドーラには緑色のを、自分には白いのを嵌める。

ちょうど同じ時期にドミニックが『恋愛日記』を出したものだから、抜け目のないベルナール・ピヴォー〔テレビの書評番組「アポストロフ」の司会者〕は、ぼくら二人をいっしょに番組に呼べば大きな話題になると考えた（ぼくら二人が並んで写っている写真や映像はひとつも公開されていない）。え、人前には出ないですって？　みなさん出てくれますけどね。それじゃあ、出しましょう。ちょっとびっくりするようなことも言われた（「あなたがたの本に出てくるジムって、ソレルスさんのことでしょう？」）。で、それから？　なんの音沙汰もなし。私生活をさらしてまで有名タレントになりたくはない、と？　なりたくありませんね。あ、そうですか。

メディアに登場することで、ぼくがいつもあちこちで非難の的になっているのはわかる。ただ、そんなふうに非難するお人好しは、落ち着いてものを書くための故意の戦術なのだということを、これっぽっちも考えない。ぼくは時代の賛同を得られないので（なにより、ぼくの小説があまりに自由奔放なせいだけれど）、少なくとも時代の非難を利用してやることが必要だと考えている。ときどき記者が、かつてぼくを「取るに足らない」と決めつけたドゥボールのしごく曖昧なご託宣を盾に取ることがある。このドゥボールの指摘が、もとの文脈を欠いたまま「フィガロ」紙に掲載されているのを目のあたりにすると、ぼくもほくそ笑むわけだ。

もっとも、ピヴォーはいい人で、よく知られた彼の番組にぼくを何度も呼んでくれた。番組が本の売り上げに直結することもしばしばだ。そのピヴォーが、あるときこう打ち明けてくれた、一回分をまるごと費やしてぼくをテーマにしなかったのが後悔の種《たね》になっている、と（たとえばル・クレジオやモディアノを特集した回はあった）。ピヴォーは思いを率直に述べたのだと思うし、彼は今でも実に率直だ。でも一方で彼もよくわかっている、大作家に祭り上げるのには時期尚早だったし、老化を早めないほうがマシだということを。つまり、彼はぼくを守ってくれたわけで、かりにぼくを特集したとしても、ごくつまらない番組にしかならなかっただろう。ぼくはずっとアウトサイダーだ。それがぼくの役目だ。録画であれ録音であれ、納得がいくのは、アマチュアの手を借りて自作した延々何時間にも及ぶ《反＝テレビ》だけだ。これはいつの日か公開されるだろう。時はみずからの時を選ぶ、ぼくには時間が必要だ。最後のシーンは、それだけを別個に、ヴェネツィアのレストラン〈リネア・ドンブラ〉で撮った。もしぼくの映像を〈スペクタクル〉のプロやサラリーマンの手にゆだねていたら、ぼくにはまるで先が見えていなかったということになる。ぼくの記録映像が完全にノーカットで放映された暁には、彼らも驚くだろう。驚くだろうって？　いや違うな、何も理解しようとしないだろう。

世界が転機を迎えたのは、言うまでもなく、二〇〇一年九月十一日、ニューヨークでのことである。そのときを境にして、すべてが急速に変化している。ツインタワーが爆発したのみならず、世界の時計が変わってしまったのだ。一九八一年、法王が銃撃される。二〇〇一年、ツインタワーに人間爆弾が突っ込む。

その日ぼくはパリにいて、午後ガリマール社に到着すると、みんながみんなテレビに釘づけになっている。信じがたいことが起こったのだ。それはものすごいことで、魅惑的なことで、恐ろしいことで、おぞましいくらいに美しい。本当なのか？　映画なのか？　おそらく初めて、映画が本当になっている。テロが生中継されている。虚空に身を投げている人体は本物の人体であり、パニックは見せかけではない。映画は終わった、たとえそれが果てしなく続くのだとしても。古典的な戦争は終わった、たとえそれが空回りしながら続くのだとしても。その後については、ご存知のとおり。恒常的なテロ、バグダッドでは袋小路、いたるところで袋小路。湾岸戦争？　まったく関係ない。あれは〈技術〉が勝利したというにすぎない。今となっては、規則も法もあったもんじゃない。悪しき神が、きっぱりと仮面を脱ぎ捨てて襲ってくる。神？　どの？　とにかく死神だ。

事件の射程は長く、今後も余波が広がっていくだろう。たとえみなが、煙のように消えるのを恐れて煙を出すのをやめても。ゆえに、安全が固定観念になり、いたるところに監視カメラが設置され、個人のアイデンティティは危殆に瀕し、共同体はきわめて脆弱になってくる。別の時代が到来したのだ。どんな時代だというのか。

歴史の終わりではなく、別の歴史。世界の終末や世界の終わりではなく、別の世界。世界？　むしろ、脱世界。〈スペクタクル〉は相変わらずたけなわだ、というかむしろ空転している。何も起こらなかったし、何も起こっていない。爆弾を仕掛けた車が爆発していて、映画はスクリーンに押し寄せていて、小説はますます氾濫していて、自然は蹂躙されて縮小していて、ある大統領は動きまわっていて、左派は死につつあって、環境汚染は中国で猛威をふるっていて、プーチンは相変わらず一九二一年にレーニンが創設した毒物実験室の仕事にたずさわっていて、ブッシュは自分が生きていることを確信していて、ビンラディンは相変わらず一年でもっとも生き生きしている男であって、シャロンは昏睡状態にあって相変わらず延命装置を付けたままだ。

　偉大なるヘーゲルの予言では、歴史が終わるときには死が人間の生を送ることになる。ほぼ予言どおりになっている、歴史が終わっていないことを除けば。

　逆に、例のヘーゲルの格言なら、今や大いに当てはまる――

「〈精神〉が何に満足しているのかを見れば、それが失ったものの大きさを判断できる。」

　ぼくは満足などしない。


　二〇〇一年九月。そのときに出たぼくの『神秘のモーツァルト』は、すぐに忘却の彼方に追いやられる。その少し前に出た『無限礼讃』もだ。まさか、あの分厚い本に「ロンドンにて、二〇〇一年一月」と日付の入った前書きが付いているなんて、みんな思いもよらないだろう。その前書きは次のとおり――

「〈敵〉は不安なのだ。その情報網は穴だらけ、警察は手一杯、役人は腐敗していて、盟友は信頼できず、スパイは頻繁に寝返って、妻は不実で、その至上権はひとたびゲリラに襲われればぐらりと揺らぐ。管理統制に巨額の予算をつぎ込み、絶えず日程やらイメージやらを云々し、あらゆるものを買い、あらゆるものに投資し、あらゆるものを売り、あらゆるものを失う。時間はその指のあいだをすり抜け、空間はしだいにその拠りどころでなくなりつつある。「世紀」や「千年紀」といった言葉が喧伝されるにつれ、その意味内容は空疎になっていく。〈敵〉は自分に五年や十年の時間があればいいと思いつつも、来月より先のことは見通せない。ここで、戦国時代の中国におけるように、《秦の役者たちも河南では偵察員になる》と言ってみることもできるだろう。〈支配者〉は裸の巨人であり、針でほんの軽く突っつくだけで、その殻は破れてしまう。〈支配者〉は、ちっぽけな抵抗者にさえ翻弄されるゴリアテであり、「誰でもない《ペルソンヌ》」という名の者が誰なのか相変わらずわかっていないキュクロプス［ギリシア神話に登場する一眼の巨人で、ホメロスの『オデュッセイア』第九歌では、「誰でもない」と名乗るオデュッセウスの奸策にはまる］であり、監視カメラが自身の幻影しか録画しないビッグブラザーであり、犬が二回に一回しか条件反射に従わないパブロフだ。〈敵〉は大量に計算し、大量の連絡を寄越すが、何も言っていないに等しい。〈敵〉は堂々巡りし、苛立ち、どうして言語にここまで見放されることになったのか理解できずにいる。次から次へと情報を繰り出し、おのれの夢を忘れ、退屈な本を大量生産し、自分の映像を前にして居眠りし、金銭とセックスとドラッグが世界を動かしていると信じて疑わない。ところが自分の足もとの地盤が崩れていくのを感じて、めまいに襲われ、死んだほうがマシだとひそかに思うようになっている。」

なかなかよく見てるでしょう?

反復

〈時〉の鐘が鳴った。すると、みずからへの問いがおのずと湧いてくる、しかるべく生きてきたかどうか、永劫回帰があるとして、繰り返し繰り返し、いつまでも、同じように生きてみたいかどうか。

ぼくの答えは諾《ウィ》だ。喧噪を離れて、わがレ島（île de Ré）にいると、RとÉの二つの文字が「永遠回帰」(Retour Éternel)を意味しているように思われてくる。永遠の回帰（retour）であって、後悔（regret）じゃない。

病気、惨事、苦悩、近親者の死をも含めて、一切合財を始めからやり直す?

しかり。

「のちのちぼくと口にするようになる人物が……」

ぼくは、たまたま生物学的な懐胎があった一九三六年三月の午後、もしくは夜を、あらためて経てみたい。特別なものだと想像したくなるエピソードだ。

ぼくは、ある愉快で、声がきれいで、よく笑う女性のなかで、子宮内生活をあらためて送ってみたい。ぼくは彼女が二人の娘に次いで生んだ末の男の子だ。なんたる幸運。

ぼくは、あらためてよろめいてみたい、庭に生えたヒマラヤスギの大樹の木陰から日向に出ようとして目を閉じるときに。

ぼくは、そのときから呪いとなってぼくを取り巻くようになった喘息を、反復性耳炎を、乳突炎を患ってみたい、肺深部の苦しさと鼓膜を定期的に切開する試練を経験してみたい。わが友、呼吸と聴覚よ。

ぼくは、子供服にあらためて袖を通してみたい。いかにも間抜けな黄色いロンパース（ロンパース！）に、なかなかシックな子供用スーツに。忘れられた幼稚園。退屈で虚脱していた時期だ、教会によって磁化される日曜日を除けば。

ぼくは、馬鹿げたカトリック系の学校にいるふりをしてみたい。正午と夕方、姉たちが二人してぼんくらのぼくを迎えにくる学校に。

ぼくは、自分が慢性的かつ消極的な病人として横たわっていた魔法のベッドに再会してみたい。それから熱に、譫妄に、壁のうえを走る馬たちに、暗号に変わったシーツの皺に、汗に、待機に、疲労困憊に、緊急手術に、この狂人たちの世界からの奇跡的な離脱に。

ぼくはその合間に、ドイツ語の怒号を、英語のささやきを、スペイン語とバスク語の甘い言葉を、あらためて聞いてみたい。人生はざらついていて、危険で、秘められていて、矛盾していて、阻害されていて、解放されていることを学んでみたい。

ぼくは、母や叔母たちの肌に、あらためて触れてみたい。それから、そうとは知らずにぼくの人生を動物的に救ってくれたすべての女たちの肌にも。

ぼくは、間違いなく分裂症で、幻覚を見るあの男の子に、あらためてなってみたい。ときには病気を患うが、ときにはすっかり元気になって、突破の速さとコーナーキックの正確さで評判の右ウィングとして、たまにサッカーに興じたりする、あの男の子に。

　ぼくは、田舎のすべての宵の時間を、尽きることのない午前を、終わることのない午後を、どこにも通じることのない晩を、あらためて、たっぷりと過ごしてみたい。それからタランス、ペサック、ベーグル、グラディニャン、クレオン、カイヤック、レ・ザバティーユ、ル・ムルロー、ル・ピラといった名をもつ土地を、要するにボルドー南西郊のすべての土地を、あらためて訪れてみたい。束の間訪れるぼくの影に満ちた土地、自転車、テニスラケット、マスターベーション、松脂の香る情熱、大海原、潮、砂、釣り、鳥でいっぱいの木々。

　ぼくは、高校に戻って勉強しているふりをしてみたい、それから学校を抜け出して葡萄畑に行ってみたい、本物の知が宿る葡萄畑に。

　ぼくは何より、ウージェニーへの愛を、あらためて、際限もなく経験してみたい。彼女の到着を、ひっくり返る世界を、初めて口のなかで舌をからませたキスを、変わる言語を、的確なしぐさを、打ち続く日と夜の魔法を。

　ぼくは、おお、どれほど再会してみたいことか、庭に、テラスに、マユミに、椰子に、ヒマラヤスギに、マグノリアに、マルメロに、竹に、植込みに、松に、紫陽花に、月桂樹に、木蔦に（とくに木蔦に）、物置に、屋根裏部屋に、地下倉に、ガレージに、匂いに、色彩に、その時の季節のめぐりに、いつまでも過ぎ去らない時に、香水の香る女たちに、温室からはみ出したオレンジとレモンの木に。

　それから、ぼくは欲する、流謫を、破産を、不安を、逡巡を、それからあらためて病気を、昏睡を、恐怖を。

　ぼくは欲する、絶え間のない耳の手術を、乳突炎を患ったあとで頭部に着ける排膿管を（右耳のうしろの傷痕をご覧あれ）、喘息とその発作を、閉ざされた、だがひそかに開かれた未来を。

　ぼくはあらためて、退屈なことをすべて経験してみたい。家族の日常、昼食、夕食、型どおりのヴァカンス（でも逃避の場も見つかる）、学校、雑居生活、退屈な授業、でたらめな試験、味もそっけもない見せかけだけの宗教、偏狭でうさんくさい政教分離、ファシストの圧力に次ぐコミュニストの圧力——要するに、陰に陽におこなわれる全般的復讐。

　ぼくはしじゅう、「銀の匙を一本口にくわえて生まれてきたブルジョワ」（間違いがある、一本じゃなくて三本だ）呼ばわりされてみたい。こういうことを口にするのは感じのいい人たちなのだが、自分たちが「ブルジョワ」と呼ぶところのものに、ただひたすらなりたがっているものなのだ。

ぼくは、おお、どれほどあらためて経験してみたいことか、ボードレールやランボーを通して詩を発見したときのことを、すなわちわが人生そのものを発見したときのことを。これはあとで確かめよう。

ぼくはさらにまた欲する、パリで再会したウージェニーの肉体を、彼女や彼女の友達と過ごす夜を。彼女の友達はみんなスペイン人で、反体制派で、陽気で、肉感的。若くみじめな学生だったぼくにも、とてつもなく寛大だ。

ぼくは階段教室にあらためて座ってみたい。「財務数学」の講義のあいだこっそり文章を書き、学生食堂ではなんでも食らい、果てしもなく歩きまわり、女の子をひっかけ、そしてまずもって本を読み、さらに読み、ますます読んでみたい。

ぼくはその当時住んでいたすべての部屋に、あらためて住んでみたい。それから太陽のように、ドミニックとの出会いを永遠に経験し直してみたい。彼女の信じがたいほどの美しさを、彼女の笑いを、そして彼女の頑固な自由を、ぼくが多くを負っている自由を。

しかし、だからといって、ぼくは修行の場である放蕩生活をあきらめるつもりはない。娼婦たちの尻を熱心に追いかけたり、友達になった娼婦に夜の悪所（当時はとりわけパリ十七区に多かった）に連れていってもらったり、はちゃめちゃなスワッピングをしたり――要は、人生のスケッチ帳だ。すでに述べたように、放蕩はごく早い時期に（二十二歳で）始める必要がある。あとからハマるのはグロテスクだ。若年の頃であれば、ほとんど代償を払わなくてもすむし。

ぼくはそれから、あのいまいましいアルジェリア戦争の時期に、わが文明から遠く離れ、あのフランス東部の軍事病院をあらためて転々としてみたい。戦争では、実に多くの友達が不具になったり、外傷を負ったり、死んだりしている。これは絶対に赦せない。

ぼくはそれから、恋愛生活を、放蕩生活を、「前衛文学」生活――「テル・ケル」とその仲間たちの、真剣さと熱狂の物語――を、すべて同時に送ってみたい。

ぼくは何より、ぼくの机に、数々の机に、ノートに、赤いランプに、夜に、言葉が書きつけられていくあいだじゅう震えている大いなる静寂に、再会してみたい。

ぼくはあらためて病床から起き上がり、家族の忠告、軍の懲罰委員会、除隊審査会の前で多少なりとも気をつけの姿勢をしてみたい。罪人、無能力者、有罪者になってみたい。ぼくを追い払ってください、そう、どうかお願いですから、ぼくを追い払ってください。

ぼくはサン゠ジャン゠ド゠リュズにあるシャンタコ・テニス場への道を、(十三歳から十四歳にかけて)自転車で走り尽くすことはないだろう。プレイのあとで水をがぶ飲みし、その後バーのカウンターでアイスクリームを食べ、ザクロ入り牛乳を飲み尽くすことは。

ぼくはバルセロナの旧市街に車で向かい尽くすことはないだろう。かつての魔法の娼館、アヴィニョン通りのアヴィニョンの娘たち、悪名高きバリオ・チーノ地区、〈ル・コスモス〉。同時に、何の矛盾もなく、ドミニックとの狂おしい愛を生きながら。

ぼくは古きモンパルナス界隈の過ぎ去りし美しさを語り尽くすことはないだろう。あの界隈のバー、夜、しゃっくり、たとえば朝の三時に食べる、ロゼ・ワインを合わせたスパゲッティ・ボロネーゼを。

そして薔薇のつぼみ《ローズバッド》、ああ! 薔薇のつぼみ《ローズバッド》よ、あのまぶしいばかりの女性、共産主義の故国ブルガリアから逃れてきた二十五歳のうら若き女性と過ごした日々のことを。美しさ、恐るべき知性、猛烈な勉強、水泳、果てしない議論、四十年にわたる結婚生活、一冊の本に値する結婚生活。その本は、最良のとき、最悪のとき、またもや最良のとき、ごくまじめな気持ちで、『芸術のひとつと見なされた結婚生活について』なるタイトルを冠することもできそうだ。

ぼくは吸血鬼、神経症者、精神病者、倒錯者なんかがうじゃうじゃいるダンスホールをあらためて横切ったすえに、毎度おなじ場所にいることにしたい。日の光に顔を浸しながら、ヒナギクが咲きほこる芝生のうえの蓮の位置にいることにしたい。

ぼくはすべての自分の本を一行一行あらためて書いてもいい。はじめは、ぎこちなさに(それほどぎこちなくもないか）苦笑することもあるかもしれないけど。そしてすべての書かれた同じ冒険を、同じ旅を、あらためて経験し、ある朝、『公園』の冒頭の一文を口に出してもいい。「空は、きらめき光る長い街路のうえで、暗く青い。」この一文は完璧だと思う（子音も母音も）。そしてどうしてかも、どのようにしてかもわからないけど、このままの状態で、不意によみがえってくるのだ。

ぼくは忘れない、いかなる顔も、いかなる声も、いかなる歓びも、いかなる失敗も、いかなる屈辱も、いかなる怒りも、いかなる成功も。ぼくはそのすべてをあらためて欲する、この地球でずっと息をしながら、飛行機から、船から、浜辺から目にしたすべての空、すべての海、すべての大洋と同じように欲する。

ぼくは子供時代のすべての祈りを信頼する、ぼくは今でも相変わらず片隅に立ちすくんでいるあの子供なのだから。

ぼくは自分の衝動や利害に応じてぼくを嫌ったり愛したりしたすべての男女にあらためて会ってみたい。

ぼくは何も赦さないし、誰にも赦しを求めない。でもついでに言っておくが、ぼくを憎むとたいがい不幸になる。それがわかるのにしばらく時間はかかるけど。

ローモン街の狭い階段をあらためて昇り、ポンジュの自宅の呼鈴を鳴らす。ポンジュは微笑んでぼくを出迎える。ルクレティウスについて語りあったり、『事物の本性について』をいっしょに読んだりするのを楽しみにしているのだ。

〈ファルスタッフ〉での夕食が終わり、丁寧に葉巻に火をつけるバルトのしぐさは忘れられない。葉巻を吸い終えると、バルトは外に出て孤独な晩を過ごすのである。

昼食の席で、「中国のでかいジャンク船」をパリに引き入れようとしていると言って、ぼくやぼくの友人たちを非難するフーコーの苛立った声を、ぼくは思い出す。それからラカンの、とある夕食の席での不意に甘くなった声も。ぼくの目の前で、ラカンはカトリーヌ・ミヨー〔一九四一年生まれ。ラカン派の精神分析学者で、晩年のラカンと親密な関係にあった〕に向かってこう言ったのだった、「女が女じゃなくなるときってのは面白いもんだね。そばにいる男をぺしゃんこにするんだからね。」

沈黙、ため息があってから、ラカンは言い添える、「もちろん男のためを思ってのことには違いないさ。」「ぺしゃんこにする、っておっしゃいました？」とミヨー。するとラカン、くつくつといたずらっぽい笑い声をたてながら、「ああ、もちろん言ったよ。」

ニューヨークの十八階建ての建物の屋上で、一歳になる息子のダヴィッドを腕に抱えていたときのことを思い出す。そのときは笑いながら手足をばたつかせていたダヴィッドだが、のちのちぼくは、入院したダヴィッドを徹夜で看病しながら祈りもしたっけ。

まだ友人づきあいをしていた頃に、デリダがエコール・ノルマルの執務室で『散種』（ぼくの小説『数』に注釈をほどこした文章で、当初は「クリティック」誌に二号にわたって掲載された）を読ませてくれたのを思い出す。その後ぼくらは「政治的」な理由で（デリダが共産党を支持したせいで）袂を分かった。おかげで多くの刺激的な晩餐もなくなった。たとえばアントナン・アルトーの手稿を倦むことなく解読していた寛大なるポール・テヴナン宅での晩餐。ミシェル・レリスやジャン・ジュネとの晩餐。さらには、郊外にあったドゥルーズと彼のほっそりした妻マルグリットの自宅での晩餐（といっても、デリダとは亡くなる前に抱擁をかわしたことがあった。ある晩、クリスチャン・ブルゴワ書店で催された、激情家トニ・モリスンの歓迎会でのこと）。

爪を長く伸ばしたドゥルーズ（卓抜なプルースト論、卓抜なニーチェ論の書き手）が、ぜいぜいいう声でぼくを激しく非難したことを思い出す。なんでもジョルジュ・バタイユを好むのがよろしくないのだとか。本当の理由はぼくにもよくわからないけど。

「どん底に落ちた」と告白するアルチュセールの手紙を思い出す。でも同じ手紙で、ぼくの小説『H』をめぐって励ましに満ちた言葉を記してもくれた。

〈偉大な舵手〉たる毛沢東の天才的思想を、とくに論文『矛盾論』（見事なものだ）の思想を称えるべく、大急ぎで、おおむね無記名で書いた数々のビラを、ぼくはあらためて書いてみたい。ちなみにそのときのビラは、ぼくの『唯物論について』（一九七四）のなかに、毛沢東の詩のすぐれた翻訳といっしょに再掲されている。あの本は、さんざん言われてきたのとは違って、そんなにひどくもない。そこでまずぼくが思うのは、当時大勢いたこちこちの左翼、どうやら敵にまわしたらしい左翼の連中が、この本に呆気にとられるだろうということだ。

ほかの人たちといっしょにヴェズレーにあるモーリス・クラヴェル〔一九二〇—一九七九。左翼の作家・ジャーナリストで、六八年の五月革命を熱烈に支持した〕宅を訪ねたときのことを思い出す。この人は、「毛沢東主義《マオイスム》」

の迷える闘士たちを正道に連れ戻すことが自分の責務だと考えていた（でも正道というのが彼のことなら、すぐにタクシーを呼ぶぞ）。そのとき彼に、「自己批判」する約束をしてくれと迫られ、突っぱねたことを思い出す。

　夜に『天国』を、また別の夜には『女たち』を書いていたときのことを思い出す。


　死ぬのはご免こうむりたいが、肉体的に死が避けられないものならば、予定どおり、ぼくの亡骸はアルス＝アン＝レ（すなわち、レ島のソレルス）の墓地に埋葬してくれて結構だ。オーストラリアとニュージーランドからやって来た若年のパイロットと機関銃手たちが、一九四二年（ドイツ軍がわが家を木端微塵にしているあいだに）、この地に、すなわち彼らにとっての地球の裏側に墜落した。引き取り手のない彼らの遺骸が埋められた区画があるが、そのかたわらに、ぼくの遺骸も埋められることになる。


　簡素なカトリック式のミサが、サン＝テチエンヌ・ダルス教会であげられる。十二世紀に建てられ、かつて沖合を行く船の標識になった白黒の鐘楼で知られるこの教会は、息子のダヴィッドが洗礼を受けたところだ。

　ぼくの墓石には、一九三六―二〇＊＊という生没年とともに、こう刻んである――「フィリップ・ジョワイヨー・ソレルス、ボルドーのヴェネツィア人にして作家」

　もし近くに薔薇の木が生えたら、結構なことだ。

ニーチェ

救いの手はどこから差し伸べられるのか？　それは、いつだって、わが人生の女たちからである。だから彼女たちには、いくら感謝してもしきれない。でも、ぼくにとっての偉大なる救世主、偉大なる煽動者がいたとすれば、それはニーチェであろうし、今でもそうだ。願わくはニーチェこそ、絶対的な〈他者〉として、世々にわたって祝福されんことを。たとえ、こう述べたからというだけであっても――「自由が達成された証は何か？　自分のことをもはや恥じたりしないことだ。」

　ぼくはこれまでずっと、恥じる才能に欠けていた。だから、実にいろいろな、ときには対立しあう勢力の人たちが、ぼくに恥の意識を植え付けようと腐心してきたことは確かだと言わざるをえない。ぼくもさすがに驚くこともあった。今はもう驚きはしないが、これは大事な点だ。

　ニーチェの生涯と思想とは分かちがたく結びついていて、一本の長編小説のようだ。実際ぼくは、いつの日か長編小説に仕立てあげ、それは『神聖なる生』となって結実するだろう。それにしてもニーチェの一文一文（手、耳）には、たちまち陶然となってしまう。たとえばいくたびも読み返し、聴き返した『悦ばしき知恵』のなかの、こんな文――

「われわれは自分の体験を、まるで科学の実験のように、一瞬一瞬、一日一日、厳しく吟味しようとする。」

　あるいはこんな文――

「われわれがしばらくのあいだ敵の陣営に属して戦う運命にあるならば、それはわれわれが運命に選ばれた最大のしるしである。そのおかげでわれわれは大いなる勝利を収めることをあらかじめ運命づけられている、ということなのだから。」

あるいはこんな――

「年を経るごとに私には人生がますます真実で、望ましく、謎めいたものに思える。」

あるいはこんな――

「エピクロス派の人間は、みずから状況を選ぶ。」

あるいはこんな――

「海が、われわれの大海原が、ふたたびわれわれの前に開かれる。」

あるいはこんな――

「われわれは言葉を選ぶが、おそらくはそれを聴く耳も選んでいるのだ。」

あるいはこんな――

「きみと現代のあいだを、少なくとも三世紀の厚さで隔てよ。」

少なくとも、三世紀か。

あるいは『道徳の系譜』〔実際は『善悪の彼岸』〕のなかのこんな文――

「深い苦悩は人を高貴なものにする。人を他人から分け隔てるのだ。もっとも洗練された偽装形式のひとつにエピクロス主義がある。これは苦悩を軽く受けとめ、いっさいの悲痛深刻なものに抵抗する趣味を、ある種の大胆さをもって誇示するものである。誤解してもらうために朗らかさを利用する《朗らかな人間》がいる。彼らは誤解されることを欲するのだ。」

ニーチェがつねづね言っていたことだが、いわゆる「永劫回帰」は、必然的な人間であるか否かを判別するための選別の原理だった。レ島の《Ré》は、《retour éternel》すなわち「永劫回帰」を意味する。またラテン語の《Veni etiam》は、「ヴェネツィア」の語源のようにも聞こえる。《Veni etiam》、すなわち「再び帰れ、つねに回帰せよ」。

永劫回帰の島、「永遠に回帰する」天の国。

――あなたの引用ときたらもう!

――そのことならもう説明しましたけど、無駄骨でしたか。ぼくは引用してるんじゃなくて、証拠を挙げてるんですね。その証拠に、書いてあることを誰も読もうとしない。今や読者は自分がなんでも知っていると思っていて、引用符の括弧を見れば、引用された文章はすでに読んだことがあると思い込む。だから素通りする、飛ばし読みするんです。まるで引用があるのは、独創性にとぼしい著者が格好をつけたり、教養人を装ったり、原稿を埋めたりするためだ、とでも言わんばかり。ところが引用ってのは、余計に見えるかもしれないけど、実のところ計算ずくでやるものなんです。ひどく難しくて、特別な作法が必要だし、それなりの読解力も要るんです。

――またしてもご自分をモンテーニュになぞらえようってわけですか。誇大妄想もいいところだな。

――まあね。でも、ぼくらに近いところでは、ドゥボールもこう言ってますよ。《引用は無知と蒙昧な信仰がはびこる時代にあっては有用である》ってね。モンテーニュが生きてた四百年前はそういう時代だったわけだし、現代はなおさらそうだ。いつでもそうなんです。

――また大袈裟な。

――いや、ちっとも。ドゥボールなんていうと、ぼくが「利用」してるんじゃないかと非難する人もたまにいるけど（まさか！）、彼は晩年ある種の貴族的立場に目配せを送ったわけです（もっとも、ごく若いときから送ってたんですがね）。もし彼の戦略に失敗があったとすれば、それは精神的に庶民の側と結びついているべきだと考えたことなんです。彼自身が根本的に無知蒙昧だったということになりますね。人間的、あまりに人間的だ……。彼は引用について、「しかるべき多様性」が必要だと述べ、どんなコンピュータも引用には役立たないとも述べてましたが、そういうときの彼の立ち位置は完全に非学問的で、革命的なんです。ドゥボールは自分が古典になろうとしたって？　実際のところ彼は古典ですよ。

結局のところ、あなたのなかのコンピュータなんだな、異議を唱えてるのは。しかしよくわかりませんね、ぼくを貶めるためだとしても、どうしてあなたは自分の無知と怠惰を誇ろうとするんでしょうね。コンピュータは思考しない。ひょっとすると、思考を前にしてコンピュータは苦悩しているのかもしれませんよ。こいつは掘り下げて考えてみなくちゃね。

そもそも、選別のもとになるあの原理ほど、フランス的なものもないんです。あの原理は、しるしをつけ、強調し、深め、ずらし、逸らせ、戻り、発展させ、短縮するわけですから。アメリカ人、つまり今ではグローバル化した人類の代表ってことになりますが、アメリカ人に、哲学的な独創性なんてこれっぽっちも求めちゃいないでしょう？　アメリカ人は、でたらめな話をして、こっちを楽しませてくれればいいわけです。思考による選別、これはそんなのとはまったくの別物ですよ。

アンドレ・ブルトンはこれを大いに実践しました、実人生のなかでも、本のなかでもね。で、これを拡大して、さらに先まで行っていけない理由はない。蓋を開ける、溢れ出す、選り分ける、圧縮する、選ぶ、というわけです。ぼくの友人たちは〈プロムナード・ド・ヴェニュス〉にはいないでしょうね。たまにモンパルナスの〈セレクト〉にいることはあるかな。〈セレクト〉って名前のせいでね。両者にはまったく革命的な違いがあるんだな。しかし、あそこにいる感じのいい新顔連中とつきあおうと思うなら、かならずロートレアモンの『ポエジー』を暗記しておくことですよ。

なんだって？　あなた、ヤニック・エネルの『サークル』はまだ読んでない？　フランソワ・メロニの『芸術のひとつと見なされた絶滅について』も、「ランフィニ」誌や「危険ライン」誌のすべての号もまだだって？　そんな馬鹿な。

政治

一九九九年初頭、ぼくが一九九八年中に記した日記が、中国ふうに『寅年』と題されて出版される。同時に、政治をめぐる世間の言説に苛立ったぼくは、「ル・モンド」紙の第一面に、「かびの生えたフランス」と題する記事を掲載する。記事はそれなりに反響を呼んだ。文面は次のとおり。

かびの生えたフランス

かつてそういう国があった。いまだにある。徐々に復活してきているように感じられる。かびの生えたフランスが回帰してきているのだ。それは遠い過去からやって来たのだが、何もわかっていないし、何も学んでいない。歴史の教訓にはすべてかたくなに抵抗し、根深い偏見に凝り固まったきり。かびの生えたフランスには、独自の政体と、合言葉と、慣行と、反応の様式とがある。サロンでも、省庁でも、警察署でも、工場でも、田舎でも、会社でも、声をひそめて話をする。独自の紋切型のリストがあって、それが堂々と口にされてしまう。この国に特有の声があるのだ。すっかり手垢にまみれた、凡庸きわまりない文句が聞こえてくる。臆病な金利生活者がぬくぬくとルサンチマンに閉じこもって吐き出す文句。他に例を見ないフランス的な愚鈍というのがあって、かつてフローベールを魅惑していたのは知られるとおり。知性は、フランスにあっては例外的であるだけに、ひときわ強く光彩を放つことになるのだ。

　かびの生えたフランスは、いつもごっちゃにして嫌ってきた、ドイツ人を、イギリス人を、ユダヤ人を、アラブ人を、外国人一般を、モダンアートを、口うるさい知識人を、自立しすぎた、もしくは考える女を、統率の取れていない労働者を――つまりは、自由がまとうあらゆる形を。よろしいだろうか、かびの生えたフランスとはつまり、村落共同体の静かな力のことであり、地方の無気力のことであり、嘘はつかない大地のことであり、郷里の教会と共和国の学校との葛藤をはらんだ、だが必然的な結びつきのことである。社会的国家、もしくは国家的社会のことである。ヴィシー政権という家族主義版もあったし、共産主義モスクワのセーヌ川沿い支部もあった。愛しあっていないのに、いっしょにいる。けちくさくて、疑い深くて、気むずかし屋だが、ときどき《ラ・マルセイエーズ》に喉もとをつかまれ、三色旗を振りかざす。なにやら自分自身を鏡に映して見るようなので、隣人のことは忌み嫌っている。ところが、ほんの束の間こぞって怒りを爆発させようというときには、進んで隣人とグルになる。国家？　国家には助けを求めるくせに、誰もが反旗をひるがえす。金銭？　ひそかに舞台裏でやりとりされている限りでは大いに結構。欧州統合をめぐる国民投票？　とくに思うところはなし。どちらかといえば否決に傾くが、本当は統合が望むところだ。まあ、われわれにはかまわず事を進めてくれたまえ。話題を変えようじゃないか。どうか、われらが古き良きしきたりに従わせてくれたまえ。

　かびの生えたフランスのお気に入りは十九世紀。ただし、一八四八年とパリコミューンは除く。二十世紀に対しては長らく怖気をふるってきた。一九一四年の大殺戮と一九四〇年の屈辱があったから。一九四〇年に続く四年のあいだ、はかない希望を抱いたこともあった。でも、対独協力の汚辱を指摘されるのは耐えがたい。他方で、重要かつ有力な構成要素ともなっていた勢力〔共産党〕が、東欧をめぐって、八十年にわたって嘘をつきとおしてきた。結果として、フランスはいっそう深く眠り込むことになった。ニューヨークだって？　知らないね。モスクワ？　全体としてはうまくいっているようじゃないか、どうしようもない色気違いもいるようだけどね。さよう、結局のところ、わが国の二十世紀はまったくの期待外れだった。こんな時代は忘れたいね、白紙に戻そうじゃないか。どうして大聖堂やジャンヌ・ダルクの時代に戻ってやり直さない？　無理ならせめて一九一四年以前に、ペギーの時代に戻ろうじゃないか。好き勝手をしてなんでもかんでもややこしくしてみせる思想家や芸術家が、いったいなんの役に立つ？　ハイデガー、サルトル、ジョイス、ピカソ、ストラヴィンスキー、ジュネ、ジャコメッティ、セリーヌといった連中が？　あきれたことに、奴らのほとんどが間違った。でなけりゃ、わけのわからない作品を作ったり。ところが、かびの生えたわれらは、根本のところでは、つねに正しかったわけだ。つまり人間を見誤らなかったんだね。奇行、乱脈、奇抜な考えが多すぎた。良識に、基本道徳に、文明社会に戻ろうじゃないか。他人に手を差し伸べる前にわが身のことを思え。団結しよう、国が危機にあるのだから。

危機がどんなものか、あなたはよくご存知だ。それはあたりをうろついている。捉えがたく、予見不可能で、ふざけている。そのコードネームは六八年、またの名をコーン＝ベンディット〔一九四五年生まれ。六八年の五月革命の指導者のひとりで、現在は緑の党に所属する欧州議会議員〕。彼の最近のプロフィールをまとめてみよう――金儲け本位のアナーキスト、グローバルエリート、誰もが知るドイツ人、マスメディアの志願者、厄介な煽動家、混乱好きのダンディー。弁が立つ、それはいいのだが、一種のわんぱく小僧でもある。（反「六八年」時代の大規模な愛国デモにおけるように）「コーン＝ベンディットをダッハウ強制収容所に！」とは誰も叫ぼうとしないが、ヴィトロルやマリニャーヌ〔ともに極右政党の党員が市長を務めた街〕のほうで、一部の人間はそうしたいと思っていないわけではない。実際のところは、マッチョな組合運動の良き伝統に従って、「ホモ」「おかま」「悪党」といった野次がせいぜいのところだろう。「無政府主義のユダヤ系ドイツ人」と言っていたのは、ソ連人ジョルジュ・マルシェ〔一九二〇―一九九七。一九七二年から一九九四年にかけてフランス共産党書記長〕だった。「三十年ごとに戻ってくるドイツ人」と声を荒げたのは、あるドゴール派の内務大臣である。奴は俺たちとは違う、俺たちの国の人間じゃない、だから俺たちは不安なんだ、二十一世紀ときたら世も末だけにね。かびの生えたフランスの人間は、すでに一コペイカほどの値打もなくなっているっていうじゃないか。まったくどうしようもないな、歴史の終わりさ、俺たちは身ぐるみはがされ、ふるい落とされ、恐るべき隷従状態に追いやられようとしてるってわけさ。緑に鞍替えしたあの赤の赤毛野郎はベルリンから俺たちをあざ笑うってか？　もうたくさんだ、家族が震えてるよ。俺たちとしちゃあ、奴と対話するのだけはご免こうむりたいね、奴に花を持たせてどうするんだってことだ。こっちがまじめな、責任ある思想家、たとえばブルデューなんかだったら、対話の申し出なんて、にべもなく撥《は》ねつけてやるところだけどね。しかし学歴もない道化役者としちゃあ、番犬が吠えるくらいのことしかできねえぞ。もっとも、マスメディアを裏で操り、金融市場の隠れエージェントをやってるような奴に対しては、その程度の扱いがちょうどいいのかも。テレビ対談の相手が昔みたいにピエール神父〔一九一二―二〇〇七。カトリックの司祭でありながらローマ教会に距離を置き、慈善活動に取り組んだことで人気が高かった〕というのならまだしも、コーン＝ベンディットはお断りだ。教会とか、コレージュ・ド・フランスのひっそりした教室とかだったら、それは冒瀆になるんじゃないかね。なんとなれば、会食ぐらいはしてもいいかな、こっちもスターリン主義という重い過去を背負ってる身だからね。気晴らしになるだろうし、いかにも今ふうじゃないですか。俺たちにも複数の顔がある、この点は忘れないようにしよう。

　現職の内務大臣〔「国家主権主義」を標榜するジャン＝ピエール・シュヴェーヌマン〕は好感のもてる人物だ。なにしろ彼は死にかけたことがある。黄泉《よみ》の国から戻ってきた、《共和国の奇跡の人》だ。彼岸の世界になかば足を踏み入れて塗油を受けた人物がこの世に戻ってくるなんて、誰も考えていなかったのだが。しかし《内務大臣》なる呼称のなかに、今はとりわけ内の響きを聞き取るべきだ。内なるものこそが語っている。その幻影が、防衛機制が、口をついて出てくる語彙こそが、語っているのだ。大臣はなかなかの読書家である。レジス・ドゥブレのいう《映像圏》のなんたるかもご存知だ（映像圏のなかを、あのアリエル・コーン＝ベンディット――大臣はビンディットと発音する――は遠慮会釈なく動きまわってみせる）。でもどうして、喧嘩っ早い人間を指すのに「わんぱく小僧」なんていう言葉を使うのだろう。出来の悪い少年小説のせい？　突如として語り出したのは、古い文学なのである。『嘔吐』や『ユビュ王』などかつて存在しなかったとでも言いたげな文学。教養人を気取ろうとする者は危険を冒すことになる。この古い文学の声からは、ヴォルテールの声も聞こえてこない。だから啓蒙思想も二十世紀の斬新な作品も、ともに見ないですませられるわけだ。かびの生えたフランスが失ったもの、それは国家主権ではなく精神主権である。かびの生えたフランスはうなだれ、顔をしかめる。自分には罪があると感じているが、なかなかそれを認めようとしない。無垢、無償性、即興、言語的才能といったものを好まない。ドイツ出身のヨーロッパ人がフランスを苦しめているって？　それをここで喜んでいるのは、フランス出身のヨーロッパ人作家である。

　もちろん、この記事が掲載された場所（「ル・モンド」紙）が大きかった。真面目な新聞が「六八年世代」の愚にもつかない戯言《ざれごと》を掲載するなんて、というわけだ。ともかく、即座に反応が返ってきた。憤激を買い、騒ぎが巻き起こり、スキャンダルになり、大当たりをとった。そのとき出た記事でもっとも注目すべきは、レジス・ドゥブレの長ったらしい論評だ。「フランスの知識人たちへ」なる大袈裟な見出しが付けられていたが、要は連綿と続く罵声というにすぎない。書いた張本人が忘れてしまいたいと言ったほどだ。こうして「かびの生えた」という言葉は、何カ月にもわたって人びとの口の端にのぼり、とある新聞の編集長などは、ぼくのことを「モーラス主義者」呼ばわりした挙げ句〔シャルル・モーラス（一八六八―一九五二）は、右翼団体アクション・フランセーズを率いた作家・文芸評論家〕、ルバテ〔一九〇三―一九七二。第二次大戦中の対独協力作家〕に引き比べてみせたくらいだ（興味深い思いつきである）。思い出すだに顔が引きつってくるが、これ以上話を引っぱるのはよそう。

　ぼくがやや強い調子で訴えかけた当時の内務大臣は、他でもない、シュヴェーヌマンである。彼はその後、セゴレーヌ・ロワイヤル〔一九五三年生まれ。二〇〇七年の大統領選挙に社会党から立候補し、共和国初の女性大統領をめざした〕のブレーンになっている（おそらく彼のせいで、《ラ・マルセイエーズ》があれほど強調され、三色旗が振りかざされるわけだ）。今でもなお、ぼくは彼の祖国の憎むべき裏切り者だ。彼にとってぼくが書いた唯一の文章といえば、「かびの生えたフランス」だ。ぼくに向けられた罵詈雑言の嵐はほぼ終息したけれど、ぼくの放った矢はどこの的に命中したのだろうか？　あらゆる的に同時に、ということだったと思わざるをえないが、ともかくヴィシー＝モスクワという埋もれた枢軸には命中したに違いない。もっとも受け入れがたい文句は、ぼくの見るところ、「フランス出身のヨーロッパ人作家」だったはずだ（中国の辞典は、ぼくをまさにこう紹介するだろう）。

こういったすべてにいささかうんざりはしたけれど、今になってみれば、自分が将来を予見していたという喜びを感じないわけではない。証拠をいくつか挙げると、三年後に国民戦線が獲得した高い支持率、欧州統合をめぐる国民投票での否決、サルコジの国民アイデンティティ運動と「反六八年」キャンペーン、社会党の変質など。最近ヴィクトル・ユゴーの霊が降りてきて、ぼくにこんな詩句を口述したっけ。

フランスはかびだらけの国だった
サルコジにおあつらえ向きの国だった

宗教

前世紀のなかば頃、一九七〇年代の末頃までは、宗教的情熱が爆発的に回帰してこようなんて誰ひとりとして想像していなかっただろう。イスラムだって？　コーランが赤い手帳よろしくかざされるって？　暴動がしだいに大規模になっていくって？　作家が殺害の脅威にさらされる？　本が焼かれる？　風刺画が告発される？　テロに終わりが見えない？　冗談でしょう。

ところが、ご覧のとおりだ。歴史は「終わり」を迎えるどころか、新たな曲がり角にさしかかっている。想定外だったのは、宗教というニトログリセリンが爆薬にまじり込んでいることだ。宗教戦争？　文明の衝突？　それは明らかだが、どうやら口にすべきではないらしい。世界中が中東になっている？　明白だ。

　ぼくのすべての小説には（すでに『天国』からしてそうだけれど）、宗教問題にかかわる状況がさまざまなかたちでたくさん描かれている。だが、いつも同じ結論に向かう。つまり、あらゆる宗教のうちでぼくの嗜好が向かうのは、ぼくの見るところ今日の世界にあってもっとも非好戦的な宗教、すなわち使徒伝来のローマ・カトリック教会である。声を荒げないでいただきたい。次のような実験を、真の啓蒙にふさわしい実験を提案しよう。あらゆる宗教と迷信の消滅が絶対確実になったとき——そんなことは起こりえないだろうけど——、カトリック教会を最後に廃止してみるのだ。そうすると、地球外生命、魔術、ピラミッドの謎、法王庁の地下牢などをテーマにしたベストセラーやら映画やらが、雨後の筍のように作られることになるだろう。

　ここでひとつだけ例を挙げる。「カルト教団の歴史学」とでも呼んでしかるべき企画から取った例だ。カルト教団というのは古くからある現象で、西洋におけるその範例がプロテスタントであることは疑うべくもないが、これまでもひっきりなしに見られたし、今でも相変わらず見られる。現在、いろいろな「福音主義」教団が伸長しつつあるが、そのすべてにも増して、もっとも示唆的でもっとも「現代的」なのは、サイエントロジー教会〔アメリカのフロリダ州に本拠がある新興宗教で、「科学」を標榜する〕だろうと思う。しばらく前にもサイエントロジーがフランスに根を下ろそうと腐心するさまが見られたが、その様子を一瞥して書いた記事（「かびの生えたフランス」と同時期の記事）をご覧いただければ、状況の全体を眺めわたすことにもなるのではないか。

サイエントロジー狂会

たまに夢を見ているのではないかと思うことがある。ところが、たしかに目覚めている。おかしなことを見聞きする機会が増えているのに、誰も驚いている様子はない。たとえば、ごく最近、サイエントロジー教会の弁護人の口頭弁論があって、次のような言葉が口にされた——潤沢な資金が集まる国際的な大組織を攻撃することは、「異端審問」への回帰であり、「ショアーの反復」であり、「悪意に満ちた反プロテスタント・反フリーメーソンのプロパガンダの続き」である。共和国の舞台裏で、あえてこうした攻撃に出ているのは何者なのか。おそらく、宗教的原理主義とヒットラー主義を融合させた恐るべきロビー活動がおこなわれているのだ。サイエントロジー教会の善良な信者たちは、電気化学を漠然と取り込んだ無害な教義を信じているだけなのに、「ユダヤ＝キリスト教的フランスのよそ者」にされ、「容認しがたい政治裁判」の被告になり、「宗教的公正」の名においておこなわれる「メディア挙げてのプロパガンダ」の犠牲になっているのではないか。サイエントロジーが好きになれないから？　ならばあなたは狂信の徒であり、ヒムラーと結託したピウス十二世であり、この世を新たな火刑台で覆い尽くそうとするトルケナダ〔十五世紀スペインのドミニコ会修道士で、初代の異端審問所長官〕であり、新教徒迫害者、影のイエズス会士、隠れヴィシー派、潜在的スターリン、ダライ・ラマや黙って体操をするだけの法輪功の学習者を抑圧する中国の全体主義者〔気功の一種である「法輪功」の学習者が爆発的に増えたのに警戒感を抱いた江沢民が、「邪教」と決めつけて弾圧した〕、要するに危険な反啓蒙主義者なのだ。「あなたの裁定について、〈歴史〉はなんと言うでしょうか」、当惑した女性裁判長に向かって、新たなる教会の弁護人は脅すような口調でそう問いかける。裁判長は、〈歴史〉そのものが天井から自分を見下ろしているなどとは夢にも思っていなかったのに。そもそも、こういう絵柄は、サイエントロジーが世界中に撒き散らしている広告で好んで採用していそうなキッチュな画風で描くのにふさわしいだろう。大時代な作風の画家でもかなわないような絵。しかし誰かが言ったように、俗悪であればあるほど、うまくいくものなのだ。

教会の弁護人ル・ボルニュ（Le Borgne）先生の話にさらに耳を傾けよう（もちろん、先生の名前について趣味の悪い冗談を言うのはやめておこう〔borgneは「片目の」「いかがわしい」という意味〕）――「現在、正常についての恐るべき基準が世にはびこっています。良心に悖《もと》ることなく他者を排除するすべが編み出されたのです。今では自由の名において他者が排除される。これまでとは違っているがゆえに恐れを抱かせる他者が排除されるのです。これはまさに、かつてローマ人がキリスト教徒をカルト教団呼ばわりしていた時代と違いありません。」

つまり、かつての無慈悲なローマ人は、現在ならさしずめ「道徳家」「政治家」「メジャー宗教の信徒」ということになるのだろう。ご覧あれ、彼らは十字軍となって戦いを挑んでくる、我らのもとに来たりて、我らが子と妻の喉を掻き切る〔《ラ・マルセイエーズ》の歌詞〕、新たな殉教者を十字架にかけ、獅子にゆだねようとしている、というわけだ。いずれにしたって、たしかに、しばしばそう書かれもするように、キリスト教とは、今からさかのぼること二千年前に、波瀾万丈のすえに成功したカルト教団なのである。まるで偶然のようにして成立したユダヤの教団。数えきれないほどの過ち、犯罪、迫害、検閲に手を染めてきたのだから、誰も納得しないような悔悟の念を表明するかわりに、いっそのこと解散したほうがマシな教団。我らが憎む唯一のもの、ローマ〔コルネイユの戯曲『オラース』の登場人物の台詞のパロディ〕……。たしかに、結局のところ、どうして「カルト教団」に、宗教心そのものに、喧嘩を売る必要があるのだろうか。宗教の良い面（自制心、薬物に対する戦い）だって証明できるというのに。資金集めのために詐欺がおこなわれているから？　でも、証拠と言えるようなものは何ひとつない。書類のゆくえもわからないし、上層のほうで取引がおこなわれることなんて日常茶飯事だ。米国の国税庁だって、休戦協定を結ばざるをえなかった。このことに、すべては言い尽くされている。それに、ぼく自身がよろこんでだまし取られたいのだとしたら？　ぼく自身に良かれと思って。ぼくの救いのために、ぼくの健康のために。

ヴォルテールは『哲学辞典』にこう書いている——「どんな種類のものであれ、あらゆる宗派《カルト》は疑いと過ちの集合である。〔……〕幾何学に宗派《カルト》は存在しない。〔……〕真理が明白であるとき、党派や分派は成り立ちえない。真昼が明るいかどうかが、かつて争われたことはないのである。」

幸せなヴォルテールよ！　二足す二は四で、四足す四が八だった、幸せな時代よ！　われわれは、こういったことすべてを変えてしまったのだ。真昼が明るいかどうかは疑わしくなった。常識はこの世界の誰もが分かち持っているものではない。わたしはいったい何者なのか？　よくわからない。何に希望を抱けばいいのか？　大した希望は持てそうにない。必然的な進歩はあるのか？　これほどはっきりしないこともない。明日への期待はしぼんでいる。人を見れば敵と思えという教訓は相変わらずだ。神さまは、例によって例のごとく、不在の常連さんしか救わない。ゴドー氏がわざわざベケットに電話をかけてくることもなくなっている。歴史は響きと怒りと腐敗でしかない。シェイクスピア以来、一センチたりとも進んでいないのだ。だから引き受け手があらためて必要になってくるのだが、サイエントロジー（魔法の言葉だ）がこういう状況にぴったりだということは、誰の目にも明らかではないか。「メジャー宗教」の命脈は尽きた。新たにお布施の受け手を立てることが急務なのだ。精神分析？　時間がかかりすぎるし、なんだか込み入っている。それに、はっきり言うと、性的なのが気持ち悪い。純然たる科学？　悪くはないけど、科学者自身が疑念を抱いていて、個人的な拠りどころを必要としている。電子やら、星雲やら、ブラックホールやら、クローン羊やら、遺伝子組み換え実験やらで、頭が混乱しているのだ。昔の哲学？　気の毒に、さんざん野次の標的になっている。哲学者は疲れていて、憂鬱で、後退しつつある。よく見れば彼らも相変わらず話はしているけれど、今後は謙虚な態度を取り、まわりに同意を求め、保守的であらざるをえない。なにしろ、これまで彼らはさんざん妄言を吐いてきて、あらゆる思想が瓦解しようとしているのだから。そう、必要なのは、新しい宗教なのだ。現代的で、自然科学に即していて、実践的な宗教。サイエンスとしての宗教——これこそが理想の定式なのである。アクション！

「メジャー宗教」はいずれも書かれたテキストにもとづいていると考えられていた。聖書、福音書、コーラン（仏教にだって聖典はたくさんある）。とにかく素人にとっては、読まなくちゃいけないものがいっぱいだ。タルムードに取りかかれば、かなりの時間を取られそうだ。アウグスティヌスやパスカルだってそう。イスラム教神秘家たちもこちらに手を差し伸べてくる。それに詩人も、画家も、音楽家も、彫刻家もいる。とても数えきれないほどだ。聖人なんて、一人ひとり別個に勉強する必要がありそうだ。ぼくが『神曲』に首をつっこんだら、しばらくはぼくの姿は見られないだろう。これってみんな、ロン・ハバード〔サイエントロジーの創始者〕に比べるとヘビーじゃありませんか？　かくも膨大な量の文書をまじめに読み解く暇や気力（気力が要る）の持ち主なんていますかね？　ならば、いっそのこと単純化しちまいましょうよ。読む必要はなし、勉強も、比較も、批判も必要なし。教養を身につけている必要もなければ、ヘボの絵と巨匠の絵とを見分けられる必要もなし。モーツァルトのミサ曲？　それって、なんのためにあるの？　そもそも、ミサってなんなの？　〈キリストの昇天〉って？　〈聖母被昇天〉って？　〈聖霊降臨祭〉？　〈復活〉？　へえ、こういう子供だましを信じてたなんてねえ！　やっぱりローマ人も、あながち間違ってなかったんじゃないの？　ともかく、なにがしかの宗教が必要だ。〈スペクタクル社会〉に最適なのは、したがって〈スペクタクル〉から影響力を汲んでくる宗教だろう。サイエントロジーの最良の信者になるのは、映画作家、俳優、女優、歌手、モデル、広告マン、ファッションデザイナー、インテリアデザイナー、弁護士、ジャーナリストだろう。宗教をエネルギーにするひとつの世界が立ち上がる。テクノロジーは、あとからついてくるだろう。

「ドクター」

ぼくはどういうわけか、ほぼどんな状況にあっても、主として肉体労働者（倉庫係、ポーター、タクシー運転手、配達人、印刷工など）からは「ドクター」と呼ばれてきたし、いまだにそう呼ばれる。

ぼくはどうも作家らしくないようだ。救急薬品（モルヒネ）、聴診器、血圧計の入った鞄を手に提げた医者のように見えるらしい。すばやく診断をくだし、冷静にふるまい、こんばんはの挨拶を欠かさないような。どうぞ私にお任せあれ、私が判断し、安心させ、決断しますから。でも、どうして「ドクター」なのか。たぶん、他の人たちが病気でいるのが、ぼくは嫌だからだ。もっと正確に言えば、ぼくは頭のおかしいのが好きじゃない。これは、はたから見てもわかるに違いない。

「ドクター」といっても、神学的な意味合い〔博士〕はない（あってもおかしくはないけど）。イタリア語の《Dottore》〔お医者さん〕や《Professore》〔先生〕というのとも違う。何かしら具体的で肉体的なものが込められている。思うにそれは、しなやかな足取り、はっきりした物言い、即座に出される処方、注意深く耳を傾ける様子、揺らぐことのない確信、個人的な話はいっさい口にしない、といったイメージ。大衆は、自分以外はみんなどこかおかしいはずだと考えている。ぼくは、そんなふうに考えるわけにはいかない。言い換えれば、誰もがあれこれどこかに不満を抱いていて、誰でもいいからそのことを打ち明けたくてたまらない、そういう定めになっているところへきて、ぼくの場合は、不平を言わない《ネヴァー・コンプレイン》、言い訳をしない《ネヴァー・エクスプレイン》、という宿命にある。ぼくは処方し、忠告し、奨励する。

つまりぼくは、疑念、動揺、憂鬱、ストレス、気ふさぎといった誰もが陥る状態を免れていることになっている。罪障感も、自己抑制も、不安感もなし。ぼくには臨床医としての資格があるわけだ――反心理学的な心理学者、モラルに欠けたモラリスト、専門的な性学者、礼儀正しい精神分析医といった。

「ドクター」はいつも健康だ。健康でいるのはなんでもない。「ドクター」はポケットに山ほど鎮痛剤を詰め込んでいる。その場で注射を打ってくれる。睡眠剤や抗鬱剤を処方してくれる。「ドクター」は、当然のことながら独身だ（さもなければ、妻や愛人は遠方の病院で働いている）。「ドクター」は動揺しないし、気絶もしない。恐怖や死を真正面から見つめる。根っからの反体制派、動く実験室、暗号の解読者、窮地を救ってくれる人、要するに、こう言ってよければ、ご婦人方の理想の恋人。不眠？　不安？　神経痛？　潜伏状態の癌？　月経困難？　便秘？　更年期障害？　心室頻拍？　悪阻《つわり》？　詩的インスピレーションの膨張？　まあまあ、気持ちを楽にして、次はいつにします？

「ドクター」は、本当の意味では人間ではない。自然界の力のひとつである。彼の本当の専門は？　心臓外科医？　放射線医？　婦人科医？　泌尿器科医？　知らないけど、すべてを兼ねているんじゃないかな。彼は来訪し、話を聞いて、立ち去る。おまけに、彼は出版や文学にもたずさわっているらしいし、本も書くようだ（どんな本？　知らないけど）。

　彼のことはテレビで見たことがあるし、ラジオにも出てたし、新聞で写真を見たこともあるな。どんなこと話してたっけ？　文学、絵画、音楽、政治とか。教養があって、いい人で、なかなか面白いけど、話はちょっと難しいな。

　彼は「世界の医師団」だか「国境なき医師団」だかの医者じゃなかったかな？　「フレンチ・ドクター」ってやつ。大臣？　副大臣？　大使館員？　ゴンクール賞作家？　いやいや、そのどれでもない。ものを書く医者じゃなくて、身を隠す物書きだ。じゃあ本当はドクターじゃないの？　違うよ、誰がドクターだなんて言ったんだ？

　ぼくはフロイトが考案した機構に嵌まり込んでしまったのだろうか？　さもありなん。なにしろ社会的家族小説や男女の性的苦境の話があれば、すぐにぼくの耳に飛び込んでくるほどだ。でも、陰鬱な長椅子の徒刑囚になるのはご免だ（ラカンのひどいため息がまだ耳に残っている）。逆にぼくは、あらゆる種類の科学者と――物理学者であれ、化学者であれ、宇宙物理学者であれ、考古学者であれ、民族学者であれ――すぐに意気投合する。分野を問わず、学識というものに魅了されるのだ。同じように、女性医師や女性看護師、女性薬剤師、女性マッサージ師にも自然と好感を抱く。ぼくにとっては、ある婦人科医の女友達の存在は大きい。彼女の所見のおかげで、ぼくはしばしば時間を手に入れることができた。女性の音楽家については、すでに述べた。女性の音楽家が目の前に現れたら、ぼくは主義として恋に落ちることにしている。

「ドクター」の衣《ころも》をまとった作家は、メディアを利用することをためらわない。そんなのは大したことじゃないと思っているのだ。彼は読んだ本について、真面目な文章を書いている。かつては「ル・モンド」紙に、次いで「ヌーヴェル・オプセルヴァトゥール」誌に。「ジュルナル・ド・ディマンシュ」紙に掲載されている彼の「月例日記」には愛読者もいるようだ。

　ぼくの自画像でいちばん出来がいいのはどれかって？　たぶん、ある神経医学誌のために走り書きしたやつかもしれない。

ぼくの脳とぼく

　ぼくの脳はときどき、言うことをすぐに聞いてくれないと言ってぼくを非難する。脳の能力、潜在力、記憶力を過小評価してるんじゃないか、勝手に脳の働きを鈍らせ、抑制してるんじゃないか、脳の言うことにちゃんと耳を傾けてないんじゃないか、と非難するのだ。ぼくの脳は我慢強い。自分が操っている人体の重さには慣れっこだ。心臓や性器ほど大事じゃない（とんでもない考えだ）ふりをすることも厭わない。心遣いが細やかだから、あらゆることが脳に帰着するなんてことはおくびにも出さない。ぼくのことなら、ぼく自身よりずっと詳しいのに、そのことを声高に訴えてぼくを辱めるようなこともしない。ぼくにはちゃんとエスプリのきいた言葉を口にさせてくれるのに、ぼくが何かを間違えたり忘れたりしたときには責任を取ってくれる。なんてやつだ。なんて相棒だ。「いいかい、きみはぼくのほんの上っ面《ツラ》しか使ってないんだからね」、百戦錬磨の御仁よろしく軽くため息をつきながら、脳はたまにそう言うことがある。ぼくが眠り込むと、脳は見張っていてくれる。ぼくが黙り込んだら、脳はしゃべりはじめる。ぼくの脳にはお気に入りの本がある。『百科全書』だ。ときどき、リラックスさせてやろうと、ぼくは小説やら詩やらを読んでやる。すると脳は喜ぶ。外出するときには、今から馬鹿げた言動に出会うだろうけど本当にすまない、とぼくは脳に謝っておく。「わかってるよ、ぼくのことはお構いなく」、と脳。ぼくはちょっと恥ずかしい。でも仕方ない。たぶん、いつの日か、ぼくは脳について一冊本を書くだろう。

セリーヌ

「わたしは踊り子たちにまじって人生を過ごしてきた」とセリーヌは言う。彼自身はめまいに捉われやすいたちだが、性的に変わったところはこれっぽっちもない。とはいえ、あまり褒められない趣味はある。「完璧な女の体つき」に目がないのだ。彼は滑稽な調子で言う、「こういう悪癖に比べりゃ、コカインなんて駅長の暇つぶしにすぎないな。」

してみると、一九三六年にレニングラードで彼が捉われた驚愕もよくわかる。「幼虫どもの牢獄。あらゆるものが警察、官僚機構、ひどいカオスです。何もかもが見かけ倒しの暴政なのです。」

このときのショックのせいで、彼は激しい反ユダヤ主義の発作に襲われることになるが、その背景には徹底した診断があった。「現代はあらゆる時代のうちでいちばん馬鹿な時代だ。すっかり出来あがっていて、目立つものしか残しておかない。」言い換えれば、けばいイラスト同然だということ。

少数の根強い愛読者は別として、世論はセリーヌを受け入れているのか？　侮蔑的な言葉を三つほど吐いて、やり過ごそうとする。そうすればこの男をお払い箱にできるのが嬉しくてたまらない。ところがセリーヌは視界から去らない。ごく単純な理由からだ。形式がすぐれていることは争いようがないのだ。その対極には、平板な「誰かの翻訳ふう」の文体があり、また響きの鈍くなったフランス語による鈍重なリアリズムやら自然主義やらがある。

脈、耳、手、言葉——

「わたしはまさしく言葉による情動なんです、わたしは情動に文の衣装を身に着ける暇を与えません……。情動をまったくの生のままで、というかまったくの詩的な状態でつかまえる。なにしろ〈人間〉の根本は詩ですからね。」

セリーヌはこうまで言ってのける、「要は印象派なのですよ。」これは絵画に言及した数少ない例のひとつだ。彼は自分でも絵画を判定する能力がないと認めているし、自分をスーラになぞらえてはいても（「……」が共通〔セリーヌが多用する中断符の点をスーラの点描画法の点になぞらえている〕）、なんだか説得力に欠ける。そもそも、音楽に比べれば絵画については無知にひとしい。でも彼が望んでいることはわかる。つまり、それが浮かび上がってくること、旋回すること、生《なま》の状態にぴったり居合わせることだ。

そして実際、衝撃が、食い込みが、言葉のダイナミズムが、いたるところに現れている。「錯乱の勢いを維持する」動きも。

それは、「ある基本的周波数から言語を築き上げること」だとか、「心のなかで語られたモノローグを書き写すこと」だとか、思考に「ある種の音楽的で旋律的な調子」を刷り込む「ハーモニーのちょっとした力業」（強調は筆者）だとか言われている。

要するに、「オペラこそが自然」なのだ。

「歌わないものはすべて、わたしにとってはクソです。踊らない者は、小声で何かの不幸を告白しているのです。」

これぞドクター・セリーヌだ。

「リズム、テンポ、身体や身振りの大胆さ、ダンスでもそうだし、医学でも、解剖学でもだ。」（強調は筆者）

「歌、ダンス、リズム、テンポ、ポエジー……
それ、それ、それ、それ……
もっと、もっと、もっと、もっと……
しまいには聞こえてくるだろうか？……
そしてわたしにも、同じときに？……」

徒労だ。だが、それでもやる必要がある。それに、われわれはここで、ニーチェが思想に求めていたものも同じだったことに気づく。すなわち文献学、医学、それから「踊れる神」だ。始まりからしてすでに何かの調子が狂っている、肝心なのはそこから癒えることだ。

言葉こそ楽園のリンゴなのだ。それで戯れるよう定められていたわけではないが（でも戯れたっていいではないか）、それを飲み込むことは厳しく禁じられていた。禁を破れば失墜、大罪だ。そして、それは続く。

気違いの男女

この厄介な作家生活で何が辛いかといって、それはやっぱり、気違いの男女がだんだん多く押し寄せてくるようになることだ。愚かさや意地悪なら平気だけれど、気が狂っているのは困る。愚かさの裏に慢性的な狂気が隠れていると、始末に負えない。

ぼく自身が気違いなのだと言ったが、なんのことを言っているかは自分で承知している。ぼくは自分が愚かだとは思わない。本物の気違いとは、逆に、極みに達した愚かさのことなのだ。気違いの男女は大勢いて、連中は大量の文章を書く。愚にもつかないことを殴り書きしたり、しつこく繰り返したり、詩にしたりして、こちらにいろいろ書き送ってきては、何ごとかに同意を迫ってくる。治療が必要なほどの気違い男は、それでもめったにいない。しかし気違い女はわんさかいて、しかも手の施しようがない。

気違い男は、たいがいタウスク〔一八七七―一九一九。オーストリアの精神分析医〕の言う「影響機械」で組み立てられている。つまり彼らは、自分の思考が盗み取られている、どんなに些細な話も遠隔操作で録音されている、などと真剣に考えているのだ。ぼくも、ありもしないカセットテープを返してくれとしつこくせがまれたことがあった。気持ちを楽にするためか、留守番電話にわめき声や自殺の脅しを残す者もいる。でも深刻なことは何もない。それに、少数の例外を除けば、彼らも最後には飽き飽きするようで、ほかに相手を探して、音沙汰もなくなる。

それにひきかえ気違い女の忠実さときたら、いつまでたっても一向に変わらない。罵詈雑言を並べたてた手紙やラブレターを雨あられと寄越してくる（ラブレターの場合、口紅で文字が書かれていたりする）。どこかしらエロチックだったり謎めいていたりするナルシスティックなメッセージ、非難の言葉。自然のなかで恍惚となっていたり、お返しが必要かと思うほどのすごい贈り物だったり。こっちから返事はしないし、もちろん一度もかかわりをもったことはない。でもまさにそれゆえに、火がつくのだ。こちらの私生活などまったくお構いなし。あっちの世界では身も心も溶け合っているのだから、ぼくの私生活はすなわち彼女のものらしい。

こういったことはすべて、猛烈に甘ったるくて馬鹿げた考えにもとづいている。ぼくはある友人と仲たがいしなければならなかったことがある。そいつは、気違い女にぼくの携帯電話の番号を教えたのだ。ぼくは重大な事故のせいで入院していたのだが、女は至急ぼくに面会する必要があるのだと友人に断言したらしい。人のいい（人のいい？）友人は女の言うことを真に受けた。あるいは、ぼくの入院生活がドラマチックになるのを面白がった。たちまち、愁嘆、愁訴、シュールな詩、吐息があふれかえった。気違い女たちは、神、もしくは神に代わる何かを信じているものだ。その支えとして、セックスは絶対に取り落とせないようだ。実際、気違いたちが

(とりわけ気違い女が)〈セックス〉を信仰の対象としている様子は、狂っているとしか言いようがない。気違い、とりわけ気違い女によれば、セックスはつねにぼくの頭を占めているのだという。どうやらぼくは作家ではあるらしいが、気違いにしてみれば、ぼくには今まで何ひとつ書いたものがないようなのだ。

往時の司祭たちは、こういうひどいハラスメントを受けたし、今日の「メディア業界人」たちは、同じようなハラスメントを一種の罪滅ぼしとして耐え忍んでいるのではないか。厄介至極な特権と言うべきか。決して愉快ではないが、その滑稽さたるや、しばしば唖然となるほどだ。気違いは恐ろしい、だが滑稽ではある。気違いをまじめに捉えるのは間違っている。忘れよう、先に進もう、立ち去ろう。

気違い女たちが強迫的に送りつけてくるもので何が奇妙かといえば、なんといっても気違いじみたメッセージのゴミ的性質である。手紙は、まさしくゴミ溜めとしか言いようがない。ティッシュペーパー、使用済みのチケット、ひからびた花、東洋風だったりわざとエロチックに描かれていたりするイラスト、新聞の切り抜き、等々。気違い女たちは自分のことをゴミのようなものだと思っていて、きみはそのゴミ箱なのである。どうして、きみに? プレゼントのつもりなのだ。間違いない。昔、二歳と三歳の二人の女の子が、朝ぼくの田舎の家の扉の前まで来てうんちをしていったが、それと同じだ。熱愛、崇敬、小児的なプレゼント。慧眼の士フロイトはこういう取引について、しかるべきことを言ってたっけな。

気違い女のむちゃくちゃな話にかかわりあった生真面目な哲学者も何人か知っているが、ぼくも、名の知れた作家でもある気違い女の家に呼び出されたことがある。真昼間、カーテンを閉めきった部屋に蠟燭だけ灯し、熱に浮かされたように自作を朗読するのを延々と聞かされた。ほかにも、ひとり気違い女がいた。本人はそのくせ精神分析医ではあるのだが、ベッドに横たわって、こう言って体をあずけてこようとする、「わたしを爆発させて。」(爆笑させて、ということか?)ほかに、精液のエキスを小瓶に入れて階段の踊り場に置いておいてほしいと頼んできた女もいた。すぐに人工受精をやりに行きたいから、というのだ。さらに、もっと暗い感じの女もいて、やられながら何も感じたくないのだという。ぼくのほうは彼女の下で勃起したまま、黒い大陸のようなものの息づかいを感じていてほしいのだという。愛の告白でいちばん感動的だったのは、とある空港で、いっしょに埋葬されたいと言われたときだ。まあ要するに、ぼくは昔の「フェミニスト」たちをそれなりに知っているということだ。男たちは相応の給料をもらっていた。ぼくは現場にいて、メモを取った。『女たち』は完璧な小説だ。

アポリネールは、男と女とでは来世が別だと平気で書いていたし、フロイトは、男と女の関係は要するに白熊と鯨の関係なのだと述べていた。鯨は繊細ではかなげな様子を見せることもあるが、まったくそんなことはないらしい。ぼくは捕鯨家だ。

『オデュッセイア』に出てくるセイレーンのエピソードはおかしい、とぼくはずっと思っている。テイレシアスが味わったという女性の快楽の話も、どうもおかしい〔テイレシアスはギリシア神話に伝えられる盲目の予言者で、しばらく女になったあと男に戻った。性交における男と女の快楽の比は一対九であると述べた〕。もう一度言うが、オデュッセウスは嘘をついた。本当は、セイレーンの歌声はひどいものだったのだ。テイレシアスも嘘をついている。宗教はこの嘘とひきかえに存在している。

アポリネールの戯曲『テイレシアスの乳房』は、演劇史のうえで有名な事件と言ってよく、(英国将校の格好をしたジャック・ヴァシェが上演中に放った一発の銃声とともに)シュルレアリスムはここから出てきたわけだが、そのなかでアポリネールは男性の人物に、ベケットを先取りしたような台詞を言わせている——「ベーコンをくれ、ベーコンをくれって言ってんだよ。」この台詞に、舞台の反対側から妻がこう応じる——「聞いたでしょう、あの人ったら、あれのことしか考えてないんだから。」

喜劇の幕が下りようとしている。興味深い喜劇だったようだ。あらゆる手を尽くして、真理が顔を覗かせた裂け目をふさごうとしても、真理は嘘を揺さぶりつづけるだろう。

最後に、アポリネール。

ぼくはわが家に望む、
ひとりの分別ある女を〔アポリネールの詩篇「猫」（『動物詩集』）より〕。

ぼくに関しては、望みは叶えられた。それは、なかなか難しいことなのだ。

女たちの告白

シモーヌ・ド・ボーヴォワールが一九三九年にサルトルに宛てた手紙のなかで、ビアンカ・ビネンフェルト〔ボーヴォワールの教え子にして愛人。のちサルトルの愛人にもなった〕について、「彼女ほど官能を悲観的に捉える人はいない」と認めたうえで、ビアンカは、ビアンカを描き出す言葉がぼくは気に入っている。「社交的すぎて真心がこもっていない」、「多くの状況で本音を出さない」、「彼女のふざけた態度にもまじめな態度にも冷めてしまう、どちらの態度も苛立たしい」というのだ。

でも、いちばん面白いのは次のくだり――

「いいかしら、次は一冊小説が書けそう。主人公は女性にもてる男の人。あの子とわたし、寝ました。かわいそうにあの子、わたしを乱暴に抱きはじめた。そうしたら、どす黒い憎しみが、あの子に対して湧いてきました。あの子は肉体関係に何かしら家族的で、合理的で、骨がぶつかりあうほど露骨な考えを抱いています。文字どおり、わたしはあの子が嫌いになった。わたしがやさしくするのにあの子が陶然となっているあいだ、あの子を嫌いになることにわたし自身が快感を覚えながら嫌いになったのです。思い返すと、いまだに憎しみが湧いてきます。わたしが冷めてしまったというのは、ちょっともってまわった言い方かしら。心のうちにふつふつと煮えたぎるものを感じながら、わたしは鬱蒼たる森のように固まってしまったのです。男の人がもう愛せなくなった女を、死ぬほど憎むことがあるというのがわかります。とくに義理から女と寝なければいけないときには、本当に憎たらしいのですよね。」

ぼくは（『女たち』か、あるいは他のどこかで）、「チャリティーセックス」と言ったことがある。なんてことを言ったんだろう！　スキャンダル！

カルロ＝エミリオ・ガッダが『分別ある結びつき』のなかで、テレーザ・タラビスコッティなる女の、よく知られてもいる肖像を書いたのは、本当に勇気があったと思う。

「知恵と常識をそなえた女性、と楽天家や情熱家は言う。その意味は、ひどくけちで、エネルギッシュで、細かくて、ぎこちない女ということだ。」

きりがないのでやめておく。それに、忘れてはいけないのは、本からの引用はもっと絞る必要があるということ。とはいえ、おまけとして、ジョイスの『ユリシーズ』についてヴァージニア・ウルフが一九四〇年に書きつけた珠玉の言葉を引き写しておきたい（『ユリシーズ』について、キャサリン・マンスフィールドは「馬鹿ばかしい」と評し、ジッドは「まがいものの傑作」だと言っていた）。ヴァージニア・ウルフは、ホガース・プレス〔ウルフ夫妻が始めた出版社〕が『ユリシーズ』の出版を断った弁明としてこう言う――「下品なことばかりが書きつらねてあって、非常識もいいところだと思われたのです」、「卑猥な落書きの連続です。」

ウルフはさらに言う——

「ジョイスは、にきびを掻きむしっている気持ちの悪い学生です……。彼の本は無教養まる出しで、出来も粗雑、独学者がいじくりまわしたような本なのです。こういう人にどんなにがっかりさせられることか、わたしたちにはわかっているのです。」

してみると、ブルームスベリー・グループの茶会にジム・ジョイスはいなかったわけだ。それにひきかえドミニックは、本のなかですぐにぼくの呼び名を「ジム」にしたくらいだ。ドミニックはヴァージニア・ウルフを大いに買っていたけれど、どうなのだろう。

ヘミングウェイが一九五〇年六月一日に記した二つのメモに行き当たる。

「ファッツ・ウォーラー〔一九〇四—一九四三。ジャズピアニスト・作曲家〕とモーツアルトをいっしょにしたラジオ番組を今から流すつもりだ。二人は合わせると本当にぴったりだ。」

「ジム・ジョイスは、生きている作家たちのうちで、わたしが敬意を払ったことのある唯一の作家だ。」

ニーチェは反芸術家的な本能について、こんなふうに言っている。

「あらゆる事物を貧弱にし、稀薄にし、衰弱させる行動様式。」

このような劣った本能に、エズラ・パウンドの、素晴らしい本能を対置することができるだろう。

「中国の詩文を読むというのは、概念を巧みに操ることではなくて、事物がその運命をまっとうするのを観察する体験なのだ。」

北京にある伝説的イエズス会士マテオ・リッチの墓の前で祈りながら、ぼくが考えていたのはこのことだった。われわれはいつの日か、もっと中国的になる必要があるだろう。

イザベル・R

あまりにこきおろされてきたがゆえに、ぼくとしては逆に称賛してやる楽しみに抵抗できない女がひとりいる。イザベル・ランボー〔詩人ランボーの妹〕だ。

彼女は何ひとつ理解することができなかった。しかし、そうであるがゆえに、誤解した者たちよりは、はるかによく理解することができた。

ランボーの冒険は「文学的」冒険でもなければ、飼い馴らす必要のありそうな「野生状態の神秘家」（クローデル）の冒険でもない。社会革命の予告（ブルトン）などではさらさらない。ランボーは生成途上の信心家でもなければ、潜在的トロツキストでもないのだ。

ヴェルレーヌは誤解した、マラルメは誤解した、クローデルは雷に打たれたようになったものの誤解した、シュルレアリストたちは誤解した、そして「詩人」たちともなると、まるで理解していない。彼らがこぞって、マルセイユでランボーの最期を看取ったイザベルを嫌うのも至極もっともだ。要は、近親相姦と妹の問題なのだ。「愚かな処女」、次いで偽善的な「ロヨラ」と呼ばれたヴェルレーヌ、「生きながらにして自分から詩を切除してしまった」ランボーは「洗濯女のような手」をしていたと述べるマラルメ、狂気への途上にいた自分の妹のせいで身動きの取れなくなったクローデル、クローデルの回心の打撃が頭を離れないブルトンなど、誰もがみな性的貧困と「文学的」反芻のあいだを行ったり来たりするばかりで、イザベルの証言など取るに足らないとでもいうのか、証言の向こうに垣間見える独特の経験を素通りしてしまう。

イザベルのほうが、他ならぬその「宗教的」限界のせいで、よく理解している。兄は聖者なんです。でも、どんな種類の？　とにかく、性的ゴシップや「文学」マニアから兄を守らなければなりません。兄はそんなものよりはるかに貴い存在であって、まったく別の何者かなのですから。でも、何者？

　イザベルは嘲りの対象になっている。だが、ランボー家の娘たちは崇高そのものだ（ヴィタリーがロンドンでつけていた日記を見よ。ぼくが『ステュディオ』でこの日記についての展望を示すまで、誰ひとりとして気にも留めなかった）。彼女たちがいろいろ偏見をもっていることなど、つねに、かつ根本的に正しく兄を見ていることに比べれば、些細な問題にすぎない。少なくとも、同時代や後続世代の人間が（明示的か抑圧されているかは別として）同性愛に由来する見方をするのより、よっぽど正しく見ている。

　例として、一八九五年八月のイザベルの手紙――

「『地獄の季節』を書いた人が大衆の卑俗な生活に屈したのだと考えるのは間違いでしょう。」

　そのとおり。

　翌年には（ある新聞記事への反応として）――

「ひどく単純化した悲惨な話ばかりを、どうして繰り返したりするのでしょう。」

　まったくだ。

　それから――

「兄がそれほどまでに軽蔑されていたと思いますか？　こういう上辺《うわべ》の侮蔑のうちには、とても深い妬みが、やがて成功を収めるのではないかとの恐れが、あらかじめ成功を阻止したいという望みがなかったでしょうか。」

　言い得て妙だ。

　さらには――

「兄は英語を完全に自分のものにしていて、立派なイギリス紳士と同じくらいにきちんと話しました。」

　イギリス紳士ランボー？　しどろもどろになりながらやくざな言葉を話すのが精一杯のドラエーやヴェルレーヌなど田舎の旧友たちは、さぞかし面食らうはず。しかし、この見方は少なくとも、もうひとりの妹ヴィタリーが描く、一八七四年のロンドンにおけるランボー像と一致する。

　一八九一年に死んでから、ランボーが当時の新聞記者やゴシップ紙の記者にどんな扱いを受けたのかを見てみるがいい。いわく、悪童、浮浪者、コミューン主義者、詐欺師、王党派、能なし、酔っぱらい、気違い、悪党、等々。

今日では、ランボーを聖者に祭り上げるかのような伝記や伝説が流布しているが、こういうのも逆に、ランボーという人物を捉えそこなっている。

イザベルは、いきなり核心を突く――

「思うに、詩はアルチュール・ランボーの本性の一部だったのです。死ぬまでずっと、しかも生前はいついかなるときも、詩的感覚は一瞬たりともランボーを見放しはしませんでした。」（強調は筆者）

またこうも言う――

「兄の最後の日々を語るのに、恍惚状態や奇跡、超自然的なことや不思議なことがらをまじえるのは一向にかまいませんが、そんなことをしてもやはり真実にはほど遠いものとなりましょう。」

イザベルはここで、無知で信心に凝り固まった田舎女の言葉で語っているが、実際のところは、兄のことをちゃんと知ったのはこのときだった。兄の言葉にじっと耳を傾けながら看取ったおかげだ。ランボーは鎮静剤の代わりに与えられた阿片の効果で、何時間にもわたってしゃべりつづけた。イザベルはのちになって、『イリュミナシオン』から聞こえてくる音楽と同じ響きがそこにはあった、と言うだろう。彼女はこの経験を、至極当然ながら、自分の知る唯一の象徴的イメージに、つまりカトリックの信仰やカトリックにまつわるヴィジョンに位置づけて語っているのだ。

ここで、誰もがいきり立つ。ブルトンはここでも民衆の阿片と宗教の蒙昧主義を見いだして憤る。クローデルは興奮するが、やがて猜疑の目を向ける（クローデルは『イリュミナシオン』から「種をもらい受けた」、というか、それはまあいいとして、のちのちランボーについて尋ねられると、自分の記憶では一回のミサで足りると答えることになるだろう）。ランボーの名を利用しようとする妹によって事実の歪曲と「カトリック」への回収がおこなわれたのだ、との伝説が流布しはじめる。そして言うまでもなく、反教権主義に凝り固まった者たちは怒り狂い、「カトリックの信徒たち」は全体として、泰然と受け流す。

要するに、ニーチェの場合と比べてみたくはなるものの、問題はちょうど逆なのだ。イザベル、カミーユ〔クローデルの姉〕、エリーザベト〔ニーチェの妹〕？　とにかく、事にかかわる三人の姉妹。

　クローデルは聖職を志して挫折したあと、自分の体験を売り物にしようとして演劇に手を染めることになるが、彼の戯曲には罪滅ぼしとして、ラテン語聖書の、延々と続く、えてしてとても美しい朗読が入っている。でもまあ、話題はイザベルのほうだ。結局のところ彼女はその場にいたわけだし、ランボーは彼女の腕に抱えられて亡くなったのだ。彼女の言い方では、彼岸との夢のような結婚を確固たるものにして。彼女が話をでっちあげているとは思えない。彼女が体験した数時間が激烈かつ深甚なものだったのだ。ハラルで、彼女はこう言っている――「兄は集会室をまぶしいほどに照らしていました。そこでコンサートを催し、音楽やアビシニアの歌を聞かせていたのです。」

　この話の味噌は、遺伝上の妹《スール》によるものであって「異性の友《アーム・スール》」によるものではないということだ。

　だから逆に、ランボーの「兄弟」を自任する者たちには、極端な嫉妬と悲哀を掻き立てる。

　知られるように、ランボーは「文壇」とは関係を断ったが、家族とは決して縁を切らなかった。彼の帰還計画はよく知られている。なるべく大金を稼ぎ、結婚して、息子をもうけて技術者に仕立てる、等々。この種の決心がなおさら詩的良識派を動転させる。死の床にあって彼が最後までいつも唱えていた祈りの文句は、さほど注意を引いていない。ランボーは、「アル・カリム！　アル・カリム！」と唱えていた。「豊饒なる」「裕福なる」「鷹揚なる」「寛大なる」という意味になる神の名のひとつだが、これはまた、アラビア錬金術では〈賢者の石〉の名でもある。

　錬金術の概論書が、大事な一節の締めくくりに、しばしば読者に向かって「理解せよ！」と言うのに似ている。

　ぼくとしては、言葉の錬金術を真面目に受け止めるのみである。

諸世代

ぼくは『ヴェネツィアの祝祭』の冒頭で、スタンダールは一八三二年六月二十日にローマで、本人いわく「巫女ピュティアのように強いられて」回想録の執筆を始めたと書いている。彼は四十九歳で、七月四日にはこう言って筆を止める——「一時半、暑さのせいで考えが奪われる。」

しばしばスタンダールは、戸籍上の名前Beyleが不格好だと思い、そうは書かずにBelle〔美女〕と綴りを変えている。彼は自分のことを醜男で、太っていて、イタリアの屠殺業者のような顔をしていると思っていた。しかし彼は、前代未聞の、こんな言葉も書きつけている——「これをいずれ読むだろう目は、かろうじて光に見開かれたばかりである。」さらには、「私の未来の読者たちは十歳か十二歳だ。」別のところでは、一九三六年になれば自分も読まれるだろう、などと言ってみせる。彼と同時代の人たちは、もしこれらの言葉を読んでいたら、うぬぼれ屋で頭のおかしな男だと思っただろう。

今ぼくは、なるべく率直に自問してみる、ぼくより年配の著名人で、出会ってよかったと、ときには教えを受けてよかったと心の底から思える人は誰だろうか。六人いる。モーリヤック、バタイユ、ブルトン、ポンジュ、バルト、ラカン。けっこういますね。

ぼくの世代にとって、社会的映画はいつも同じ映画で、そこにはいつも同じ俳優が出演している。ル・クレジオ（神聖視されている）、モディアノ（偶像視されている）、ぼく（抗議されている）、キニャール（称賛されている）だ。四、五十代では、スターたるウエルベックを除いては、まだ誰も頭角を現していない。だが、そう言い切るのは早計かもしれない。四十ですべては決まってしまうのだけれど。三十代は難渋しているように見える

(そういう時代なのだ)。二十代には期待できる。当然だが、上の世代よりはぼくに好意的なのではないか。

四十がらみのフランス人文芸記者にこんなふうに言われたことがある、ソレルスさんほどには「教養もなくて面白みのない」人がソレルスさんに「取って代わった」日には、さみしくなるでしょうね。取って代わる、というのがその記者の口にした言葉だ。ひとりの作家は別の作家に取って代わりうるのだ、というような口ぶり。まるで求婚者の言葉ではないか。これについては『オデュッセウス』を参照のこと。

親愛なる同時代人たちよ、ではぼくに取って代わりたまえ。そしてどうか神が諸君とともにありますことを。ぼくは、まだ生まれていない者たち、あるいはこれからもたぶん決して生まれることのない者たちに期待をかけよう。ぼくは生き生きとした一部の死者たちのために、そしてまだ生きてはいない一部の仮定的存在のために書いている。そもそも、ぼくが非難されるのはそのせいだ。それも、まったく当然なのだが。

各「世代」は、その世代なりの社会的、性的、象徴的、感情的な経験をする。たいていは困難であったり悲惨であったりするが、そのつど新しい経験ではある。旧世代は、われわれのためには何も言い残すことなく消えてゆく。

現代という強大かつ低俗な時代に生きる人びとの頭を占める主要な問題を取り上げてみよう。つまり、性の問題だ。十八世紀に晴れ間が差し込んだのち、大革命と恐怖政治の時代を経ると目に見えて状況が悪化し、十九世紀の貞淑ぶった態度と二十世紀の病理学的観点に行き着く。今や「性」は病気として立ち現れると言っていいくらいだ。これは何ゆえなのか、問うてみるといいのではないか。

ジッド、クローデル、モーリヤック、シュルレアリスト、ブルトン、アラゴン、アルトー、バタイユといった人たちは、それぞれ違ったふうにではあるけれど、性の問題をめぐっては、こぞって呪いをかけられているようだ。性が過大視されるがゆえに、しまいにはそれが途方もない問題に見えてくる。ジッドは変質者で、クローデルは完全に目をふさぎ、モーリヤックはジッドに魅せられ、シュルレアリストたちは（「性についての探究」を読むだけでわかるが）的を外していて、アルトーは文字どおり取り憑かれていて超謹厳（アルトーの精神的嫡子であるポール・テヴナンも同様）、バタイユはマゾかと思われるくらいにサドにいたぶられていて、『O嬢の物語』〔一九五四年にドミニック・オーリーがポーリーヌ・レアージュ名義で刊行した官能小説〕は偉大な時代のわざとらしいリメイクで——何もかもが暗くて、行き詰まっていて、歪んでいて、不安を掻き立てる。この件については、ただひとりドクター・セリーヌだけが明快だ。一方でプルーストのメタファーは、問題を覆い隠すことしかしていない。

射精することと洟をかむことは同義だとするマラルメの言葉を、実に見事だと言うポンジュを前にして、ぼくは唖然としてしまったことを思い出す。ポンジュはさらに、プルーストに性的倒錯の気配を嗅ぎつけたことがあると言い添え、バタイユは精液と尿を取り違えているんだとまで断言してみせた（ポンジュは、この考えにずいぶんとこだわっているみたいだった）。バタイユはといえば、だんまりを決め込んでいた。書いた本が、彼の代わりにしゃべっていたから。ブランショが特段エロチックな書き手でないことは認めてもらえるだろう（ベケット、シモン、デュラス、サロート、小学生じみたロブ＝グリエも、特にエロチックではない）。ジュネがいるって？　だが、かくも女性が不在なのは、どうしたことだろう？　ラカン？　たしかに性を語りはするが、そのもったいぶった、複雑怪奇な語り口ときたら！　ジョイス？　もちろん性の話は目立つ。だが、あのモリー〔『ユリシーズ』の女性登場人物〕の存在感があれほど圧倒的なのは、どうしたわけか。

つまり何かが起こったのだ。でも、何が？　突然エイズが出現したことも謎を深くした。だから新しい世代の人たちは、コンドームと不機嫌のあいだを行き来しながら性を学んでいかざるをえない。彼らの精神的混乱もうなずける。前代未聞の混乱だ。でもたぶん、事態はいっそう悪化し、性の水位もどんどん下がっていくことになるのではないか。もちろんのこと、こうした水位低下に乗じて、貞潔のモラルの波がどっと押し寄せてもくるだろう。まあとにかく、ある種の変化が訪れるだろう。まったく嫌な時代であるのは間違いない。なんでもかんでも社会性が問われる時代。こと性に関するかぎり、社会的な答えなんて、決してありえないのに。性を、商品とリンクした民主主義社会の一機能にまで還元してしまうというのも、おかしな話だ。性を醜いものに、そして何より退屈なものにしたということが、やはり時代の徴候なのだろう。

「内面生活」なるものは、貨幣によるコミュニケーション回路からだんだんと締め出されて、かわりに外部からの要請や与えられた命令（ここにお名前を入力してください、あちらにコードを入力してください、あなたはトレンドに乗っています）に人は従うようになるだろう。事態を打開する手立ては、おのずと「信心深い」子供時代からやってくるだろう。ただし、信仰へと駆り立てる真の欲望に気がつけば、なのであるが。その前に、まだだいぶしばらくは、道徳主義的＝ロマン主義的な宣伝文句（労働価値、「苦悩の深さ」、経済的成功、「真情」など）、すなわち全般的詐欺の決まり文句に耐えなければならないだろう。例によって、この詐欺のために、多くの女性が利用されることはわかりきっている。昔からよくある話だ。しかし、新たな権力は話をとんでもなく先に進めようとしている。人工子宮にご注意あれ！　生殖行為はご自分で！

「ドクター」として、いわば「診療する」ことはなくなったとはいえ、ぼくもたまには才能ある弟子たちに反＝商品の個人レッスンを施さないわけではない。その詳細は、『神聖なる生』で読むことができる。

悪夢

悪夢——ぼくは〈地獄〉に、本物の地獄に、はるか古代の地獄にいて、目の前では亡霊たちが起き上がる。

ジャン＝エデルン・アリエが、白痴じみた笑いの仮面をかぶって、

ジャン＝ルネ・ユグナンが、白皙の青年のまま車のなかで押しつぶされて、

ルノー・マティニョンが、熱に浮かされた大佐のように、このぼくに対する新しい殺し文句を探しながら、

フランソワ＝レジス・バスティド〔一九二六―一九九六。文芸評論家〕が、おしゃべりでのっぽの七面鳥じみて、どれほどぼくが「下劣」であるかと繰り返しながら、

ベルトラン・ポワロ＝デルペッシュ〔一九二九―二〇〇六。「ル・モンド」紙を中心に健筆をふるったジャーナリスト・評論家。一九八六年にアカデミー・フランセーズ会員に選出される〕が、アカデミー会員のいでたちで、匿名の手紙の書き手に似つかわしい険しい顔つきで、

アンジェロ・リナルディ〔一九四六年生まれ。コルシカ島出身の作家・文芸評論家。二〇〇一年にアカデミー・フランセーズ会員に選出される〕が、すでに地獄にいて、数年のあいだはぼくに対する思い入れが強かったがゆえに、ぼくを否定するための抱擁を解くことができずに、

「右派」の抒情的王位継承要求者ドミニク・ルー、というかむしろドミニク・ド・ルー〔一九三五―一九七七。作家・出版人として「テル・ケル」の宿敵になった〕が、ぼくに対する攻撃を目的とする十回目の演説を熱心に書きながら、

「左派」の混乱せる王位継承要求者にしてフラれ男のジャン＝ピエール・ファイユが、ハイデガーとぼくの肖像画にトマトを投げつけようとして家族で集まりながら、

詩情《ポエジー》なき詩人にしてひょろりとしたのっぽのジャック・ルーボーが、ぼくの黄ばんだ写真に恨み深げなまなざしを投げながら、

興奮気味のミシェル・フーコーが、暗い集会所を出た

り入ったりしながら、
死の天使エルヴェ・ギベールが、夢中になったお母さん方の群れに追いかけられながら、
劣化したデブ鯨フランソワーズ・ヴェルニーが、漂流しながら、だがいまだに「あんた、あんた、あんたあ」とうめき声をあげながら、

レストランで生き、レストランで死んだベルナール・フランク〔一九二九―二〇〇六。作家・ジャーナリスト。レストランで心臓発作に襲われて亡くなった〕、杖をついた元老院議員じみたところがあり、エスプリにかけては誰にも負けないと自負していた（間違ってはいない）ベルナール・フランクが、酒で酔っぱらう前にぼくの腕を父性的なしぐさで軽く叩きながら、
口が悪くて渋面のピエール・ブルデューが、いつまでも相も変わらずぼくを「売春婦」扱いしながら、
眉をひそめたフィリップ・ミュレーが、自分の失敗作をぎっしり詰めこんだ鞄を背負いながら（これはもちろん、ぼくのせいだということになるが）、
それからさらに、夜行の幽霊たちが続々と、みながみな憎しみの殻をまとっているせいで、もはや男か女かもわからない幽霊たちが。

「ジョワイヨーを縛り首に！」と叫ぶ声が聞こえてくる。そのあいだにも、チュチュをまとった太っちょの古い踊り子人形が、「フィリップ・ソレルスを片づけるために」だとか、「ソレルスに新しきものなし」だとか書かれたプラカードを掲げている（かつて実際に新聞に書かれた見出しだ）。

今や別のデモが始まり、掲げられた幟を見ると、ぼくはこんな言い方で断罪されている――「読解不能」「ペテン師」「挑発者」「マフィアのドン」「胴元」「毛沢東主義者《マオイスト》」「法王主義者」「女性蔑視者」「同性愛嫌い」「変態リベルタン」「社交界の雑文書き」「無能」「詐欺の片棒担ぎ」「マンダラン」。

これらはすべて、ぼくのペンへのオマージュだと思う。あなたは「権力」をもってるじゃないかと、ぼくはいつも誹謗されてきたけれど、そんなのは権力自身の不当なでっちあげだ。さあ、数字を並べてみよう。どれだけの報酬を得ているのか、実際にどれだけの圧力を行使できるのか、見てみるがいい。笑えますよ。

ティー——これこそ偽善以外の何ものでもない。

悪夢は、束縛の時代に生きているかぎり、不安で寝苦しい夜に払わなければならない代償だ。眠るあいだにも戦争は継続している。これは、すでに子供の頃から戦争がどれほど激しいものであったかの証だ。子供はどんなことを望んでいるのか？　逃げ出すこと、だがまた勝者として帰郷すること。つまりはオデュッセウスの物語を生きること。オデュッセウスが、逃げ出したすえに勝者として帰還を果たし得たのは、女神アテナの助力があってのことだった。ということは、ひとりの男が人生の波乱を切り抜けていくためには、女神が必要なのだ。

この種の波乱で面白いのは、XだかYだかZだか（ほとんどは物故者）を攻撃する論説が百あまりも書かれたあげく、そもそもどうしてこれほどむきになって執拗な攻撃がおこなわれてきたのか、その理由探しが始まることだ。問題が未解決だということか？　何かしら危険な大衆運動があるということか？　たとえばニーチェやハイデガーやセリーヌ、戦闘的イスラム原理主義者の影響を受けた運動が？　それとも……　それとも……

続けたまえ。攻撃せよ、もう一度攻撃せよ、さらにもう一度。諸君に続いて新しい世代が台頭しつつあって、彼らは他の何よりも、諸君の検閲、歪曲、拒絶の対象になっているもののほうを好むだろう……　そんなふうに、諸君がいつでも警戒を怠らないことには頭が下がる思いだ、労役を厭わないことに……　諸君の名前を挙げることはしない、そんな名前はもう忘れ去られている、でも何かの功労賞には値するかな……　ここからは、彼らが戦っているのが見える、朝、晩、電話口で、私生活で、衝動的に形成されるコミュニティーで……　自分たちのうちに取り込むことのできない例外を排撃するコミュニ

「文学賞」

二〇〇二年九月、ぼくは『恋人たちの星』を刊行する。すると文壇の人間はみんな、ぼくがゴンクール賞を欲しがっているのだろうと思い込んで、作品はすぐさま、読まれもせずにこきおろされた。まことに皮肉だったのは、いったんルノドー賞の候補作に挙げられたにもかかわらず、選定ミスとかで、すぐに候補作リストから引っ込められたことだ。このほんのちっぽけなクリアストリーム事件〔国際決済機関クリアストリームに贈賄用の匿名口座をもつとされる政治家のリストが二〇〇一年に表沙汰になる。そこには次期大統領候補と目されていたニコラ・サルコジの名前が挙がっていたが、結局リストは偽造文書であることが発覚した。二〇〇六年には、当時の大統領ジャック・シラクおよびその側近で外相のドミニク・ド・ヴィルパンが、ライバル政治家の失脚をはかって裏で糸を引いていたのではないかとの嫌疑をかけられ、政界を揺るがす一大スキャンダルに発展した〕の真相はいまだ謎に包まれたままだ。出版界の財政当局が全容を明かしていないからだ。実はぼくが裏で糸を引いていたんじゃないかって？　ちょっと試しに？　かもしれませんね。

「文学賞」なるものに、これ以上深入りするのはやめておこう。今までぼくにはなんの関係もなかったのだから。ごく若い時分に、ポーランのおかげでフェネオン賞をもらったことはあったし、一九六一年には、ぼくの版元に対するモーリヤックのはからいでメディシス賞を受賞したこともある。それからパリ市とボルドー市が授けてくれた、大して意味のない賞もあったし、アカデミー・フランセーズの「ポール・モラン賞」なる賞もあった（賞金はかなりの額だったけど）。ボルドーのモンテーニュ賞では、特級ワインが百二十本贈られた（全部飲んでしまった）。まあとにかく、この種の賞をもらったにしても、みんな夢のようにもつれあって前後もわからなくなっている。ぼく自身も気にかけたことはこれっぽっちもない。忘れるところだった、「ノミネート」されてから十年後、モナコで何かの授賞式があって、素敵なプリンセスにお会いしたっけな。

賞の話になると、フランスのちっぽけな出版界が一致団結して動くのを知っても、やはり愉快なことは愉快だし、それにやや恐ろしくもある。ぼくは「業界人」とはほど遠い。出版の世界で仕事をしている友人が何人かいるだけ。あとの時間はすべて私生活に費やしている。

ぼくはアカデミー・フランセーズ会員の候補者にはなっていない。ノーベル賞をもらう可能性は万にひとつもない。文学賞の選考委員も、「十二月賞」を除いてはひとつも引き受けていない。「十二月賞」はいわゆる「小さな賞」のひとつだが、ピエール・ベルジェがたっぷりと出資してくれている。歴代の受賞者は上質の作家たちだから、文句をつける輩もいないはずだ。

以上。ぼくはきれぎれの社会生活を送っている（こんなふうにキャリアを築くものじゃないが）。一方で地味な編集者として（ガリマール社で）公的生活を送り、他方ではむしろさかんな地下生活を送っている。おおよそ四分の一は人目に触れ、四分の三は地下に潜っている計算だ。ちゃんと本を読む人間などもはや皆無だから、ぼくは四分の一の部分でもって判断されていることになる。しかも、間違って判断されているわけだ。

地下に潜っているときは、この今みたいに、朝の六時半、ひっそりと静まりかえったパリにいるか、もしくはヴェネツィアやレ島で、陽がさんさんと輝く日中と特別な夜を過ごしているかだ。リアルな身体と休みなく書いている手を携えているのは、合わせて三カ月ということになる。

二〇〇四年、『ヴェネツィアを愛する辞典』（売れた）。二〇〇六年、『神聖なる生』（そこそこ売れた）。もうすぐ『密かな戦い』が出る。『オデュッセイア』、ディオニュソスの系譜、中国の兵法書をめぐる本だ。

現在準備を進めているのが『趣味の戦争』と『無限礼讃』に続く新たな評論集で、タイトルはごく控え目ではあるが、今世紀初頭の秘教的書物にふさわしく、『完全な教え』にするつもり。それから小説も一冊。不意に到来した小説だが、迷信により、ここではタイトルを告げないことにする（でも二〇〇九年には読めるようになった。すなわち『〈時〉の旅人たち』）。

ぼくはどこにいるのか？　手が走り、水平線には大海が満ちる。海の圧力は遠くからでも感じられ、ヨウ素の匂いも漂ってくるようだ。右手にあるアカシアは、いつもぼくに寛大だ。例年どおり、今年も「文学シーズンの開幕」が訪れるだろう。七百点もの小説が競合し、六点か七点かが残る。何かに取り憑かれたような持久走。ウェブが猛威をふるい、ブログが増殖し、インターネットは眠らず、メールは雨のように降りそそぎ、ファックスの音は鳴りやまず、テレビとラジオは互いを追いかけまわし、新聞の印刷機は回転しっぱなし。もちろん、ぼくだって情報を仕入れることはある。一、二時間の悪行、八時間の徳行。おしゃべりは好きだが、黙っているほうがずっと好きだ。

わたしは愛する、遊びも恋も書物も音楽も
街も田野も、要はすべてを
わたしにとって至高の善ならざるものはなし
物憂い心の陰気な悦びもまたしかり〔『プシュケとクピドの恋の物語』〕

このラ・フォンテーヌの詩句が（特に三行目の見事な二重否定が）、ひとりでに心に湧き上がってくる。芽生えてくるのだ。同じことがランボーの言葉にも起こる。たとえば、簡素だが謎めいてもいる詩句――「青い空や田野に花開いた労働」〔「悪い血」、『地獄の季節』所収〕。あるいは、毎朝心のなかで唱えるこの詩句――

ぼくの永遠の魂よ、
おまえの誓いを守るがいい
孤独の夜だろうが
燃えあがる昼だろうが〔「錯乱II」、『地獄の季節』所収〕

大洋の力、アカシアの歓び、ヴァカンス。

女神、妖精、魔女

妖精や魔女というものはいる。めったにいないが、女神もいることはいる。いやいや、ぼくは実際に出会ったことがありますから。オデュッセウスは、たとえばアテナに偶然出会う。アテナが彼の眼前に現れ、彼を助け、救い、支え、励ますのだ。ひとつ打ち明け話をしよう、でもあまり騒ぎ立てないでくれたまえ。実はぼくは、ギリシアの神々を信じているのだ、ディオニュソスを、ヘルメスを、アポロンを。さらにはアフロディーテ、アルテミス、アテナといった女神たちを。ゼウス、ヘラ、ポセイドン、ハデスにはさほど馴染みがない。ぼくにしてみれば、ときどき神々がいること、これは疑いない。すでに申し上げましたが、ぼくは気違いです。でも大丈夫。

女神、妖精、魔女に共通しているのは、みな恐ろしく思慮深いということだ。しかも、ふつう考えられている以上に、生気と活力にあふれている。では、彼女たちは狂っているのかといえば、さにあらず。彼女たちにも、男を嫌いにならないことだってあるし、もしかすると、愛することだってあるかもしれない。

まずぼくの母――おそるべき予知能力を備えた魔女だったが、不意に目つきを変えて笑い出すと妖精になった。

幸運をもたらす本物の魔女ウージェニー――ぼくに対する我慢強さときたら、いまだにぼくは驚きを禁じ得ない。

わが愛しの偉大なる女神ドミニック――ぼくの『ヴェネツィア』を献呈したときに、「偉大なるかわいい愛しの美しき美女」と呼んだ。『固定情念』において、彼女の存在感は大きい。

アテナの化身ジュリア――早くも『女たち』に登場したあと、ほぼどの作品にも出てくる。『恋人たちの星』にも出てくるのだが、誰ひとりとして彼女の姿を認めようとはしなかった。おかしな話だ。

守秘義務のゆえ、ここでは他の名前は出せない。でも、もう一度言わせていただきますけど、ぼくの本を読むことは禁じられていませんから。


女神、妖精、魔女。妖精になった魔女はとりわけ有能だ。妖精は決して魔女になることはないけれど、眠ってしまうことはある。女神は〈夜の女王〉からわれわれを守ってくれる。

愛の秘密は、きみときみの相手が、たとえ互いに知り合いではなくても、子供の頃に知り合ったことがあるということだ。きみたちは子供だ、きみたち自身の子供だ。きみたちはいっしょになって大人たちの世界を――きみたちにそっくりの大人たちの世界を糾弾する。

――それじゃあ、あなたの青春時代、恋愛、作品の執筆、前衛運動、「テル・ケル」や「ランフィニ」なんてのは、子供時代を単に延長しただけってわけですか？

――もちろん。

――ということは、まったく成長していない、と？

――そう考えるべきでしょうね。

――あなたのおっしゃることを真面目に聞いてくれる人なんていますかね？

――真面目に聞いてもらおうなんて思ってませんよ。ただぼくは、ぼくの自由なステュディオにいると自分が自由だってことはわかる。

――なるほど。すると当然、あなたは西暦三〇三六年には読まれるだろうと、いつものようにおっしゃるわけですね。

――もちろんです。


ときどき、送られてくる小説を少しばかり読んでみることがある。たいていは感傷的であるか暴力的であるかのどっちかで、不幸な子供時代、結婚生活の失敗、性的な袋小路、社会的障害が話題になっている。ゲイがテーマになっている場合、大半はわざとらしくて繰り返しばかりのポルノになってしまっている（今では、異性愛に順応主義があるように、同性愛にもある種の順応主義があるのだ）。男たちは疲弊し、行き場を見失っているようだ。女たちは苦悩し、またそのことを口に出しもする。幸福というものが存在しない。存在し得ないというばかりでなく、存在してはならないのだ。社会が不調である以上、ぼくも不調でなければならないのだ。

結局、ぼくについてまわるいくつもの偏見を、ひとくさり眺め渡してみた。「ブルジョワ」の生まれでありながらヴィシー派でも伝統主義者でもないこと――これじゃ点数は悪い。カトリックでありながら放蕩者であること――悪いのは当たり前。軍隊を含めて、あちこちでクビになっている――妙な奴だ。十五歳にして、レズビアンの気味があり、倍の年増で、社会的地位が「低い」魔性の異邦の女と関係を結んだこと――唾棄すべき男だ。またもや年上で（でも歳なんて関係ない、そしてそのことがスキャンダルになる）、ベルギー出身でしかもユダヤ系ポーランド人の血を引いているから本当の意味でフランスの女とは言えないような美女と関係を結んだこと――許しがたい。いくたびも地下に潜伏していて、そんな生活を絶対にやめようとしなかったこと――実にうさんくさい奴だ。それから若くて美しい異邦の女、当時の共産主義国からやって来た優秀なインテリ女を「本妻」にしたこと――裏切り、変節、離反だ、予防線を張れ、要注意だぞ。

ホモセクシャルたちは憤っている、若いフランス女たちは結婚の可能性を奪われている、伝統的右派は慄然としている、左派はつんと取り澄ましている、コミュニストはぼくがコミュニストでないことに怒り狂っている、極左はいつもぼくを「ブルジョワ」と決めつける、自由主義者や無政府主義者はぼくを因襲的だと考えている、極右はぼくがその典型であるような毒を公然と非難するための厳しい言葉をもっていない。せいぜい〈魔〉に憑かれたように恋に生きるだけならまだしも、ぼくときたら、自分の属する家族や社会階層や国や宗教の慣習に、穏健なヒューマニズムに、それどころか制度と化した性倒錯にすら刃向かったというわけだ。情状酌量の余地なし。だってぼくの出身地は豊かな地方だし、父が小学校教師というわけでもなければ母が勤め人というわけでもないのだから。

だからぼくが一時、こうした実存的な孤独にあって、仰々しい革命的言辞に惹きつけられたのもうなずけよう。そもそも、そんなことに苛立っても仕方あるまい。実際ぼくは革命を叫んだわけだが、長続きしなかった。

男も女も、おのおのの社会的役割とふつうは一体化するものだ。ところが、ぼくの場合そうならなかった。男どうしでの女の交換に参加したこともない。女の交換――これが土台となって、抑圧された同性愛を支えるのだ。ぼくとジュリアは長いこと貧しかったけれど、まるで頓着しなかった（もっとも、後背地があったのも確かだけど）。いつまでたっても学業を続けている学生のようなもので、社会の周縁にあって、統制には従わない。結局はそのまま来てしまった。安定してはいても、かりそめの安定にすぎない。つまりぼくらは連帯していた、ということ。「友愛」という言葉は、ぼくには大した意味をもたない。「平等」も同じ。でも「連帯」は違う。その意味を理解できるし、この言葉なら呑み込める。ある意味で、すべての自発的反抗者は連帯しているのだ。なにしろ苦悩、不条理、虚無、死を目のあたりにしてきたわけだし、何ひとつ忘れちゃいない。破滅も祝祭も。落ち着いているように見えても、実はずっとよそ者なのだ。

一九七〇年代以降じわじわと拡大している、あるおぞましい現象を分析する必要があるだろう。何かと言えば、婦人科医学とフェミニズムが結託して、女性の身体を技術的に利用しようとする試みである。今やそれは頂点に達している。ぼくはいくつかの名前と、臨床実験や実際の手術がおこなわれた場所を挙げることもできる。しかも、それらの場所はいまだに存続しているはずだ。証拠をいくつか手に入れることだってできるだろう。でもまあ放っておこうか。〈悪魔崇拝〉には、ぼくは熱くなれないからね。

庭園

世間を騒がせている噂によれば、二十世紀の惨禍はわれわれを暗黒の輪のなかに永久に閉じ込めてしまうらしい。こうした意見には、それなりに重いわけがある。ただし、今やこの暗黒の輪は恒常的恐怖の気圏に取り巻かれていて、それがとんでもない速度で拡張していることも忘れるべきではない。つまり金融資本と広告の狂奔は、果てしないブラックホールを背景にしているということだ。

ここでぼくは視線を上げる。庭がとてもきれいだ。昨晩、緑から黒へと色を変えた樹木が、今朝は黒から緑に向かって少しずつ上昇してゆく。その矛盾がはっきり目に見える。こちらの面前で炸裂するように感じられるほどだ。ところで矛盾の極みがあるとすれば、われわれが生きている時代がそうだ。そもそも二十一世紀は、なおも「世紀」と呼べるのか？　それとも別次元の〈時〉が到来したのか？　ぜひとも答えなければならない問いだ。

ぼくの机の右上面には、プルタルコスの『名高い人びとの生涯』〔『英雄伝』〕が置いてある。そして右手には、ディオゲネス・ラエルティオスの『名高い哲学者の生涯、学説、および警句』〔『ギリシア哲学者列伝』〕がある。あえて比べれば、ぼくは四世紀以上前のモンテーニュとまさに同じポジションを占めている——小説のなかであれば、ぼくはそう言ってもいいだろうし、『エセー』を書くペンの軋りがぼくにも聞こえてくるなどと、話をでっちあげることもできるだろう。現代人が眉をひそめる言葉があるとすれば、「名高い」(illustre) という言葉に限る。この言葉は、「輝かしい名声を博している」という意味のラテン語 *illustris* に由来する。たとえば「名高い」家族、すなわち「名家」というものがあったそうな。ニュアンスはおわかりいただけよう。

これら由緒正しき書物は、幾世紀にもわたって多くの人に読み継がれてきた。しかし誰が今でも読んだりするだろうか？　学者や専門家は間違いなく読んでいるだろうが、愛読者はどこかにいるのだろうか？

とくにディオゲネス・ラエルティオスは、その生涯がほぼ謎に包まれているだけに、ぼくの関心を引いてやまない。われわれが用いている暦で言えば（J・C後〔西暦〕ということだが、J・Cの意味がわかる者はまだいるのだろうか?）、二〇〇年から五〇〇年のあいだのいずれかの時代に生きた人だ。もっとも蓋然性が高いのは、三世紀の初めであるとのこと。ディオゲネス・ラエルティオスは、モンテーニュが、さらにはパスカルやルソーが愛読したというのもうなずける。いま大学教授のなかには批判する人もいて、そのうちのひとりは、にこりともせずに、ぼくにこうのたまわったものである――「彼は小説家か寓話作家にふさわしい想像力の持ち主ではありますがね、哲学的な頭は持ち合わせていないようですな。」なるほど、ディオゲネス・ラエルティオスを読んでいて面白いのは、そのせいでしたか。

いま挙げた本はみんな学生時代になじんだ本で、当時は引っ越しをして部屋を移っても絶対に手放さなかった。プルタルコス、ディオゲネス・ラエルティオス、ほかにもたくさんあったけれど、こうした本を貪欲に買い求めたのは、ラスパイユ大通りにあったギヨーム・ビュデ書店でのことだった（金の出所はどこだったのだろう？）。ギリシア古典は黄色い表紙、ローマ古典は赤の表紙。一方にホメロス、アイスキュロス、ソフォクレス、エウリピデス、ピンダロス。他方にルクレティウス、ヴェルギリウス。あれほどシュルレアリストや反体制的な文学に熱狂していた自分が古典古代に惹きつけられたというのはどうしたことか、今もって不思議である。ともかく、衝動に駆りたてられていたのは確かだ。すべてを読み直そう、すべてを変えよう、昔のものからあらためてたどり直そう、つまりはあらためて学び直そうという衝動。少なくとも、ごく若い頃から、ぼくは自分の無知を意識してきた。そんなわけで、黄色い棚、赤い棚を渉猟すると、次には聖書や神学の棚、グノーシス主義の棚、秘教主義の棚、インド古典の棚、中国古典の棚……この種の書物には、長いこと世話になってきた。学ぶためのみならず、生きるために。

ディオゲネス・ラエルティオスに話を戻すと、読み返してみたい箇所ははっきりしている。もちろん、エピクロスの生涯（紀元前三四一―二七〇年）だ。それはアポロドロスの言を引くことで始まる。その言によれば、エピクロスははじめ文法の教師だった。また、文法の先生たちがヘシオドスの詩に出てくる「カオス」を彼に説明することができなかったので、哲学の道に入ったのだともいう。この逸話はぼくのお気に入りだが、それというのも、すぐに原子、空虚、渦巻き、無限のことが喚起されるからというのが大きい。こんなふうにして庭園〔学園〕についての考えに行き着くというのが、ぼくには途方もないことのように思える。続けて、エピクロスが同時代の哲学者たちに浴びせられた罵詈雑言がすべて挙げられる。「存命中の者たちのうちでもっとも粗野な者」「破廉恥漢」「放蕩者」「臓物」「売春婦の常連客」「剽窃家」「泥棒」「背徳者」「大食漢」「浪費家」「無学」「嘘つき」など。哲学者どうしのやりとりというのも壮観だ！　僧侶のあいだも、推して知るべし！　知られるように、のちのちキリスト教は、たんに豚になったにすぎないと言ってエピクロスを激しく攻撃したわけだが、エピクロスにとって豚と呼ばれるのは光栄だったろう。

ディオゲネス・ラエルティオスは、こんなふうに罵詈雑言を並べた一節を、そっけなく結んでいる。

「以上が、エピクロスについて作家たちが恐れ気もなく口にしたことのすべてである。だがこの人たちはみな常軌を逸しているのである。」

このあとで、エピクロスを称える言葉が続く。

若い頃の自分の覚え書きを見ると、すべて「メノイケウスへの手紙」に関係していることがわかる。その手紙のどんなところに、自分は助けられたのか？　そして、今でも助けられるのか？

まずはこんなところ――「幸福を手に入れる手段を考究しなければならない。幸福が手もとにあるなら、われわれはすべてを持っているということになるし、幸福が手もとにないときには、われわれはそれを手に入れるためにあらゆることをするからだ。」

「賢者」の傑出した定義――「賢者は眠っているあいだも目覚めているときと同じような人間だろう。」

そして、宿命に対する恐怖、ならびに死の恐怖の否定――

「死は何も感じなくなることなのに、まるでそれを感じ取ることになるとでもいうように、人は死を恐れる。」

死とは何ものでもない。となると、死を脅しの種《たね》にすることで、あるいは乗り越え不可能な地平にすることで、誰が得をしているのかが問われなければならない。

だが、次の一節――

「神についての通有の観念が示すとおり、神とは不滅かつ至福の存在であるとまずは考えたまえ。そして、不滅および至福に反するいかなる性格も神に与えたまうな。逆に、神の至福および不滅を保ち得るすべてのことを信じたまえ。神々はたしかに存在しており、われわれは神々を明瞭に認識している。けれども、その神々は、この世のはかない人びとが考えるようなものとは違う。だから大勢の信じる神々を否定する者が不信心というわけではなく、不信心者とはすなわち大勢が抱く考えを神々に与える者のことなのである。というのも、大勢の考えというものは先取観念によらず、偽りの想定によるものだからである。それによると、悪人どもには最大の害悪が、善き人びとには最大の利益がもたらされるのだという。」

ぼくは次の格言をすっかり忘れていた――「神々はたしかに存在しており、われわれは神々を明瞭に認識している。」

さらにこう――

「大勢は、徳についての自分たち独自の観念になじんでいるから、こうした徳に見合った神々しか受け入れず、それとは異なるすべてのものは間違いだと考えるのだ。」

ですよね。

文章はこんなふうに続く――

「それから、死はわれわれにとって何ものでもないという考えに慣れるようにしたまえ。そもそも、善いことも悪いことも感覚のなかにしかないが、死とはまさにその感覚が失われることなのだ。したがって、死はわれわれにとって何ものでもないというこの事実を正しく認識することによって、われわれは死すべきこの生を十全に享受することができる。それが永続するなどという観念を生に付け加えずにすむのであるし、不死への愛惜も自分たちから取り除くことができる。というのも、もはや生きてはいないことのうちには何ひとつ恐ろしいものはないのだということを理解した者にとっては、生にも何ひとつ恐ろしいものはないからだ。現に到来した場合の死が恐ろしいがゆえに死を恐れているのではなく、死を予期することが恐ろしいがゆえに死を恐れていると述べる者は、だから愚か者である。」

ここでぼくは、もう一度驚いてしまう、このテキストが保存されてきたことに。何度となく焼き払われたっておかしくはなかったのだ。それに実際に焼かれもしたが、うまい具合に助かったわけだ。テキストは光を放っている。

「死を予期して悩むのは愚かである。死とは、現に到来すればなんの苦しみも与えないものだからだ。したがって、あらゆる苦しみのなかでもっとも恐ろしいものとされている死は、われわれにとって何ものでもない。なにしろ、われわれが生きているかぎり、死は存在しないのだ。そして死が実際に到来したときには、われわれはもう存在していない。だから死は、生きている人びとにとっても死んだ人びとにとっても存在しない。生きている人びとにとって死はまだ存在せず、死んだ人びとは彼ら自身がもはや存在しない。しかし多くの人は、あるときは最悪の苦しみとして死を恐れ、あるときは生の苦しみの終焉として死を望む。賢者は死を恐れもしなければ、生を重荷だとも考えない。そして、もはや存在しなくなることを苦しみだとも考えない。食べものがたくさんあることではなく、そのおいしさがわれわれの楽しみになるのと同様に、生が長く続くことではなく、その魅力がわれわれの楽しみになる。若者には立派に生きるよう説き聞かせながら、老人には立派に死ぬよう勧める人たちは、単純素朴である。老人にとっても生には魅力があるからというばかりでなく、立派に生きようとすることと立派に死のうとすることは、同じひとつのことだからである。」

若者と老人は、同じひとつのものなのである。

このあとでエピクロスは、ソフォクレスの『コロノスのオイディプス』の詩行一二一七から一二一九行目に刃向かう。

「これよりはるかに単純素朴なのは、生まれてこないのがよいのだと言う人である。《だが生まれたからには、できるだけすみやかにハデスの門をくぐること》、というわけだ。

もし確信をもってこう述べているなら、どうして自殺しないのか。そうしたいと強烈に思うなら、これはいつでも実に簡単な解決法である。もし冗談でこう述べているなら、浅薄ならざる問題について、みずから浅薄であることを示している。だから留意すべきは、未来はわれわれのものではないし、かといってまったくわれわれのものでなくもないということだ。したがってわれわれは、未来がかならずや到来するものであるかのようにそれを予期すべきではないし、未来がいかなる場合でも到来しないかのように絶望すべきでもない。」

ここでぼくは、古いディオゲネス・ラエルティオスの本を閉じて棚にしまう。するとすぐかたわらに、ひどく擦り切れた（ほとんどぼろぼろの）本があるのに気づく。ニーチェの『この人を見よ』。ニーチェによれば、エピクロスは「ディオニュソス的なもの」に乏しすぎる。でも、これは別の問題だ。

何はともあれ、ひとつ告白しておこう。実は、プルタルコスが描いたキケロ暗殺の場面を読むと、今でもなお目に涙が浮かんでくる。

「フランス的」

ぼくの本でもっとも「ヤク中」の度合いが高いのは（いわば「アフガニスタン的」なのは）、『数』『法』『H』（とくに一九七二年の『法』）だ。『天国』は大いなる解毒治療だったと言っていい。しかも、イニシエーションの体験にもなっていた。日々が、夜々が、月々が、気づかぬうちに過ぎてゆく。地獄にいる、天国の光が縞状に差し込んでくる、光のほうに向かって上昇する、さまざまな煉獄を通過する、地獄はそう簡単にこちらを放免してはくれないが、少しずつ「平穏」の域に達する。この道はどこにも通じていない、すなわちいたるところに通じている。各段階で、女性が強い味方となってつねに手を差し伸べてくれる。予想だにしなかった女性の障害や救援もある。こういうのはすべて本当のことで、しかも不思議と言うだけではとても言い尽くせない。

途中で、前にも言ったとおり、蔵書の全体が小声で語りかけてくる。それから時空の隔たりを越えて、絵画、音楽、彫刻、建築が大きな塊となって直接こちらに届いてくる。言語の惑星が、ありとあらゆる言語を巻き込んで、ありとあらゆるところで回転しはじめる。ただ、実に不思議なことに、フランス語が優位に立ち、フランス語こそが翻訳、置換、能動的言語化のための普遍語であることが明らかになってくる。このことがフランス語のもっとも固有な特徴で、おかげで数多の第一級の回想録が書かれているばかりか、あらゆる方角とあらゆる文明に開かれていることにかけては他に類を見ないほどだ。まさにこの意味でこそ、フランス語は普遍的なのである。それゆえアカデミックな硬直化、学校的な制限、しだいに広がりつつあるモダニスト的な自壊作用を、なんとしても避けなければならない。そうすれば、もっとも抵抗力のある、つまりはもっとも明晰な神経組織たるフランス語は、かならず本来の力を発揮するはずだ。

　変化の激しいぼくの航海は、それでもつねに幸福な航海だった。「ヤク中」時代のぼくは、遠くまで行ったほうだ。体が軽くなり、妄想がいたるところから押し寄せ、言葉が互いにたわむれ、次々と連想が湧き、素晴らしく精確な語呂合わせや飛躍した表現がさかんに浮かぶ。多くは馬鹿ばかしいが、強く訴えかけてくるものがあり、とりわけ滑稽なものは浮き立って見える。自分が喜劇の滑稽なピエロになったようで、さらには悲劇でもピエロになっているような感じ。もう歩くのはやめ、宙を飛翔する。よろめいたりもするが、壁を抜けることができる。音の壁が崩れ去る。その上を飛ぶのは危険だが、快感はとても強い。ただし、効き目が切れたあとはだるい。効きはじめると、もう一度言うが、善人と悪人、優美な女と渋面の女がはっきり違って感じられる。途上でいくたびか誤認が生じるが、長らくそのままにはなっていない。

　航海の仲間はレス枢機卿、セヴィニェ夫人、サン＝シモン、ヴォルテール、ルソー、シャトーブリアン、スタンダール、プルースト、セリーヌ。空中には繊糸のように細かい波しぶきがあがり、霊感の訪《おとな》う眠りがたっぷりとあり、反乱が、寄港が、海峡通過がある。歴史は歴史自体の裏面についてなにがしかをきみに語ろうとして、きみの覚醒に期待を寄せる。片方の目だけぼんやりさせてから（ぼんやりすることも必要だ）、ふいに飛び起きて、きみは仕方なくフランス的動物になる。それって何？　小手さばきの、タッチの、狙いの蓄積。片足を大きく踏み出して攻め込む技。フレーズが剣の切っ先になり、きみは階段で一戦をまじえることができる。

「フランス語は王者の言語だ、そのまわりはわけのわからない言葉だらけ。」あの洗練された野蛮人、疲れを知らぬ奇想の人セリーヌは、繰り返しそんなことを言う。良き被植民地人として「翻訳されたもの」の廡下に時を過ごすかわりに、きみ自身の古典をたずさえて閉じこもるほうがどれだけマシか。いっさいを翻訳するのはきみだ。すでに翻訳されたものは、きみ自身の翻訳に比べれば何ほどのものでもない。きみは物事をその内側から捉える。そいつがきみに歌いかけてくるとき、きみはギリシア語の、ヘブライ語の、ラテン語の、サンスクリットの、中国語の作家になる。でもとくにきみが耳を傾けるのは、フランス語で呼吸し、動き、語り、苦悩し、享楽した作家たちだ。きみには彼らの孤独が聞こえ、見える。彼らの孤独がきみに寄り添い、きみ自身の孤独を支えてくれる。そう、紙の上で。

　こうした経験はすべて孤独と称する（《*Soledades*》〔スペイン語で「孤独」〕とゴンゴラ〔一五六一―一六二七。スペインのバロック文学を代表する詩人〕は言う）。結局は、たった一冊の書物、『偉大なる孤独な者たちの生涯と警句』と題すべき一冊の書物に行き着く。本当の小説だ。時代、体制、時の学識など大した問題じゃない。揺らぎがあればいい、特異な、独特な揺らぎが。

　現代中国の巨大でめまぐるしい社会についての記事を読む。どうやらストレスにさらされた中国人のあいだでは、精神分析の需要が増加の一途をたどっているらしい。現代の中国人というのは、内部を蝕まれた最初のアジア人なのだ。中華帝国は、「マルクスおじさん」のあとは「フロイトおじさん」に向かうのではないか、と記者は問うている。だが、「ニーチェおじさん」を忘れている。ニーチェの時代はいまだに到来していないということか。どうなのだろう、ぼくが北京に精神分析の診察室を開設すればちょうどいいかも。そうすりゃ、『北京の長椅子』なる小説がベストセラーになること間違いなしでは？　ぼくなら精神的鍼療法を施す。一回の問診は短くすませる。ラカン流の禅的な問診でもいい。でも、ぼくは躊躇してしまう。あらためて中国語に真剣に取り組まなければならないだろうし、しかも向こうじゃ大気汚染がひどすぎる。

　きみの領主は英語圏の人で、きみは今やちっぽけな自治領を与えられているにすぎないって？　きみはその領主や、そのお先棒を担いでいる連中から、「フランス的すぎる」(too French) としょっちゅう嫌味を言われてるって？　too には too を、過剰には過剰を掛けたまえ。十倍返しだ。

　孤独な者たち。孤独に返ってひと息つくモンテーニュ。人びとを指嗾してパリの街全体を蜂起させるパリ大司教時代のレス。パスカルと火の夜。晩になると汚辱にまみれた宮廷生活に倦み果て、夜のためにか永久にか蠟燭に火を灯すサン＝シモン。四輪馬車でプロイセンのフリードリヒ大王のもとを去るヴォルテール。小舟に寝そべって漂流するルソー。ボヘミアの、ある雨の日のカサノヴァ。サンクトペテルブルクの、ある美しい宵のメストル。シャラントン精神病院の演劇人サド。ローマのサン・ルイジ・デイ・フランチェージ教会で涙するシャトーブリアン。ローマでくつろぐスタンダール。ある晩ボルドーで乗船するボードレール。ある朝ボルドーで下船するロートレアモン。兵器を扱う隊商を率いて砂漠を渡るランボー。マラルメと、その声門の最後の痙攣。ベッドで息を詰まらせるプルースト。デンマークで獄中にあったセリーヌ……。

　今ここに挙げたのはフランスの作家だけだが、イタリア、スペイン、イギリス、ドイツの作家まで挙げるとリストは長大になるだろう。そして結局のところ、間近から眺めてみれば、男の誰もがみな《トゥータンシャカン》、女の誰もがみな《トゥーテュヌシャキューヌ》、孤独なのだ。トゥータンシャカン、トゥーテュヌシャキューヌ、古い時代のアステカやエジプトの、無名の人たち……。

　朝早くぼくのところに来てくれる若いマッサージ師は、名前をオフェリーという。年は二十四で、ぼくの右肩を強く、巧みに、的確にマッサージしてくれる。来るたびに彼女は、ぼくの筋肉は凝り気味だという。つまり、いまだ十分に中国的でないということだ。むべなるかな。彼女には同い年の恋人がいて、いずれは子供が三人欲しいのだそうだ。彼女は筋肉や神経回路といった、肌の下でひっそりと息づいているものをすべて内側から理解している。マッサージのような手技が、微妙にエロチックな色合いを帯びていることもよくわかっている。彼女は、いつ休暇を取るのですかとぼくに尋ね、「まったく取らない」とぼくが答えると、驚いたふりをする。「でも土曜日は？　日曜日は？」「全然関係ないな。」変わったお客さんね、いつものスポーツマンタイプの人たちとは全然ちがう。彼女は自分が突然通りすがりの妖精になっているのに気づいているだろうか？　たぶんね。

　二人いるぼくの姉は、合わせて七人の子をもうけた。さらにその子供となると、十五人以上はいる。姪っ子のひとりはベルリン帰りで、さらにその子供の世代の女の子のひとり（二十二歳）はインド、それから上海にいたあと、今は経済新聞に記事を書いている。甥っ子のユーグは、おいしいボルドーワインの生産者で、ぼくに三ケース持ってきてくれる。彼らはみんな奇妙といえば奇妙だ。スイス、ボルドーおよびその郊外、ビアリッツ、ナント、ストラスブールなど、そこかしこに散らばって暮らしている。ぼくはそのうちの何人かと会うことがあるが、それも年に一度きり、ここ、レ島でのことで、会見はすぐにすんでしまう。それで何がいちばんの驚きかといったら、彼らが互いの近況をほとんど知らないことだ。誰かに子供が生まれたのを唐突に知り、誰かが病気になったり離婚したりしたのを遠回しの言い方から察する。「上海はよかったかね？」「その話はいつかするわ。」なんの話も互いにしないし、それでまったくなんの問題もない。彼ら彼女らは、ぼくが「作家」というやつで、しかも有名なのはわかっているようだ。でも、そんなことは少しも気にかけちゃいない。ぼくも、それをよしとしている。

ジュリア〔・クリステヴァ〕は、ハンナ・アーレント、メラニー・クライン、コレットを題材にして次々と本を書きあげたあと、今はアヴィラの聖テレサ〔一五一五―一五八二。スペインのカトリック尼僧・神秘思想家〕を取りあげた大部の本の仕上げにかかっているところだ。この仕事にうながされて、ぼくもときどき、ベルニーニ〔一五九八―一六八〇。バロック期を代表するイタリアの建築家・彫刻家・画家で、アヴィラの聖テレサをモチーフにした彫刻『聖テレジアの法悦』で知られる〕や十字架のヨハネ〔一五四二―一五九一。スペインのカトリック司祭・神秘思想家で、アヴィラの聖テレサとともにカルメル会の改革に取り組む〕になっている自分を想像してみたりする。ジュリアの朗らかなフロイト的無神論は一向に揺らぐ気配がないが、ぼくの場合、よく考えてみても三回に一回しか無神論者にならない。聖テレサについては、あまり知られていないが、ベラスケスの手になる美しい肖像画がプラド美術館にある。手にペンを持ち、天を見上げる姿が美しい。この女性教会博士が書き残したものはたくさんあって、その見神体験もよく知られている。聖テレサの言葉でぼくが気に入っているやつを、あらためてここに記しておこう――「地獄とは愛のない場所である。」

カトリックの〈復活〉の神学を信じるならば、誰かがぼくに教えてくれたわけじゃないけど、復活のさいにぼくは受苦することのない、機敏で鋭敏な、輝ける身体を手に入れることになるようだ。ぼくは歓迎だ。

風のない穏やかな曇り日は、ものを書くのにうってつけだ。しだいに晴れ間が広がり、日が差し込み、色彩がはっきりしてくる。午後の終わりには海水浴に行こう。北東の微風に連れられて。水面には途切れることのない小波《さざなみ》。これぞ夢。薔薇の木が、塀の陰で絡まりあったミモザとアカシアに守られながら、赤い大ぶりのハート型の花を次から次へと咲かせている。ぼくは道路を渡る。渡るとすぐに浜辺だ。人っ子ひとりいない。水に入るのに、膝までずっぷりと嵌まり込むほどの海藻の壁を越えなければならない。海藻を過ぎれば、日差しを浴びた穏やかな大洋がひろがる。左のほうにカモメの一群。右のほうにも別の一群。カモメたちは自分たちに混じってこようとする人間を、めずらしく受け入れている。こちらに悪いことをする気がまったくないせいか。まさに平穏。

ぼくは波に運ばれていく。そういえば、「マオする」〔「毛沢東ごっこをする」〕という表現が、かれこれ二十年も前から浜辺の若者たちのあいだでよく使われていて、「流れに運ばれる」という意味になることを、甥っ子から教えられて驚いたことがある。もちろん若者たちは、奸知に長《た》けたあの大罪人が「文化大革命」の開始にあたって揚子江を遊泳したという有名な逸話を、まったく（あるいは、ごくぼんやりとしか）知らないだろう。毛沢東は当時七十三歳、だいぶ衰えていると思われていた。ところが突然、長江〔揚子江の別称〕の真ん中を泳いでいるではないか。十五キロメートルにわたって、千年を経た亀さながら、赤い大きな旗を翻《ひるがえ》す何百人もの泳者に囲まれて。ドキュメンタリーフィルムが残っている。だが二十歳の若者で、これを観たことのある者など誰ひとりとしていないだろう。これが何の場面なのかわかる者は、なおさらいないはず。それなのに、象徴的イメージが継承されているのが不思議だ。「マオする」のが、つまりは流行らしい。ぼくはひとりで笑ってしまう。カモメたちも笑っている。

ぼくは庭を通って家に戻る。ぼくの記憶はどこに行ったのか？　薔薇の木のなかだ。ほかのどこでもない。ならば、きみ自身が一輪の薔薇の花であろうと努めよ。つまり、「なぜという理由もなく」咲くことだ〔ドイツ・バロック期の神秘主義詩人シレジウス（一六二四―一六七七）の詩句「薔薇はなぜという理由もなく咲いている。薔薇はただ咲くべくして咲いている」を踏まえている〕。きみは「どのように」なら知っている。でも、「なぜという理由」を知る必要なんてない。

何はともあれ、ぼくはパリのノートル＝ダム大聖堂で執りおこなわれたリュスティジェ枢機卿〔ポーランド系ユダヤ人の家庭に生まれ、少年時代にカトリックに改宗〕の葬儀をテレビで見る。たいへん結構。フランス共和国大統領〔ニコラ・サルコジ〕は、アメリカ旅行を中断して葬儀に参席した。小柄な大統領には、教会の肘掛椅子はちと大きすぎるようだけど。聖堂前広場では、ユダヤ人だった枢機卿の柩のうえに鉢が載せられ、鉢のなかにイスラエルの土が丁寧に注ぎ入れられる（カトリック教会においては大事件だ）。それから、カディシュの祈りがアラム語（「イエスの言葉」だと解説者は強調している）で唱えられる。《*requiem aeternam*》〔「永遠の安息を」（死者のためのミサ曲の歌い出し）〕をバックに聖堂のなかに入ると、大司教、アカデミー・フランセーズの弔辞、法王ベネディクト十六世のメッセージと続く。どれも申し分ない。それから柩は地下の納骨堂に消えてゆく。ノートル＝ダムの合唱隊はいちじるしい進歩を示しているように思える。こういう不思議な日は、いつもそうなのだが。

「神」

唯一神の問題を、少しばかり考えてみよう。聖書、預言書、福音書、コーランを読んでみる。すると、わりとすぐにはっきりするのではないか、一神教を打ち立てて今も騒然たるあの地域では、〈救世主《キリスト》〉こそがいちばん大きな問題だということが。

とりあえず、ほかの問題はすべて無視してみる。するとぼくは神と同期する。こっちはギリシアの神々もいっぱい抱え込んでいるから、唯一神とだけ同期するというのも変だが、ともかく生きている者たちの眼力の欠如にぼくは驚くばかりだ。

ここでは宗教戦争、逸脱、異端、教会分裂、破門制裁といったものには踏み込まない。そういうのは、「時の所有者」たちに、あるいは「時の所有者」を自任する者たちにおまかせしよう。ぼくの望みは、〈天啓〉とじかに向かいあってそれを感じ取ることだ。神そのものを見ないまでも（見たら死ぬ）、ひとりの男が、我こそ神の子なり、さらには神の化身なりと言い張るところに居合わせること。これはよく知られた話であり（本当に？）、その帰結もご存知のとおり（本当に？）。

そんなわけで、ぼくはまったき現在のなかに身を置いてみる。ぼくの考えでは、誤解はすべて過去に身を置くことから生じる。ぼくはヨハネ福音書をひもとき（ヨハネ福音書がぼくにそうせよと告げるのだ）、その言葉を現在形で聴き取ってみる。ぼくは「神の御言葉」（Parole）ではなく、むしろ「言葉」（Verbe）と言っておきたい。こっちのほうが広がりがあるし、人間の手垢にさほどまみれておらず、意味深長でもある。詩篇のかたちにするのはやめて、散文のまま綴っていくことにする。

ご賞味あれ――

「初めに言葉がある。言葉は神とともにある。言葉は神である。この方〔言葉〕は初めに神とともにある。万物はこの方によって成り、この方によらず成るものは何ひとつとしてない。この方のうちにあるものが命であり、命は人の光である。ところが闇は光を理解しない。」

続けよう――

「言葉はあらゆる人を照らす真《まこと》の光である。この方〔言葉〕は世に来られる。この方は世におられ、世はこの方によって成るが、世はこの方を認めない。この方はご自分の国に来られるのだが、民は受け入れない。」

だからこれは、まさに今、ここで、すぐに起きていることだ。

続けよう――

「しかし受け入れる者、すなわちその名を信じる者たちには、この方は神の子となる権利をお授けになる。この方は血によらず、肉の欲によらず、人の欲によらず、神によってお生まれになる。」

ついでに指摘しておけば、「人の欲」は「女の欲」としてもまた解すべきである。そうは言われていないが、そう言っておくほうがいい。

続けよう——

「言葉は肉となって、我らのあいだに宿る。我らはその栄光を見る。それは父の独り子としての栄光であり、恵みと真理に満ちている。」

最後に——

「その満ちあふれるなかから、我らはすべてを受け取る、恵みのうえにさらなる恵みを受け取る。誰も決して神を見ない。ただ父のふところに寄り添っている独り子のみが神を示すのである。」


すべてを現前させる現在形には、聖体拝領の儀式に現実性を賦与するという利点がある。ふつう聖体拝領では「記憶しておくため」と言われるが、記念のためという響きがどうも強すぎる。でも、聖餐のパンと葡萄酒がキリストの肉と血と化すのは、今、ここでのこと、すぐのことなのだ。言葉を口に出すことは、ものを変容させることだ。言葉を口に出すことであらゆることが成就すると口にすることは、光を切り開くことだ。

これらすべては、結局のところ、神に対するひどい冒瀆になる。だからこそ当時の人びとも、神の言葉を語るキリストに耳傾けて、これは冒瀆だと考えている。一方でいくらこの崇高なユダヤ人が、彼らの律法、モーセ、聖書などについて不安を払拭してくれても、彼らの目から見て冒瀆だというのは正しい。ぼくは驚愕した覚えがあるが、なんとプルーストは（初めての聖体拝領のときは実に素直だったのに）、ある手紙のなかでキリストを「瀆神者」と呼んでいるのだ。まさに言い得て妙だ。

驚天動地の出来事に、ユダヤ教徒たちは熱くなる。「ひとりの人間にすぎないのに、あなたは自分を神としている。」


はっきり言うと、これは生物学的な問題であり、端的に言って〈死〉に触れる問題だ（「死との契約」「死、すなわち絶対的な主人」とヘーゲルは言うだろう）。人として降臨した神はあなた方に言う——「私はどこから来てどこに行くのかを知っている。」これはたんに〈子〉

と〈父〉の話というにとどまらない。「我あり」という神の名の、紛うかたなき再確認なのだ。

「あなたは誰だ?」と、真面目なユダヤ人たちが尋ねる。答え――「初めから、わたしがあなたたちに言っているところのものである。」要するに、〈真理〉であるところの〈我〉が語っているのである。〈真理〉はあなた方を救うために、あなた方に自由を得させんがために来ている。そして〈真理〉を耳にする者は、「決して死にまみえることはないだろう。」ここでパニック。この男は悪魔に取り憑かれているとしか考えようがない(数々の物理上の奇跡を起こしているのにもかかわらず)。いくら理にかなった言葉を述べていようとも、おそらくこの男は気違いだ。いずれにしても、実に恐ろしいことを口にしているではないか。死ぬことがないとは、絶対的なスキャンダルだ。なにしろ死とは、人が恐れる唯一確かな現実なのだから。「わたしは人が命を得るために来ている、しかも溢れんばかりの命を。」(強調は筆者)

そこのところで、枢要なエピソードが挟まる。相変わらず〈時〉をめぐるエピソードだ。つまりはアブラハムの問題。結局、この話には三人の「父」がいることになる。義の、真の、光の、受肉した〈言葉〉たる父(これぞ革命)、生物学的な祖先として崇敬の対象になっている父(アブラハム)、それから、これぞ前代未聞なのだが、「虚偽の父」、言い換えれば悪魔。実は自分を殺そうとしている反対者たちに向かって、キリストはたしかにこう言う――「あなたたちは、あなたたちの父である悪魔から出た者であって、その父の欲望を満たそうとしている。悪魔は初めから人殺しであり、偽り者であり、虚偽の父である。」(強調は筆者)

　この「初めから人殺し」というのが、なんだかすごい。イヴが悪魔にそそのかされ、死のためにひと働きしたことを思い出させるではないか。要するに、〈堕罪〉の初めから人殺し(あるいは子殺し)はいるのだということ。〈堕罪〉には、なんら宿命的なものも自然なものもありはしなかったのだが。

神なる〈言葉〉が、血のなかに、肉のなかに、肉の意志のなかに降りてきた。そして降りてきたことを、血と肉においてみずから告げに来た。びっくり仰天。死にも値するスキャンダル。

　冒瀆が極みに至るのは、燃える柴のところからモーセに啓示された神の名〔「出エジプト記」のエピソード〕を我がものとするのみならず、キリストがアブラハムに対して自分を位置づけてみせるときだ。「あなたたちの父アブラハムは、わたしの日を見るだろうと思って大いに喜んだ。そして、それを見て喜んだのである。」

　アブラハムは死んだ、預言者たちは死んだ、誰もが死んだ。誰もが死ぬことになっているし、死ななければならない。神だけが唯一死なない。しかし神は律法を介してしか接近できない。律法とはすなわち死の命である。「あなたはまだ五十歳にもならないのに、アブラハムを見たというのか?」それで、ここがピーク——「アブラハムがいたよりも前に、〈わたしはいる〉。」

　これじゃ石を投げられるに決まってる。この〈瀆神者〉は至上の〈姦通者〉だ。だが石打ちの時はいまだ至らず、〈罪人〉は姿をくらます。途中で生まれついての盲人を癒し、それから羊が羊飼いの声を聞き分けるように、自分のことは声でわかるだろうと繰り返す。

　以上、この続きは省くことにするが、ここで何がいちばんの驚きかといったら、キリストが怒りを買って拒絶されたことではなく、このスキャンダルのなかに、この狂気のなかに、そして罪と呼んでしかるべきもののなかに、歩み入った者もいたということだ。罪に対しては、また別の罪を。

　ともかく印象として支配的なのは、何が起こっているのか誰にもよくわかっていないということ、そして混乱がひたすら続いているということだ。この神なる〈言葉〉は、さんざんおしゃべりや妄言の種《たね》になる。とはいえ、言わせてもらえれば、事はごく単純なのだ。それを述べる言葉がヘブライ語であれ、アラム語であれ、ギリシア語であれ、ラテン語であれ、フランス語であれ。

　ついでながら、ちょっとばかり失礼をお許しあれ。エピクロスは、さる名の知れた売春婦と昵懇《じっこん》の間柄だったせいで白い目で見られた。キリストは独り身の瀆神者ではあるが、悪い評判が立っているとすれば、マグダラのマリアのせいだ。同志よ、わが若かりし頃を思えば、それもわかりますぞ！　それからニーチェといえば、彼自身は〈アンチキリスト〉であるわけだが、最晩年トリノの地で、なんと賢明にも、「かわいい女たち」であれば、おのが深遠なる思想にも喜んで迎え入れようと考えているではないか！　嗚呼《ああ》、でも残念ながら、時すでに遅し！

　混同しないようにしよう。エピクロスはエピクロス、キリストはキリスト、そしてディオニュソスは（巫女の淫婦たちをともなっているか否かはさておき）、ニーチェの哲学上の神なのである。哲学者たちはわれわれに教えを垂れるかわりに、みずから神になればよかったのだ！（起爆力を秘めたこの計画を詳しく知りたい向きは、『神聖なる生』を参照のこと）

　二十年前のことになるが、イスラエルからエル・アル航空で戻ってきたことがある。機内食はユダヤの律法に則ったものを選んだ。このほうが胃にもたれないし、おいしい。機内は、エルサレムから戻るユダヤ系コロンビア人の若い女の子たちでいっぱいだった。そのうちのひとりが、とてもきれいな子だったけれど、ぼくに興味をもったらしい。ぼくたちはスペイン語と英語のちゃんぽんで会話した。彼女は笑い、あなたとお近づきになりたいわ、と言う。それからふと神妙になって、あなたはユダヤ人なのかと尋ねてきた。ぼくは率直に、いや違う、と答えた。彼女はそろりと身を引きながら、満面の笑顔でぼくにこう言ったものだ、「心配しないで《ドント・ウォリー》」。

　彼女はきっと、別世界に住む妖精なのだ。

夜々

夕方は西が赤く、朝方は東が黄色に染まる。魚料理の夕食、ニュース番組、それから三十分ほどアメリカのテレビドラマを適当に。ただし翌日には完全に忘れてしまうけど。カットをつなぐ技術が発達し、コンピュータ処理されたヴァーチャルイメージが幅を利かせているのを別にすれば、実際のところは、いまだに同じ話が繰り返されているだけ。良いポリ公、悪いポリ公、極悪非道の悪者、人質の女、裏切り者の女、父親や兄弟姉妹の死を乗り越えて将来は幸せになる女。猛スピードのカーチェイス、駐車場での一八〇度のターン、嵐のような銃撃戦、爆発、遺体安置所、シリアルキラー、息詰まるような暗号解読（時限爆弾が今にも爆発しそうで一刻を争っている）、困難な、だが筋書きどおりの勧善懲悪。要するに、ぼくは〈スペクタクル〉の現況を探るべく、いわばその脈を測っているのだ。もし脈拍がゆるければ、株式市場には実に悪い徴候ということになるのだろうが、仮想世界のうちでも最悪の世界にあって、この脈の速さであれば、万事快調ということだ。

朝、新聞雑誌をめくっていて、「有名人《ピープル》」たちの生活にあらためて驚愕した。湯水のように蕩尽される金、ファム・ファタル、誰もが認める大女優、結婚、離婚、続けざまの妊娠、お騒がせカップルがいるかと思えば、新たな恋に夢中、とくる。ここでもまた、事を伝える言い回しに変化はなく、役者が入れ替わっているだけ。世代交代がどんどん進んでいる。そういえば、往年の著名人がまたひとり亡くなった、はい、次の人どうぞ。きのうのことはもうはるか昔のことになり、つい先ほどのこともすぐに露となって消える。マスメディアが巧妙なのは、こうした欲望の渦に、ことさらむごたらしい事件をまじえてみせるからだ。難民キャンプを襲う飢饉、野蛮人の国で執行される絞首刑、新たに発見された死体の山、児童殺害、小児性愛者の犯罪、火事や洪水に度を失って逃げまどう群衆。恐怖が、見せかけの幸福をいっそう際立てる。

そして夜十時頃は、午前零時になるまで、〈夜〉との、真の〈夜〉との、大いなる「星空の裁縫師」［ヘルダーリンの詩句］とのランデヴーの時間だ。レ島では、まるで船上にいるみたいに、これぞプラネタリウムと思えるような星空が存分に見られる。あの左のほうに見える大熊座が、ゆっくりと海のほうに傾いていく。小熊座はもっと音楽的で、そこから北極星の位置もわかる。宵と早朝に見られる金星は、隠れた恋人たちの星だ。数々の星座、天の川。ボックス席から見上げる、静かに動く天井のようだ。飛行機が点滅しながら西のほうに飛んでいく（乗客は眠っている）。人工衛星のほうが速くて、そのかすかな音が聞こえてくるようだ。いくつか流れ星が光跡を曳いている。でも、願いごとをするには間髪入れずでなくちゃ。通称「鯨《バレーヌ》の灯台」から伸びてくる光が、ぼくの寝室の白い壁のうえを這う。一－二－三－四－無、一－二－三－四－無、その繰り返し。この心臓の鼓動のようなリズムに、ぼくの目は閉じる。ほど遠からぬところに大海の広大な夜があり、夜どおし目を覚ましている。

就寝前は、翌日に備えてひとしきりメモを書きつける。メモがすむと、庭が待機と誘いのためにひっそりと静まり返る。静寂に祈りを捧げなければ。静寂は祈りを聞き届けてくれるから。そしてまた草に、小石に、砂利に、地球に、地球の中心に、地球の裏側に祈ること。咢《がく》に引きこもる花々や木に閉じこもる樹木にも。カモメがまだ嘲るような鳴き声をあげているのは、あっちのほうか？　やがて鳴き声もやみ、すぐに空無が訪れる。朝の六時、近くの糸杉の森からやって来る鷺《さぎ》や白鷺《しらさぎ》が、日の出とともに音も立てずに空を渡ってゆく。

〈夜〉はぼくに教えてくれる。何を教えてくれるのかはどうでもいい気がするが、ともかく悪夢やら夢やらを越える何かだ。夢といっても、どうせすぐに底意が知れるし、その展開もお決まりのものだ。ぼくは深い闇のなかを歩くのが好きだし、子供の頃から闇のなかを歩いている。漆黒の闇のなかを、心のなかで歌をうたいながら。それからぼくは、たちまち眠ってしまう。何ごともなければ、とくに何も心配はいらないということ（酒やおしゃべりを控えれば、それだけ眠りに集中できる）。〈夜〉のために〈夜〉を愛する人、漆黒の〈夜〉を愛する人は数少ない。時間の盗人。他の人たちはみんな眠っているか、喧噪の投光機のおかげで白痴と化している最中だ。ところがきみは、幸せな白痴のように目覚めている。きみは道すがら、月桂樹の、ミントの、ラベンダーの葉を一枚摘み取り、そいつを右手で押しつぶす。するとすぐ目の前で、年月が通り過ぎてゆく。きみは中国ふうに、踵《かかと》で呼吸する。月や月明かりのことを忘れるところだった。でも月の満ち欠け、潮の満ち引きも、闇の次元で起こることなのだ。

ここでこそ、荘子に耳を傾けなければならない。

日や月と親しく接し
宇宙を腕に抱え
万物がつながりあって一致するようにし
事物を混沌のままにしておき
奴隷を主人のように敬うこと
俗人はあくせくと働くが
賢人は愚鈍のように見えて
万年にわたる変化のうちに身をまかせ
しかも一筋に純粋な道を窮める〔荘子内篇・第二・斉物論篇〕

それからこれにも——
「古《いにしえ》の真人は眠っても夢を見ず、目覚めているときには憂いをもつことがなかった。食事もとくにうまいものを求めず、呼吸は深々としていた。真人は踵《かかと》で呼吸するが、凡人は喉《のど》で呼吸するのである。」〔荘子内篇・第六・大宗師篇〕

荘子は自分がどうしているかを述べるのにも謙虚であって、それを「古の」人びとのことだとして、過去形で語る。古の新しさに生きるなんて、空前絶後のことだ。

趣味

　眠りとは遊泳術だ。眠りのパートナーは、一生のうちで数えるほどしかいない。ひとりの男には、昼の眠りか夜の眠りかはさておき、眠りに付き添ってくれる女が幾人かいる。いずれにせよ、毎晩じゃない。毎晩だったら、うんざりですね。眠りの女はきみの眠りを受け入れ、きみの眠りのなかに難なくもぐり込んでくる。暗殺の気配がないかって？　要は信頼だ。よく笑う女と同じで、よく眠る女は女十人分の価値がある。笑いがなければ、眠ることだってできない。

　茶目っ気たっぷりでなければ、死の真似事をするわけにもいかない。よく死ねれば、よりよく生きられる。「朝食」のときにすべてがわかる。もっとも午睡にも、夜ぐっすり眠るのに匹敵するような深さがある。何の話をしていたんだっけ？　ああ、そうだ、まだあの話だったか。性愛は生気に満ちた快活な活動であり、しかも死のごとき休息でもある。

　つまりは、何をもってしても、わが子よ、わが妹よ、わが甘美さよ、秩序、美、豪奢、静けさ、逸楽なのだ〔ボードレールの詩篇「旅への誘い」のパロディ〕。秩序と美、これは簡単。豪奢は、ごく簡素なものにだってありうる。豪華さを狙って設《しつら》えてあるような場所には見つからない。豪奢とは、ひとえに強度の問題であり、顧客向けに誇示するようなものではない。金持ちの人間と知り合いになったことがあるが、彼らの部屋の壁からは（それからたまに、奴隷となった巨匠の絵画からも）退屈が滲み出ていた。貧乏な人間の場合は、悲哀で空気が淀んでいた。ほんの些細なもので豊かさを演出することだってできる。妖精たちはそういうことに長けている（ワンピース、バッグ、靴、宝石）。眼、視力、残酷さ、優しさ、趣味。

フランス語でいう「趣味《グー》」は、こうした作法を約言する言葉のひとつだ。こういうような言葉がいくつかあって、たとえば「機転《タクト》」がそうだし、「気品《グラース》」、「嗜好《グレ》」、「流儀《ギーズ》」もそうだ。どれも貴族的な美質であり、互いに類縁関係にある。ギーズ家は、歴史上は悪者扱いされている。カトリック同盟〔ユグノー戦争を背景にギーズ公アンリが一五七六年に組織〕とサン＝バルテルミの虐殺〔一五七二年八月二十四日、カトリック強硬派がプロテスタントを大量虐殺した事件〕のせいだ（死者三千人、ヴォルテールは毎年この日がやってくるとヒステリックになった）。延々と続いたフランスの内戦は、否認されるも時代を越えてつねに訴追されてきた。ギーズ家では重要人物が三人も暗殺されており、そのうちのひとりは枢機卿である（一五八八年五月二十二日、ブロワにて）。それにしてもギーズとは、まったく驚くべき名だ。

この種の断固たる反逆者の名をいくつか想像してみることができる。グー伯爵、グラース大公夫人、グレ侯爵、ギーズ公……この人たちはみんな殺されたのだ。なぜむきになるのか？

趣味の最良の定義は、ぼくの見るところ、ヴォーヴナルグがヴォルテールに宛てて一七四三年四月四日にナンシーでしたためた手紙に見られる定義である。

「趣味に関しては、事物そのものについての感覚というより、精神が事物を見きわめる速さに由来する感覚のほうを、はっきり感じ取らなければならないのです。」

「悪趣味は犯罪に通じる」とスタンダールは言う。ここで、一九三三年九月（この日付を強調しておきたい）のバタイユの言葉に耳を傾けなければならない。

「スターリン——この名ひとつで、あらゆる革命の希望に影が落ち、悪寒が走る。これこそが、ドイツならびにイタリアの警察の恐怖とあいまって、反抗の叫びを政治的に黙殺しうるようになった人類のイメージである。そこでは、反抗の叫びはもはや分裂と不幸でしかない。」

すっかり忘れ去られているが、ルーズベルトはスターリンのことを「アンクル・ジョー」と親しみをこめて呼んでいた。今ならさしずめ、西側の政府高官がプライベートな場で「プーチン兄貴」と呼ぶようなものだろう。

マフィアも含めて地球規模の瞞着が相貌を変えてゆくさまは、「黒っぽい肘掛椅子に座った学者」〔ランボーの詩篇「少年時代」（『イリュミナシオン』所収）の詩句〕を驚かさずにはおかないだろう。

貴族的と言うときにぼくの念頭にあるのは、貴族を気取る「有名人《ピープル》」の無残な空騒ぎではもちろんなくて、「何が高貴なのか」というニーチェの根本的な問いだ。誰もがうすうす感じていることだが、新たな貴族階級が必要なのだ。なにしろ、今や「上にも平民、下にも平民」なのだし。名や特権から成り立つ貴族ではなく、精神の貴族。そうした貴族は、惨憺たる状態が極まったところから徐々に生まれてくるのだろうが、その誕生を告げるのはまだずいぶん早計というものだろう。さしあたって大事なのは、どんな代償も厭わないような勢力だ。そもそも貴族は、どんな代価でも購えないほど高貴なのだから。そういう勢力を、みずから告白するように仕向けてやればいい。

八月四日の夜。新たなる精神の貴族の誕生宣言。XだかYだかZだかが、どこかからやってくる。どこの「国民」なのかは、まったくどうだっていい話だ。

誰だったかは覚えてないが、作家を名乗る某が、ジャコバン派を気取っているのか、ちっぽけな椅子の高みからぼくを断罪しようとして、ぼくを「カトリック同盟員」呼ばわりしたことがあった。なかなか悪くない見方だ。

「世界文学」なんてものはない。かわりに精神の文学と呼ぶべきものがある、これから出てくるだろう。

アイデンティティ

きみにはアイデンティティがいくつもあって、なんとなく、どれも手放す気になれない。賢明な判断だ。ところが、それはおかしいと迫られる。あっちもこっちも同時になんておかしい、と。でも、どうしてそれが駄目なのだろう。

　たとえば、どんな女でも自分は唯一無二の存在だと信じているのが普通だ。しかしきみは、このひどく時代遅れの偏執的形而上学を共有してやる必要はない（とはいえ、この形而上学は生き長らえている。誰も理解しようとする者はいないけど）。こういう女性の観点は世間向けだ、つまりきみにとってはなんの価値もない。でも、だからといって、きみが自分で選んだ女と（そして女のほうは自分で選んだ男と）結婚するのを妨げはしなかったし、きみは離婚の可能性など一度たりとも考えたことはない。要するに、この種の問題に対しては、自分なりの流儀《ギーズ》で、気品《グラース》を保って、趣味《グー》よく、自分の嗜好《グレ》でやってきたということだ。自分の正妻に出会う以前に出会ったさる女性への、大切な愛を断ち切ることなど一向になかったし、ずっと変化の激しかったきみの生活を変えることもなかった。

きみは身分証明書をもっていて、あらゆる不法入国者を擁護していて、「国民」の名において（「国民」は、きみにとっては空疎な語、黒ずんだ皺だらけの語だ）あれこれの集団を迫害するようなことは受け入れられない。きみはまっとうな市民であり、揉め事は起こさず、税金もきちんと納めている。きみは「ドクター」に見えるらしく、ちっとも「作家」らしくは見えないようだ。

　それはそれとして、〈スペクタクル社会〉の一眼巨人《キュクロプス》にとって、結局きみは何者なのだろう？　作家？　小説家？　エッセイスト？　ジャーナリスト？　編集者？　メディア文化人？　きみの本当の名前は？　「誰でもない《ペルソンヌ》」と申します。それで切り抜けるつもり？　もちろんですとも、うまい具合に切り抜けられますよ。

　ノスタルジーも、メランコリーも、「失われた青春のカフェ」〔パトリック・モディアノの小説『失われた青春のカフェで』（二〇〇七）への当てこすり〕もないって？　ありませんね。ぼくは今までずっと、男女問わず、まずは「攻撃」を仕掛けてくる人たちと知り合い、交際してきた。結果がどうあれ、そういう人たちがふるう勇気には目を見張る。勇気？　それとも無自覚？　勇気だ。ところが、彼らのほうからぼくと折れ合おうとしているのに、ぼくのほうから折れ合おうとしていると彼らが嘯《うそぶ》いたら、ぼくは交際を絶つ。妥協は嫌なのだ。しかし自己犠牲も嫌だ。自己犠牲へと向かうのは旧時代の古傷だけれど、だからといって妥協のほうがマシだなんてことはない。

　おお、世間よ！　やがて汝にはわが遺骸とわが手稿とが残されるはずだが、手稿のほうにこそ留意したまえ、それだけの価値はありますから。

　ぼくは赦しを請うているのかって？　そのつもりはない。ぼくは赦してもらいたいのだと？　これまた、ないな。誰もがリスクを負うことだ。ぼくはぼくなりにリスクを負った。少なくとも、そうしたつもりだ。

　とどのつまり、思い出したくもない幾多の試練を経て、きみもご多分に漏れず疲弊した人間になったけれど、それでも生き残った証として、錬金術師めいた慎重さを発揮しているわけだ。世間様は一度きみのイメージを作りあげたら、そのイメージにひたすら固執して、それを蒸し返してくれるから、きみのほうではとくに頑張る必要もない。ぼくがここにこう書いたって、世間様はどうせ意見を変えちゃくれまい。ぼくは生涯ブラックリストに載ったきりなのだ。有利なことがあるとすれば、どこかに移動するときにも目隠しフィルムに隠れていられること。白昼でも、身を隠したまま人びとのあいだを動きまわれる。人びとというのが、またやけに好意的で物わかりもいいとくる。すなわち、ひたすら見て見ぬふりをして、それぞれの限られた付き合いにうつつを抜かしている。

　一世紀か二世紀前なら、たぶんきみは狂気を装わざるをえなかっただろうし、そのことで幽閉される危険さえあったかもしれない。でも今や、狂気が目に見えるかたちでいたるところにあるのだから、わざわざ狂気を装う必要もないわけだ。きみはヘルダーリンのように、自作の詩にスカルダネリ（おや、またイタリアだ）と署名し、自分の誕生前の日付を入れたりして、家具職人のところに厄介になりながら生涯を終えることにはならないだろう。それからまた、麻痺状態に陥って耄碌したまま、母上だか妹君だかの腕に抱えられることもありえないし、さびれた通りの一隅で首を吊ったり、田野の真ん中でピストルだかカービン銃だかを自分の心臓めがけてぶっぱなしたりする宿命にもない。それからまた、収容所だか精神病院だかの生き残りである——昔のロマン主義の電気ショックを受けたりする——必要もない。今は化学療法がありますからね。

世間様は、この種の失墜の物語を大好物にしてきたようだ。なにしろ、こうした物語を通じて、ものを考えない心地よさに、いつでも浸ってきたのだから。もちろん、世間がすべてそうだというわけじゃない。こういう悲劇を一度も耳にしたことがない人だっている。ぼくが言いたいのは、こういう話を得意分野にしている聖職者たち、つまりは大学人だったり、精神分析家だったり、哲学者だったり、ジャーナリストだったりして、死臭のただよう自己破壊中毒に目がない活動的な聖職者たちのことだ。この意味での聖職者の観点からすれば、すべては決まった役どころにとどまっていなければならないようだ。呪われた者は呪われた者、気違いは気違い、自殺者は自殺者、教師は教師、アカデミー会員はアカデミー会員、市場は市場、批評家は批評家。この区分を受け入れたくなければ、自滅していただいて結構、あとはすべてわれわれがやりますから。ともかく、あなたのアイデンティティなど、きっぱりあきらめることですな。いまだにこんなやり方でもって、暗黒の〈教会〉は同じことを反芻しつづけている。そしてぼくはいみじくも、この〈教会〉の情報通にして最大の敵とも目されているわけだ。

シェイクスピア

ジョン・マッデンの見事な映画『恋におちたシェイクスピア』（一九九八）を見直す。主演は、水際立った演技でまばゆいグウィネス・パルトロー。そのグウィネスが、愛しのシェイクスピアにキスするときの素晴らしさといったら！　シェイクスピア役の俳優に、ではない。時を超えて、シェイクスピアその人にキスするのだ！　彼女が恋の妄想を力強く消化してゆくさまは、実に見応えがあって、キャメラの存在など消し飛んでしまう。愛するウィリアム・ロミオといっしょにいるジュリエットそのもの。彼女は誰にも真似できないやり方でシェイクスピアを読み、その台詞を聞いたのであり、実際にキスできるひとりの男性を目の前にすることになる。女になったり男になったりしながら、彼女はいずれの役にあっても驚くべき才を見せる。

彼女は自分を魅了しようとして放たれた言葉を全身で愛する。こういうのは、シェイクスピアだからこそ可能なのだ。夏の夜の夢、魔法、妖精、音楽、星空。シェイクスピアがハリウッドに勝っていることの、またとない証明。誰もがそんなことはできまいと思っていたところへ、グウィネスが証明してみせたのだ（彼女がその後どうなったのかぼくは知らない。彼女は当時二十六歳、そこそこキャリアは積んでいたけれど、それ以上のことはわからない）。接吻、口、舌？　全部ある。その先もある（なかったりもする）。身体は真におのれ自身に住みつくのか、それともそのかたわらで生きるのか（ほとんどの場合そうだが）、そのどちらかであるという証拠だ。シェイクスピア自身は一度もあんなふうにキスされたことはなかったかもしれない。でも彼の詩は違う。あわれなフランス人よ、われわれの演劇には何があるというのか？　喜劇性、才気、嘆き節の十二音綴詩句《アレクサンドラン》。でも身体、力強さ、たくましさ、リズミカルなひらめきは？　イギリス人はつねに正しかった、なぜならシェイクスピアが正しかったからだ。

不条理、虚無、死、狂気、罪がこれほど果敢に挑みかかられたことはかつてなかったし、同時にまた愛、調和、甘美、花々がこれほど見事に称えられたこともなかった。素晴らしきグウィネス！　ところが彼女は、一九七二年にロサンゼルスに生まれたアメリカ人なのだ。一九九八年に、『恋におちたシェイクスピア』でアカデミー主演女優賞を獲得した。ジョセフ・ファインズが相手役をつとめたこの映画で、おまけに「ベスト・キスシーン賞」まで受賞している。「ベスト・キスシーン」賞というのも変なものだ。この映画の前に、そして後に、この賞を受けたキスシーンも見てみたいものだが、そもそもこの映画におけるキスの仕方だって、出てくるたびに違うのだ（ひっきりなしにキスしているのである）。ただ、悩ましげな、物憂げな、見せかけだけロマンチックな仕草はひとつも出てこない。「炎の剣」〔聖書の故事に由来し、「拒否権」の意〕さながらの、完全な炎のキス。生きるべきか死ぬべきか《トゥー・ビー・オワ・ノット・トゥー・ビー》？

生きるべき《トゥー・ビー》だ！

アクセルを踏み込もうとするときに（『H』『天国』『女たち』）、ぼくはよくシェイクスピアというビタミン剤の力を借りた。ジョイスの『ユリシーズ』でシェイクスピア論が長々と展開される場面は、『ハムレット』の作者をめぐってなされた最上の余談のひとつである。映画では、ローレンス・オリヴィエの演技を凌駕するものはいまだにない。パーセルやヘンデルの音楽を聴くと、崇高なる芸術家シェイクスピアの声と息づかいが聞こえてくるようだ。ここ、わがレ島では、『テンペスト』はいつでもぼくの手近にある。

プロスペロー――

「未来を見通せば、わが運勢の頂点はある幸運の星にかかっている。いますぐにでもその力にすがらなければ、わが運命は凋落の一途をたどるだろう……」

あるいは――

「私がどれほど書物を愛しているかを知り、情け深くも、蔵書のなかから私が自分の国より大事にしている数巻を持たせてくれた。」

『テンペスト』では、いんちきな現実に対して書物の知が魔術的な勝利を収める。黒魔術に対する白魔術。そんなわけで、たんなる書物という以上のおのが書物のおかげで、プロスペローは鬼婆とその息子から島を奪い、そこで娘と暮らしている。娘のミランダは、三歳で父とともに島に漂着したのである。彼が手ずから解放した妖精エアリエルの助力もあって、プロスペローは自然界に、物象の脈絡に、風や水の成り立ちとからくりに影響を及ぼすことができる。最後にプロスペロー＝シェイクスピアが明示するところによれば、この戯曲の全体をひそかに浸している〈父－娘〉の近親相姦的関係をプロスペローは断念する。白魔術とは〈父－娘〉であって、黒魔術は〈母－息子〉だ。これがわからないようじゃ、大したことはわからない。

白魔術は、言葉、音楽、才知を通じて世界と社会に目を開かせようとする。もっともどんな社会であれ、社会というものは黒魔術が動かしているのだけれど。いくら否定しようとも、だから諸君が選ぶのは黒魔術のほうだ。逆にもし、白魔術をあやつるプロスペローの側につくならば、観客の寛容を請いつつ舞台からそっと立ち去るしかない（観客が寛容でなければ戯曲を上演することだってできはしまい）。同じ手は、シェイクスピアの弟モーツァルトの、《ドン・ジョヴァンニ》でも使われている。

「イタリア的」シェイクスピアというのがいて、進んだ国イタリアに魅了されている。どういうわけかフランスは、自分の国のほうがイタリアよりすぐれていると思い込んでいるけれど。ここに宗教の問題が潜んでいるのは明らかだ。『ロミオとジュリエット』に登場する、あのフランシスコ会の僧侶たちの役割は？ イギリスがローマと断絶したのは深刻な誤りじゃないのか？ シェイクスピア自身はしばしばヴェローナ、ミラノ、ナポリ、ヴェネツィアに、果てはシチリア島にまで行ったりする。当時の生きたイタリアだ。フランス語の世界ではイタリアは禁じられてるって？ おっしゃるとおり。それゆえにこそ、「ミラノの人」スタンダールは、イタリア語の墓碑銘にこだわったわけだ。

それから登場人物、とりわけ女性登場人物たちの名前をご覧あれ。ミランダ、ヴァイオラ、コーディリア、オフィーリア、ペルディータ、ダイアナ、ジュリア、シルヴィア、ビアンカ、デズデモーナ……。女性は母音の「ア」で終わる名前ばかりで、男性は「オ」だ。ロミオ（ローマだ！）、プロスペロー、バンクォー、アントーニオ、オーシーノ、キャシオー、イアーゴー、オセロー、ロドヴィーコ……。実はイタリア語はラテン語から離れてギリシア語を生かしている。シェイクスピアを通してホメロスが語りかけてくる。同じくランボーの『イリュミナシオン』からも、ホメロスがじかに響いてくる。

筆勢

社会の黒魔術の絶えざる働きを、誰よりも鋭く見て取った人物こそが、サン＝シモン公爵、あの名うての超能力者である。サン＝シモン公爵を称えるのは、ぼくが最初じゃないが（スタンダール、プルーストがいる）、ぼくが最後ということにもなってほしくない。

彼の粘り強い細かな筆跡にほとんど削除がないのを、よく見ていただきたい。蠟燭を灯して自分は闇のなかを正しく歩んでいると確信しきっている人物であるのが、おわかりいただけよう。疑念も、動揺も、逡巡もなく、つねに的を射当てる。しかるべきときに句読点を打つ。そして死が訪れる。舞台裏が明かされるときにも、まったくもって明晰だ。

ぼくはかねがねこの人物の書き物を、イヴ・コワローによる見事な校訂版（八巻本のプレイヤード版）で読んできた。数ページ読めば、ぼくの一日が充実するのは必定だ。サン＝シモンという人は、自分がものを書いているることを誰にも打ち明けない。「作家たるもの、ものを書いているのではないかと疑われるだけで、分別を失っている証になろう。」

さしあたっては、彼の細かな伝記的事実がぼくを魅了する。一六七五年一月十五日から十六日にかけての夜に、サン＝ペール街の、のちのちサン＝ジェルマン大通りの貫通工事で取り壊される邸宅で生まれたこと。父のクロードは、母のシャルロット・ド・ロベピーヌと再婚で結ばれたこと。一七五五年三月二日、グルネル街で亡くなったこと。一六九一年に（つまり十六歳の折に）近衛騎兵隊に入隊したこと。自分の棺を、生前に亡くした妻マリー＝ガブリエル・ド・ロルジュの棺に鎖で繋いでくれるよう頼んだこと。〈序文〉に一七四三年七月の日付を入れていること。「〈歴史〉を書いたり読んだりすることが許されるのかどうかはわからない。わけても、自分が生きた時代の歴史を。」

わけても。

どんな小説にも増して、サン＝シモン公爵の『回想録』には、滑稽な、胸躍らせる、冷酷な、感動的な話がぎっしり詰まっている。あてずっぽうに本を開いてみる。時は一七〇一年、王の「筆先」をつとめていた（つまり書体を真似て王の代筆をする権利があったということだが、「他の人であれば命を失いかねなかった」）ローズという人物が、八十六歳で亡くなったところだ――

「ローズは太っても痩せてもいない小男だが、なかなか優美で繊細な顔立ちをしており、眼光はあくまで鋭く、また才知にきらめいていた。小さな外套を羽織り、白髪のうえに繻子の縁なし帽を載せ、神父がつけているような飾りけのない小ぶりの胸当てをつけていた。そして上着の下にはいつもハンカチを忍ばせていた。彼いわく、そこにあれば自分の鼻にも近いから、ということだった。

彼は私に好意をもってくれたようだった。外国の王侯たちを、彼らの地位を、彼らの思い上がりを、なんの気兼ねもなく嘲弄し、親しく交わる公爵たちのことは、「公爵殿下」と呼んでいた。そうやって自称殿下たちをからかっていたのだ。彼は実に清廉潔白で、矍鑠《かくしやく》としており、最後の最後まで分別をわきまえていた。見上げた人物であった。」

実際、王の筆先たるローズは、ひとかどの人物なのであった。レス枢機卿、ついでマザランのお抱えとなったトゥーサン・ローズ（一六一五—一七〇一）は、アカデミー・フランセーズ会員であり、友人にはボワローとラシーヌがいた。趣味のうえで唯一犯した、しかし致命的な過ちは、一六八三年にラ・フォンテーヌのアカデミー会員選出に反対したことだ。ラ・フォンテーヌはいわばクレマン・マロのような詩人だと思い込んだのだ。とはいえトゥーサン・ローズは、ひとしきり回想の筆を費やすのに値する人物であった。現在のアカデミー会員の誰かが、「ローズ礼讃」でも披露してしかるべきだろう。

ラスコー洞窟とルイ十四世の二つの時代から同時に降臨したかのような人物がひとりいた。ぼくの母方の祖父で、フェンシングの剣士だったルイだ。ぼくが間違いなくルイの孫だと言えるのは、多少なりとも激しやすいところが共通しているからだ。ルイが癒しがたい悲しみに沈んだことがあった。ロンドンの競馬に出走するために乗せられた貨車が免税通過中に放火され、お気に入りのサラブレッドが無残にも焼け死んでしまったときだ。そのときの深い痛手がひとつあり、そして怒りの種《たね》になったものが二つあった。まず、フェンシングで突きを判定するために選手の尻にくっつけられた電気仕掛けの装置。ルイに言わせれば、悪魔の発明。それから、あまりに優秀な競走馬に課されたハンディキャップ。高貴なスポーツに対する民主主義精神の押しつけは、どうにも我慢がならないというわけだった。

要するに、ひそかに王政主義的で、これっぽっちも信仰心がなくて、共和主義的なところは皆無で、間違いなく反体制的だった古風な気違い。なるほど馬鹿者であるかもしれないが、崇高なる馬鹿者。そのルイの憂鬱な怒りは、ぼくもいくらか分かち持っている。でも、ルイに思いを致すときに湧きあがってくるのは感謝の念だ。なにしろ、ぼくがこうしてものを書いている島の一隅を洗練させたのは、ルイなのだから（まさに今、ユリカモメの群れがぼくに向かってくる）。

島の神がいることはご存知のとおり。この神は剣士であり、釣人であり、不平家であった。ぼくの母が困難を切り抜けられたのは、陽気であったのと、ひらめきに満ちた百戦錬磨のおしゃべりがあったからだ。ともかく、ぼくの回想の筆勢は、この二人に由来する。

階級

あなたは白人男性で、異性愛者で、ブルジョワで、出自はカトリックじゃないかと突つかれることもあった。恥ずべき境遇というわけ。アメリカとロシアの紋切型をごちゃまぜにしたこうした非難は、たいがいは男女取り混ぜた「中流階級」の人間、自分は「中流階級」だと言う人間が口にする。彼ら彼女らはもちろんプチブルにすぎないのだが、「中流階級」のほうが響きはいいし、なんとなく「プロレタリア」の谺も聞こえてくるようだから、贖罪の役割も果たすのだ。

マルクスが看破したとおり、「階級闘争」が反射神経のなかに移植された国はフランスをおいてほかにない。

このことについては、話せば長くなるし、長々と話すのも紙幅の無駄というものだ。家族小説にむやみに反駁するものではない。次に移ろう。

こういう昔の偏見は相変わらず根強くて、共感を呼ぶところもあるようだ。ある集合体の一員たることを自覚している人間に対して、つい言いたくなるようなのだ。「白人男性」（西洋人）は植民地主義者であり、ファシストであり、潜在的ナチであり、女を食いものにする男に決まってるよ。しかも「異性愛者」で「ブルジョワ」とくれば、粗暴な愚か者に違いあるまいね。出自は「カトリック」だって？　それですべて説明がつくな。奴は同時に複数の女とつきあってて、しかも理屈を捏ねてこういう社会道徳の侵害を正当化してるだと？　男には最低三人の女が必要だ、二人では絶対に駄目で、時間と金が許せば四人でも——そこまで言ってるって？　それこそ人間の尊厳をひどく毀損する発言じゃないかね？　そいつ、作家だって？

いいですか、奴は現実を、本当の現実を、現実の普遍的中流階級に代表される現実的人民の現実を金輪際理解できないでしょうよ。あの耐えがたい貴族を根絶したあとじゃ、ブルジョワも受け入れるわけにはいきませんよ、連中は絶えず根こぎにしてやらなくちゃ。しかも「中流階級」は、グローバルな金融マフィアの伸長のうちに、おのれの姿を認めるのにやぶさかではない。ひとりなのは金のため、金はみなのため、というわけだ。この平等主義の王道には、なんといっても働き口があるし。

——男性だって？
——すみません。
——白人？
——すみません。
——異性愛者？
——すみません。
——ブルジョワ？
——すみません。
——出自はカトリック？
——本当に、すみません！

妄想だ……。そもそも、ブルジョワでカトリックの出自をもつ異性愛者の白人男性たちみんなが、こっちの味方になってくれたりするだろうか？　とんでもない、ありえない。それで？　それで初めから、いつだって、奇妙な孤独というわけ。

　唯一の正しい解決策は、こんなふうに言い表せる――ひとりなのはたったひとりの女のため、たったひとりなのはひとりの女のため。

　まとめよう。われわれの生きるきわめて低俗な時代にあって、情報はＧＳＩすなわち〈印刷された表層、映像化された表層、想像上の表層の管理運営〉Gestion des Surfaces Imprimées, Imagées ou Imaginaires に依存している。そこにウィルスとして侵入し、波長を暗号化して発信することは可能だ。

　そこからは、ＩＦＮすなわち〈名前の変動指数〉Indice de Flottaison des Noms がどうやって作られるかが観察できる（株式市場と同じで、自分のイメージなり名前なりを変動させるのを怖がっていちゃ駄目だ）。

　最後に、お忘れなきよう、今や何もかもが社会的にはＩＣＱすなわち〈下のほうの何かの波の音〉Inférieur Clapotis Quelconque（マラルメの『骰子一擲』の言い回し）に、とりわけＮＱＩＮすなわち〈相当量の重要性欠如〉Notable Quantité d'Importance Nulle（ロートレアモンがパリの銀行家に宛てた手紙の言い回し）に帰着する。

　長いこと〈歴史〉は悪夢だったが、ぼくはそこから目を覚ますのに成功した。目覚めることは、そのつど奇跡だ。

祝祭

毎年七月十四日、ここ、レ島でぼくは、国民横断的なほんの短い祝祭を挙行する。国民的というのではなく、国際的というのでもなくて、あくまで横断的。海に臨む庭の木々に、四枚の大きな国旗を飾りつける。フランスの国旗、イギリスの国旗、中国の国旗、ヴァチカン市国の国旗。

青、白、赤。赤地に金色の星々。黄色と白。聖ペテロの鍵は、風にたなびくと見栄えもいい。まさにこれを書いているときにラジオが伝えて寄越すところによれば、イタリアのカラブリア州サン・ルカ出身の屈強な男六人がドイツで殺害されたとのこと。コカインの密売がグローバルな規模で深刻な広がりを見せている証拠だ。

ぼくの言葉を吸引するほうが、よっぽどいいのに。

ヴェネツィアにひとっ飛びするだけで、ぼくのこれまでの生き方が正しかったのかどうかが確かめられる。その答えは朝、船に乗っているときに出る。そう、またもや、しかりだ。

この本は、ニーチェのいう「偽の暦」では二〇〇七年の末に刊行されるだろう。ニーチェによれば、「救済」の初年は一八八八年九月三十日に始まるはずだ。ならばこの本は一二〇年に、フォリオ版は一二一年に日の目を見ることになる。誰も気がつかない可能性も高い。

さあ、小説だ。

訳者あとがき

《弁護しようのない人》――フィリップ・ソレルスをこう呼んだのは、不世出の批評家にしてソレルスの盟友ロラン・バルトであった。言い得て妙だろう。なるほどソレルスは、どう弁護しようにも弁護しようのない作家だ。懲りない変節漢？ おっしゃるとおり。矛盾の塊？ たしかに。呪われた作家？ ご冗談を。マイナーポエット？ まさか、マスメディアであんなに目立つ人が……。いわゆるテレビに出てる人、ラジオでしゃべってる人だ。じゃあ、文壇の除け者？ いやいや、いまやソレルスは、フランスの文学界に君臨する紛れもない大御所だってば。

本書は、そのソレルス御大の回想録だというのだから、まことに興味深いではないか。とはいえ、いまや日本の若い世代の読者には、フィリップ・ソレルスという名前にさほど馴染みがないかもしれない。そこで、まずは本書で言及のあるものを中心に、主要著書のリストを掲げておくことにしよう。

Le Défi（1957）『挑戦』（岩崎力訳、新潮社『公園』所収）小説

Une curieuse solitude（1958）『奇妙な孤独』（清水徹訳、新潮社『現代フランス文学十三人集１』所収）小説

Le Parc（1961）『公園』（岩崎力訳、新潮社）小説

L'Intermédiaire（1963）『中間層』評論集

Drame（1965）『ドラマ』（岩崎力訳、新潮社）小説

Nombres（1968）『数』（岩崎力訳、新潮社）小説

L'Écriture et l'expérience des limites（1968）『エクリチュールと極限の実験』評論集

Entretiens de Francis Ponge avec Philippe Sollers（1970）『ポンジュ、ソレルスの対話――私が私語するとき』（諸田和治訳、新潮社）対談

Sur le matérialisme（1971）『唯物論について』評論集

Lois（1972）『法』小説

H（1973）『H』小説

Paradis（1981）『天国』小説

Vision à New-York（1981）『ニューヨークの啓示――デイヴィッド・ヘイマンとの対話』（岩崎力訳、みすず書房）対談

Femmes（1983）『女たち』（鈴木創士訳、せりか書房）小説

Portrait du joueur（1984）『遊び人の肖像』（岩崎力訳、朝日新聞社）小説

Paradis II（1986）『天国II』小説

Théorie des exceptions（1986）『例外の理論』（宮林寛訳、せりか書房）評論集

Le Cœur absolu（1987）『ゆるぎなき心』（岩崎力訳、集英社）小説

Les Folies françaises（1988）『フォリー・フランセーズ』小説

Le Lys d'or（1989）『黄金の百合』（岩崎力訳、集英社）小説
Carnet de nuit（1989）『夜の手帳』エッセイ
Sade contre l'Être suprême（1992）『サド侯爵の幻の手紙――至高存在に抗するサド』（鈴木創士訳、せりか書房）評論
La Fête à Venise（1991）『ヴェネツィアの祝祭』小説
Le Secret（1993）『秘密』（野崎歓訳、集英社）小説
La Guerre du goût（1994）『趣味の戦争』評論集
Le Cavalier du Louvre, Vivant Denon（1995）『ルーヴルの騎手――ルーヴル美術館を創った男ヴィヴァン・ドゥノンの生涯』（菅野昭正訳、集英社）評伝
Studio（1997）『ステュディオ』（齋藤豊訳、水声社）小説
Casanova l'admirable（1998）『素晴らしきカサノヴァ』評伝
L'Année du tigre（1999）『寅年』日記
La Divine Comédie（2000）『神曲』対談
Passion fixe（2000）『固定情念』小説
Éloge de l'infini（2001）『無限礼讃』評論集
Mystérieux Mozart（2001）『神秘のモーツァルト』（堀江敏幸訳、集英社）評伝
Les Étoiles des amants（2002）『恋人たちの星』小説
Dictionnaire amoureux de Venise（2004）『ヴェネツィアを愛する辞典』エッセイ
Une vie divine（2007）『神聖なる生』小説
Les Voyageurs du Temps（2009）『〈時〉の旅人たち』小説
Céline（2009）『セリーヌ』（杉浦順子訳、現代思潮新社）評論集

どうだろうか。これがすべてではないし、二〇一〇年以降も、小説、評論、エッセイ、対談集など、ジャンルの別を問わず、精力的に著作を発表している。半世紀を優に越える執筆歴を考慮に入れてもなお、ソレルスという作家がいかに多産であるか、目を見張るほかないだろう。

そのソレルスのこれまで（二〇〇七年まで、すなわち七十歳に至るまで）の歩みが、回想録たる本書で存分に描き出されているわけだ。だが、本文には読者の知識をあてこんだ省略や暗示も多く含まれている。文脈を補足する意味で、ごく簡単に作家ソレルスの経歴を振り返っておきたい。

一九五〇年代の末頃のこと。デビュー作『挑戦』がフランソワ・モーリヤックに、つづく『奇妙な孤独』がルイ・アラゴンに激賞されたことで、二十歳を少し越えたばかりの早熟な若者は一躍文壇の寵児になる。いずれの作品も、古典的なたたずまいを残した恋愛心理小説である。ちなみにカトリック作家モーリヤックは、当時「エクスプレス」誌に時事評論「ブロック・ノート」を連載して、保守派の立場から論陣を張っていた。かたや元シュルレアリストにしてコミュニスト作家アラゴンは、フランス共産党の中央委員であり、文化紙「レットル・フランセーズ」の編集長を務めていた。こうしてカトリシズムとコミュニズムの、つまり左右両極の大家から同時に絶賛されて文学的出発を遂げたことが、その後のソレルスの振幅の大きさを早くも示している。

実際に、つづく『公園』では、フランス伝統の心理小説の意匠をきっぱりと捨て去り、アラン・ロブ＝グリエやクロード・シモンらの《ヌーヴォー・ロマン》に接近する。さらに『ドラマ』によって、言葉を書きつけることで開かれてくる空間それ自体の踏査ともいうべき実験性を前面に押し立て、ソレルスは文学言語の革新の最前線に躍り出るのである。その後も、『数』『法』『H』と漸を追って著作の実験的性格は強くなってゆく。漢字や図形を紙面にまじえてみせたかと思えば、ついには句読点をいっさい打たず、大文字を除き、改行も排したテクスト、すなわち始めも終わりも中断もなく、ひたすら単語を羅列しただけであるようなテクストに至る。こうした実験的エクリチュールの集大成が、ジェイムズ・ジョイスの『フィネガンズ・ウェイク』ばりの言語を駆使した『天国』である。

　あらゆる境界を突破しながら前進してやまぬアヴァンギャルド作家ソレルスは、一方で一九六〇年、スイユ社を版元とする季刊文芸誌「テル・ケル」の創刊にかかわる。「テル・ケル」は、アルトーやバタイユなど呪われた作家たちの埋もれたテクストを発掘してきて誌面に掲載したのに加えて、ロラン・バルト、ミシェル・フーコー、ジャック・デリダ、ジュリア・クリステヴァ（ご存知のとおり、ソレルスの配偶者だ）らを寄稿者として擁していた。つまりは六〇年代から七〇年代にかけて一世を風靡した「フレンチ・セオリー」の橋頭堡のごときメディアだった。ソレルス自身も、盟友マルスラン・プレネらと共同戦線を張りながら、ダンテ、サド、ロートレアモン、セリーヌといった古今の詩人や作家の新たな読解をうながす先鋭的な批評を発表して、「テル・ケル派」の中心人物と目された。

　時代は、六八年の五月危機によって頂点に達する政治と革命の季節である。テル・ケル派も、マルクス・レーニン主義に接近して共産党と行動をともにするが、ソレルス自身は毛沢東の思想に傾倒し、「毛沢東主義《マオイズム》」を標榜するようになる。当時の日本で言うところの「新左翼」あるいは「極左」が、フランスでは「マオイスト」呼ばわりされることもあったわけだが、ソレルスの「毛沢東主義」なるものは、政治的党派性よりは中国の歴史と文化への強烈な関心を、むしろ表わしていたようである。ともかく、ソレルス率いるテル・ケル派は共産党と絶縁し、一九七四年にはロラン・バルトをまじえて中国に三週間にわたる視察旅行に出かけている。

　ソレルスの「変節」ぶりには、さらに驚くべき続きがある。七〇年代の半ば以降ニューヨークを頻繁に訪れるようになる一方で、聖書や古典神学を耽読してカトリックへの傾斜を深めていくのである。やがて「ローマ法王至上主義」を掲げるに及んで、世間は唖然とするほかなかった。

一九八〇年代。アヴァンギャルド作家ソレルスは、「テル・ケル」の廃刊（一九八二年）、その後継誌「ランフィニ」の創刊（一九八三年）に合わせてスイユ社からガリマール社に版元を移すと、『女たち』を発表して、またもや新たな転身を遂げる。ラカン、アルチュセール、フーコー、バルト、デリダ、ドゥルーズら思想界の大立者をモデルにした人物を多数登場させ、彼らの私生活にまで立ち入るばかりか、ポルノグラフィックな場面を織りまぜもするこのスキャンダラスな小説は、フランスでたちまちベストセラーになる。ベストセラー作家ソレルス。テレビ、ラジオ、新聞などのマスメディアに、ソレルスがいわばタレント文化人の仮面をかぶって頻繁に登場するようになるのは、『女たち』以降である。『女たち』によってソレルスが新たな相貌をまとったように見えるのは、政治、宗教、科学技術から性にいたるまでの同時代のあらゆる社会事象を貪欲に摂取しながら、それら社会風俗に風刺の矛先を向けてみせるその内容によるというより、むしろその文体の新しさによると言っていいだろう。あのセリーヌに、とくに第二次大戦後のセリーヌに倣ったとおぼしい、中断符（……）や疑問符（？）をふんだんに差し挟んだ行文。大胆な省略、頻繁な暗示、乱れ打ちのごとき名詞の羅列によってスピード感を醸成するフレーズ。一九九〇年前後の作品、つまり『黄金の百合』や『ヴェネツィアの祝祭』あたりから、セリーヌ的な中断符は紙面から消え去るものの、本書にも見られる現在のソレルスの文体は、リズムや息づかいや音楽性において、『女たち』で試みられた文体の延長線上にあると言っていい。本書のエピグラフとして掲げられたグラシアンの章句――「速く、そして巧みに。すなわち二倍巧みに」――がモットーとしてふさわしいような文体。言い換えれば、簡素でありながら饒舌な文体だ。

ソレルスの文章が具備する饒舌さの印象を強めているのが、古典文学や哲学書の耽読に裏打ちされた博引旁証である。引用や借用はときにあからさまだが、たいていはさりげない目配せに留まっている。しかし、さりげないだけになおのこと、本書の言葉を借りれば、ソレルスの一冊の本を通して「蔵書の全体がいっせいにささやいている」ような幻聴に、読者は見舞われざるをえない。

とはいえ、ソレルスの書く文章には、いつでも紛うことなくソレルスのしるしが刻まれていることも確かだ。ジャムセッションでどんなミュージシャンと組んでも、セロニアス・モンクのピアノ演奏の流儀は、絶対に変わらない。モンクの奏でるピアノの音が、これはモンクだと一聴で判別できるのといっしょで、ソレルスのフレージングは、いつだっていかにもソレルスなのだ。フィリップ・ソレルスは、だからまずもって、フランス文学のなかでも独自の新しい文体を創出した作家として銘記されるべきだと思う。

ほぼ同世代に属するフランスの作家たちのうちで、ソレルスがライバルと目しているのが、ル・クレジオ、パトリック・モディアノ、パスカル・キニャールなのだろう。本書の「イメージ」の章で、現在のフランス文壇をアメリカの西部劇に見立て、ソレルスを入れたこの四人が演じる役どころを諧謔味たっぷりに語ってみせるくだりには思わず吹き出してしまうが、そこでル・クレジオは正義のヒーローに、モディアノは強盗に襲われる銀行員に、キニャールは教会堂の牧師になぞらえられている。だがソレルス自身は断然悪役であり、文壇のおたずね者なのだという。この見立ては、自身を含む現代のフランス作家たちの立ち位置を案外正確に標定した見取り図になっていると思うが、また同時に、日本のフランス現代文学受容の現況にも、おおむねあてはまるのではないか。

なるほど、本書の原書の刊行後間もない二〇〇八年にはル・クレジオが、そして二〇一四年にはモディアノがノーベル文学賞を受賞したこともあって、読者個々人の趣味嗜好や価値判断は別として、この二人が現在のフランス文学、いや世界文学シーンで主要な役を演じている、というか、そう見なされているのは間違いないだろう。キニャールにしても、教養ある文学愛好家たちの敬意を集め、日本でも学術的な国際シンポジウムが催されるといったように、世界文学の一翼を担う作家として、国境を越えて認知されつつあるようだ。ところがソレルスはどうか。日本ではフランス文学の読者が少なくともその噂を耳にしたことはあっても、「あまりにフランス的」（too French）であるがゆえに、世界文学の舞台には登りそこなった作家、悪役どころか、せいぜい主役の引き立て役といった認識がいいところなのではあるまいか。

いささか私的な話になるが、訳者であるこの私も、同時代作家としてル・クレジオ、モディアノ、キニャールの作品は好んで読んできたし、新作が刊行されるたびに本を手に取り、曲がりなりにも目を通している。彼らの愛読者を自称してもいいような気さえする。しかしソレルスは違う。私にとっては、新刊が出るたびに読むという作家ではなくなっている。ところがどういうわけか、この四人のなかで、個人的にはいまだに最も強く同時代感覚を覚える作家がソレルスなのである。それは、日々更新される社会風俗にいちいち切り込んでいくその作風によるというよりは、私自身の若年の頃の刷り込みによるところが大きいようだ。

もちろん、「テル・ケル」時代のソレルスを、私が同時代的に知っていたわけではない。『女たち』をベストセラーにしたソレルスも、同時代的には知らない。私がまずは翻訳を通してソレルスに触れるようになったのは、現代文学をめったやたらに濫読する学生だった一九九〇年代前半である。その頃、評論集『例外の理論』が、そして小説『女たち』が、『遊び人の肖像』が、『ゆるぎなき心』が、『黄金の百合』が、『秘密』が、矢継ぎ早に翻訳刊行され、フィリップ・ソレルスは日本の外国文学好きのあいだでちょっとした流行作家になっていたように思う。『遊び人の肖像』の帯には「九〇年代、ふたたびソレルスの季節だ」という中沢新一による惹句が躍り、雑誌「ユリイカ」（一九九五年八月号、青土社）ではソレルスの特集が組まれていた。当時、新刊書を眺めるために通っていた東京都内の大型書店には、ソレルスの訳書が幾点も平積みで並べられており、その光景はしっかりと脳裡に焼きついている。つまり、九〇年代の少なくとも前半は、ル・クレジオでもモディアノでもキニャールでもなく、ソレルスこそがフランスの同時代文学の主役を張っているように見えていた。私自身、そうした環境にあおられるようにして、ソレルスの新刊訳書を何冊も読んだのだった。またそこから時代をさかのぼるかたちで、『ドラマ』や『公園』や『奇妙な孤独』に触れたのだった。

その後、二〇〇〇年代の初めに、留学のためにフランスに長期滞在していた折には、ソレルスの本や「ランフィニ」誌にまともに目を通すことこそなかったものの、一般の新聞や雑誌で彼の署名記事をたびたび見かけたし、テレビ放送で姿をときどき目にすることがあった。テレビ画面のなかには、いかにも陽気に、饒舌にしゃべるソレルスがいた。視聴者の注意を決して逸らさない巧みな話しぶりに強い印象を受けたせいか、その姿はいまでも目に浮かんでくるし、その声の響きもいまだに耳に残っている。だから本書の訳文には、ソレルスとのこうした同時代的な（世代的な？　いや地域限定的な？　いやいや個人的な？）接触体験が大いに影を落としているはずである。たとえば、本書が七十歳のソレルスの筆になるものだとわかっていながら、一人称に「わたし」でも「わし」でも「おれ」でもなく、「ぼく」を採用したのは、岩崎力、鈴木創士、野崎歓といったかつての訳者諸氏が、揃ってソレルスの小説の語り手に「ぼく」を名乗らせていたからであるし、ある種の饒舌さを訳文に充填しようとしたのも、かつてテレビ画面で見つめたソレルスその人のしぐさと語り口が念頭に浮かんでいたからだ。

本書は Philippe Sollers, *Un vrai roman : Mémoires*, Plon, 2007 の全訳である。二〇〇九年に、ガリマール社の《フォリオ叢書》から同書のポケット版が刊行され、若干の加筆がほどこされている。本訳書ではフォリオ版の加筆箇所も反映させた。

タイトルの「本当の小説」は、ソレルス一流の反語のように見えて、回想録の書き手としてのソレルスの感懐が率直に表出されたものなのではないか。実は本書で語られている自伝的な挿話の多くは、ソレルスのこれまでの「小説」で、かたちを変えてすでに披瀝されている。かたちを変えてというのは、挿話を担う語り手なり作中人物なりの名前がすべて架空のものに置き換えられているからだ。本書では、それら虚構の固有名詞をすべて「本当の」名前に戻したうえで、ソレルスが自身の過去を再訪し、また現在を測量する。それをしもあえて「小説」と名づけてはばからないのは、本書の冒頭にもあるとおり、小説と実人生とに違いなど、結局ありはしないからだろう。エクリチュール（ソレルスの文章を読んでいると、「エクリチュール」なる術語をどうしても復権させたくなる）の現場では、回想することと想像＝創造することとは、どうしたって分かちがたいのだ。

作家の回想録という性格上、ソレルスは本書に過去の自著からの引用をふんだんにまじえている。また、ミシェル・ウエルベックやジョナサン・リテルなど現在のフランスを代表する書き手たちばかりか、ロラン・バルト、プルースト、ロートレアモン、ランボー、ボードレール、ヴォルテール、サン＝シモン、ハイデガー、ニーチェ、ヘルダーリン、エックハルト、ジョイス、シェイクスピア、ディオゲネス・ラエルティオス、そしてもちろん聖書、さらには老子、荘子、孫子、道元に至るまで、文字どおり古今東西の書物を参照し、ときに長めの引用を織りこんでいる。それら引用箇所について、既訳があるものは使わせていただいたが、たいていは本文との整合性を考慮して、フランス語原文に応じた大小の改変をほどこしてある。訳者の方々にはお礼とお詫びを申し上げたい。

「セリーヌ」の章は、杉浦順子氏による既訳（「オペラが自然」、前記『セリーヌ』所収）があり、参考にさせていただいた。杉浦さんにはまた、本書で引用されているセリーヌの手紙の日付と宛先を同定していただいたのだが、訳者の判断で、注記を挟むことは差し控えた。お礼とお詫びを申し上げる次第である。

ほかにも、とてもここでお名前を挙げきれないほど多くの方々に問い合わせをし、そのつど丁寧な回答を頂戴したり、文献資料をお貸しいただいたりした。お世話になったすべての方に心より感謝申し上げる。

最後に、本書の翻訳を依頼してくださった水声社編集部の神社美江氏、編集作業を担当していただいた村山修亮氏と水声社社主の鈴木宏氏に、厚く御礼申し上げる。

二〇一九年二月

三ツ堀広一郎

著者・訳者について――

フィリップ・ソレルス（Philippe Sollers）　一九三六年、フランスのボルドーに生まれる。作家。一九五七年、『挑戦』（新潮社『公園』所収、一九六六年）で文壇デビューを果たし、フェネオン賞を受賞。一九六〇年に雑誌「テル・ケル」を創刊し、同時期に執筆した『公園』（一九六一年。新潮社、一九六六年）でメディシス賞を受賞。主な著書に、『ドラマ』（一九六五年。月曜社、二〇一五年）、『女たち』（一九八三年。河出書房新社、二〇〇七年）、『ステュディオ』（一九九七年。水声社、二〇〇九年）、『神秘のモーツァルト』（二〇〇一年。集英社、二〇〇六年）などがある。

＊

三ツ堀広一郎（みつぼりこういちろう）　一九七二年、神奈川県横須賀市に生まれる。早稲田大学大学院文学研究科博士課程修了。博士（文学）。現在、東京工業大学准教授。専攻、フランス文学。主な著書に、『引用の文学史』（共著、二〇一九年、水声社）、主な訳書に、D・ラバテ『二十世紀フランス小説』（白水社、二〇〇八年）、R・クノー『ルイユから遠くはなれて』（水声社、二〇一二年）などがある。

装幀——宗利淳一

本当の小説　回想録

二〇一九年三月二〇日第一版第一刷印刷　二〇一九年四月一日第一版第一刷発行

著者――フィリップ・ソレルス

訳者――三ツ堀広一郎

発行者――鈴木宏

発行所――株式会社水声社

東京都文京区小石川二―七―五　郵便番号一一二―〇〇〇二
電話〇三―三八一八―六〇四〇　ＦＡＸ〇三―三八一八―二四三七
［**編集部**］横浜市港北区新吉田東一―七七―一七　郵便番号二二三―〇〇五八
電話〇四五―七一七―五三五六　ＦＡＸ〇四五―七一七―五三五七
郵便振替〇〇一八〇―四―六五四一〇〇
URL : http://www.suiseisha.net

印刷・製本――ディグ

ISBN978-4-8010-0408-5

水声社の本

ステュディオ　フィリップ・ソレルス　二五〇〇円

＊

静かな小舟　パスカル・キニャール　二五〇〇円
ディアーナの水浴　ピエール・クロソフスキー　二〇〇〇円
おしゃべり／子供部屋　ルイ＝ルネ・デ・フォレ　二八〇〇円
推移的存在論　アラン・バディウ　三〇〇〇円
ユートピア的身体／ヘテロトピア　ミシェル・フーコー　二五〇〇円
Wあるいは子供の頃の思い出　ジョルジュ・ペレック　二八〇〇円
言語への愛　ジャン＝クロード・ミルネール　三〇〇〇円
八月の日曜日　パトリック・モディアノ　二二〇〇円
マラルメの想像的宇宙　ジャン＝ピエール・リシャール　九〇〇〇円
氷山へ　J・M・G・ル・クレジオ　二〇〇〇円
オペラ・クリティック　ミシェル・レリス　三〇〇〇円
もどってきた鏡　アラン・ロブ＝グリエ　二八〇〇円

［価格税別］